T0278575

EN BUSCA DE LA MAGIA

EN BUSCA DE LA MAGIA

F.T. LUKENS

Traducción de Francisco Vogt

Argentina – Chile – Colombia – España
Estados Unidos – México – Perú – Uruguay

Título original: *Spell Bound*
Editor original: Margaret K. McElderry Books
Traducción: Francisco Vogt

1.ª edición: abril 2024

Copyright © 2023 *by* F. T. Lukens
Publicado en virtud de un acuerdo con Margaret K. McElderry Books,
un sello de de la división infantojuvenil de Simon and Schuster
© de la traducción 2024 *by* Francisco Vogt
© 2024 *by* Urano World Spain, S.A.U.
Plaza de los Reyes Magos, 8, piso 1.º C y D – 28007 Madrid
www.mundopuck.com

ISBN: 978-84-19252-61-6
E-ISBN: 978-84-19936-89-9
Depósito legal: M-2.709-2024

Fotocomposición: Ediciones Urano, S.A.U.

Impreso por: Rodesa, S.A. – Polígono Industrial San Miguel
Parcelas E7-E8 – 31132 Villatuerta (Navarra)

Impreso en España – *Printed in Spain*

*Para cualquier persona que sienta
que no encaja del todo:
tal vez sea el momento de romper el molde.*

1

ROOK

Hex-Maldición.

El nombre no transmitía la idea de grandes proezas mágicas. Era un juego de palabras. Uno pésimo, pero curiosamente
adecuado para una compañía encargada de atender emergencias mágicas y deshacer maldiciones en la ciudad, pues hacía
alusión al apellido de su respetada dueña y al prefijo *ex*. Y aunque me parecía gracioso por su extravagancia, estaba claro que
el nombre no me había atraído allí. No estaba maldito. No estaba hechizado. No necesitaba ningún servicio mágico, pero me
encontraba de pie enfrente de la oficina anodina que tenía el
nombre estampado en la puerta de vidrio, escrito con letras
blancas y simples, y un certificado de «Aprobado por el Consorcio» pegado en la esquina de la ventana.

Al otro lado, había una maceta con una planta marchita
que se inclinaba con tristeza hacia un rayo de sol, y la habitación del fondo estaba poco iluminada, por lo que era difícil
ver más allá de la recepción. Toda la escena era el epítome de
la elegancia deprimente de un complejo de oficinas, hasta el
felpudo negro en la entrada, y no era lo que una persona

esperaría de un negocio mágico cuya dueña era la hechicera supuestamente más poderosa de Spire City.

Mientras ignoraba el exterior lúgubre, giré el pomo de la puerta y entré. En la mochila tenía una fotocopia recién hecha de mi diploma del instituto junto a mi último invento, además de un profundo deseo de trabajar con la magia. No iba a desanimarme solo porque la oficina parecía abandonada. Un escalofrío de emoción o de terror (no sabía diferenciarlos) me recorrió la espalda. De algún modo, el interior era menos impresionante que el exterior, ya que estaba cubierto con las típicas decoraciones aburridas de una oficina, entre ellas un escritorio vacío en la recepción y un espacio con cubículos prefabricados.

No podía dejar de mover las manos, y en un momento las clavé en las correas de mi mochila como si fueran garras, sin saber qué hacer a continuación. ¿Debía gritar «hola» y esperar a que alguien me escuchara? ¿Debía tocar la campanita en la recepción? ¿Debía darme la vuelta y salir mientras me preguntaba qué demonios estaba haciendo allí? No era más que un adolescente sin ninguna habilidad mágica a punto de pedir de rodillas un trabajo en una profesión mágica.

Apreté los dientes. No, no iba a huir. Podía hacerlo. Estaba seguro. Iba a hacerlo. Tenía que hacerlo. Me había graduado literalmente el día anterior, y necesitaba un trabajo. Pero más allá de eso, necesitaba averiguar si pertenecía. Lo peor que podía suceder era recibir una negativa, ¿verdad? Bueno, la mujer podría convertirme en una rana si quisiera. Era una hechicera, después de todo. Sin embargo, dudaba de que lo hiciera porque su trabajo era ayudar a la gente, aunque fuera por dinero. Eh. Ojalá no fuera siempre el caso. Se podría decir que el dinero no me sobraba, y de ahí venía mi búsqueda de trabajo.

De todos modos, estaba dispuesto a arriesgarme a convertirme en una rana con tal de hablar con Antonia Hex.

Avancé arrastrando los pies, con los talones raspando el felpudo. Eché un vistazo al perchero en la esquina, que parecía encorvado contra la pared. Se giró en mi dirección. Parpadeé. ¿Qué? El perchero se enderezó y me devolvió la mirada. Reprimí un grito de sorpresa cuando se movió, cojeando sobre sus tres patas. Hizo una gran reverencia mientras se inclinaba hasta la cintura, o lo que se suponía que era la cintura de un perchero. Luego hizo un gesto hacia mi mochila a medida que extendía los ganchos a modo de invitación.

Me aferré a la mochila con tanta fuerza que los nudillos se me pusieron blancos. De pronto, cuando di un paso hacia atrás, me percaté de que mi juicio y mis instintos de supervivencia no estaban tan afinados como probablemente deberían estar para ser un chico sin magia de casi diecisiete años.

En primer lugar, debería de haberme asustado al ver un perchero con una actitud servicial, y aunque me mostraba un poco receloso, porque era algo rarísimo, de alguna manera logré mantener una calma aparente. Quería tocarlo para ver qué sucedía, ya que me causaba curiosidad descubrir cómo funcionaba un perchero claramente mágico, pero mis instintos de supervivencia al final entraron en acción y resistí la tentación.

En segundo lugar, había entrado por voluntad propia en el negocio que le pertenecía a la formidable hechicera que se encargaba de dirigirlo y hacer que todo funcionara. Estaba seguro de que muchos clientes ya habían ido y venido durante la existencia de la agencia; de lo contrario, no seguiría en actividad. Pero también estaba seguro de que solo algunos no tenían ni un centavo y estaban absolutamente desamparados como yo. Y en tercer lugar, mientras el perchero daba golpecitos en el suelo, impaciente y a la espera de que le entregara la mochila, fui plenamente consciente de que era *magia*. Real y poderosa. Algo que no se me había permitido experimentar en mucho tiempo. La euforia de sentir el más mínimo cosquilleo de magia en la piel ahuyentó todas las aprensiones que se revolvían en mi estómago y las reemplazó con una profunda veneración.

Respiré hondo mientras me encogía para atravesar el umbral. A pesar del nombre, Hex-Maldición era un negocio muy respetado que respondía a emergencias mágicas y se especializaba en romper maldiciones, maleficios y embrujos. Había investigado mucho. La dueña, Antonia Hex, era una hechicera poderosa, y se rumoreaba que, si bien no era precisamente *malvada*, tampoco era lo que una persona llamaría *buena*. Y si alguna vez quería unirse al lado oscuro, no había nadie que pudiera detenerla.

Debería de haber estado aterrorizado o al menos haber sido cauteloso. Y lo estaba, pero eso no iba a evitar que intentara conseguir un trabajo allí, porque me moría de ganas de aprender de ella.

El perchero hechizado hizo otro gesto hacia mi mochila. Negué con la cabeza. Un momento, ¿estaba hechizado o maldito? No estaba seguro de cuál era el término exacto. La única certeza que tenía era que se trataba de un objeto inanimado al que habían imbuido de magia para que actuara como una especie de comité de bienvenida de la oficina. Si realmente existieran los percheros prejuiciosos, este sería uno de ellos. Cruzó los brazos delgados, se dio la vuelta sobre la base y se arrastró cojeando a su posición original junto a la puerta. Ay, no, lo había ofendido. ¿Debería haberle entregado mi mochila? ¿Acaso era una prueba?

Me aclaré la garganta. Tal vez estaba enloqueciendo. Solo un poco. Porque por mucho que *pudiera* investigar el negocio en sí y husmear en la vida de su dueña, la magia verdadera estaba escondida bajo llave, disponible solo para unos pocos elegidos.

Me moví con nerviosismo sobre el felpudo, mientras mis zapatillas gastadas rechinaban sobre la goma. Durante un instante fugaz, se me ocurrió la aterradora idea de que tal vez el felpudo también estaba hechizado, y yo estaba bailando sobre su cara, cuando escuché un pequeño estrépito seguido de una serie de unas palabrotas provenientes del fondo del edificio.

—Hijo de puta —murmuró una mujer mientras salía de una pequeña sala de descanso que se encontraba más allá de la pared divisoria a un lado del negocio, limpiándose con una servilleta una gran mancha de café que se extendía con rapidez por su blusa. Era alta, sobre todo con los tacones rojos que llevaba, y tenía el pelo largo y oscuro, la piel de un tono marrón dorado y un aura intimidante—. Los electrodomésticos modernos no están hechos para...

Dejó de hablar cuando alzó la vista y me vio de pie junto a la puerta. No había dudas de que era hermosa, con labios color cereza, las cejas perfectamente arregladas y las pestañas gruesas, pero su rasgo más llamativo eran los ojos violetas, que me atravesaron como imaginaba que lo haría una flecha. Tenía las uñas largas pintadas de negro, y se curvaban alrededor de la servilleta empapada y arrugada que aferraba con la mano mientras la tela de la manga absorbía toda la mancha de café. Se quedó mirándome con el ceño fruncido. Luego posó la mirada en el perchero, ubicado en la esquina de la habitación con un carácter taciturno.

—¿Por qué no me avisaste que había alguien aquí? —exigió saber.

El perchero hundió los hombros y le dio la espalda a la hechicera, como un cachorro al que acababan de regañar.

—No te pongas así —dijo, suavizando el tono de voz—, pero ¿de qué sirve tener un mueble hechizado para vigilar la puerta si no cumple esa función?

El perchero pareció suspirar. Luego se tambaleó hacia mí y me hizo un gesto con el brazo para indicarme que entrara en la oficina.

13

—Bueno, ya es un poco tarde —dijo la mujer mientras negaba con la cabeza—. Ahora... ve a limpiar el café. La cafetera volvió a explotar. —De algún modo, el perchero expresó su molestia al encoger todo su cuerpo de madera—. Sí, lo sé —prosiguió, arrugando el entrecejo—. Lo resolveré en algún momento.

El perchero se alejó encorvado, y la mujer se volvió hacia mí. La manga de la blusa, que antes era blanca, estaba marrón, húmeda y pegada a la piel del brazo.

—No le hagas caso —me aconsejó, encogiéndose de hombros—. Herb está de mal humor en sus mejores días.

—¿Herb? —pregunté. Fue lo primero que dije desde que entré en la oficina, y las comisuras de los labios de la mujer se arquearon hacia arriba.

—Así se llama. Supongo que nunca has visto un perchero hechizado, ¿verdad?

Hechizado. Estaba hechizado, no maldito.

—No. Pero mi abuela tenía una tetera temperamental.

Asintió.

—A veces lo conveniente no merece la pena. De todos modos, ¿quién eres y por qué estás aquí?

Oh. Bueno. Una pregunta repentina, pero segura. Eché los hombros hacia atrás y enderecé la postura.

—Me llamo...

Levantó la mano y me interrumpió.

—Alto. —Sus ojos violetas brillaban—. Dejemos los nombres de lado por ahora. Primero dime por qué estás aquí.

No sabía cómo interpretar ese comentario, pero tragué saliva antes de responder.

—He venido para hablar con... la dueña, si es posible.

—¿En serio? —dijo, marcando bien las palabras. Me miró de arriba abajo—. ¿Te han echado una maldición?

—No.

—¿Un maleficio?

Volví a tragar saliva.

—No.

Chasqueó los dedos.

—Un embrujo, entonces. No te preocupes, cariño. Los embrujos tienden a seguir su curso natural y desaparecer. No necesitas los servicios de Antonia para un simple embrujo, si es relativamente leve. —Echó un vistazo alrededor de la oficina. Luego se llevó las manos a la boca y susurró de manera teatral—: Es probable que no puedas pagar la tarifa de todas formas.

Tal como me lo imaginaba.

—Eh… no. No he venido por eso. —Me temblaban las rodillas—. Estoy aquí para solicitar un trabajo.

Las cejas de la mujer se dispararon hacia arriba.

—¿Un trabajo? ¿Con la hechicera más poderosa de la ciudad? ¿Posiblemente de todo el mundo? ¿Tú?

El corazón me latía con fuerza.

—¿Sí?

—¿Eso es una pregunta?

—No.

—Entonces, ¿no quieres un trabajo?

—No, espera. Sí, lo quiero.

Soltó una risita.

—Estoy bromeando, chico. Ven —dijo mientras giraba sobre los talones, con el cabello agitándose detrás de ella—. Sígueme a la oficina de la jefa. Te ayudaremos a solucionar el problema.

Cuando me bajé del felpudo para seguirla, la esquina me dio un golpe fuerte en el tobillo. Sorprendido, avancé a trompicones detrás de la mujer, alejándome de la entrada en dirección a la oficina.

—Ah, y ten cuidado con el felpudo de la entrada —advirtió, mirando por encima del hombro con los ojos entrecerrados—. Está maldito.

Oh, qué maravilla.

Hizo un movimiento con la muñeca, y una puerta interna se abrió. Me condujo hacia el interior del edificio, a través de una hilera de cubículos, hasta que llegamos a una oficina gigante. Allí había una gran pared de vidrio templado con una puerta a un lado y un escritorio con patas de garra en la esquina junto a una enorme ventana. En la placa se leía ANTONIA HEX en letras grandes. Había un ordenador, pero estaba escondido en un rincón, como si no fuera tan importante como el antiguo y pesado libro encuadernado en cuero que ocupaba la mayor parte de la superficie del escritorio. Al lado había un pequeño caldero sobre una placa calefactora y una hilera de viales en un soporte de madera.

La mujer rodeó el escritorio y se sentó en la silla de respaldo alto. Con un murmullo y un movimiento de sus dedos, el aire cambió, y la mancha de café que tenía en la manga desapareció en un visto y no visto. Intenté no mirarla con los ojos muy abiertos, pero había visto más magia en los últimos segundos que en todo el último año, y sentí cómo una sensación de júbilo se apoderaba de mi pecho.

Se arrellanó en la silla, juntó las yemas de los dedos hasta formar un triángulo con las manos e inclinó la cabeza hacia un lado.

—Siéntate y dime por qué quieres trabajar para mí.

Oh. *Oh*. No era una oficinista cualquiera. Era la mismísima Antonia Hex.

Me senté con torpeza y me olvidé de que tenía la mochila puesta, por lo que quedó aplastada entre mi espalda y el asiento. Me enredé en las correas durante un momento vergonzoso hasta que al final me liberé y la dejé caer a mis pies.

—Madre mía. No te hagas daño, chico.

—Lo siento. —Tomé una bocanada de aire—. Eh... eh... es que...

—¿No soy lo que esperabas?

Negué con la cabeza.

—Para ser sincero, no.

—Bien. No me gusta ser predecible. Así las cosas se vuelven más interesantes. —Se llevó un dedo a los labios—. Déjame adivinar. Has oído hablar de «la hechicera más poderosa de la época», has buscado el negocio en Internet e inmediatamente te has imaginado a una bruja vieja, decrépita y espeluznante o a una abuela senil que juega con pociones. ¿Estoy en lo cierto?

Más o menos. Sí que me había imaginado a mi abuela, pero por otras razones. Me rasqué la nuca.

—Algo así.

—Bueno —dijo y extendió los brazos—, las apariencias engañan. —Esbozó una sonrisa de suficiencia—. Ahora, empecemos. Pero primero, deja de temblar.

—¿Eh? —Señaló mi pierna, que rebotaba de forma errática. Ni siquiera me había dado cuenta de que lo estaba haciendo—. Ay, lo siento. Estoy nervioso.

—Se nota —declaró con una suave sonrisa—. No te preocupes. No muerdo. —Elevó una de las comisuras de la boca, y la sonrisa se volvió socarrona—. En realidad, no muerdo a los niños.

—Menos mal… supongo.

Se echó a reír y dejó escapar un sonido grave y ronco.

—Eres adorable, debo reconocerlo. Pero no trabajo con personas basándome solo en eso. Entonces, dime: ¿por qué estás aquí?

Bien, esta era mi oportunidad. Había practicado mi discurso frente a un espejo durante la última semana. Había hecho tarjetas con información importante y las había memorizado. Había trabajado en mi lenguaje corporal y en mi apariencia. Incluso me había puesto la mejor camisa que tenía y los vaqueros más nuevos y había usado un producto barato en mi cabello castaño para que permaneciera en su lugar.

—Echo de menos a mi abuela —solté. Y oh. Ay, no. No era así como quería empezar—. Falleció hace un año. —Bueno, eso sonó aún peor.

Antonia entrecerró los ojos.

—No soy una médium —dijo, con los labios fruncidos—. Y a pesar del cotilleo de Spire City, no puedo resucitar a nadie de entre los muertos. Bueno, seamos realistas, *podría* hacerlo, pero eso se considera necromancia y, por lo general, no está bien visto en la mayoría de los círculos. No es que me importe lo que la gente piense de mí, pero no merece la pena el papeleo ni el escrutinio.

—No, lo sé. Es decir, no lo sabía, pero no es por eso por lo que... No he venido para... Lo siento. No quise... Me refería a que... —Vamos, cerebro, reacciona—. Soy un genio.

Enarcó las cejas con rapidez.

Mierda. Eso tampoco sonó bien.

—Un momento. Lo siento.

Me pasé una mano por el cabello y luego hice una mueca cuando me quedó pegajosa por culpa del gel. Era probable que tuviera los pelos de punta y el rostro enrojecido por la humillación. Lo peor era que los dedos se me habían pegado a la palma mientras apretaba el puño. No pude mirarla a los ojos, así que fijé la vista en el suelo, muerto de la vergüenza.

—¿Es así cómo te imaginabas esta conversación? —preguntó, mientras tamborileaba con las uñas sobre el escritorio de madera en medio del silencio.

—No —murmuré.

—Bueno, al menos eres sincero. Pero por muy entretenido que sea todo esto, tengo mucho trabajo, así que... —Su voz se desvaneció.

Alcé la cabeza y me tranquilicé lo mejor que pude.

—Quiero trabajar contigo porque quiero ayudar a la gente al igual que tú. Mi abuela era una hechicera de bajo nivel que preparaba pociones y cuidaba de todas las personas en el vecindario. Eso es la magia para mí. Y realmente soy un genio. Me gradué del bachillerato antes de tiempo con las calificaciones más altas de la clase, y aprendo conceptos difíciles muy rápido. Soy leal, cumplidor y puntual. He traído referencias de algunos de mis profesores si quieres verlas.

Rechazó la oferta con la mano.

—Vale —proseguí con un suspiro—. Soy entusiasta, me esfuerzo y tengo muchas ganas de trabajar contigo.

Antonia se inclinó hacia delante, con los codos apoyados en las páginas del libro y una expresión de placidez en el rostro, rozando el aburrimiento.

—¿Por qué estás empeñado en trabajar con maldiciones y no en uno de esos —hizo un movimiento con la mano— negocios en el centro que ofrecen hechizos llamativos?

Ah, sí. Los hechiceros que realizaban hechizos por tarifas exorbitantes. Algunos de mis compañeros de clase alardeaban de cómo sus familias habían contratado a algunos para sus fiestas de graduación para hacer que los candelabros flotaran y brillaran, para que las decoraciones cambiaran cada hora y para que los vasos de bebida no se derramaran. Se trataba de una magia frívola y lujosa que costaba más dinero del que vería en toda la vida.

—No quiero trabajar para ellos. Quiero trabajar para ti. Al parecer, eres la mejor.

—¿Al parecer? —Antonia resopló—. Chico, *soy* la mejor.

—Por eso quiero trabajar para ti.

—Tiene sentido. —Asintió—. Pero ¿sabías que trabajar con maldiciones es complicado y, a su vez, el trabajo peor pagado en el ámbito mágico?

Tragué saliva. Ya suponía que ese era el caso, lo cual hacía que mis posibilidades de ser contratado fueran un poco más reales, sobre todo si no había otras personas clamando por el empleo.

—Entonces, ¿por qué han relegado a la mejor hechicera de la ciudad a este puesto?

Sus labios se curvaron en una sonrisa astuta.

—En efecto, ¿por qué?

No era una respuesta. Mis débiles instintos de supervivencia me indicaron que debía tener miedo de cualquiera que fuera la contestación y apresurarme para salir de allí, ya que era más que evidente que había eludido la pregunta. Me quedé sentado en la silla de todos modos.

—En fin... —Antonia rompió la tensión y no me dio ni un segundo para seguir analizando sus palabras—. ¿Y si no necesito contratar a nadie en este momento?

Me había preparado para eso.

—Trabajaré por el salario mínimo o, de no ser posible, podrías ser mi mentora. ¡Podría ser tu aprendiz!

Su expresión se tornó seria y amarga.

—No acepto aprendices ni enseño magia. Trabajo sola.

Ese comentario fue desalentador. Me pasé la lengua por los labios secos.

—¿Ni siquiera un voluntario?

Inclinó la cabeza, mientras me recorría con una mirada penetrante.

—Extiende la mano. Con la palma hacia arriba.

No era una solicitud. Volví a tragar saliva, asustado y optimista al mismo tiempo. Hecho un manojo de nervios, le tendí la mano que no estaba pegajosa. La sujetó y tiró de ella para que me acercara, lo que me obligó a sentarme en el borde de la silla mientras sentía los pinchazos de sus uñas sobre la piel. Se quedó observando la palma con atención, pasó los pulgares por las líneas y luego presionó con fuerza la punta de un dedo, justo en el centro. Me dolió, pero me resistí a apartar la mano y apreté la mandíbula para contener un quejido. Me imaginaba que esto podía suceder, que tendría que soportar esta prueba de nuevo, así que me preparé y apreté los dientes para aguantar el dolor. Ya había fallado una vez, y la ansiedad de que volviera a suceder se arremolinaba dentro de mí, hacía que se me revolviera el estómago y me temblara la mano libre. Sin embargo, también albergaba esperanzas porque Antonia era la hechicera más hábil de la ciudad, y tal vez el resultado sería diferente porque tal vez vería que yo pertenecía. Era una de las razones por las que estaba allí, y deseaba, contra toda esperanza, que el resultado fuera otro.

Después de un minuto insoportable, liberó la presión.

—No tienes magia —aseveró con el ceño fruncido mientras me estudiaba la mano—. No percibo ninguna habilidad mágica en tu interior.

Hice lo mejor que pude para no desanimarme, pero se me formó un nudo en la garganta y sentí el ardor de las lágrimas contenidas que se me acumulaban detrás de los ojos.

—¿Puedes siquiera ver las líneas ley? —me preguntó.

Las líneas ley. La fuente de toda la energía mágica. Recorrían el mundo y en algunas partes eran más fuertes que en otras. Algunas de las líneas más gruesas y poderosas convergían aquí mismo en Spire City. Los hechiceros podían verlas, extraer su energía y usarlas para lanzar hechizos e infundir magia en sus pociones. Era como una conexión wifi mágica. Se rumoreaba que algunos hechiceros eran tan hábiles que podían aprovechar las líneas ley para crear una reserva de energía dentro de ellos para usarla más tarde. Aunque era solo un rumor.

Antonia levantó la cabeza de golpe y me soltó la mano, la cual dejé caer sobre el escritorio con un golpe.

—¿Y bien?

No podía mentir, ni aunque quisiera.

—No —admití—. No puedo.

Se inclinó hacia atrás y juntó las yemas de los dedos.

—Vale. Pues me lo he pasado bien contigo, pero si no puedes manipular la magia, lamento decirte que este no es tu lugar.

Sus palabras fueron una bofetada. Antonia no era mala, solo realista. No obstante, escucharla fue doloroso, como si la hechicera estuviera hurgando en una herida abierta llena de inseguridad en mi pecho que me susurraba que nunca encajaría en ningún lado. Era demasiado inteligente para mi propio bien. Conocía demasiado del mundo mágico como para vivir sin él, pero no poseía la magia suficiente como para formar parte de él, y estaba claro que tampoco tenía el dinero suficiente como para acceder a él. En el fondo, sabía que acercarme a Antonia era arriesgado, un intento desesperado de pertenecer, pero había deseado… Teniendo en cuenta lo poderosa que era, había deseado con todas mis fuerzas que pudiera ver algo de magia en mí cuando nadie más había podido. Tal vez vería que mi destino era estar allí, como parte de su mundo. Pero no había visto nada. Absolutamente nada. El corazón se me hundió hasta los pies, y la vergüenza hizo que me ardieran las mejillas.

—¿En serio? —pregunté con la voz entrecortada—. ¿No hay ningún lugar para mí?

—No. Sin magia, no me permitirían contratarte de todas formas. —Me estudió con la mirada. Cuando sus ojos captaron la luz, resplandecieron como dos joyas brillantes—. No vas a llorar delante de mí, ¿verdad?

Negué con la cabeza, haciendo todo lo posible para controlar el abatimiento que me embargaba por completo.

—No —dije con la voz ronca, mientras parpadeaba para contener las lágrimas. Esperaría al menos hasta estar en el autobús de regreso a casa.

—Escucha, esta profesión requiere… Bueno, incluso la chica que administra la oficina tiene un poco de magia. No debemos tomarnos este tipo de trabajo a la ligera. Es agitado y puede resultar aterrador para alguien que no lo ha hecho antes. Además, no tengo tiempo para entrenar a alguien que no sabe la diferencia entre una maldición y un embrujo y que tampoco sería útil para romperlos si la supiera. Lo siento.

Apreté los labios y asentí.

—Lo entiendo.

—Bien, porque…

Sonó el teléfono que se encontraba en la esquina del escritorio. Era el típico teléfono de oficina, pero era tan ruidoso y tan *irritante* que ambos nos estremecimos. Antonia soltó unas palabrotas y lo señaló con un dedo, desde donde la magia surgió con la fuerza de una ola para derribarlo. Siguió sonando, aunque en ese momento parecía más el canto de una ballena moribunda que un ruido estridente. Después de un momento de tortura, el sonido finalmente disminuyó hasta convertirse en un tono inquietante.

Antonia se tapó los oídos con las manos.

—Lo siento. La administradora de la oficina está de vacaciones, y parece que el volumen del maldito teléfono está al máximo. No tengo ni idea de cómo bajarlo, y no puedo hacerlo con magia porque, si lo hago, explotará.

—¿Explotará?

Antonia hizo una mueca y señaló algo detrás de mí. Me giré en la silla y vi una caja lisa en la esquina con los restos de un teléfono igualito al que estaba en su escritorio. También había fragmentos de lo que alguna vez pareció ser una lámpara de escritorio y… ¿eso era una impresora?

Vaya. Alcé una ceja mientras me daba la vuelta.

—¿A la cafetera le pasó lo mismo?

Resopló antes de responder.

—La magia y las máquinas no van de la mano.

Me aferré a la mochila a mis pies.

—Y como tengo magia, rompo dispositivos electrónicos todo el tiempo. —Suspiró—. Tenía muchas ganas de beber ese café.

El corazón me dio un vuelco, y mis pensamientos empezaron a bullir ante una posible oportunidad. Tal vez existía otra manera de hacerme un lugar allí. Me aclaré la garganta.

—Puedo solucionarlo —aseguré, apuntando con el mentón hacia el teléfono—. Y también puedo arreglar la cafetera. No mentí cuando dije que era un genio.

Levantó la cabeza y abandonó su posición de derrota para sentarse derecha.

—¿Hablas en serio?

—Sí. Se me da bien trabajar con los aparatos electrónicos y con la tecnología en general. —Me incliné hacia adelante y enderecé el teléfono. Luego descolgué el auricular, busqué el botón de volumen en el teclado y lo bajé a un nivel menos ensordecedor. Fue un arreglo fácil, algo que Antonia podría haber descubierto por sí misma, pero no iba a desaprovechar la oportunidad de explotar esta nueva debilidad en beneficio propio. Hice un gesto hacia el portátil que estaba a un lado—. ¿Lo usas?

Antonia puso los ojos en blanco y se cruzó de brazos, a la defensiva.

—Sé cómo usarlo, pero prefiero no hacerlo. —Lo miró de soslayo como si fuera un monstruo que cobraría vida y se la comería—. Vale, no me gusta, y yo no le gusto a él. Es un sentimiento mutuo.

—¿Está maldito como el felpudo?

—Eso quisiera. Así al menos sabría cómo arreglarlo.

Bueno, claramente tenía algo de ventaja, así que insistí.

—Puedo echarle un vistazo si quieres.

Me observó con perspicacia y luego blandió un dedo delante de mi rostro.

—No creas que no sé lo que estás haciendo —dijo y arqueó la comisura de los labios en una sonrisa irónica—. Está bien, si arreglas el portátil, te daré un trabajo.

—¿En serio?

—Durante un período de *prueba*. Y solo en la oficina. Sin magia. Nada de trabajo de campo. Formarás parte del personal administrativo.

No era exactamente lo que quería, pero se acercaba bastante. Mejor esto que nada. Al menos volvería a estar cerca de la magia.

—Vale. Trato hecho.

La mujer asintió.

—¿No tienes que ir a clase durante la semana?

—Ya me he graduado.

—Bueno, vuelve mañana por la mañana para arreglar el portátil, y luego hablaremos.

Sonreí de oreja a oreja mientras la cabeza me daba vueltas por la montaña rusa de emociones, desde el rechazo hasta la aceptación en el lapso de unos minutos.

—Vale. Estupendo. Qué guay. Estaré aquí. Gracias. Me hace mucha ilusión.

—No hagas que me arrepienta. Vete antes de que cambie de opinión.

Me puse de pie de golpe y me colgué la mochila sobre el hombro.

—Sí, ahora me voy. —Salí a los trompicones de la oficina, atravesé el pasillo lleno de cubículos y llegué a la recepción. Saludé a Herb, quien me ignoró y se dio la vuelta de forma dramática.

—¡Eh, chico! —exclamó Antonia.

Me detuve en seco y me giré sobre los talones. Antonia se apoyó en el marco de la puerta de su oficina para gritar a través del espacio vacío.

—¿Cómo te llamas?

—Edison —respondí en voz alta—. Edison Rooker.

Hizo una mueca.

—Qué nombre tan horrible —dijo con aire pensativo—. Te llamaré Rook. Sí, está decidido.

Bueno, se parece bastante a mi nombre. Me volví hacia la puerta.

—Ten cuidado con el...

Cuando pisé el felpudo, se movió hacia un costado e hizo que el pie se me deslizara. Tropecé, pero me las arreglé para no caerme al suelo sosteniéndome en la pared... con mi cara.

—Felpudo —concluyó Antonia en voz baja.

—¡Estoy bien! —Me palpitaba la nariz, y de uno de los orificios brotó un hilo de sangre—. Estoy bien. No pasa nada.

Escuché una risa ahogada y un «mierda» persiguiéndome mientras salía corriendo por la puerta, pero no me di la vuelta, demasiado avergonzado, demasiado ensangrentado y muy consciente de que mi puesto con Antonia era tan inestable que un encuentro con un felpudo maldito podría arruinarlo todo. Era mejor huir antes de que cambiara de opinión.

Mientras corría a toda velocidad hacia la parada de autobús, no pude evitar reírme, aunque me doliera la nariz. Sentí que podía correr una maratón y dormir una semana entera al mismo tiempo. Al ver mi reflejo en la ventanilla del autobús mientras el vehículo se detenía, me di cuenta de que parecía un demente e hice lo mejor que pude para peinarme y limpiar las manchas de sangre de mi cara. La conductora me juzgó con la mirada cuando subí y pagué con mi tarjeta, pero no dijo nada mientras me dirigía a la parte trasera para sentarme en uno de los asientos junto a la ventanilla.

Me dejé caer en el asiento y empecé a menear la pierna por la emoción y la ansiedad mientras observaba cómo Spire City pasaba velozmente frente a mí en una nebulosa de edificios altos y calles muy transitadas. La ciudad en sí era enorme y se extendía en todas direcciones. Era una de las más grandes del mundo y muy diferente de donde yo había crecido en la cabaña de mi abuela en el borde exterior de una ciudad en plena expansión urbana. La oficina de Antonia se encontraba a una hora de distancia en autobús desde mi apartamento, pero el esfuerzo merecería mucho la pena. Muchísimo.

Sin embargo, la mejor parte era que volvería a estar cerca de la magia. No sería como vivir con mi abuela, quien conjuraba mariposas brillantes para que yo las persiguiera en primavera o hechizaba el fuego para calentar la casa en invierno. Mi abuela, quien siempre tenía un caldero burbujeante con algo, ya fuera sopa, un remedio para el resfriado o un refresco dulce para los días más calurosos del verano. Pero al menos sería algo más que la soledad del apartamento y la ausencia de todo afecto familiar.

Saqué el móvil del bolsillo y miré la hora. No tenía ningún mensaje nuevo, lo cual no me sorprendía. Nunca tuve amigos en la escuela, solo compañeros y conocidos, ya que era el chico nuevo que se había mudado al inicio del último año y, además, más joven que el resto de mi clase. Mi asistente social había dejado claro que, si bien la beca y el alquiler continuarían vigentes hasta que cumpliera dieciocho años, ahora que había terminado mi educación obligatoria, estaba solo de verdad. Ya nadie me sometería a controles incómodos ni me supervisaría, lo cual significaba que no había nada que impidiera perseguir mis propios intereses y poner en práctica mi plan poco convincente para regresar a la comunidad mágica. La comunidad de la que me separaron cuando falleció mi abuela.

Con esa idea en mente, a pesar de la emoción de la tarde, me hundí más en el asiento y apoyé todo el peso de mi cabeza contra la ventanilla. Dormité mientras el autobús avanzaba por esas calles concurridas, traqueteando al subir a la acera, tocando el claxon a los peatones y deteniéndose con brusquedad en cada una de las innumerables paradas a lo largo del camino.

Cuando por fin llegué a mi parada, me levanté y bajé del vehículo con un bostezo y los ojos cansados a raíz de los acontecimientos del día. Caminé el corto camino a casa con rapidez, con la cabeza gacha y las manos entrelazadas en las correas de mi mochila. Vivía en el cuarto piso y, aunque el ascensor estaba desvencijado y los botones del panel no funcionaban la mitad del tiempo, subí por él en lugar de por las escaleras porque estaba al borde del agotamiento. Cuando llegué a la puerta de mi apartamento, estaba realmente exhausto.

Al entrar, me quité el calzado, dejé caer la mochila en el sofá y luego encendí la televisión para tener algo de ruido de fondo mientras rebuscaba en el congelador. El apartamento estaba tranquilo y silencioso. Desolado, para ser sincero. Pero había estado solo durante el último año, pues toda mi vida había dado un vuelco, y era fácil acostumbrarme a esa soledad. No era del todo malo, ya que regresaría a Hex-Maldición a la mañana siguiente y por fin empezaría a trabajar.

Con los pies sobre la mesa de café y un hielo envuelto en una servilleta presionado contra mi nariz, puse la mochila en mi regazo. Abrí la cremallera y saqué con cuidado el dispositivo en el que había estado trabajando durante el último año de mi vida. La Encantopedia.

Su creación fue lo que me ayudó a seguir adelante desde el día en el que me obligaron a abandonar la cabaña de mi abuela y me enviaron a vivir solo en la ciudad. Desde entonces, la magia desapareció de mi vida, solo porque una persona mágica del gobierno presionó un dedo en el centro de la palma de mi mano y determinó que no tenía magia y, por lo tanto, no tenía permitido quedarme en el hogar que conocía ni en la comunidad que amaba. Me dijo que no podía ver las líneas ley. Que no

28

podía aprender a lanzar hechizos. Que no podía acceder a la magia. Fui desterrado al mundo exterior, sabiendo que la única manera de volver a entrar era tener grandes sumas de dinero, lo cual no era el caso.

Esperaba que si la hechicera más poderosa de la ciudad (o del mundo, si Antonia era de fiar) me leyera la palma de la mano, podría ver una chispa que nadie más había visto o notar un potencial latente dentro de mí que solo ella podía despertar. Pero no había visto nada de eso. La confirmación me dolía más de lo que había pensado. E incluso si hubiera detectado una pizca de magia, había dejado muy claro que no me enseñaría a usarla, lo que me hizo volver a sentir el dolor punzante del rechazo.

Pero estaría bien. Había pasado por cosas peores. Si bien no había sido una experiencia agradable, era consciente de que tenía que recalibrar y ajustar, algo que dominaba con excelencia. Ella no me enseñaría magia directamente, pero eso no significaba que no pudiera aprender por mi cuenta. Podría aprender cualquier cosa que me propusiera. Después de todo, era un genio. Había aprendido a vivir solo. Había aprendido a moverme por la ciudad. Podía hacerme un lugar dentro del mundo mágico. Por eso inventé la Encantopedia. No podía ver las líneas ley, así que desarrollé un dispositivo que pudiera verlas por mí.

Revisé el aparato para asegurarme de que no hubiera sufrido ningún daño. Presioné el botón de encendido y la pantalla comenzó a parpadear. Ese era el primer paso para cambiar mi vida, porque si podía ver la magia por mí mismo, no me la podrían volver a arrebatar. A pesar de los pequeños contratiempos, mantuve la esperanza. No tenía otra opción porque era lo *único* que me quedaba. Y con la ayuda de Antonia, incluso sin que ella lo supiera, nunca más volvería a quedarme sin magia.

2

Rook

—¿Alguna vez has oído hablar de los programas antivirus? —pregunté mientras tocaba las teclas del portátil de Antonia. Albergaba una increíble cantidad de virus, me sorprendió que todavía funcionara. La hechicera miró por encima de mi hombro y entrecerró los ojos violetas, pero no sabía si su aparente desconfianza era hacia mí o hacia el ordenador.

—¿Necesito uno?

—Sí —dije con una sonrisita—. Sobre todo si no quieres que nadie intente robarte los datos de tu tarjeta de crédito o espiarte.

—Bueno, los hechiceros tenemos fama de ser reservados.

Me di vuelta en la silla de oficina que Antonia había colocado en uno de los cubículos vacíos mientras el *software* que instalé comenzaba a ejecutarse.

—Me he dado cuenta. ¿Por qué sois así?

Bebió un sorbo de una enorme taza de café, que yo había preparado después de arreglar la elegante máquina de café expreso, y se colocó el largo cabello castaño por encima del hombro. Ese día, tenía las uñas pintadas de un azul brillante que iba a juego con su blusa.

—Supongo que has oído hablar del Consorcio Mágico.

Asentí y señalé hacia la ventana de la oficina principal.

—¿El que ha puesto el certificado en esa ventana?

—El mismo. Es el equivalente de un organismo gubernamental, pero en el mundo mágico. Una molestia burocrática, en mi opinión. Pero ellos establecen las reglas que los hechiceros debemos seguir, aunque sean reglas limitantes y sin sentido que existen solamente para complicarme la vida.

Hasta donde yo sabía, mi abuela nunca mencionó el Consorcio Mágico, pero sabía que existía por el torbellino de eventos que tuvieron lugar después de su muerte, incluso la evaluación que resultó en mi destierro del mundo mágico. Además, el logo del Consorcio también estaba estampado en todos los certificados en los escaparates de los negocios mágicos de la ciudad, y cuando intentaba investigar sobre la magia en Internet, por lo general me encontraba con el mensaje «Esta página está bloqueada por el Consorcio Mágico» cada vez que me acercaba a una fuente de información auténtica.

—Parecen buenas personas —dije mientras volvía a concentrarme en arreglar el portátil de Antonia.

Antonia resopló.

—Son todo lo contrario. Y no les gusta compartir información con personas fuera de su «círculo íntimo». —Hizo comillas en el aire, lo cual me impresionó porque todavía sostenía la taza de café—. Se enfurecen si compartimos cualquier información mágica con personas no mágicas. Es por eso que no podrás investigar nada sobre magia en Internet ni en ningún otro lugar que no sean los libros de hechizos estrictamente controlados. Tienen un fuerte control sobre el flujo de información. Y cualquiera que intente pasarse de la raya será castigado de inmediato.

Tenía todo el cuerpo sudado. ¿Castigado? No sonaba agradable. Mientras estaba desarrollando la Encantopedia, intenté rastrear un mapa de las líneas ley de la ciudad para compararlo con las lecturas de mi dispositivo, ya que yo mismo no podía verlas. Fue un esfuerzo inútil. Las únicas personas que se ofrecieron a dar alguna pista sobre el funcionamiento interno eran sospechosas y querían reunirse en aparcamientos oscuros o callejones, a horas extrañas y en lugares aislados. Una vez consideré reunirme con alguien, pero no quería convertirme en el próximo asesinato sin resolver de un programa de televisión sobre crímenes reales.

—¿Castigado? —pregunté, tratando de mostrar una actitud indiferente.

—Amonestado. Reprendido. Relegado a trabajar con maldiciones. —La última parte salió con cierta amargura y resentimiento, y un cosquilleo me recorrió la espalda ante la insinuación de que Antonia alguna vez se había enfrentado al Consorcio. Tamborileó con los dedos en el costado de la taza y continuó—. Les gusta fingir que ejercen cierto control sobre los hechiceros activos, pero no pueden vigilarnos a todos a la vez, ni siquiera con sus espejos clarividentes. No es más que burocracia y poder disfrazados de regulaciones y seguridad. —Puso los ojos en blanco—. Pero en realidad, su idea es mantener el flujo de efectivo. Ese certificado en mi ventana fue muy caro, si entiendes a lo que me refiero.

Oh. Interesante.

—¿En serio? Pensé que era algo parecido a la clasificación de las inspecciones sanitarias que se ven en las ventanas de los restaurantes.

Antonio se rio.

—No precisamente.

—Para ser una hechicera supuestamente reservada —comenté, comprobando el progreso del *software*—, no parece importarte demasiado compartir los secretos del Consorcio con una persona no mágica.

—Bueno —dijo con los labios apretados—, digamos que el Consorcio y yo no somos muy buenos amigos.

Interesante también.

—No me lo creo —dije fingiendo sorpresa—. ¿En serio? No lo había notado. Parece que tienes una excelente opinión de ellos y sus políticas.

—No digas eso. Tengo una reputación que mantener. —Sonrió, frunciendo los labios—. Les gusta entrometerse. Para asegurarse de que no esté haciendo nada que no deba, aunque me haya comportado de la mejor manera durante décadas. Cometí un pequeño error cuando era joven e imprudente, y me perseguirá el resto de mi vida. Es ridículo.

—¿Puedo preguntar cuál fue ese error?

—Mejor no. —Le dio otro sorbo al café—. Eso sí, hubo algo de caos. —Levantó la mano y apretó el pulgar y el índice—. Algunas maldiciones también. Y un poco de muerte.

Me quedé ojiplático.

—Por cierto, el café está delicioso —dijo mientras alzaba la taza para cambiar de tema—. No sé cómo lo has logrado, pero ahora la cafetera funciona mejor que antes.

Mi preocupación fue mayor que el orgullo que sentí al escuchar el cumplido.

—¿Un poco de muerte? —indagué.

Se encogió de hombros.

—No debería haber dicho nada. En fin, tenemos que hablar. Has cumplido tu parte del trato. El portátil está arreglado. El café es excelente. Así que debo cumplir con la mía.

Hice lo mejor que pude para no sonreír demasiado. Debajo del escritorio, sentí que la pierna me temblaba de los nervios.

—Vale —dije, y la voz se me quebró en la segunda sílaba. Qué gran manera de mantener la calma.

Tuvo la delicadeza de no mencionarlo, aunque sí noté cómo las comisuras de sus labios se curvaron hacia arriba.

—Trabajarás cinco días a la semana. Atenderás las llamadas por mí y hablarás con los clientes. Y arreglarás todo lo que rompa.

No parecía tan mal.

—No hay problema.

—Te pagaré semanalmente.

Aún mejor.

—Fantástico.

—Estupendo. Pero que quede claro que no soy tu mentora. No soy tu amiga. Y tú no eres mi aprendiz. Nada de magia. Simplemente formarás parte del personal administrativo. No quiero que el Consorcio piense que estoy incumpliendo las reglas, así que solo ocúpate de la tecnología. ¿Lo entiendes?

—¿Sí? Creo que sí. —No era lo ideal para mi plan. Necesitaba acceso a la información mágica. Me mordí el labio.

Suspiró.

—Venga, desembucha.

—¿Cómo se supone que voy a atender a los clientes si no sé la razón de la llamada? ¿Cómo sabré si es algo que puedes solucionar...?

—Puedo solucionarlo todo.

—Entendido. Pero ¿cómo sé si es una emergencia o algo que puede esperar unas horas?

Antonia se acarició la barbilla.

—Tienes razón.

—Y acabas de decir que al Consorcio no le gusta que compartas información con personas sin magia, así que si lo hicieras, sería una pequeña transgresión.

Me estudió con los ojos entrecerrados.

—No me gusta que ya me conozcas tan bien, pero me encantan las pequeñas transgresiones.

—¿Qué daño podría hacer? Como has dicho, no tengo magia, así que no puedo hacer nada con esa información.

34

—Sabes negociar, Rook. Vale, te enseñaré lo mínimo indispensable, pero de aquí no sale nada. —Señaló el portátil—. Sin Internet. Sin documentación. Quienes tenemos magia preferimos los pergaminos y los libros, que están bien custodiados y regulados por el Consorcio. Así que nada de tomar notas. —Me tocó la sien con la punta de su larga uña—. Tienes que almacenarlo todo aquí arriba.

—Trato hecho.

—Bien, empecemos por lo básico. —Se sentó en el escritorio a mi lado—. Maldiciones, maleficios y embrujos.

—Espera, ¿ya empezamos?

—No hay mejor momento que el presente. —Cruzó las piernas—. ¿A menos que no quieras aprender?

—¡No! No, quiero aprender. Adelante.

—De acuerdo. Los embrujos son de bajo nivel, fáciles de solucionar y por lo general desaparecen por sí solos. Son una incomodidad y su intención no es necesariamente lastimar o dañar, solo molestar. Por ejemplo, toparte con cada semáforo en rojo de camino a casa o pisar cada pieza de Lego a tu alrededor. No son poderosos, y muchas veces los lanzan porque alguien ha enfadado a otra persona, y esa persona quiere venganza. Son mis hechizos favoritos porque pueden ser muy específicos y, a veces, divertidísimos. —Soltó una risita—. Una vez, embrujé a uno de mis ex durante una semana entera para que rebuznara como un burro cada vez que se reía. Fue increíble. Tampoco pudo romperlo porque, bueno, fue obra mía —dijo con un guiño—. De todos modos, eso fue hace un tiempo. Ya lo he superado y por supuesto que no tengo marcado en mi calendario embrujarlo todos los años.

—Guau. Ehhh, demasiada información, jefa. —Nota mental: no permitir que Antonia escriba mi nombre en un calendario. Me aclaré la garganta—. Entonces son bromas inofensivas.

Antonia arrugó la nariz.

—Si te han embrujado para que no pises ninguna grieta en la acera, y eso te hace caminar en la calle y luego te atropella un autobús, ya no es tan inofensiva.

—Ah.

—No son muy difíciles de romper, pero una persona embrujada no puede romperlo sola. Necesita ayuda, y por eso recibo llamadas con bastante frecuencia para ser la segunda en el contrahechizo. Pero como te he dicho, la mayoría de los embrujos solo duran un breve período de tiempo y, a veces, la persona que ha sido embrujada ni siquiera lo sabe. Simplemente piensa que tiene un día de mala suerte.

—Entendido.

—Los maleficios son bastante similares. Son un poco más potentes, duran un poco más de tiempo y… —A Antonia le interrumpió el sonido de su teléfono. Dejó el café y metió la mano en el bolsillo de sus pantalones hechos a medida. Sacó un móvil con la pantalla rota y un fondo lleno de iconos sobre una imagen distorsionada de… ¿eso era un perro?—. Ah, es Fable Page, une compañere que también trabaja rompiendo maldiciones. Tengo que atender. Se acabó la lección por ahora. —Se bajó del escritorio y regresó al despacho mientras balanceaba las caderas. Respondió a la llamada—. ¿A qué debo el placer de tu llamada, Fable? ¿Necesitas que intervenga y salve al mundo? —Se echó a reír cuando escuchó la respuesta y luego cerró la puerta.

De pronto, estaba solo en la oficina otra vez, a excepción de Herb, quien me lanzó una mirada espeluznante desde un rincón con los bracitos cruzados, claramente molesto por mi presencia. Al menos esa mañana, cuando entré, el felpudo solo me había golpeado y no me había vuelto a tirar contra la pared. Todavía me dolía la nariz y estaba un poco hinchada, pero, por suerte, los moretones apenas eran visibles. Con Antonia ocupada y el ordenador haciendo lo suyo, coloqué mi mochila entre los pies, la abrí y metí la mano.

Esa misma mañana, había envuelto la Encantopedia en una suave sudadera para protegerla y luego la había guardado en mi mochila. Era aproximadamente del tamaño de una tableta pequeña y era una combinación de varias piezas tecnológicas, pero se había transformado en algo completamente diferente. Se encendió, y la luz en la parte superior emitió un brillo verde brillante al instante. La pantalla cobró vida, y apareció un mapa de la zona, con la oficina de Antonia justo en el medio. En la pantalla, una gruesa línea verde pulsaba sobre la parte superior y se extendía por toda la ciudad antes de desaparecer.

Tragué saliva. En el apartamento, la Encantopedia nunca mostraba datos, ya que no había líneas ley cerca de donde vivía. Lo sabía. Todas las personas del bloque de pisos con las que había hablado me confirmaron que la zona estaba libre de magia, lo cual era parte del atractivo para algunos residentes. Sin embargo, la pantalla estaba funcionando en ese momento. Mierda. Estaba funcionando *de verdad*. De hecho, tenía sentido que la oficina de Antonia estuviera situada sobre una línea ley poderosa. Pasé los dedos sobre el dispositivo y con un ligero toque moví el mapa, pero la presencia de la línea ley en la pantalla desapareció. Mmm. Tendría que trabajar en ese aspecto y ver si podía ampliar el rango en el que la Encantopedia detectaba la energía mágica, pero por el momento me hacía mucha ilusión que mi invento funcionara. Solo me quedaba confirmar que la información que mostraba era correcta.

Cuando escuché que Antonia abría la puerta de su despacho, volví a guardar el dispositivo en la mochila.

—Tengo que irme —anunció mientras se ponía una chaqueta ligera y se recogía el pelo en una cola de caballo—. Fable necesita mi ayuda con un piano maldito. Al parecer, es muy peligroso. Es algo que suele suceder con las reliquias familiares si existen recuerdos y vínculos familiares muy fuertes.

—Eh... vale.

—Tienes mi número de móvil. Si alguien llama, anota sus datos y llámame. No debería llevarme mucho tiempo lidiar con este asunto, y si tienes que irte antes de que regrese, asegúrate de cerrar la puerta.

—No tengo la llave.

Frunció el ceño.

—Claro, necesitas la llave para cerrar la puerta porque no puedes activar las barreras protectoras.

Hice una mueca.

Agitó la mano, como para desestimar el problema.

—No pasa nada. Mejor no te vayas hasta que regrese. Llámame si me necesitas. No entres en mi despacho y no toques nada. Nada de nada. Nunca. Aparte del portátil y los teléfonos. ¿Entendido?

Asentí. Era obvio que entraría en su oficina para husmear. Estaba seguro de que encontraría información sobre la ubicación de las líneas ley allí.

—Pensándolo bien... —Giró la muñeca y señaló con dos dedos las puertas cerradas de su oficina, al otro lado del espacio abierto. Una ráfaga de luz brotó de su mano y se estrelló contra el cristal. Una onda de color púrpura se extendió por la superficie, mientras chisporroteaba con un zumbido bajo similar a la electricidad, y luego se atenuaba hasta que ya no era visible.

Me quedé boquiabierto. Madre mía.

—Así evitamos la tentación —dijo—. Sentirás un leve ardor si decides tocar la protección. Aunque si fuera tú, no lo haría. Herb está aquí para abrir la puerta. —Sonrió y me enseñó todos los dientes de una manera que se suponía que era tranquilizadora, pero que resultó ser un tanto amenazante—. Relájate. No pasará nada mientras esté fuera. Ha sido una semana tranquila.

—Vale —respondí con mi mejor sonrisa falsa, que no transmitía mi decepción por que me apartara del enorme libro en su oficina, donde probablemente se encontraba la información que necesitaba—. Puedo hacerlo. No te preocupes por mí. Estoy bien.

Inclinó la cabeza hacia un lado.

—Eres un chico raro. En fin, llámame si hay algún problema.

—Sí. Estaré bien.

El felpudo maldito no movió ni una sola fibra cuando Antonia se puso de pie sobre él y hundió los tacones en la tela.

—Lo sé o no me iría. —Se dio la vuelta y salió mientras la puerta se cerraba detrás de ella.

De repente, me encontré totalmente solo en una gran oficina sin saber qué hacer. Me hundí en la silla y jugueteé con los dedos. Antonia tenía razón. Estaría bien. Lo único que tenía que hacer era contestar el teléfono. ¿Qué podría salir mal?

3

SUN

El verano era una gran pérdida de tiempo y esfuerzo. La primavera me agradaba. El otoño era mi estación favorita. El invierno no era terrible.

No obstante, podría prescindir de toda la temporada de verano. En primer lugar, hacía demasiado calor. Sobre todo en la ciudad, donde el asfalto ardía y el aire vibraba por el calor hasta convertirse en un sofocante infierno de cemento. No iba con mi estilo de mangas largas, vaqueros y colores oscuros, pero no tenía intenciones de abandonarlo, a pesar de que el ambiente realmente me sofocaba.

Riachuelos de sudor me recorrían la columna mientras llevaba la caja desde la parada de autobús, y fue *tanta* la molestia que consideré lanzar un hechizo para crear una pequeña nube de lluvia que me siguiera y me refrescara. No lo hice porque mi ropa ya estaba bastante mojada y porque no conocía el hechizo de memoria. Sin embargo, estaba claro que no soportaba el calor ni la ciudad. Porque, además del calor sofocante, la ciudad tenía... gente. Lo que empeoraba muchísimo la situación. Había demasiada gente reunida en un solo lugar. Prefería mucho más el lugar donde estaba ubicada la cabaña de Fable, justo en las afueras de la ciudad, en un pequeño terreno rodeado de vegetación, con vecinos a solo unos minutos a pie. Quedaba un poco lejos de la casa de mi familia, así que no me quedaba más remedio que conducir hasta allí, pero no me molestaba porque merecía la pena ser le aprendiz de Fable.

Excepto por la siguiente cuestión: hacer recados. Ser tratade como le chique de los recados de une hechicere prestigiose no era precisamente lo que esperaba cuando me convertí en le aprendiz de Fable unos años atrás, pero así eran las cosas. Según Fable, no tenía la experiencia suficiente para ayudar con el piano maldito, aun cuando había ayudado con cosas mucho peores. ¡Estaba segure! Pero no, Fable llamó a Antonia Hex para pedirle ayuda, y a mí me envió a la oficina de Antonia para dejar los otros objetos malditos, ya fuera para romperlos o almacenarlos.

Por eso estaba bañade en sudor y esquivando a la gente en la acera mientras llevaba una caja de cartón encantada con un hechizo de protección menor. Me hubiera gustado conducir el coche de Fable, pero lo necesitaba para encontrarse con Antonia en el almacén que había causado todo ese desastre. Alguien me golpeó el hombro y ni siquiera se molestó en disculparse cuando me tambaleé y solté un quejido.

—¡Fíjate por donde vas! —Le lancé una mirada fulminante desde debajo de la visera de mi gorra, pero noté que ya estaba a mitad de la manzana. Puede que fuera pequeñe, pero yo también tenía derecho a un espacio en la acera, gracias. Y si se me hubiera caído la caja, bueno, podría haber terminado muy mal. Allí dentro había una muñeca espeluznante que definitivamente estaba maldita y que, si pudiera, causaría estragos. Je. Para ser sincere, no me importaría ver a dicha muñeca aterrorizando solo a los imbéciles que se chocaban con la gente en la acera.

Cuando llegué a lo de Antonia, me había derretido. Aunque su oficina no era tan ostentosa como su personalidad, el vergonzoso nombre de «Hex-Maldición» en la puerta era señal suficiente de que ese lugar efectivamente le pertenecía. Qué horrible juego de palabras. No podía creer que continuara usándolo. Sin embargo, cualquier cosa que hiciera Antonia se convertía de forma automática en la comidilla de toda la comunidad. Y bueno, el nombre comercial de Fable no era mucho mejor. «Les rompemaldiciones de Fable» no era tan creativo.

Si el pésimo juego de palabras no era suficiente para darse cuenta de que esa era la oficina de Antonia, la enorme cantidad de energía mágica que emanaba de ella sí lo era. Percibía un zumbido debajo de la piel. Parpadeé, y empecé a ver en blanco y negro, salvo por la gruesa línea ley de color rojo que atravesaba el edificio. Latía como un corazón. Parpadeé de nuevo, y el mundo recuperó su color y la línea desapareció.

Mientras me esforzaba por mantener el equilibrio con la caja, abrí la puerta con la cadera y dejé escapar un suspiro de alivio ante el bendito frescor del aire acondicionado. Cuando entré, el aire frío me recorrió la piel pegajosa del cuello y me estremecí, mordiéndome el labio mientras cruzaba el umbral.

A pesar de haber trabajado para Fable desde hacía algunos años, nunca había conocido a Antonia ni había entrado en su oficina. Solo la había visto desde lejos mientras trabajaba con Fable. Fable me mantenía lejos de ella, tal vez porque era problemática y porque, por lo general, despertaba la ira del Consorcio. Y también por lo que le pasó a su última aprendiz. Bueno, según los rumores que había oído. No le había pedido directamente a Fable que me confirmara las circunstancias. Los rumores eran suficientes, y tenía el presentimiento de que era un tema delicado.

Al principio, no vi a nadie adentro. Solo un perchero con actitud hosca en un rincón.

—¡Hola! —saludé en voz alta.

Se acercó corriendo un chico que estaba hecho un manojo de nervios. Hizo una mueca y sacudió la mano con un silbido de dolor, como si fuera un personaje de animación que acabara de aplastarse los dedos con un martillo. Tenía el pelo castaño despeinado y una expresión de pánico en el rostro. Estaba pálido, salvo por las dos manchas de color rojo brillante en las mejillas. Un moretón violeta se extendía por el puente de su nariz. Antes de que pudiera decirme algo, sonó el teléfono, y se metió en un cubículo mientras levantaba un dedo por encima de la pared para hacer el típico gesto que indicaba que debía esperar. Solté un suspiro ruidoso y me quedé de pie en el felpudo de la entrada, impaciente.

—Gracias por llamar a Hex-Maldición. ¿En qué puedo ayudarle? —Reapareció con el ceño fruncido y el teléfono entre la oreja y el hombro—. Ajá. Lamento que le haya sucedido eso, pero Antonia no está disponible en este momento. Puede dejarme un mensaje, y yo le avisaré de que precisa su ayuda de inmediato. —Hizo una pausa—. Ajá. Bueno, entiendo que necesita el cabello, sobre todo para la sesión de fotos de mañana. No. Eso no ha sido sarcasmo. No quise ser sarcástico. Estaba tratando de darle la razón.

Reprimí una risa.

El chico hizo una mueca cuando escuchó la respuesta.

—Sí, tengo su número. Llamaré a Antonia enseguida. ¿Quiere saber cómo me llamo? ¿Para poder quejarse con mi jefa? Me llamo Norman. Sí, claro que ese es mi nombre. Vale, gracias por llamar. Ajá. Adiós.

Colgó y se encorvó, con la cabeza entre las manos. En cuanto apoyó el teléfono, empezó a sonar de nuevo.

—Mierda —murmuró—. Dejaré que suene… supongo. Pueden dejar un mensaje. ¿En qué puedo ayudarte?

—No te llamas Norman, ¿verdad? —pregunté con un tono demasiado agresivo para ser una broma, pero me dolían los brazos, ya que había llevado la caja desde la parada de autobús en medio de un calor infernal. Y estaba cansade.

Se pasó una mano por el pelo y se rio.

—¿Por qué quieres saberlo? ¿También vas a presentar una queja?

Moví la caja que llevaba en los brazos.

—Tal vez, si no apoyo esto en algún lugar pronto.

—¡Oh! Lo siento. Eh… ¿qué es? —Salió de detrás de la pared del cubículo y se detuvo frente a mí, a unos metros de distancia. Era más alto que yo, lo que me fastidiaba un poco, delgado y con un atractivo clásico. Alguien tenía que notarlo.

Entrecerré los ojos.

—Una entrega de objetos malditos, cortesía de Fable Page. ¿Dónde los dejo? Porque la verdad es que la caja no es liviana.

—Oh, eh. —Recorrió la habitación con la mirada—. No lo sé.

Enarqué una ceja, irritade.

—¿No lo sabes? ¿No trabajas aquí?

—Es mi primer día —explicó—. Y se supone que no debo tocar los objetos mágicos. Solo formo parte del personal administrativo. Quizá Herb lo sepa.

—¿Quién es Herb?

El chico, llamado No-Norman por lo visto, se rascó la nuca y señaló el perchero en la esquina. El perchero se estremeció, giró sobre su base y se alejó cojeando hacia otra habitación.

—No creo que Herb sea de ayuda —dije.

—Sí, yo tampoco lo creo.

Con un suspiro, divisé un escritorio vacío cerca. Estaba sudorose, agotade y frustrade con Fable, con esta tarea y también con ese chico despistado que de alguna manera había logrado que Antonia lo contratara, así que di un paso para alejarme del felpudo y dirigirme al escritorio.

—Espera. Ten cuidado con el…

En un momento estaba de pie, y al siguiente estaba tirade en el suelo alfombrado, porque de alguna manera el felpudo se había movido hacia un costado y había hecho que me resbalara. Me dolía el mentón por el roce violento contra la alfombra; me dolían los codos por el golpazo mientras yacía boca abajo. La gorra se me había caído cuando la visera chocó contra el suelo, y un mechón sudoroso de pelo negro me cubría los ojos. Caer de bruces era una mierda en cualquier día normal; pero me acababa de suceder delante del nuevo empleado de Antonia, lo cual era muy *vergonzoso*. Y lo peor era que la caja estaba volcada en el suelo, con el contenido esparcido por todos lados, lo que significaba que se había roto el hechizo de protección. Oh, eso no era bueno, nada bueno.

La mayoría de los objetos eran relativamente inofensivos, como el llavero, la bolsa de canicas, el abrecartas enjoyado y el ejemplar maltrecho de una vieja novela de ciencia ficción. La muñeca, por otro lado, salió rodando con un propósito.

Tenía una cara de porcelana inexpresiva, ojos saltones, mejillas pintadas de rosa y cabello castaño rizado. Llevaba un vestido de encaje, como un vestido de novia, y un sombrero de ala ancha inclinado de forma vistosa. Incluso si no estuviera maldita, sería espeluznante, pero en ese momento también era peligrosa, porque estaba suelta.

—Ay, no. ¿Estás bien? El felpudo está maldito. Debería habértelo dicho. Es agresivo. Ayer me hizo tropezar, y me golpeé la cara contra la pared. Me hizo sangrar la nariz.

Escuché el sonido de unos pasos que se acercaban con prisa, y luego un quejido cuando el chico se arrodilló a mi lado. Me agarró del brazo con sus grandes manos, pero me encogí de hombros al instante para alejarme de él.

—No me toques —dije entre dientes, con los ojos fijos en la muñeca. Aparté sus manos de una palmada sin quitarle los ojos de encima, porque si desviaba la mirada, ella echaría a correr a toda velocidad. Había visto películas de terror. Ese no era mi primer rodeo mágico metafórico.

—¡Ay! Lo siento. Lo siento mucho.

—No te muevas —le advertí en voz baja, mientras la muñeca se erguía poco a poco. Le crujió el cuello cuando giró la cabeza para clavarme la mirada.

—¿Qué te pasa? ¿Te has hecho daño? ¿Quieres que llame a alguien?

—Joder, ¿por qué no cierras la boca? —escupí—. No te muevas, Norman. Esa muñeca está *maldita*, y se ha escapado de la caja encantada en donde la llevaba. No creo que esté muy contenta después de que la hayamos atrapado y sacado de la casa que había estado rondando durante los últimos treinta años.

Se quedó completamente inmóvil a mi lado. Estaba arrodillado cerca de mi codo, y vi por el rabillo del ojo cómo apretó los puños antes de presionarlos sobre sus vaqueros, a la altura de los muslos. La muñeca se movió de nuevo, y sus párpados aletearon cuando inclinó la cabeza para mirar el abrecartas, cuyo mango enjoyado brillaba bajo la luz del sol que entraba por la ventana cercana. *Mierda*.

—Oh —dijo, con el aliento entrecortado al exhalar—. Qué *guay*.

¿Qué? ¿*Qué*? ¿Guay? ¿Qué coño le pasaba? Nunca antes había sentido tal incredulidad hasta ese mismo momento. Había visto muchas cosas impresionantes como aprendiz de Fable, varias de las cuales me habían asombrado por completo, pero no daba crédito al hecho de que ese chico estuviera mirando a una muñeca maldita que, a todos los efectos, parecía un poco sanguinaria y tenía un arma a su alcance, y pensara que era *guay*. Había muchas cosas en el mundo mágico que eran *guais*, pero estaba claro que una muñeca maldita no era una de ellas. Ni siquiera clasificaba entre las diez mejores. Uff. Iba a morir. Iba a morir delante de ese chico, *por culpa* de ese chico, y, madre mía, iba a ser mucho más vergonzoso que darme con la barbilla en el suelo.

La muñeca soltó una risita.

El alma me abandonó el cuerpo, y los músculos se me tensaron cuando ella se levantó en cámara lenta, con unos horribles movimientos que parecían sacados de los efectos especiales de una película de terror.

—Oh, vale. Tal vez ya no sea tan guay —añadió el chico en voz baja y temblorosa.

—Sí, y que lo digas —repliqué.

—¿Qué hacemos?

—Tenemos que volver a encerrarla —respondí con los dientes apretados—. La caja tiene un hechizo de protección.

—Creo que sé lo que eso significa.

—Te felicito, genio.

—Este es el plan...

—No.

—Agarra la caja y...

—¿Qué parte de «no» no entiendes?

—Y yo...

—Son dos letras.

La muñeca se arrastró hacia el abrecartas y No-Norman entró en acción.

—¡Ahora! —gritó mientras se ponía de pie de un salto.

Gateé hacia la caja y abrí las solapas de cartón justo cuando él atrapó la muñeca por el pelo y la arrojó adentro. Se estrelló contra el fondo, con el abrecartas en su mano regordeta de porcelana, y dejó escapar un grito agudo y espeluznante lleno de indignación y maldad. En cuanto la muñeca se alejó del borde, tiré la caja contra el suelo y la cerré, asegurándome de sujetarla con fuerza mientras se movía de forma descontrolada bajo mi peso. Menos mal que la oficina de Antonia estaba situada en esa línea ley que rebosaba de energía. Extendí la mano para alcanzarla, atraje la magia hacia mí y, con un hechizo en voz baja, reforcé la protección sobre la caja.

Sentí el hormigueo de la magia a través de mi cuerpo, mientras chisporroteaba como una bengala y me atravesaba las manos a toda velocidad para llegar a la protección que Fable había conjurado antes. No sabía si era necesario, puesto que el encantamiento estaba intacto, pero no quería correr riesgos con una muñeca asesina que empuñaba un cuchillo. La caja emitió un brillo, y el crujido de la magia disminuyó hasta que finalmente se detuvo. Exhalé un suspiro de alivio, agaché la cabeza y respiré con dificultad, como si acabara de correr una maratón. Tenía el cabello negro alborotado alrededor del rostro.

—Vaya —dijo, señalando la caja—. No se puede escapar, ¿verdad?

—No. Para eso sirve el encantamiento. O mantiene algo dentro o mantiene algo fuera.

Lanzó una mirada siniestra por encima del hombro y luego se volvió hacia mí, con una amplia sonrisa en el rostro.

—Claro, te entiendo. En fin, eso ha sido increíble. Eres increíble.

Levanté la cabeza y lo miré fijamente, incrédule.

—¿Quién eres?

—Norman —dijo sin dudarlo.

—Sí, claro.

Recogí mi gorra de donde se había caído y luego me enderecé con dificultad. Me temblaban las rodillas, no tanto por usar magia, aunque sí que dejaba secuelas, sino más bien por el miedo y la adrenalina. Tal vez Fable hizo bien en no permitir que le acompañara a solucionar el problema del piano maldito. Aunque nunca lo admitiría en voz alta. Apoyé el hombro contra la pared, muy consciente de la caja frente a mí y del felpudo detrás de mí.

—¿Estás bien? —me preguntó—. ¿Quieres un poco de agua? ¿O café? He reparado la máquina esta mañana.

Negué con la cabeza y me pasé la mano por el pelo antes de ponerme la gorra.

—Estoy bien.

—Sí, se nota.

Apreté los labios.

—Por cierto, ¿en qué estabas pensando? ¿No sabes que es peligroso manipular objetos malditos? Y este tenía un cuchillo.

—Un abrecartas. No te preocupes, al final funcionó. —Sonrió—. La muñeca está encerrada en la caja, y no afuera asesinando a civiles inocentes. Tú y yo estamos a salvo, excepto por el raspón en tu cara.

Me llevé la mano al mentón con timidez.

—Y pude ver algo de magia en mi primer día. Considero que toda la experiencia ha sido una victoria. —Esbozó una sonrisa radiante, y un hoyuelo apareció en su mejilla izquierda. Uff.

—¿Una victoria? Literalmente estábamos en medio de una película de terror. De hecho, existen franquicias basadas en muñecas asesinas. Además, ¿quién demonios tiene un felpudo maldito en la entrada de su oficina?

—Antonia —dijo, como si eso fuera una explicación. Y vale, lo era, pero necesitaba un poco de seriedad—. Se porta bien con ella. Creo que le tiene miedo.

El felpudo le dio un golpe.

Sí, mi incredulidad estaba por las nubes. No lo soportaba. Tenía que irme antes de que me contagiara su actitud positiva. Me aparté de la pared. Me temblaban las piernas. El corazón me latía desbocado.

—Oye, ¿en serio estás bien? ¿Quieres sentarte?

No era una mala idea. Al menos, el aire estaba fresco en la oficina. Era mejor que salir y sufrir la luz solar directa, al menos durante un minuto.

—De acuerdo.

No-Norman (tal vez debería preguntarle cómo se llamaba) sacó una silla de otro escritorio y me hizo un gesto para que me acercara.

—Siéntate aquí. Te traeré un vaso de agua.

Me hundí en la silla y me aferré a los reposabrazos.

—Por cierto, eso ha sido impresionante —comentó en voz alta mientras entraba en la habitación a donde Herb se había retirado—. Cuando has usado la magia para restablecer el hechizo de protección. Eso ha sido lo que has hecho, ¿verdad? Vi ese brillo antes, cuando Antonia lanzó el mismo encantamiento a la puerta de su despacho.

—¿No confía en ti? —pregunté, aunque probablemente estuve fuera de lugar. Debería haber aceptado el cumplido primero. Lo cierto era que mis habilidades sociales no eran muy buenas, como a mi familia y a Fable les gustaba decirme de vez en cuando. Pero él no pareció ofenderse.

Se rio con timidez mientras regresaba con una botella de agua en la mano. Me la entregó, y la sentí fría en mi palma sudorosa.

—No. Como ya te he dicho, este es mi primer día.

—Tienes razón. Formas parte del personal administrativo. —Bebí un sorbo de agua—. Por cierto, gracias.

Sonrió de oreja a oreja.

—De nada. Lamento no haberte advertido sobre el felpudo.

—Deberías haberlo hecho. Es un peligro.

Un atisbo de rubor se apoderó de sus mejillas. No era para nada adorable.

—Sí —dijo, avergonzado—. En fin, ¿quién eres tú? ¿Trabajas para Fable? Antonia acaba de irse para ayudarle con un piano, si no me equivoco.

Resoplé.

—Hace que la gente baile hasta morir.

—Oh, vaya. Qué bien.

Levanté una ceja.

—Sí, *qué bien.*

Se le dibujó una sonrisa en el rostro. Por alguna razón, mis labios también se curvaron en una leve sonrisa sin mi permiso. Bebí otro sorbo de agua a toda prisa y desvié la mirada. Los demás objetos aún estaban esparcidos por el suelo, y aunque no eran tan peligrosos como la muñeca, podían causar daño si alguien sin experiencia los manipulaba. Y estaba segure de que No-Norman no tenía ni idea de qué hacer con ellos.

—¿Tienes otra caja? —pregunté—. Debería recoger todos esos objetos y encerrarlos. Hasta que Antonia les eche un vistazo.

—Eh, sí. Mmm… déjame buscar una.

Se alejó corriendo. Bebí más agua y poco a poco me relajé contra el respaldo de la silla. Después de escuchar cómo abría y cerraba los armarios y los cajones de golpe, el chico regresó con una caja que antes contenía cápsulas de café.

—Eso es… mucho café.

Se encogió de hombros.

—Antonia tiene la costumbre de comprar al por mayor. ¿Esta caja servirá?

—Sí.

Me puse de pie, y No-Norman se acercó con la intención de ayudarme a mantener el equilibrio, pero luego pareció recordar cómo lo había apartado antes y se detuvo.

Oh. Eso fue… inesperado. Y considerado. Por lo general, la gente no se molestaba en recordar ni respetar mis límites personales, razón por la cual yo tampoco me tomaba la molestia de preocuparme por la gente.

Por suerte, sentí las piernas más fuertes que antes. No había traído guantes, algo por lo que Fable me regañaría cuando se lo contara más tarde, así que me bajé la manga hasta que me cubriera toda la mano. No-Norman sostenía la caja con firmeza mientras yo levantaba cada objeto con cuidado, de uno en uno, y los colocaba en la caja hasta que todos estuvieran dentro. Dejó la caja en el suelo junto a la otra y la cerró, momento en el que lancé otro hechizo de protección. Como tuve que crearlo desde cero, y no solo reforzar un encantamiento que ya existía, requirió más concentración y energía, pero una vez que completé el proceso, me sentí orgullose del trabajo que había hecho. El hechizo era fuerte, tal vez más fuerte de lo que se necesitaba, pero bueno, más vale prevenir que curar. Y tal vez quería presumir un poco también.

—Qué guay —dijo—. Vaya.

Me encogí de hombros.

—No fue nada —dije, aunque me felicité a mí misme en mis pensamientos.

—Entonces, ¿Fable es tu mentore? Lo siento, pero creo que no me has dicho tu nombre.

—Tú tampoco me has dicho el tuyo.

—¿Vas a presentarle una queja a Antonia?

—Esta vez no. —¿Qué estaba haciendo? ¿Lo estaba provocando?

—Antonia me llama Rook.

Me quedé helade. Era una expresión extraña. Una forma muy específica de decirme cómo se llamaba. ¿Eso significaba que...? ¿Antonia le otorgó un nombre? Eso era... era... sorprendente. ¿Qué estaba tramando? ¿Acaso estaba considerando...? No, no lo haría. No *podía*, según los rumores. Fable tenía que estar al tanto de eso. Tenía que contárselo de inmediato.

—¿Y tú? —insistió—. Cuando Antonia me pregunte quién trajo esa muñeca endemoniada, ¿qué le digo? Quizá «la persona que trabaja para Fable», pero es un poco largo.

—Elle —dije en voz baja—. Cuando hables de mí más adelante, usa el pronombre «elle».

—Vale. Genial. Gracias.

El teléfono de la oficina empezó a sonar, y el sonido rompió la repentina y extraña tensión entre nosotres.

—Está sonando el teléfono —dije cuando vi que Rook no se había movido.

—¡Oh! —Parpadeó—. Mierda. —Se apartó de mí, tan sorprendido como yo de lo cerca que estábamos, y luego corrió hacia el cubículo. Estaba sin aliento cuando atendió—. Gracias por llamar a Hex-Maldición. ¿En qué puedo ayudarle? —Hizo una pausa—. Sí, el cabello. Necesita el cabello para mañana. Lo siento. Antonia no ha regresado a la oficina, pero está al tanto de su situación.

Claro que no estaba al tanto de la situación. No la había llamado. Mentía muy bien.

Mientras Rook hablaba por teléfono, revisé las cajas por última vez y, conforme con los hechizos de protección, me escabullí por la puerta y regresé al calor de la ciudad sin despedirme.

4

ROOK

En efecto, la protección que rodeaba el despacho de Antonia me hizo sentir un *ardor*. Y no me refería a una suave vibración contra la piel, sino a un *dolor* profundo, como si me hubieran atacado varias avispas con sed de venganza. Lo descubrí en mi primer día de trabajo, justo antes de que llegara le chique con la muñeca espeluznante. Había intentado tocar el pomo de la puerta y, bueno, había sido un error. Después de la primera punzada de dolor, mi mano quedó entumecida durante *horas*. Lo intenté en otra ocasión con el pie, cuando Antonia salió a atender una llamada, y sí, obtuve el mismo resultado. Antonia no escatimaba en la potencia de sus protecciones mágicas.

A pesar de mi total falta de progreso en el aprendizaje sobre la posición de las líneas ley de la ciudad, todo lo demás iba bastante bien. Dos semanas después de mi primer día de trabajo, había alcanzado un punto en el que ya nada me sorprendía. El incidente con la muñeca y la misteriosa persona que la había traído fue el momento más extraño hasta el momento. Y aunque no sabía cómo se llamaba, a veces, en los momentos tranquilos del día, mi mente pensaba en elle, sus modales bruscos, el leve movimiento en las comisuras de sus labios cuando le hacía una broma, la calidez de su magia, la forma adorable de su nariz. Estaba seguro de que nunca le volvería a ver, sobre todo porque Antonia insistía en que yo solo era un empleado administrativo, a menos que Fable le pidiera que trajera otro objeto maldito que necesitara la pericia de Antonia. Incluso si eso significara toparme con algo que quisiera apuñalarme con un abrecartas, no me molestaría volver a verle.

Aparte de eso, no sucedió nada que me hubiera resultado tan aterrador o abrumador. También aprendí a rodear el felpudo maldito para evitar más incidentes en los que mi cara se familiarizara con la pared.

Aprendí sobre magia, aunque no de la propia Antonia. Principalmente de las llamadas que atendía todos los días. Encontré una rutina con los clientes, lo que me permitió implementar algunos sistemas y procesos para atender llamadas. Como hojas de cálculo y formularios, que Antonia nunca antes había usado porque no le gustaban los ordenadores. Pero era útil saber cuándo algo era una emergencia, como un maleficio que convertía la vida de una persona en una película de terror espeluznante con un escenario lleno de pájaros, o cuándo se trataba de algo más rutinario, como un embrujo que hacía que alguien estornudara cada vez que escuchaba la palabra «cactus». Al parecer, era un problema real para los botánicos.

Y cuando no había tanto trabajo, hacía modificaciones en la Encantopedia. No estaba más cerca de confirmar que las lecturas de la Encantopedia eran precisas, porque Antonia era perseverante con los hechizos en la puerta de su despacho, por lo que había tenido pocas oportunidades de husmear. Era desalentador, pero el incidente con la muñeca y le aprendiz de Fable había reforzado el hecho de que una línea ley efectivamente atravesaba la oficina de Antonia, ya que le chique fue capaz de crear un hechizo de protección como ella. Lo que significaba que la Encantopedia *sí* tenía razón sobre la ubicación de esa línea ley. Aún necesitaba trabajar en otros aspectos, como la fuerza y el poder de alcance, pero todavía no tenía un plan sobre cómo hacerlo. No me preocupaba, porque mis intenciones seguían ocultas. Y aunque albergaba un poco de culpa por aprovecharme a Antonia, ya que hasta el momento había sido una gran jefa, todo iba de maravilla.

Excepto ese día, cuando Antonia regresó de forma inesperada y mi proyecto secreto, por el que probablemente me echaría una maldición, estaba a plena vista en mi escritorio, emitiendo un pitido alegre mientras ejecutaba un diagnóstico.

—Los maleficios —dijo Antonia moviendo las manos profusamente mientras entraba en la oficina tras su jornada de trabajo. Su cabello, que por lo general estaba peinado a la perfección, parecía un nido, y su cuerpo estaba cubierto de una sustancia que parecía lodo, pero que olía a algo completamente diferente— son un incordio.

Pensé que estaría fuera más tiempo por la forma en la que se había ido apurada, diciendo que Fable la había llamado y necesitaba ayuda. Ya había regresado, y la Encantopedia estaba en mi escritorio, y no había manera de que volviera a guardarla con sutileza en mi mochila. Sin duda llamaría la atención de Antonia. Y no quería que sucediera eso. En absoluto.

—Oh, ¿era un maleficio muy malo?

—Sí, y asqueroso. Recuérdame que no atienda las llamadas de Fable durante la próxima semana. En fin, voy a limpiarme y luego comenzaremos con tu próxima lección. —Posó la mirada en la Encantopedia y aminoró el paso. Me quedé sin aliento—. ¿Qué es eso? —preguntó, inclinándose sobre la pantalla. Extendió la mano para tocarla.

—¡Alto! Eh, ten cuidado —exclamé y aferré la Encantopedia con fuerza, al tiempo que me la acercaba al cuerpo. Mi intención era protegerla y ocultarla en un solo movimiento—.

Este dispositivo me ha llevado mucho tiempo y esfuerzo. Preferiría que no estuviera roto.

Frunció el ceño.

—De pronto soy un monstruo porque rompí un solo teléfono.

—Tres teléfonos, un par de auriculares, una lámpara de escritorio, otra vez la cafetera y un reloj. Desde que empecé a trabajar aquí.

Puso mala cara.

—No aceptaré calumnias en mi propio negocio.

Bueno, estaba bromeando. Era una buena señal. Ese intercambio jocoso significaba que no había prestado atención a la línea ley parpadeando con intensidad en la pantalla. O si lo había hecho, no la reconoció como tal.

—Además —prosiguió de brazos cruzados—, el reloj estaba maldito. —Me señaló con el mentón—. ¿Qué es eso, entonces?

—¿De qué hablas?

—No te hagas el tonto. No se te da bien. ¿Qué es ese pitido?

—Algo en lo que estoy trabajando —respondí—. Un dispositivo tecnológico.

—Ah, vale. Tiene sentido. —Forzó una sonrisa y luego se alejó.

Dejé escapar un suspiro de alivio cuando ella regresó a su oficina. Me salvé por los pelos. Menos mal. Tendría que tener más cuidado a partir de ese momento, pero al menos estaba fuera de peligro.

La puerta de su oficina se abrió.

—Ven aquí, Rook —dijo en voz alta—. Y trae ese aparato en el que estás trabajando.

Pues ha llegado la hora de mi muerte. A manos de la hechicera más poderosa de la última época. Solo porque quería descubrir cómo acceder a la magia por mi cuenta. Eché un vistazo a la puerta principal, pero Herb se me había acercado y se había interpuesto en mi camino. Me preguntaba si podría derrotarlo en una pelea, aunque ¿realmente quería arriesgarme a recibir una paliza de un perchero? Ay, joder. Eh, bueno. Tenía que respirar y tranquilizarme. Obviamente Antonia no sabía mucho sobre los dispositivos electrónicos. Excepto cómo romperlos. Tal vez creería que era el prototipo de un teléfono o una tableta.

—Ahora.

Con la Encantopedia en mano, caminé hasta la oficina de Antonia, quien estaba de pie detrás de su escritorio. Todas las salpicaduras de la sustancia desconocida habían desaparecido. Su cabello estaba impecable. Y justo frente a ella había un enorme libro de hechizos, abierto en una página completamente llena de una caligrafía fluida. Su caldero burbujeaba sobre una placa calefactora a un lado.

—Siéntate.

Me dejé caer en la silla del otro lado del escritorio. Se me aceleró el pulso. Se me humedecieron las manos. Me temblaba la pierna. El sudor me goteaba por la columna y se acumulaba en la parte baja de la espalda.

—Los maleficios —repitió con lentitud— son un incordio. Son más poderosos que los embrujos y requieren un mayor nivel de destreza y magia para llevarlos a cabo. Se aferran a alguien, y hay que romperlos para que desaparezcan. No son como los embrujos, que desaparecerán por sí solos después de un corto período de tiempo. Los embrujos están hechos para molestar. Los maleficios están hechos para hacer daño.

—Lo entiendo —dije en voz baja.

Presionó las palmas sobre el escritorio a ambos lados del libro y se inclinó hacia mí.

—Y un maleficio es lo que voy a lanzarte si no me dices ahora mismo qué es ese pequeño dispositivo en el que has estado trabajando a mis espaldas.

—¿Un maleficio? —Tragué saliva.

—Oh, sí. —Asintió lentamente—. Uno doloroso. Por eso me consideran la hechicera más poderosa de Spire City. Y antes de que respondas, quiero que sepas que soy excelente identificando mentiras.

—Se llama Encantopedia —solté.

Puso una cara que reflejaba lo poco impresionada que estaba.

—¿En serio? Literalmente acabo de decirte que no quería escuchar ninguna mentira.

—¡Es verdad! Así se llama.

—Qué horrible.

—Ah, y Hex-Maldición es el juego de palabras más ingenioso de todos.

Sus ojos violetas ardían llenos de furia.

—¿Ahora bromeas? ¿Frente a una hechicera que está cabreadísima contigo?

—¡Lo siento! —Levanté las manos en señal universal de rendición.

Dejó escapar un suspiro que le hinchó las mejillas.

—¿Vas a contarme la verdad?

Me desinflé como un globo, con el ánimo acongojado. Era momento de afrontar las consecuencias. Al menos, aliviaría la sensación incómoda de culpa que me había estado fastidiando las últimas semanas.

—Sí. —Agaché la cabeza y presioné los ojos con los dedos. Unos colores estallaron detrás de los párpados mientras respiraba hondo para calmarme. El corazón me latía con fuerza.

—Estupendo. ¿Qué hace? Como lo has mantenido oculto, supongo que infringe una o más de una regla del Consorcio, ¿verdad?

—Sí —dije de nuevo en voz baja—. En cierta forma, sí.

—¿De qué forma?

—Pues la Encantopedia… eh… detecta las líneas ley. Bueno, a veces. Es imprecisa porque, como bien sabes, la magia y la tecnología no coexisten muy bien, pero la he programado para que detecte la energía mágica de las líneas y las muestre en un mapa, de modo que pueda saber dónde están. Traté de codificarlas por colores según los tipos de energía, así que se vuelve verde con las líneas robustas, amarillo con las líneas débiles y rojo con las líneas desvanecidas o muertas. —Me pasé la mano por el pelo y me crucé con la mirada de Antonia. Tenía los ojos violetas muy abiertos y los labios apretados en una delgada línea.

—¿El aparato hace *qué*? —protestó con un tono mordaz y una monotonía que solo se vio interrumpida por la inflexión aguda en la última palabra.

Enrosqué los dedos de los pies. Mi alma entera se encogió en mi pecho y se alojó detrás de mis costillas.

—Eh… lo que acabo de decir.

—Joder. —Respiró hondo—. Entonces, ¿puedes usar *eso* —señaló la Encantopedia con el dedo— para ver las líneas? A pesar de no tener magia.

—Sí.

—¿Cómo cualquier otro hechicero?

—Sí. —No sé si era posible, pero el volumen de mi voz disminuyó aún más.

—Eso significa que, si lo encendieras ahora mismo, verías la línea que atraviesa este edificio.

—Sí —dije casi en un susurro.

Se dejó caer en la silla. Abrió la boca y luego la cerró. Arrugó el entrecejo. Parpadeó varias veces.

En ese momento me di cuenta de que… Antonia estaba desconcertada. Abrumada. Mi jefa tranquila, serena, capaz y sumamente aterradora estaba... anonadada. Anonadada por algo que yo había creado. Algo que yo había hecho. Reprimí una sonrisa ante la tremenda sensación de orgullo y satisfacción, pero no pude evitarla. Floreció en mi rostro como una flor que se giraba hacia el sol matutino.

—¿Estás sonriendo? —preguntó mientras salía de su estupor momentáneo—. ¿Hace falta que te mencione la cantidad de problemas en los que podrías meterte? Conmigo incluida, claro está. Si permitiera que siga existiendo esta... cosa.

Y tan rápido como floreció, mi sonrisa se marchitó.

—No quería causar ningún daño. Solo quería... —Me detuve. ¿Cómo podía ponerlo en palabras? ¿Cómo podía explicarle que solo quería volver a pertenecer a algo especial?—. La única persona que alguna vez me amó fue mi abuela. Era una mujer llena de magia. La echo de menos. Quería estar cerca de ella y ser parte de la comunidad que tanto quería, pero no tengo magia. Estuve a punto de ponerme en contacto con supuestos hechiceros en Internet, pero todos querían encontrarse conmigo en callejones, y yo no quería que mi historia se convirtiera en una advertencia para otra persona. No puedo ver las líneas. No puedo lanzar hechizos. Ya ni siquiera puedo sentir la magia como cuando vivía con mi abuela. Pero sé que existe. Y no sé cómo vivir una vida sin ella.

Me miró con la boca abierta durante un segundo y luego frunció todo el rostro.

—Ay, pobrecito. Eres un pedazo de mierda y un manipulador —espetó—. Tu triste historia no funcionará conmigo. Lo entiendo. Ser apartado del mundo mágico es lo peor que le puede pasar a un hechicero. Es la muerte. No, es peor que la muerte. Así que me imagino lo difícil que ha sido para ti. Incluso puedo sentir empatía. Pero lo has planeado todo desde el primer día. Me has *usado*, joder.

Sí, con respecto a eso... No estaba equivocada. Se me formó un nudo en la garganta por la culpa que sentía.

—Un poco —dije con un tono de voz más alto en la última palabra—. Ya había desarrollado la Encantopedia por mi cuenta. Tenía la esperanza de... probarla.

—¿Cómo pensabas hacerlo? ¿Por eso has tocado las protecciones en la puerta de mi despacho? ¿*Dos* veces?

El estómago me dio un vuelco.

—¿Lo sabes?

—Claro que lo sé. —Antonia puso los ojos en blanco.

—¿Y por qué no me has dicho nada? —susurré.

Se encogió de hombros.

—La primera vez lo atribuí a la curiosidad. Casi te despido la segunda vez, pero pensé «¿y si se tropezó?» o «¿y si solo se estaba comportando como un adolescente impulsivo?». Así que, a pesar de mi buen juicio, te concedí el beneficio de la duda. Seguro que el chico que me había suplicado entre lágrimas por un trabajo no se arriesgaría a traicionar mi confianza.

Oh. Vaya. Eso me dolió más que el hechizo protector.

—¿Y si las hubiera tocado por tercera vez?

Tamborileó con los dedos sobre el escritorio.

—¿Recuerdas cómo comenzamos esta conversación?

Tragué saliva.

—¿Hablando de maleficios?

—Guau, sí que eres un genio.

—Lo siento mucho. —Tomé aire antes de continuar—. En serio. —Levanté la Encantopedia—. Es que... si pudiera demostrar que funciona, podría regresar a este mundo. Nadie podría volver a quitarme la magia, ya que sabría dónde encontrarla.

Antonia juntó las yemas de los dedos.

—¿Y qué necesitarías para probarla? ¿Cómo lo harías?

—Eh… Necesitaría un mapa de las líneas ley de la ciudad.

Me dedicó una sonrisa burlona.

—Como si el Consorcio permitiera algo así.

—Claro. —Me rasqué la nuca—. Entonces necesitaría a un hechicero para confirmar que las lecturas de la Encantopedia son exactas. Para saber si está acertando en aspectos como la ubicación y la fuerza.

Asintió.

—No puedo creer que lo esté considerando.

Sujeté la Encantopedia con más fuerza.

—¿El qué?

Ignoró la pregunta para decir:

—¿Y qué más hace?

—Nada aún, pero había pensado en añadir una aplicación de hechizos. Es decir, un catálogo de hechizos. ¿No sería útil? ¿Para tener al alcance de la mano? Por desgracia, no he podido acceder a ningún libro…

—Sería útil. Mejor que llevar un libro de hechizos a todos lados. Incluso los pequeños son voluminosos. Pero te lo repito: esto va en contra de *todo* lo que permite el Consorcio. Todo. Estamos hablando de personas sin magia con un posible acceso a la magia. Un dispositivo que detecta las líneas ley. Un libro de hechizos portátil. Es como si su peor pesadilla se hiciera realidad.

Volví a tragar saliva.

—Lo entiendo.

—Por esta razón…

Me preparé para lo que sabía que estaba por decir. Querría destruir la Encantopedia. Me brotaron lágrimas de los ojos al pensar en todo mi arduo trabajo y en mi única conexión con la magia hecha añicos. Me devastaría, mucho más que recibir una maldición. Como mínimo, estaba a punto de ser despedido. A decir verdad, era el mejor escenario que podía esperar.

—… tenemos que mantener esto en secreto. ¿Entendido?

—Sí, entendido… Espera, ¿qué?

Antonia echó los hombros hacia atrás. Tenía los dedos entrelazados en el regazo, como si fuera una reina contemplando su reino, o la hechicera más poderosa desafiando a la organización gubernamental que despreciaba. Lenta y aterradoramente, dejó entrever una sonrisa de suficiencia, una expresión que más bien parecía malévola.

—Oh, venga. Tú y yo sabemos que no sigo las reglas. *Odio* las reglas. Las reglas son una mierda. Detesto cuando otros hechiceres intentan decirme lo que tengo permitido hacer. Es decir, administro un pequeño negocio especializado en romper maldiciones. Debería ser la hechicera más exitosa y codiciada de la ciudad. Mejor aún, debería gobernar mi propio país. O el mundo. Podría hacerlo, ¿verdad? Nadie podría detenerme. Me tienen miedo. Incluso Fable y su pequeñe secuaz.

Me recorrió un escalofrío que me hizo dar un respingo. Ay, no. ¿Qué estaba pasando? ¿Había desencadenado algo sin querer? ¿Antonia estaba ebria de poder?

—Pero noooo. Estoy obligada a obedecer por culpa del Consorcio y sus —volvió a hacer comillas en el aire— «reglas» por el bien común. ¿Quién dice que no sería una reina justa y querida?

—Eh…

—En fin, no viene al caso. Solo una persona narcisista permitiría tales delirios de grandeza. —Se echó a reír—. Y yo no soy narcisista. Ya no. Ese barco zarpó. Y ardió. Hoy en día, solo me gustan —alzó la mano y apretó el pulgar y el índice— las pequeñas transgresiones.

Me aclaré la garganta. Totalmente confundido y sinceramente asustado.

—Y yo soy una de esas pequeñas transgresiones.

—Claro que lo eres.

Miré la Encantopedia justo cuando empezó a parpadear. La gruesa línea ley estaba visible en la pantalla con un verde intenso.

—Vale —dije con nerviosismo—. Puedo serlo.

—Bien, está decidido. —Se giró en la silla y abrió el cajón superior del escritorio. El contenido del interior hizo ruido mientras rebuscaba, y luego empezó a sacar una gran cantidad objetos, como un globo terráqueo diminuto, una figurilla descolorida de un gato, un abrecartas enjoyado que se parecía sospechosamente al que la muñeca asesina quería usar para apuñalarme, hasta que encontró lo que estaba buscando—. ¡Ajá! —Sacó un pequeño libro encuadernado en cuero, del tamaño de un diario, y lo dejó de golpe sobre el escritorio—. Para ti.

—¿Es...?

—Un libro de hechizos de bolsillo.

—Y quieres que...

—Lo leas. Lo uses. —Me guiñó un ojo.

—Ah, claro. —Levanté la Encantopedia—. Usarlo.

—Exacto, pero solo aquí. Está encantado, por lo que siempre tiene que estar en mi poder. El Consorcio sabrá si cambia de dueño. Si eso sucede, lo rastrearán y lo recuperarán.

—Qué bien.

—Sí, qué bien.

Sonó el teléfono, y Antonia me echó del despacho.

—A trabajar. Y si es Fable, dile que no estoy disponible.

—Vale. —Agarré el libro de la esquina del escritorio y casi hice caer el caldero en el proceso—. Gracias —dije con cordialidad y sinceridad.

—De nada. Ahora vete. El teléfono no se responderá solo. A menos que también tengas un dispositivo para eso.

—Se llama correo de voz.

La mirada que me lanzó fue de pura exasperación. Corté por lo sano y salí corriendo de la habitación. Me deslicé por el suelo hasta que me senté en mi silla. Atendí el teléfono.

—Gracias por llamar a Hex-Maldición. ¿En qué puedo ayudarle?

5

ROOK

Mientras trabajaba en el servicio de atención al cliente de Hex-Maldición, había aprendido algo fundamental: bajar el volumen de los auriculares porque, cuando la gente llamaba, por lo general iba acompañada de gritos histéricos. No siempre, claro estaba. A veces escuchaba respiraciones agitadas, lo cual era espeluznante, y otras veces, un silencio sepulcral, lo cual era aún más espeluznante. En otras ocasiones, una persona tranquila y serena estaba al otro lado de la línea, quien simplemente necesitaba consejos sobre cómo evitar que su silla de jardín maldita intentara tragársela, lo que de alguna manera era lo más espeluznante de los tres. Pero el noventa por ciento de las veces, al otro lado de la línea había alguien gritando.

Esa vez no fue diferente.

—Hola. Gracias por llamar a Hex-Maldición. Me llamo Rook. ¿En qué puedo ayudarle?

Una palabrota ingeniosa acompañada de gritos, y luego otra palabrota. Un chillido horroroso seguido de otra palabrota más creativa. Al final, la persona anunció el problema con un grito.

—¡Mi hija tiene nariz de cerdo!

Giré en la silla y me acerqué al escritorio para iniciar sesión en el ordenador.

—¿Siempre ha tenido nariz de cerdo?

—¡No! ¡¿Cómo te atreves?! ¡No habría llamado si esto fuera normal! —Otra palabrota. Otro chillido.

—Lo entiendo, gracias por la aclaración. —Después de cuatro semanas trabajando en el negocio de Antonia, me había vuelto sorprendentemente hábil para tratar con las personas alteradas—. ¿Ha sido un accidente?

—¡Sí! Tiene cinco años.

—Gracias. Un momento. —Presioné algunas teclas y abrí el formulario de evaluación para quienes han recibido una maldición por accidente. Lo cual era ligeramente diferente del formulario de evaluación para quienes han recibido una maldición a propósito, y totalmente diferente del formulario de evaluación para quienes han intentado maldecir a otra persona y el tiro les ha salido por la culata—. ¿Su hija está en peligro?

Se produjo una pausa.

—Tiene nariz de cerdo. Un… un… hocico.

—Sí, lo entiendo, pero ¿existe la posibilidad de una muerte inminente o una lesión permanente? ¿Sangrado? ¿Pérdida de una extremidad? ¿Algo que requiera un tónico curativo o el servicio de urgencias?

—No. Nada de eso —admitió con un gran suspiro.

Era una buena señal. Al menos no sería una llamada complicada. Antonia lo agradecería.

—De acuerdo, necesito recopilar más información. —Como la persona que llamó se había calmado un poco, pude escuchar una risita distintiva de fondo, seguida de un adorable gruñido de cerdo. Me mordí el labio para contener mi propia risa—. ¿Puede respirar por la nariz?

—Sí.

—Bien. ¿La magia la ha afectado de alguna otra manera? ¿Tiene una cola rizada? ¿Su piel se está poniendo rosa? ¿Hay alguna otra señal de que se esté convirtiendo en un cerdo de verdad?

Se hizo otra pausa, y luego escuché un resoplido enojado.

—¿Hablas en serio?

—Sí, solo intento evaluar la situación. —Hice clic en el formulario para marcar «no» en las columnas de «peligro inminente de muerte», «peligro inminente de causar la muerte a otras personas» y «licantropía», que tenía su propia columna. A Antonia le gustaban los hombres lobo—. ¿Y puede explicarme cómo su hija llegó a tener nariz de cerdo?

—Estaba jugando en casa de su abuela y…

—¿Su abuela es una hechicera?

—No. Bueno, sí. Prepara pociones. Es mi suegra, así que no sé el alcance de sus habilidades mágicas. Pero mira, ¿podéis ayudarnos o no? Mi hija no puede ir a clases mañana con un hocico, y yo no puedo faltar al trabajo para… lidiar con esto.

—Por supuesto. He determinado que este caso es un incidente de nivel dos, lo que significa que alguien debería visitarles esta tarde, dentro de un período de tres horas.

—¿Tres horas? ¿Tres horas? ¿Mi hija tendrá esta nariz durante tres horas más?

—Así es.

—¡Uff! Vale, pero por favor… envía a alguien lo antes posible.

—De acuerdo. Necesito su dirección y sus datos de contacto.

Antonia salió de su despacho, con su largo cabello castaño recogido en una cola de caballo bien hecha, y una expresión tan oscura como una tormenta. Los tacones le añadían unos centímetros de altura, de modo que se elevaba sobre mí mientras yo estaba sentado en la silla giratoria. Cuando me miró con sus penetrantes ojos violetas, me temblaron un poco las rodillas, aunque estaba seguro de que ese día no había hecho nada para fastidiarla sin darme cuenta. Habían pasado unos días desde nuestra *conversación*, y por fin las cosas se habían calmado entre nosotros. Como ofrenda de paz, le compraba café de su segunda cafetería favorita, y eso podría haber ayudado.

—¿Recuerdas cuando te dije que la administradora de la oficina estaba de vacaciones? —preguntó en un tono monótono.

—¿Sí?

—Pues no estaba de vacaciones. Al parecer, renunció.

—¿Cómo...? —dije, tratando de reprimir una risita—. ¿Cómo te has enterado? ¿Cómo no te has dado cuenta de que renunció?

Antonia rodeó su taza de café con las manos. En el costado se leía EL BREBAJE DE LA BRUJA, escrito en una elegante letra dorada. Se encogió de hombros.

—Dijo que necesitaba tomarse un tiempo para pensar en su vida. Pensé que se refería a recostarse en la playa bajo el sol con una bebida alcohólica. ¿Cómo iba a saber que renunciaría? Aunque recuerdo que se llevó una caja con sus pertenencias.

Agaché la cabeza para esconder mi risa en el pliegue del codo.

—Pero ¿se lo has preguntado?

Antonia frunció los labios.

—¿Por qué iba a entrometerme? Es una tontería.

—Vaya, qué bien que estoy aquí para atender las llamadas. Y salvarte de toda interacción humana básica.

—Menos mal —asintió—. Por cierto, has hecho un excelente trabajo evitando que esa madre enloqueciera. Estaba a punto de perder la cabeza cuando nos llamó. Y todo por una nariz de cerdo. ¿Te lo puedes creer? No es como si la niña se estuviera convirtiendo en un cerdo de verdad.

—¡Eso fue lo que dije!

Puso los ojos en blanco.

—La gente se altera por nimiedades. En fin, supongo que debería hacer algo al respecto. Ganarme el dinero. —Mientras tarareaba, tamborileó con los dedos sobre el escritorio sin prestar atención—. ¿Quieres acompañarme?

Me quedé paralizado, sin estar seguro de haberla escuchado bien.

—¿Qué?

—¿Te gustaría acompañarme? ¿A resolver este caso? —aclaró.

—¿Quieres que vaya? —Hice lo mejor que pude para mantener la calma, pero se me quebró la voz. Fue... bueno, lo cierto era que nunca había ocultado mi deseo de acompañar a Antonia en una de sus salidas, pero ella había sido clara con cuál era mi función desde un principio, y estaba seguro de que cualquier intento de preguntarle resultaría en un rotundo no. Desde luego, ella tampoco había vuelto a mencionar el tema, ni siquiera después de nuestra conversación sobre la Encantopedia.

Mi último contacto con la magia, además de los simples hechizos que Antonia realizaba en la oficina, como un conjuro para hacer aparecer un mezclador de café, había sido el día de la muñeca espeluznante y la persona atractiva que la había traído y luego se había escabullido sin decirme cómo se llamaba. Y mis dos dolorosos intentos de probar los hechizos protectores en la puerta del despacho de Antonia.

Esbozó una sonrisa de satisfacción al leer con claridad mi prudente entusiasmo.

—Claro. Será divertido. Acompáñame, y veremos qué tal nos va.

—¿Estás segura? No vas a vengarte de mí por ese comentario sobre tu reticencia a la interacción humana, ¿verdad? —Antonia era volátil en los días buenos y extremadamente irritable en los malos. Sin embargo, a pesar de mis errores del pasado, nunca había sido mezquina conmigo a propósito. Incluso cuando estaba enfadada. Y cabía destacar que *no* me había echado un maleficio por mi dispositivo tecnológico ilícito.

—¿No quieres venir conmigo?

Me puse de pie a toda prisa.

—Sí, claro que sí.

—Entonces vamos, y trae... trae esa cosa.

—¿Quieres que lleve la Encantopedia?

Arrugó la nariz y dejó la taza de café en el escritorio vacío junto al mío. Se apoyó en la pared del cubículo.

—Si insistes en llamarlo así.

—Eh, me parece que la persona que llamó Hex-Maldición a su negocio mágico especializado en romper maldiciones no tiene derecho a opinar.

—*Touché.* —Regresó a su oficina—. Nos vamos en cinco minutos, Rook. Vamos a salvar a una niña de una madre consternada.

No tenía mucho que hacer antes de irnos. Agarré mi mochila, con la Encantopedia a salvo en su interior, y vinculé el teléfono de la oficina al móvil de Antonia. Luego apagué el ordenador y, tras evitar tanto a Herb como el felpudo maldito, seguí a Antonia hasta su coche.

Había descubierto que Antonia estaba acostumbrada a ser llamativa, y su reluciente deportivo rojo no era una excepción. Era elegante y potente, un reflejo exacto de la propia Antonia. No pude evitar notar cómo mi mochila andrajosa, mis zapatillas gastadas y mis vaqueros viejos contrastaban con el interior mientras me deslizaba en el asiento de cuero y colocaba con cuidado la mochila entre mis pies. Sus uñas de color rojo oscuro hicieron ruido contra el volante cuando encendió el coche.

72

—¿Qué muestra la —respiró hondo— Encantopedia en este momento?

La saqué de mi mochila y la encendí. La luz parpadeó de color verde, y el mapa se iluminó con la poderosa línea que atravesaba la oficina de Antonia.

—Interesante —comentó—. Tienes que estar pendiente de ella mientras conducimos. Quiero ver si funciona.

Traté de no temblar de la emoción. Antonia me estaba llevando en una de sus salidas. Me estaba dejando probar mi invento. Prácticamente todos mis sueños se estaban haciendo realidad.

Condujimos por la ciudad, compramos café en su cafetería favorita y nos dirigimos a los suburbios en dirección a la casa de la niña con la nariz de cerdo maldita. Antonia echó un vistazo a la luz de la Encantopedia varias veces durante el viaje, y apretaba mucho los labios con cada lectura. Su reacción no auguraba nada bueno para la precisión de la Encantopedia, y me hundí aún más en mi asiento con cada minuto que pasaba. El peso de la derrota y el abatimiento recaía sobre mis hombros.

Antonia hizo un giro brusco a la derecha, miró la Encantopedia con los ojos entrecerrados y dudó mientras la luz en la parte superior de la pantalla parpadeaba de un leve amarillo.

—Guau, realmente detecta las líneas —dijo en un tono ligeramente teñido de asombro, justo cuando entramos en un vecindario privado con casas extravagantes y jardines bien cuidados.

Me erguí de repente, con la columna bien derecha, y todos mis miedos al fracaso se disiparon en un instante.

—¿Qué? ¿En serio?

Bebió un largo sorbo de su *caramel macchiato* con hielo.

—Sí. Es fantástico, Rook. Me has demostrado que eres inteligente al arreglar todo lo que rompo, pero con esto has llegado a otro nivel.

Giré la cabeza para mirar por la ventanilla, sonriendo de oreja a oreja. Estaba aturdido por el alivio y la satisfacción. Me sentí como una flor que florecía bajo la calidez de sus cumplidos.

—Ay, no —dijo cuando el GPS indicó que habíamos llegado. Se detuvo junto a la acera, detrás de un viejo Volkswagen que desentonaba con el vecindario adinerado. Dejó el café en el portavasos y suspiró. Hizo una mueca mientras me miraba a mí y luego a la Encantopedia—. Será mejor que la guardes por ahora.

Se me revolvieron las entrañas por la confusión.

—¿Por qué?

—Porque tenemos compañía —reveló, desabrochándose el cinturón—. Sígueme la corriente y haz lo que te digo. Yo me encargaré de todo. Es tu primera salida conmigo, así que guarda silencio y observa. ¿Trato hecho?

¡*Primera* salida! ¡Significaba que tal vez habría más! Asentí con rapidez.

—Trato hecho.

Aparcó el coche y salió. Metí la Encantopedia en la mochila, decepcionado de que no fuera necesaria. No obstante, dejé que esos sentimientos afloraran solo un segundo antes de alejarlos. No quería quedarme atrás. Cerré la cremallera y salí del vehículo a toda velocidad. La seguí por el sendero que cruzaba el jardín, siempre medio paso por detrás de ella.

—Oh —dijo una voz—. Parece que no solo nos han contratado a nosotres.

Con cautela, asomé la cabeza por el costado del delgado cuerpo de Antonia. Más adelante, había una persona con gafas grandes y el pelo rubio y rizado, que se le escapaba por debajo del ala de un sombrero amplio y puntiagudo. A su lado, había una persona adolescente que sostenía un bolso abultado y llevaba una reconocible gorra negra, con una actitud familiar de exasperación y desagrado.

—¡Tú! —exclamé, señalándole.

—Yo —contestó con un asentimiento. Tenía el mismo aspecto que el día que nos conocimos. Ropa oscura que le cubría desde el cuello hasta las manos a pesar del calor. Gorra negra. Bonitos ojos color café. Una expresión adusta y una arrogancia que le hacía parecer mucho más grande que su pequeño cuerpo, como si estuviera compensando su baja estatura con pura actitud. Como un chihuahua arisco en una habitación llena de *huskies*.

Al ver cómo Antonia alzaba una ceja, añadí:

—Elle es quien trajo la muñeca diabólica.

—Ah, bien. —Antonia juntó las manos—. Fable —saludó con amabilidad—, ¿qué demonios haces aquí?

—Nos han llamado —dijo su secuaz sin rodeos.

Antonia sonrió, mostrándole los dientes.

—Esta conversación es solo para personas adultas.

Le joven se enfureció. Fable hizo un gesto hacia elle.

—Antonia, te presento a mi aprendiz, Sun. Ya te he hablado de elle y su habilidad especial. Nunca le has conocido, a pesar de que es mi aprendiz desde hace varios años —dijo Fable con desprecio.

Antonia fingió un bostezo.

—Sí. Es verdad. Encantada de conocerte por fin, Sun. Tal vez deberías intentar no parecer tan amargade cuando te presenten a tus hechiceres superiores. La próxima vez podría pensar que alguien te ha lanzado una maldición y probar un contrahechizo para corregir tu personalidad. —Hizo un movimiento con los dedos.

—Antonia —le advirtió Fable.

—¿Qué? Es solo una broma. —La tensión era cada vez mayor, lo cual se contradecía con su comentario. En ese momento, me apoyó una mano en el hombro y me clavó las uñas en la clavícula—. En fin, qué casualidad. Yo también quiero presentarte a *mi* aprendiz.

Fable se quedó completamente en blanco, con la boca un poco abierta. Mi interior era una réplica de su expresión, aunque fui valiente y mantuve la seriedad en el rostro. ¿Aprendiz? ¿Qué? Hice un ruido con la garganta, y Antonia me apretó con más fuerza. Luego hizo una pausa y me clavó una mirada que claramente significaba «si no me sigues la corriente, morirás».

—Él es Rook.

—Hola —saludé con un movimiento de la mano incómodo.

—¿Aprendiz? —Sun se cruzó de brazos—. Me dijiste que solo formabas parte del personal administrativo.

Imité su postura. Incluso inflé un poco el pecho y me enderecé para que se apreciara toda mi altura.

—Y tú ni siquiera me dijiste cómo te llamabas, así que estamos a mano.

Fable entrecerró los ojos.

—No sabía que tenías un aprendiz. Sun me mencionó que le habías otorgado un nombre a alguien, pero no estaba segure.

—Pues sí, tengo un aprendiz —dijo Antonia con soltura—. Es algo reciente.

—Lo diré de otro modo —continuó Fable, con los labios rosados curvados hacia arriba en una sonrisa falsa—. No estaba segure de que tuvieras permiso.

Antonia estaba que echaba chispas, con una energía repentina y feroz.

—Fable —dijo con tono de advertencia—. Estás entrando en terreno peligroso.

A Fable se le formaron una arruguitas alrededor de los ojos mientras me examinaba de arriba abajo con su mirada dulce. Inclinó la cabeza hacia un lado y frunció los labios con curiosidad.

—¿Lo has registrado al menos?

—Eso queda entre el Consorcio y yo. Te aconsejo que te mantengas al margen de todo esto.

Fable levantó las manos en un gesto apaciguador.

—No te preocupes. Te aseguro que no quiero involucrarme en lo que sea que estés tramando, Antonia.

Antonia le miró de reojo, molesta, pero asintió.

—Bien. Ahora, no recuerdo haber solicitado tu ayuda en este caso, Fable. A menos que creas que no puedo solucionar la nariz de cerdo de una niña. —Antonia esbozó una sonrisa de superioridad. Extendió los dedos, y una pizca de magia brilló entre ellos.

Fable cruzó los brazos sobre su suéter anticuado.

—No hace falta dramatizar.

—¿Dramatizar? Mira quién habla. Pensé que habíamos dejado de usar sombreros puntiagudos hace siglos. ¿Es parte del trabajo o vas a hacer una audición para un papel en una película de época sobre juicios por brujería?

Fable torció la boca.

—Dice la mujer que se viste como una vampira diurna y se apellida Hex.

Vaya, no se han guardado nada. No diría que Antonia se vestía como una villana, porque valoraba mi vida, muchas gracias, pero su aura sí gritaba «mujer aterradora que te daría una paliza sin dudarlo».

Antonia se echó a reír, mientras su cuerpo irradiaba poder.

—Mejor no hablemos de nombres, *Fable Page*.

Me crucé con la mirada de Sun, cuyos ojos estaban tan abiertos como los míos. Bien. Al menos, no era el único que pensaba que estábamos a punto de presenciar una pelea. ¿O sería un duelo en ese caso?

—Nos llamaron primero —solté, en mi pobre intento de intervenir y acabar con el creciente desacuerdo—. Yo mismo atendí la llamada.

—Le has dicho que debía esperar tres horas —respondió Fable—. Al parecer, no era aceptable para la madre. Necesitaba una solución más inmediata.

Antonia puso los ojos en blanco.

—¿Y qué? ¿Vas a quitarme el trabajo solo porque tú podías venir antes? Venga, Fable. Aquí no nos comportamos así.

Fable apretó los dientes. Antes de que pudiera decir algo, se abrió la puerta principal y apareció una mujer.

—Ya era hora —dijo al vernos, con su voz estridente inconfundible—. ¿Quién le va a arreglar la nariz a mi hija?

—Yo lo haré —anunció Fable, dando un paso adelante.

—Sobre mi cadáver —continuó Antonia mientras se abría paso hacia el frente—. Llamaste a Hex-Maldición primero.

Fable frunció los labios con evidente desdén.

—No me puedo creer que llames así a tu negocio.

—Y que lo haga sin reírse —añadió Sun en voz baja.

Antonia desvió la mirada hacia Sun.

—Cuidado con lo que dices —amenazó, moviendo un dedo y haciendo saltar chispas del extremo, como una bengala— porque tu lengua podría desaparecer.

El ceño de Sun se hizo más profundo, si acaso era posible.

Antonia era más alta, pero Fable era más robuste, y era casi cómico ver cómo se empujaban fuera del camino en el porche de esa hermosa casa. Me quedé atrás, ya que no era tan valiente como Sun, ante dos hechiceres con carácter fuerte, pero al final no importó quién llegó primero. La madre abrió la puerta de par en par y nos hizo entrar.

—No os pagaré por hora para que os quedéis en el jardín dando un espectáculo para mis vecinos —dijo, exhausta.

Fui el último en cruzar el umbral de la magnífica entrada. La casa era gigante. Una gran escalera conducía a la siguiente planta, y un enorme candelabro flotaba en el techo. Mientras el resto hablaba con la madre, yo me quedé junto a la puerta. Me sentía fuera de lugar tanto por la opulencia del hogar como por la presencia de tres personas con conocimientos y habilidades mágicas.

—Si fue una poción —empezó Antonia en un tono incisivo—, entonces necesitamos un antídoto. No un contrahechizo.

Fable respondió algo en un tono igual de cortante, pero no lo entendí porque me llamó la atención una risita seguida de un *oinc*. Como estaban entablando una conversación profunda, me escabullí y me dirigí hacia el sonido.

La niña estaba escondida junto a la escalera. Tenía el cabello castaño recogido en trenzas, y se tapaba la boca con las manos mientras se reía. Y sí, efectivamente tenía un hocico adorable.

Me saludó con la mano.

Le devolví el saludo y me arrimé a ella. Cuando me acerqué lo suficiente, me arrodillé para estar a su altura.

—Madre mía —dije en voz baja—. Menuda nariz.

Dejó escapar otra risita y otro *oinc*. Se llevó un dedo al centro de su nueva nariz, de modo que se le formó un hoyuelo en la piel rosada, justo debajo de la punta.

—¿Te gusta?

—Es adorable.

—Me parezco a mi dibujo animado favorito.

Señaló una pegatina en el dorso de su mano con la caricatura de un cerdo.

—Vaya, el parecido es asombroso.

La niña empezó a hacer pucheros, y luego hundió los hombros.

—A mi mami no le gusta.

—Lo siento, pero creo que tu mamá solo tiene miedo.

Se tocó la barbilla, dubitativa.

—Tú no tienes miedo. ¿Cómo te llamas?

—Rook —contesté, repitiendo el nombre que me había puesto Antonia. Tendría que preguntarle sobre el asunto de los nombres, ya que el hecho de que me hubiera otorgado uno parecía algo importante en el mundo mágico—. ¿Y tú cómo te llamas?

—Zia.

Se sentó en el suelo y se cruzó de piernas. Su mono rosa de diseñador tenía pequeñas manchas de suciedad en la pechera y en los dobladillos de los pantalones. Un poquito de lodo seco se desprendió de la tela y cayó al suelo inmaculado. Luego, con un estallido silencioso y una nube de humo púrpura, desapareció.

Mmm. Interesante y para nada guay ni desconcertante. Cambié de posición para sentarme frente a ella e imitar su pose en el suelo encantado.

—Bueno, Zia, ¿estabas jugando con las pociones de tu abuela?

Negó con la cabeza, lo que hizo que su cabello castaño ondeara.

—En su jardín —susurró—. En el círculo de piedras.

No estaba muy seguro de lo que eso significaba. Supongo que nada bueno porque, eh, tenía nariz de cerdo.

—¿Tienes permitido jugar en el círculo de piedras?

Se mordió el labio.

—No, pero la personita azul me dijo que no había problema.

—¿Personita azul?

Asintió.

—Era hermosa. Con alas y lucecitas. Y el pelo largo, blanco y brillante.

—Pixie —dijo Sun, quien me sorprendió lo suficiente como para que me estremeciera—. Pixie de jardín.

Estiré el cuello y vi que Sun se me había acercado por detrás. Se alzaba por encima de donde estábamos Zia y yo con una actitud intimidante. Tenía los brazos cruzados y los ojos fijos en mí. Luego apretó los labios rosados y echó un vistazo a Zia, quien se apartó de elle para refugiarse a mi lado.

Se dio la vuelta.

—Es magia pixie —gritó Sun para que le escucharan.

—¿Pixies? —preguntó Antonia con las manos en las caderas—. ¿Estás segure? —Luego hizo contacto visual conmigo.

Hice lo mejor que pude para no parecer avergonzado.

—Zia dijo que habló con una personita azul con alas y lucecitas.

—Pixie —confirmó Fable.

—¿Qué significa? —preguntó la madre, retorciendo las manos—. ¿No es lo mismo que una poción o un hechizo? ¿Una pixie le echó un maleficio a mi hija?

—Las pixies son traviesas —explicó Antonia, rebuscando en el bolso abierto de Fable a pesar de las protestas de su dueñe—. ¡Ja! —Sacó un libro grueso de manera triunfal y hojeó las páginas—. Puede ser difícil lidiar con su magia, pero no debería durar mucho tiempo.

—¿De cuánto tiempo estamos hablando?

—Unos días.

—¡Días! —chilló la madre.

Antonia agitó la mano para desestimar el pánico.

—Sí, pero lo solucionaremos. O al menos, reduciremos el tiempo. Las pixies no son malignas y, por lo general, no quieren hacer ningún daño. Solo quieren divertirse un rato. Y, ah, aquí está. —Antonia señaló con el dedo algo en el libro—. Este.

Fable miró por encima del hombro de Antonia.

—Ese hechizo requiere más magia de la que hay disponible aquí. —Observó a Sun que todavía estaba de pie a mi lado—. ¿Qué opinas, aprendiz?

Sun parpadeó y se quedó extrañamente inmóvil, con la mirada perdida.

—Hay una línea muerta. Muy cerca. Hay otra débil cerca, no muy fuerte, pero sí estable. —Sun negó con la cabeza como si hubiera salido de un trance—. Nada más.

Antonia frunció los labios.

—Impresionante, Sun. Fable me comentó que eras sensible. Sin embargo, si fuera tú, tendría cuidado de no compartir esa información con todo el mundo, ya sabemos cómo el Consorcio trata a las personas excepcionales. No siempre son amables con quienes saben demasiado, en particular sobre las líneas ley.

Tragué saliva. No tenía ni idea de lo que había hecho Sun, pero si el comentario de Antonia era genuino y no sarcástico, entonces, fuera lo que fuese, tenía que haber sido guay.

Sun arrugó el entrecejo y luego continuó como si Antonia no hubiera hablado.

—Si el hechizo necesita demasiada energía, la línea cercana podría agotarse. Y en ese caso, es probable que fallen los otros hechizos de la casa que dependan de esa línea.

La madre se cruzó de brazos y dejó escapar un chillido agudo.

—¿Los otros hechizos fallarán? —Miró el candelabro flotante—. Ese candelabro y el suelo autolimpiante fueron muy caros. De hecho, la semana pasada renové los encantamientos por seis meses.

Antonia soltó una risa burlona.

—¿Prefiere un suelo limpio o a su hija con nariz de cerdo?

La madre la fulminó con la mirada.

—Ya lo entiendo. Esto es una estafa. Todas las personas mágicas están aliadas. El Encantorio me cobra por seis meses y, una semana después, rompéis todos los encantamientos para que tenga que volver a llamar y pagar más por una tarifa de reconexión.

Antonia enarcó una ceja.

—*Nunca* trabajaría con una agencia llamada Encantorio…

—Lo que mi colega quiere decir —interrumpe Fable— es que atender emergencias mágicas no es lo mismo que vender hechizos. Son dos negocios diferentes. ¿La persona que realizó esos encantamientos mencionó algo sobre las líneas ley de la zona?

—No lo sé —dijo la madre, exasperada—. Lo único que sé es que tuvo que consultar con una agencia para determinar si la magia en la zona podría soportar los hechizos que quería.

—El Consorcio —murmuró Antonia.

—Muy bien —dijo Fable con una sonrisa alentadora—. Siguió el protocolo para garantizar que las líneas mágicas no se sobrecargaran.

La madre volvió a cruzarse de brazos.

—Le dije a la familia Brown que no abusaran de su parte con esa piscina climatizada encantada. ¡Voy a hacerles una denuncia en la comunidad de propietarios!

Fable sonrió sin gracia.

—Bueno, como usted quiera. Sin embargo, como los hechizos están registrados en el Consorcio, eso significa que si fallan después de que arreglemos la nariz de su hija, nos comunicaremos con el Encantorio en su nombre y les alertaremos sobre la situación.

—Puedes hacer eso, Fable —dijo Antonia, haciéndose crujir los nudillos—, aunque no será necesario. Sí, la línea cercana es débil. Pero, por suerte, hay alguien aquí que ha aprendido a mantener una reserva interna.

Fable resopló.

—Sí, tienes un don en ese sentido, pero sabemos que soy yo quien tiene mejor delicadeza. No siempre se puede confiar en la fuerza bruta.

Me puse de pie y me sacudí los vaqueros, atento a cualquier mota de suciedad que cayera para volver a ser testigo de la magia del suelo encantado. Por desgracia, no hubo ninguna. Me incliné hacia Sun.

—¿Siempre discuten así?

—No me hables —respondió en voz baja.

Vaya, qué agradable.

—Ah, entonces eres así.

—¿Cómo?

—Une idiota.

Sun apretó la mandíbula.

—Me has mentido.

—*Tú* me has mentido a *mí* —repuse.

Quedó boquiabierte y se giró para mirarme sorprendide.

—No es verdad —dijo a la defensiva. Era el primer atisbo de emoción real que había mostrado desde que había llegado—. ¿Cómo te he mentido?

—No me dijiste cómo te llamabas y luego te escabulliste mientras yo hablaba por teléfono.

—Eso no es mentir.

—No del todo, pero fue deshonesto.

Sun frunció el ceño y juntó las cejas.

—Da igual.

Me llevé una mano al corazón.

—Y yo pensé que habíamos compartido algo en esos minutos aterradores cuando la muñeca estaba suelta con un abrecartas, porque *tú* dejaste caer la caja y permitiste que se escapara.

—No la habría dejado caer si el felpudo no me hubiera hecho tropezar.

—Tal vez deberías prestar más atención a tu entorno.

Las mejillas de un cálido beige de Sun se enrojecieron. Apretó los puños. Arrugó esa bonita nariz con vergüenza, o tal vez con desdén. Verle perder el control de su aspecto plácido e indiferente fue absolutamente maravilloso, y sofoqué una carcajada con la mano.

—¿Ahora quién es el idiota? —refunfuñó.

—Oh, soy yo. Está claro que soy yo. —Sonreí.

Se sonrojó aún más. Se frotó la cara con la manga del suéter, como si intentara quitarse el rubor. Era demasiado adorable.

—Ven aquí, niña —dijo Antonia, haciéndole señas a Zia e interrumpiendo nuestro duelo verbal. Nos separamos de un salto, como si nos hubieran pillado haciendo algo que no debíamos, aunque eso estaba lejos de la verdad.

Zia meneó la cabeza, con las trenzas volando alrededor de su rostro.

—No te preocupes. Solo sentirás un cosquilleo.

Zia dio un paso atrás y volvió a negar con la cabeza.

—No.

—Oye —dije, agachándome—. No pasa nada. Ella es mi jefa, y es muy buena. Solo quiere arreglarte la nariz.

—Me da miedo.

—Sí, da un poco de miedo. Toda esta gente da miedo, ¿verdad? —Le extendí la mano—. Pero no quieren hacerte daño. Solo ayudarte. Venga, te acompañaré.

Zia me tomó de la mano y la apretó con sus deditos, al tiempo que cruzábamos el vestíbulo. Me aseguré de que no estuviéramos justo debajo del candelabro, por si acaso. Zia temblaba a mi lado, pero tuvo el valor de posicionarse frente a Antonia, con la barbilla puntiaguda levantada y el pequeño hocico moviéndose.

Antonia sonrió.

—Tranquila. Te arreglaremos la nariz de inmediato. —Levantó la mano del libro, extendió los dedos, con las puntas rojas brillando bajo la luz flotante, y recitó una serie de palabras con la voz profunda y clara.

Ya había estado en presencia de la magia antes. La de mi abuela siempre me supo a cariño, calidez, brillos y golosinas. Me encantaba cuando calentaba la casa en invierno o conjuraba mariposas brillantes para que las persiguiera en verano. La echaba muchísimo de menos, al igual que la sensación de su magia en la piel, en el corazón.

La magia de Antonia era todo lo opuesto. Picaba. Hacía que se me erizaran los vellos de los brazos. Era como electricidad, una tormenta que se avecinaba. Sin cariño, solo poder.

Zia se aferró a mi mano con fuerza. Le devolví el apretón mientras aumentaban las descargas eléctricas entre los dedos de Antonia y luego se expandían. Antonia asintió, y yo le di un empujoncito a Zia con el brazo.

—Cierra los ojos.

No puso objeciones y los cerró con fuerza. De pronto, la magia salió disparada de la mano de Antonia en un destello azul.

La madre de Zia gritó.

Todo terminó en un segundo. Zia volvió a abrir los ojos y soltó un grito ahogado, mientras alzaba las manos para tocarse la cara. El hocico había desaparecido y en su lugar había una nariz normal. Levantó la cabeza para mirarme.

—Tenías razón. No me dolió.

Sonreí, aliviado.

—Bien. Me alegro.

—Excelente —dijo Antonia con un movimiento de la mano—. La nariz de cerdo ha desaparecido, y notarán que el candelabro sigue en su lugar y que el suelo sigue mágicamente impoluto. Ahora, hablemos del pago.

Unos minutos después, me encontraba con Sun en el camino de entrada del jardín bien cuidado mientras Antonia y Fable completaban sus transacciones. Al final, la madre pagó las tarifas por hora de les dos hechiceres, y la cifra total era tan alta que me pareció sorprendentemente irreal.

—Qué bueno volver a verte, Sun —dije, haciendo énfasis en su nombre. Metí las manos en los bolsillos y me balanceé sobre los talones mientras Sun esperaba junto al destartalado coche de Fable. El sol era abrasador, pero los aspersores estaban encendidos para regar el césped verde y, de vez en cuando, el agua me refrescaba la piel—. La próxima vez quizá uses algo de color.

—No lo creo —dijo Sun, apoyándose en el coche, con los brazos cruzados y la visera de la gorra tapándole el rostro. Parecía haber vuelto a su comportamiento estoico habitual, aunque había vislumbrado la tormenta que se gestaba debajo, y estaba intrigado.

—¿Qué? ¿Eres alérgique al arcoíris, por casualidad? Un poco extraño para alguien que se llama como el sol. —Pellizqué la tela de mi camiseta amarilla brillante entre los dedos y la agité para dar énfasis y abanicarme. Estaba pegada a mi piel sudada.

—No. No creo que nos volvamos a ver —aclaró Sun—. Antonia y Fable no son precisamente amigues.

—¿A qué te refieres? Parece que se llevan muy bien.

Sun soltó una risa débil.

—Claro que no. A Fable no le gusta cómo Antonia hace alarde de su aversión a las reglas. —Me lanzó una mirada penetrante y significativa.

Forcé una sonrisa. No había manera de que Sun supiera sobre la existencia de la Encantopedia. Entonces, ¿de qué demonios hablaba? ¿Se refería a mí en general? ¿Al hecho de que no tenía magia?

—Bueno, las reglas están hechas para romperse.

Sun hizo una mueca. Todo su ser irradiaba desaprobación.

—Las reglas existen por una razón —dijo, apartándose del auto e invadiendo mi espacio personal. Era más baje que yo y tuvo que levantar la cabeza para mirarme a los ojos, pero eso no le impidió intimidarme un poco. Se me cortó la respiración—. Tal vez deberías preguntarle a Antonia sobre su *última* aprendiz.

Me puse rígido. El aspersor me roció los hombros, y el agua se mezcló con el sudor de la nuca. Se me secó la boca de repente.

—Antonia trabaja sola —argumenté, aunque fue con suavidad e inseguridad.

—Ahora sí. Bueno, antes, en realidad. —Sun entrecerró los ojos—. Hasta que llegaste *tú*. —Se pasó la lengua por los labios, y no bajé la mirada para mirarlos fijamente. Claro que *no*—. Si fuera tú, me preguntaría qué sucedió.

—No soy como tú —espeté, dando un paso atrás para crear distancia entre nosotres—. Menos mal, porque pareces ser alérgique a los colores, así que no podría usar mis calcetines arcoíris favoritos, y sería una pena. Además, tendría que renunciar a mi personalidad y, uf, tú y yo sabemos que ese es mi mejor atributo.

El rostro exasperado de Sun era un deleite para la vista. Y era lo último que realmente quería ver de elle, así que me fugué en cuanto escuché el ruido de la puerta principal abriéndose y cerrándose y caminé con paso ligero hacia el deportivo de Antonia.

—Un placer como siempre, Fable —dijo Antonia, mirando por encima del hombro—, pero creo que deberíamos tomarnos un breve descanso y no vernos. Ya sabes, la ausencia aviva el cariño. No soy yo; eres tú. La distancia hará que nuestro reencuentro sea más placentero.

Fable se cruzó de brazos. El cabello rubio y rizado le caía sobre los hombros, y se le enganchó en el pliegue del codo.

—Hasta la próxima, Antonia. Cuídate. Sabemos que eso es lo que haces mejor.

Antonia abrió el coche y entró. Hice lo mismo y me senté con la mochila en mi regazo mientras los pensamientos se me arremolinaban en la mente. Antonia había tenido una aprendiz antes. Algo había sucedido. Aunque era una mujer poderosa, al parecer no era muy querida, no solo por el Consorcio, sino también por otres hechiceres.

Me sentí extrañamente desorientado. Darme cuenta de que realmente no conocía a Antonia fue como una bofetada en la cara. No me gustaba. No me gustaba que Sun supiera más que yo. Que tal vez al principio me había sentido tan culpable y preocupado por usar a Antonia para mis propios fines que nunca pensé que podría haber estado haciendo lo mismo conmigo.

Me aclaré la garganta.

—Pensaba que erais amigues.

Mientras arrancaba el coche, Antonia frunció el ceño y luego suspiró. Tenía los hombros encorvados. Unas finas arrugas le hacían cosquillas en las comisuras de la boca y también sobre la piel tersa de la frente. Apoyó la cabeza contra el volante.

—Tenemos un acuerdo. Eso no nos convierte en amigues. —Le temblaban las manos mientras recogía el café del portavasos y bebía los restos aguados que quedaban en el fondo de la taza.

—Eh, podemos comprar otro.

Negó con la cabeza.

—Saca tu invento. Busca la línea más cercana.

—Ah, vale. —Saqué la Encantopedia y la encendí. Alejé el mapa y, aunque la línea amarilla de antes todavía estaba allí, el dispositivo no detectó la línea muerta que Sun había visto.

—Eh... Creo que tenemos que salir del vecindario.

—Ya me lo imaginaba. —Asintió—. Hay una línea junto a mi cafetería favorita.

—Pensé que habíamos pasado por tu cafetería favorita de camino hacia aquí.

—Tengo varias favoritas —aclaró, alejándose de la acera—. Por cierto, has hecho un buen trabajo. Lograr que la niña hablara y nos contara sobre la pixie fue brillante.

—Gracias. ¿A ti te pasa algo?

—¿Eh? Ah, sí, Fable tenía razón. La magia de la línea cercana no era suficiente para romper la magia de la pixie y mantener los otros hechizos intactos. En vez de arriesgarme a que se cayera el candelabro, tuve que recurrir a mis propias reservas, y eso me ha agotado. Eso es todo.

Realmente no sabía lo que eso significaba. Por lo que entendía, Antonia era diferente y especial porque podía almacenar energía mágica mientras que el resto de les hechiceres tenían que depender de las líneas.

—Oh. Claro, lo entiendo.

Antonia me lanzó una mirada penetrante.

—¿Qué te ha dicho Sun?

—Nada —respondí demasiado rápido, cuando en realidad quería parecer despreocupado—. Nada. Es une idiota.

El rostro inexpresivo de Antonia era señal de que no me creía en lo más mínimo, pero no insistió. Tenía los nudillos blancos sobre el volante mientras conducía el coche fuera del vecindario, en dirección a la ciudad.

—Bueno, no te preocupes. No trataremos con elles durante un tiempo. Permaneceremos en nuestro carril, y elles permanecerán en el suyo.

—El suyo es el carril lento, ¿verdad? —dije con una risa forzada.

La boca de Antonia se curvó en una sonrisa.

—El más lento.

Tenía muchas preguntas. ¿Por qué Antonia me otorgó un nombre? ¿A qué se refería Sun con la última aprendiz de Antonia? ¿En qué me había metido?

Antonia encendió la radio, cantó en voz baja una canción y me invitó a un café. A pesar de lo que estuviera pasando, de lo que fuera que estuviera mal, realmente no me importaba. Porque estaba cerca de la magia otra vez. Sujeté la Encantopedia con fuerza. Y no importaba lo que dijera Sun. No renunciaría a nada de eso.

6

SUN

—Cuando esté hirviendo, vierte una gota de las lágrimas de sapo y revuelve vigorosamente con una cuchara de madera —aconsejó Fable desde el otro lado de la cabaña—. Con cuidado. No quiero que echemos a perder la poción.

Revisé el caldero que colgaba sobre el fuego. La poción burbujeaba con la consistencia espesa del lodo, pero del color de un refresco de uva. El vial de lágrimas de sapo estaba en el estante de madera al lado del soporte donde se encontraba el enorme libro de hechizos de Fable. Lo agarré del estante y recogí una cuchara de madera de la mesa. Verter una sola gota de cualquier líquido era difícil, pero las lágrimas de sapo eran más finas que el agua y muy poco comunes. No me gustaría desperdiciarlas y cometer un error, así que busqué una solución alternativa. Con la ayuda de un gotero y mi mano firme, coloqué despacio una gota de las lágrimas en el extremo de la cuchara de madera. Excelente. Tapé el vial, lo dejé a un lado, luego bajé la punta de la cuchara en el cáldero y revolví.

El líquido viscoso de color púrpura se volvió verde azulado y espumoso, como se suponía, hasta convertirse en el elixir de crecimiento vegetal que varies de les hechiceres herbolaries de la zona habían pedido. El calor había sido brutal en sus jardines. Revolví más rápido hasta que me empezaron a doler las muñecas y los brazos, al tiempo que la consistencia cambiaba poco a poco de lodo a caldo. De pronto, la poción se volvió negra como la brea, espumosa y turbulenta como un océano en medio de una tormenta. El líquido se elevó como si fuera un volcán de papel maché, ascendiendo cada vez más rápido. Prese del pánico, me escabullí y saqué la cuchara justo antes de que el brebaje se derramara por los bordes del caldero y cayera directamente en el fuego. La cabaña se llenó de humo cuando la poción tocó las llamas, que luego no paraban de sisear.

—¡Fable! —chillé en medio de un ataque de tos. Agité el brazo para dispersar el humo—. Es…

La mezcla entró en erupción. Estalló hacia arriba hasta alcanzar el techo. Me agaché, pero no escapé ilese de la zona de salpicaduras, ya que unas grandes gotas de la poción llovieron sobre mí. Sentí el líquido frío en la mejilla, a pesar de que había estado encima del fuego.

Me quedé mirando el desastre, confundide y en estado de *shock*, con los brazos extendidos y cubierte con toda la sustancia viscosa. Ayer vi a Fable hacer esa misma poción sin ningún problema. ¿Qué había hecho mal?

Fable chasqueó la lengua.

—Bueno, ¿qué pasó?

—No lo sé. Añadí la lágrima de sapo y luego revolví vigorosamente con una cuchara de madera.

Fable rara vez se enfadaba. De hecho, nunca me había regañado, ni siquiera cuando era novate y cometía muchos errores. No me gritaba, lo cual era genial, pero sí convertía cada error era un momento de aprendizaje, lo cual se volvía molesto después de un tiempo.

—Dime lo que has hecho —dijo con un suspiro.

Me pasé la lengua por los labios.

—Vertí una gota de las lágrimas de sapo en el extremo de la cuchara de madera. Luego la puse en la poción y revolví vigorosamente.

Fable se pasó una mano por el pelo largo y rizado. Ese día se había hecho una trenza.

—Dije: «vierte una gota de las lágrimas de sapo en la poción y luego revuelve con una cuchara de madera». No: «introduce la lágrima de sapo y la cuchara de madera al mismo tiempo».

Hice una mueca.

—Me preocupaba tener que medir una sola gota para la poción. Es difícil, y no quería desperdiciarla.

—Te entiendo, pero al tratar de evitar un error, has cometido otro y has desperdiciado mucho más que las lágrimas de sapo, incluido el tiempo.

Una gota grande cayó del techo y aterrizó a mis pies.

—Lo siento.

—No te preocupes. Es normal cometer errores. Inténtalo de nuevo. —Fable me entregó un pañuelo para limpiarme la cara—. Al menos, no te manchará la ropa.

Eché un vistazo a mis vaqueros rasgados y mi sudadera grande, todo de color negro. Apenas podía distinguir los lugares donde las gotas de la poción estropeada habían empapado la tela.

—¿Crees que debería usar más ropa de color? —pregunté mientras las palabras de Rook me resonaban en la cabeza. No debería pensar en él. Habían pasado tres días y, a esas alturas, habría ignorado las opiniones de cualquier otra persona, pero él... me había dicho que era increíble la primera vez que nos conocimos.

—Si quieres usar más color, está bien —dijo Fable, ocupade con su propia poción.

Su respuesta no fue de ayuda.

—Pero ¿me vería bien con más color? —insistí mientras me ardían las mejillas. Me pasé una mano por la nuca, y mis dedos rozaron la parte rasurada de mi corte de pelo.

—¿Por qué lo preguntas? —Fable se giró en su asiento—. ¿A quién estás tratando de impresionar? —Enarcó una ceja.

—A nadie —respondí demasiado rápido, cuando en realidad quería parecer indiferente—. Es que, bueno, el aprendiz de Antonia me dijo algo, y pensé… ¿Debería intentar ser más… agradable a la vista? ¿En las salidas de trabajo?

—¿Esto tiene algo que ver con el hecho de que él fue quien descubrió la magia pixie?

—No —mentí. El hecho de que supiera acercarse a la niña y entablar una conversación con ella para obtener información me irritaba. Ni siquiera se me había pasado por la cabeza. La falta de comunicación y habilidades sociales era mi mayor defecto, y ver cómo le resultaba tan natural a otra persona… me dolía.

—De acuerdo. ¿Te ha dicho algo más?

Vacilé, girando la cuchara de madera entre los dedos.

—Me llamó idiota —murmuré. No me molestó en ese momento porque, en efecto, *era* une idiota. Lo reconocía, pero no tenía nada que ver con él. Bueno, en realidad sí. Un poco. ¿Cómo podía ser tan simpático, sonriente y despreocupado, como si la magia fuera una broma?

Fable resopló.

—No me preocuparía por ninguna de sus palabras. No va a durar mucho tiempo. Es solo el último error de Antonia.

Se me formó un nudo en la garganta. No me gustaba cómo sonaba eso. Sí, Rook era un imbécil, sonreía mucho y era demasiado alto. Y tenía un hoyuelo. Pero… no merecía lo que Fable estaba insinuando.

—¿Está en peligro?

Fable apretó los labios.

—¿Fable? ¿Lo está?

—No lo sé. La última aprendiz de Antonia... —Dejó la frase en suspenso—. Bueno, no le fue bien, y Antonia fue la culpable. Sin mencionar que el nuevo aprendiz... no es alguien que el Consorcio aprobaría.

Fruncí el ceño.

—¿Por qué no?

—Conoces las reglas —dijo Fable. Dejó de trabajar y giró en su taburete para dedicarme una mirada intensa—. Antonia tiene la costumbre de llamar la atención del Consorcio, pero no en el buen sentido. Causa problemas. Sí, es poderosa, hermosa y, si realmente quisiera, podría someter a todo el mundo mágico. Pero al final, todo ese poder y prestigio no merece la pena. Al menos, no para mí.

Tomé una bocanada de aire. Se me revolvió el estómago por la preocupación.

—Lo que sea que esté haciendo no nos afectará, ¿verdad?

—No —dijo Fable con autoridad—. Claro que no. El Consorcio sabe que estoy de su lado. En todos estos años, nunca he roto ni una sola regla. Y mis aprendices tampoco. —Eso último parecía una advertencia, como si yo tuviera algún deseo de romper las reglas. Solo quería estudiar la magia, tener un lugar tranquilo para mí lejos del caos de mi familia y del mundo. La magia era eso para mí, un respiro, y la cabaña de Fable, una pequeña casa en las afueras de la ciudad con una chimenea crepitante, un sofá cómodo y muchos rincones cálidos, era el único lugar donde quería estar.

Fable hizo un gesto para señalar el desastre.

—Ahora, limpia y vuelve a intentarlo. Y si quieres usar más ropa de color, hazlo. Si no lo haces, no pasa nada. No te preocupes por caerle bien a otras personas. Sé tú misme, Sun, y si eso no es suficiente o demasiado para otra persona, ese es su problema, no el tuyo.

Relajé los hombros.

—Gracias, Fable.

—Pero si quieres usar ropa de color y sonreír más, adelante. Te verías bien con azul oscuro si no quieres alejarte demasiado del negro.

Resoplé.

—Tomo nota.

Tras murmurar un hechizo conocido, extraje la magia de la línea ley que fluía a lo largo del arroyo que pasaba junto a la casa de Fable. El arroyo desaparecía en un denso bosque en el que Fable me prohibió entrar sin compañía porque estaba lleno de magia. La línea daba vida a muchos seres mágicos, y no todos eran agradables y simpáticos. Pero también alimentaba la cabaña de Fable, así que la aproveché para limpiar el desorden. No me llevó mucho tiempo formar una esfera flotante con el líquido negro de la poción, que luego volví a meter en el caldero. Mientras intentaba salvar algunos de los ingredientes, sonó el teléfono.

Fable administraba su negocio de manera diferente a Antonia. Mientras que Antonia tenía un edificio de oficinas y un centro de llamadas que al parecer solo estaba conformado por Rook, Fable lo administraba todo desde su cabaña. El teléfono exclusivo para el negocio era un móvil que tenía un tono de llamada distintivo con el volumen al máximo para que pudiéramos escucharlo desde cualquier lugar de la casa.

Fable se inclinó y atendió el teléfono antes de que se cayera de la mesa por las vibraciones.

—Les rompemaldiciones de Fable —anunció—. Ajá. Sí. Podemos solucionarlo. Estaremos allí enseguida.

Fable colgó.

—Vamos —dijo, poniéndose de pie y empacando los suministros—. Tenemos un trabajo en la ciudad.

Procuré no quejarme sobre ir a la ciudad. Luego, agarré el bolso de la silla de la cocina y me eché la correa al hombro. En la puerta, saqué mi gorra de la percha, me la puse y me cambié las pantuflas por mis botas antes de salir corriendo detrás de Fable hacia su pequeño coche.

—¿Cuál es la emergencia? —dije mientras me deslizaba en el asiento delantero. A pesar de mis años como aprendiz de Fable, solo en el último me había empezado a permitir acompañarle en sus salidas. No hasta que cumplí los dieciséis años, que era una regla del Consorcio. Mis padres incluso tuvieron que firmar una autorización por si acaso. Pero no era como si fuera a pasar nada malo. Fable era muy consciente de la seguridad.

—Una plaga de ratones.

Arrugué la nariz.

—¿Ratones? ¿Ahora tenemos un negocio de control de plagas?

—Ratones que cantan.

—Oh… qué raro.

Fable sonrió.

—Es parte del negocio.

El viaje hasta la ciudad llevó algo de tiempo, sobre todo en el vehículo destartalado de Fable, que se sacudía cuando iba demasiado rápido. Me aferré a la manija de la puerta con tanta fuerza que se me pusieron los nudillos blancos. Fable murmuró un hechizo, y el aire acondicionado cobró vida. Me hundí en el asiento, agradecide por el alivio del calor.

El bloque de pisos estaba en una zona residencial de la ciudad, rodeado de altos edificios idénticos, de vez en cuando intercalados con restaurantes, lavanderías y gasolineras. Fable aparcó justo en el frente.

Solté un quejido cuando vi un coche rojo que me resultaba familiar. Pasó a toda velocidad y aparcó en espacio libre a unos metros de distancia.

—Mierda —maldijo Fable mientras salía del coche y se dirigía al maletero para recoger sus cosas. Le seguí a un ritmo más tranquilo, quejándome del calor que me asaltó en cuanto pisé la acera.

—Tú —dije mientras Rook se acercaba al frente del edificio. Llevaba unas gafas de sol grandes y una camiseta blanca estirada que dejaba ver mucho de su clavícula. Sus vaqueros estaban rasgados a la altura de las rodillas, lo que probablemente se debía al uso y no a una elección de moda. Su sonrisa era demasiado amplia, y su cabello castaño estaba demasiado despeinado.

—Yo —contestó en un tono suave y agradable. Me señaló con el dedo—. ¿Ratones que cantan?

Me pellizqué el puente de la nariz y cerré los ojos con fuerza porque sabía cómo iba a terminar todo esto.

—Sí.

—Ah. Hemos venido por lo mismo, entonces.

—Fantástico —dije de manera inexpresiva, bajando la mano y abriendo los ojos. Y no, no había sido un espejismo provocado por el calor de la ciudad. Rook seguía allí, devastador bajo el sol radiante.

—Oye —empezó Rook mientras se acercaba y me rodeaba en la acera—, cuando te dije que usaras algo de color, no pensé que fueras a seguir mi consejo.

—¿Qué? —Me miré la ropa y oh. En la luz tenue de la cabaña de Fable, mi ropa parecía haber absorbido las salpicaduras de la poción, pero bajo la brillante luz del sol, se veían las manchas resplandeciendo de un color púrpura intenso. Estaba cubierte de lunares, desde la parte superior de la sudadera hasta las perneras de los vaqueros. Se me revolvió el estómago, y una oleada de calor me subió por las mejillas al instante, aunque esperaba que se atribuyera al sol implacable. Absolutamente horrorizade, cerré los ojos y escondí el rostro entre las manos—. Ay, no.

Rook se rio, pero no fue hiriente.

—No pasa nada. Me halaga que me hayas hecho caso.

—No te he hecho caso —repliqué—. Fue un error con una poción. Eso sucede porque trabajo con magia de verdad. Pero como empleado, no lo entenderías.

La sonrisa de Rook flaqueó. De pronto, me sentí fatal por haberle dicho eso. Avergonzade y cruel.

—¿Qué sucede aquí? —interrumpió Antonia. Rook volvió sonreír, pero era un gesto completamente falso, y estaba aterrorizade de que Antonia se diera cuenta y me lanzara un embrujo por tratar mal a su aprendiz no-empleado—. ¿Hay algún problema? —continuó.

Fable apareció detrás de mí, y les dos hechiceres se pusieron en guardia frente al edificio. Antonia tenía ojos violetas brillantes, piel morena sin imperfecciones, cabello castaño largo y vaqueros ajustados con una blusa suelta. Sus uñas estaban pintadas de un negro centellante, como el cielo nocturno desde el porche de la cabaña de Fable. Parecía una modelo. Fable, en cambio, parecía une hechicere, con el pelo rubio enredado, una camisa de manga larga con parches en los codos y tatuajes en las manos que asomaban por los puños.

—Nos han llamado del apartamento 5C —dijo Fable en un tono tranquilo.

—Vale. Rook y yo vamos al 7C.

—Vale, ningún problema, entonces.

Antonia asintió con brusquedad antes de darse la vuelta y entrar en el edificio. Rook la siguió, pero me lanzó una sonrisa por encima del hombro, seguida de un guiño.

¿Un guiño? ¡Un guiño! Qué atrevido. El estómago me dio un vuelco, y no estaba segure de si era por la burla descarada o por el hoyuelo. De ninguna manera iba a dejar que él resolviera ese caso antes que yo.

Fable me apoyó la mano sobre el hombro y apretó.

—Que no te afecte —dijo—. Esto no es una competencia.

Pero lo era. Definitivamente era una competencia. Ese guiño... Ese guiño lo convirtió en una.

—Vamos —dije mientras me apartaba de Fable y entraba en el edificio.

La disposición del edificio de apartamentos era la misma que la de cualquier otro. No obstante, ese era uno de los más antiguos de la manzana, puesto que en el interior se notaban los años que habían pasado por la pintura descascarada y las alfombras deshilachadas. El vestíbulo, que albergaba un sofá raído y unas mesitas auxiliares desgastadas, conducía a un conjunto de ascensores, uno de los cuales ya estaba en camino al séptimo piso (sin duda, con Antonia y Rook). El segundo nos estaba esperando. Entramos y se me erizó la piel ante el pequeño espacio, pero me enderecé. No me gustaban los ascensores, pero los usaba porque eran parte del trabajo. Y ese día me iba a ir bien. Rook no iba a *ganar* esa vez.

Me contuve de salir corriendo cuando el ascensor se detuvo en el quinto piso. Con respiraciones lentas y profundas, aplaqué mi ansiedad y seguí a Fable por el pasillo hasta el apartamento 5C. Llamé a la puerta con los nudillos y, después de un momento, se abrió para revelar a una joven, que suspiró de alivio al vernos. Parecía tener veintitantos años y, aunque no estaba tan angustiada como la madre de la niña con nariz de cerdo, sí estaba muy preocupada. Nos hizo entrar.

—Esta es la casa de mi abuela —comentó—. Y no paraba de escuchar cosas y de quejarse de las canciones. Pensamos que... bueno, que podría estar alucinando. —La mujer se retorció las manos—. Pero luego empecé a escuchar las mismas canciones cuando venía de visita. Nuestra familia no es mágica y no tenemos mucha experiencia con la magia, aparte de algunos amigos que incursionan en ella, pero no se nos ocurre ninguna otra posible explicación.

Fable asintió.

—¿De dónde viene el sonido?

—De las paredes. Y luego —tragó saliva— atrapamos uno.

Levantó una caja con tapa y orificios de ventilación hechos con un lápiz a los lados. Eché un vistazo al interior y vi un ratoncito gris correteando, preso del pánico. Fable y la joven continuaron hablando detrás de mí, mientras yo presionaba la oreja contra la caja; en efecto, el ratón cantaba. El sonido era agudo, metálico y distorsionado en cierto modo, porque se suponía que los ratones no cantaban, pero después de unos segundos de concentración, pude distinguir la letra. El ratoncito cantaba sobre ayudar a su mejor amiga, Cenicienta.

Me enderecé.

—¿En este edificio vive algún fanático de los cuentos de hadas?

Frunció el ceño, pensativa.

—No que yo sepa. No estoy segura.

—¿Y de los musicales?

Se cruzó de brazos y miró al techo.

—En el apartamento de arriba. Creo que se especializa en teatro musical. Siempre está bailando y reproduciendo bandas sonoras. A mi abuela no le molesta mucho, pero cuando estoy aquí, tengo que golpear constantemente con el palo de la escoba para que baje el volumen de la música.

—¿Era Cenicienta de casualidad?

Sus ojos se agrandaron.

—Sí. Hace meses que no escucha otra cosa. ¿Cómo lo supiste?

Levanté la caja.

—¿Podemos llevárnosla?

—Claro.

—Gracias. Volveremos enseguida.

En el pasillo, Fable tomó la caja y se la acercó a la oreja.

—¿Qué plan tienes en mente, Sun? —me preguntó.

Parpadeé, y mi visión se volvió blanca y negra, excepto por la poderosa línea ley que atravesaba el centro del edificio de manera vertical. Y más allá, había pequeños puntos borrosos que se movían a través de las paredes, docenas de ellos, o tal vez más. No siempre podía ver cuando otras personas usaban magia, y estaba segure de que los ratones no eran conscientes de que estaban accediendo a la energía de la línea. Pero alguien los había hechizado para que cantaran. Y quienquiera que hubiera lanzado el hechizo todavía estaba canalizando la magia desde la línea hacia los ratones.

Parpadeé, y el mundo recuperó su color.

—Tenemos que subir al piso de arriba.

Lo único que teníamos que hacer era pedirle al hechicero que detuviera el hechizo para que los ratones dejaran de cantar y volvieran a la normalidad, de modo que el vecino de arriba no sería responsable de un problema mágico, sino de una infestación normal.

Sin embargo, no éramos les úniques que lo habíamos descubierto. Antonia y Rook bajaron al sexto piso por el ascensor al mismo tiempo que nosotres y se detuvieron en el pasillo.

Rook se sobresaltó cuando nos vio y guardó algo en su mochila a toda velocidad. Parecía un teléfono o una tableta, pero fuera lo que fuera, lo escondió tan rápido que solo llegué a vislumbrar una luz verde parpadeante. Hecho un manojo de nervios, se pasó una mano por el cabello, olvidándose de que se había puesto las gafas de sol en la coronilla. Se le engancharon en el pelo, y maldijo mientras desenredaba los mechones y luchaba con su mochila.

Antonia lo ignoró. En su lugar, nos miró fijamente y juntó las yemas de los dedos.

—¿Qué estáis haciendo en este piso? —preguntó con indiferencia—. Pensé que estabais en el 5C.

—Y yo pensé que vosotros estabais en el 7C —respondió Fable sin dudarlo.

Antonia sonrió, y sus labios rojos se estiraron sobre sus dientes blanquísimos.

—Cambio de escenario.

Escenario. Era una palabra muy específica. Estaba relacionada con los conciertos o las obras de teatro. También debían de haberlo descubierto.

Levanté la caja con el ratón.

—¿Banda sonora de Cenicienta?

Antonia lanzó una risotada.

—El hombre que nos llamó dice que golpea el suelo a menudo con el palo de escoba porque el volumen de la música está muy alto.

—La chica que nos llamó dijo que hace lo mismo, pero con el techo.

Rook finalmente dejó de luchar con sus gafas y su mochila, pero se le había deslizado la camiseta casi hasta el hombro, por lo que se podía ver una extensión de piel clara en la que no tenía ningún interés.

—Apuesto a que es un director de teatro aficionado —dijo Rook, acomodándose el cuello de la camiseta y salvándome del momento de estrés que no estaba teniendo en absoluto.

Como grupo, avanzamos por el pasillo. Rook se quedó atrás, para que Antonia y Fable caminaran por delante y discutieran frente a nosotres, y se puso a mi lado.

—¿Qué hay dentro de la caja? —preguntó mientras inclinaba el mentón en mi dirección.

—Un ratón que quiere ayudar a Cenicienta.

—Vaya, qué…

—Si dices «guay»…

Sonrió y se frotó la nuca, casi avergonzado.

—Bien —dijo en cambio—. Qué bien que el ratón quiera ayudar. Por lo general, son una plaga, pero al menos este pequeño quiere hacer su parte, ayudar con las tareas del hogar, coser botones o lavar los platos. O lo que sea que hagan los amigos ratones.

—Eres raro.

—Dice le chique con lunares morados.

Lo miré con los ojos entrecerrados. ¿Cómo puede alguien ser tan irritante? ¿O literalmente la persona más molesta del planeta?

—¿Cómo es que Antonia no te ha echado una maldición todavía?

—Supongo que soy afortunado —respondió. Metió las manos en los bolsillos—. Sabes —dijo con picardía—, tenemos mucho en común.

—Claro que no —negué rotundamente.

Se encogió de hombros.

—Vale, tal vez no mucho. Yo soy alto, y tú eres baje. Yo soy extrovertido. Tú eres claramente introvertide. Yo hablo mucho, mientras que tú prefieres comunicarte con tu ceño fruncido. Yo soy simpático, y tú, cascarrabias.

Le lancé mi mejor mirada fulminante. Ni se inmutó.

—Pero tú y yo somos aprendices de poderoses hechiceres que son capaces de romper maldiciones. Podríamos aprender mutuamente.

Apreté la caja con las manos. Agaché la cabeza y mantuve la vista fija en la fea alfombra estampada que nos llevaba por el pasillo hasta la puerta correcta. Sentí un aleteo en el estómago. Me picaba la nuca.

—¿Qué? ¿Sugieres que seamos amigues?

Rook se rio, un sonido fuerte y desagradable, similar al de cien niños diferentes que se habían burlado de mí a lo largo de mi vida. Encorvé los hombros como respuesta.

—No actúes como si fuera lo peor del mundo —dijo Rook, dándome un ligero empujón con el codo—. Tener un amigo.

—Tengo amigues —murmuré, con la esperanza de que no detectara la mentira en mi voz. Tenía hermanas. Tenía conocides y compañeres de clase. La clase de amigues que tenían la obligación de invitarte a su fiesta de cumpleaños hasta cierta edad, y luego nunca más cuando se empezaron a formar los grupos durante la secundaria. Pero no necesitaba a nadie. Tenía a Fable, magia y ratones que cantaban—. Además, Antonia y Fable ni siquiera se caen bien. Se toleran porque es beneficioso para ambas partes, y es bueno para la ciudad y para las personas con magia en general que exista una alianza entre les hechiceres más reconocides. Pero por lo demás…

—Guau —me interrumpió Rook, levantando las manos—. Vaya, lo entiendo. No quieres que sea tu amigo.

Suspiré. Se me había formado un nudo en el estómago, y todo mi cuerpo se había tensado.

—No he dicho eso.

—Ah, bien. —Rook asintió—. Ya sé lo que significa. Puedo leer entre líneas. No quieres que seamos amigues porque quieres que seamos algo más.

Entré en pánico y se me detuvo el corazón. No era verdad. Para nada. Vale, Rook era atractivo. Si ignorabas su personalidad. Pero yo no… no quería… no era así. Nos habíamos visto tres veces, y cada vez fue más exasperante que la anterior. No estaba interesade. En absoluto. No.

—¿Qué? —pregunté en voz baja, a pesar del tumulto de emociones que se agolpaban en mi pecho.

Sonrió.

—Amienemigues, obviamente.

Apreté los dientes, reprimiendo un gemido de dolor mientras el alma se me caía a los pies. No sé por qué me sentí vulnerable, heride contra toda lógica, porque ¿qué esperaba?

¿Que después de verme tres veces, todas en circunstancias nada ideales, haría algo diferente al resto? Solo quería fastidiarme.

—Obviamente —repliqué de forma automática.

—¿Ves? Nos entendemos. Ya somos casi amienemigues.

Tenía una respuesta en la punta de la lengua, pero Antonia llamó a la puerta del apartamento 6C con el puño, lo que me hizo cerrar la boca y volver a concentrarme en la tarea en cuestión. Di un paso adelante, dejando atrás a Rook, y me uní a Antonia y Fable justo enfrente del apartamento.

Del otro lado se escuchó el sonido de unos pies arrastrándose, y luego la cerradura que giraba. La puerta se abrió.

—¿Qué?

—¿Esto es tuyo? —pregunté mientras empujaba la caja con el ratón hacia la pequeña abertura, interrumpiendo lo que Antonia estaba a punto de hacer o decir.

—¿Qué es esto?

—Un ratón que canta.

Hubo un silencio de muerte seguido de un suave «oh».

La persona cerró la puerta, y el sonido de un cerrojo al descorrerse resonó del otro lado antes de que la puerta se volviera a abrir. Un hombre se asomó y miró a su alrededor. Parecía estar haciendo un gran esfuerzo por mantenerse en pie. Estaba claro que no había dormido en días, ya que tenía ojeras debajo de los ojos y los pelos rubios de punta, como si se hubiera agarrado el cabello con fuerza por la frustración. Bostezó y, sin darse cuenta, se rascó debajo del ombligo.

Antonia se abrió paso a empujones, sin esperar una invitación.

—¿Qué hechizo has usado? —inquirió, echando su cabello hacia atrás—. Para que podamos romperlo y seguir con nuestro día.

El hombre parpadeó.

—¿Sois del Consorcio?

Antonia se rio y, con delicadeza, se llevó una mano a la garganta. Intercambió una mirada con Fable, quien no parecía nada impresionade.

—¿Te parece que somos del Consorcio?

El hombre se pasó una mano por la cara.

—¿Quiénes sois, entonces?

—Antonia Hex. —Antonia se señaló a sí misma, y luego apuntó con el dedo a Fable—. Fable Page. Y el resto —dijo, haciendo un gesto hacia Rook y yo.

—¿Hex? —dijo él, y luego abrió los ojos como platos. Estaban inyectados de sangre—. Ay, mierda —suspiró.

Antonia sonrió como un tiburón.

—En efecto.

El hombre soltó un quejido mientras se giraba y arrastraba los pies hacia la pequeña cocina, como si caminar le supusiera un gran esfuerzo.

—Le compré el hechizo a un tipo en un callejón al lado del teatro. Me dijo que sería útil para la producción.

Rook me miró y articuló «bingo».

—Entonces, ¿eres el director de una producción *amateur* de *Cenicienta*?

—No. Estudio Teatro. Estas son mis prácticas. Necesito una buena calificación para graduarme. —Dejó escapar otro gran bostezo, y le crujió la mandíbula—. Recurrí a la magia porque no podía darme el lujo de fracasar con este último proyecto. Tengo la habilidad suficiente para lanzar pequeños hechizos, y este no era tan complicado.

Mi familia me decía que la arrogancia no me favorecía, pero no pude evitar dedicarle una sonrisita de suficiencia a Rook, quien se encogió de hombros de buena manera, para nada ofendido por mi regodeo.

El tipo agitó un pergamino en nuestra dirección, y Fable lo agarró antes de que Antonia pudiera hacerlo. Fable frunció el ceño mientras le echaba un vistazo al hechizo.

—¿Lo has leído antes de lanzarlo?

Se apoyó con fuerza en la encimera, medio dormido.

—Solo lo necesitaba para una actuación. A la que asistió mi profesor. Pero después, los ratones escaparon, y yo estaba demasiado cansado como para buscarlos. Eran solo cinco, y el hechizo no funcionó muy bien de todos modos. Apenas se los escuchaba por encima de la música.

—Ajá —dijo Antonia, mirando por encima del hombro de Fable—. ¿Y alguna vez has pensado en por qué estás tan cansado?

—Soy un estudiante a punto de graduarse. Tengo exámenes, actuaciones y trabajos pendientes. Tengo que solicitar empleo, asistir a entrevistas y pagar los préstamos a punto de vencer. Literalmente soy el estereotipo del agotamiento. —Su mirada confusa se posó sobre donde estábamos Rook y yo, que estábamos en medio del caos de la sala de estar—. Pensad bien qué queréis hacer en la vida, chiques.

Me estremecí.

Antonia chasqueó los dedos para volver a captar su atención.

—Bueno, tal vez si no hubieras comprado el hechizo de manera ilegal, no tendrías este problema. —Le arrebató el papel de las manos a Fable y señaló algo—. ¿Ves esta frase? No encantaste a los ratones para que simplemente cantaran. Te has convertido en un conducto.

El chico hizo una mueca y se frotó la frente.

—¿Eh?

—Has estado extrayendo la magia de la línea ley desde que llevaste a cabo el hechizo —espeté, con la paciencia al límite por culpa de este idiota incompetente—. Todo este tiempo, la magia te ha estado usando para llegar a los ratones. ¿No la has sentido?

—Lo siento, no soy tan hábil como la gran Antonia Hex y sus secuaces —replicó, pero sin mucha energía.

Fable infló el pecho. Abrió la boca, pero Antonia le interrumpió con un gesto de la mano.

—Como si este fuera mi grupo de secuaces, por favor. —Juntó las manos—. De todas formas, ese chique de allí se refería a que el hechizo te ha convertido en un conducto. Puede que no te hayas dado cuenta cuando eran cinco ratones cantando, pero ahora son muchos más. Se han escapado y se han reproducido. Tienes una plaga de ratones cantores que es lo suficientemente ruidosa como para que dos vecinos nos llamaran para pedirnos ayuda. No solo eso, sino que ahora tienes mucha más magia fluyendo a través de ti para llegar a ellos, lo que debilita la preciosa energía que tienes.

Sus ojos se ensancharon.

—¿Me estáis diciendo que los ratones son la razón por la que estoy tan cansado?

—Exacto —confirmó Fable—. Puede que no hayas sentido nada cuando eran cinco, pero ahora hay docenas, o tal vez incluso cientos de ratones mágicos viviendo en este edificio, y seguirán reproduciéndose.

—Tienes suerte de que aquí haya una línea ley poderosa —añadí—. De lo contrario, podrías haber agotado la línea y luego tu propia fuerza vital.

—Madre mía. —Se pasó una mano por el pelo grasiento—. Joder.

—La próxima vez deberías dejar la magia a les hechiceres de verdad. —Antonia hizo crujir sus nudillos. Luego cruzó la mirada con Fable—. Es hora de romper el hechizo.

Después de estudiar el pergamino ilegal con rapidez y echar un vistazo al libro de hechizos en el bolso de Fable, Antonia y Fable acordaron un contrahechizo adecuado para cortar el vínculo. Unas pocas palabras más tarde, el hombre fue liberado. Sus mejillas recuperaron el color al instante. Sus ojos se aclararon. Su postura se enderezó, y dejó de estar encorvado por la fatiga. Aún tenía un aspecto bastante horrible, pero al menos no parecía tener un pie en la tumba.

Me acerqué la caja a la oreja y, en efecto, la voz metálica ya no cantaba sobre coser botones y buscar hilos. Solo se escuchaban los chillidos de un ratón común y corriente.

—Sun —dijo Fable—, revisa las paredes.

Parpadeé. La línea ley vertical seguía intacta, ocupando la mayor parte de mi visión, pero las pequeñas manchas de poder que había visto moviéndose en las paredes habían desaparecido. Cerré los ojos, los volví a abrir, y el mundo recuperó su color.

—Ha funcionado.

Rook parecía desconcertado, con la cabeza ladeada mientras me analizaba. Quería preguntarme algo, pero no lo hizo. Se mordió el labio inferior mientras se aferraba con fuerza a las correas de su mochila.

—Estupendo. —Fable le pasó el pergamino al chico, que parecía mucho más lúcido, junto con un bolígrafo—. Ahora, escribe todo lo que recuerdes sobre cómo has obtenido este hechizo.

Poco después, nos volvimos a reunir en el pasillo. Fable sostenía el pergamino enrollado en la mano.

—Esto se lo informaré al Consorcio, Antonia —dijo, levantando el pergamino—. Sé que quieres evitar todo tipo de contacto con elles.

Antonia resopló y apoyó las manos en las caderas.

—¿La persona que os contactó era mágica?

Fable pestañeó.

—No.

—La nuestra tampoco.

Fable frunció el ceño.

—¿Y?

Antonia le guiñó un ojo.

—Un momento —dijo Fable, arrugando el pergamino en la mano—. No estás insinuando...

—No estoy insinuando nada. Excepto que tal vez este sea un caso en el que el Consorcio no tenga que beneficiarse de nuestras habilidades.

—Antonia —dijo Fable en voz baja, lo más parecido a una advertencia que jamás había oído de elle.

—¿Qué? Oh, venga. Si lo mantenemos en secreto, no se llevarán un porcentaje por este mísero trabajo. —Extendió el brazo—. En serio. Después de su parte, ¿lo que te queda es suficiente para pagar la gasolina que se consumió para llegar hasta aquí?

Quedé boquiabierte cuando me di cuenta de lo que proponía.

—¿Quieres que no lo informemos? —pregunté, escandalizade—. Eso va en contra de las reglas.

—Cierra el pico. Esta conversación es solo para personas adultas.

Fable suspiró.

—No puedo dejar pasar un hechizo ilegal, y mucho menos si es de esta naturaleza. Ya lo sabes, Antonia. Además, si no lo informamos, podríamos perder nuestro certificado.

Antonia puso los ojos en blanco.

—Vale. Haz lo que quieras, Fable, pero me gustaría que no mencionaras mi nombre si tu código moral lo permite. —Le dio unas palmaditas en el hombro a Rook, que había permanecido en silencio durante el intercambio—. Ni el suyo, si fueras tan amable.

—Solo les daré la información que soliciten.

—Está bien, supongo. Rook, ve al coche. Yo me encargaré del pago.

Atrapó las llaves de Antonia y se dirigió al ascensor. Fable y yo lo seguimos y empezamos a descender, mientras Antonia subía. Fable se bajó en el quinto piso y me indicó que esperara en el vestíbulo mientras saldaba cuentas en el 5C.

Las puertas se cerraron, y luego el ascensor se sacudió mientras continuaba su descenso. Estábamos solo Rook y yo en el pequeño espacio. Me apoyé contra la esquina mientras sostenía la caja cerca de mi pecho y controlaba mi creciente ansiedad.

—¿Qué vas a hacer con él? —preguntó Rook, señalando la caja.

—Voy a liberarlo en el bosque encantado junto a la casa de Fable.

—¿No es un poco cruel? —Se apoyó en la otra pared—. Básicamente, estás alejando al ratoncito de su familia.

El ascensor se volvió a sacudir. Se me secó la boca.

—¿Sí? Bueno, no. Teniendo en cuenta que probablemente exterminen al resto de los ratones, al menos este tendrá una oportunidad de vivir.

—Tienes razón.

Se escuchó un fuerte chirrido, y las luces sobre nosotres parpadearon. Cerré los ojos y me acerqué aún más a la esquina. Dejé escapar un suave jadeo, a pesar de mis esfuerzos por contenerlo. Sentí un cosquilleo, y se me puso la piel de gallina en los brazos y en la nuca.

—Eh… ¿estás bien?

—Sí.

—Pues no lo parece.

El ascensor retumbó y disminuyó la velocidad a medida que se acercaba a un piso. En un momento se detuvo con brusquedad, pero las puertas no emitieron ningún sonido ni se abrieron. Respiré de forma entrecortada. El ascensor se sacudió e hizo ruido antes de continuar descendiendo. Casi se me cae el ratón. Perdí las fuerzas en las rodillas, así que me agaché.

—Oh —dijo Rook—. ¿Quieres que siga hablando o quieres que me calle?

Me pasé la lengua por los labios secos.

—Sigue hablando.

—Vale. ¿Sabías que Antonia no se lleva bien con los dispositivos electrónicos? ¿Has visto su móvil? Prácticamente se cae a pedazos. Todos los días tengo que arreglar lo que rompe, como los teléfonos de la oficina. Ha destruido tres desde que empecé a trabajar para ella. También mantiene su caldero sobre una placa calefactora para preparar pociones, y hubo un día entero en el que no se dio cuenta de que no estaba encendida. ¡Un día entero! Solo tuve que presionar un botoncito en el cable. Ah, y ni hablar de los ordenadores. O la cafetera. Tiene prohibido usarla. Si quiere un café, tiene que pedírmelo, porque ya estoy harto de arreglarla y de limpiarla después de cada explosión de café.

Abrí un ojo.

—¿En serio?

—Sip —afirmó, exagerando la *p*—. Sé que desprende una aterradora aura de supereficiencia, pero en lo que respecta a los circuitos eléctricos, es un caso perdido. No le digas que te dije eso. Me echará un embrujo. O me matará.

Tragué saliva, a pesar del nudo de miedo en la garganta.

—Fable no puede cultivar plantas. No tiene habilidad para la jardinería.

A Rook le entró la risa.

—¿En serio? Fable parece la clase de persona que tiene la casa entera cubierta de enredaderas y plantas raras.

—Lo sé, ¿verdad? —dije con una risita entrecortada—. Pero se le da fatal. No estoy exagerando. Ha intentado cultivarlas desde que le conozco, pero nuestro jardín no florece. Fable dice

114

que es por la proximidad al bosque encantado. En mi opinión, creo que está tan concentrade en otras cosas que se olvida de regar las plantas y, cuando lo recuerda, las ahoga.

—Interesante. Antonia tiene algunas plantas en la oficina, pero no sé qué son ni para qué sirven.

El ascensor volvió a disminuir la velocidad.

—Un piso más —dijo Rook—. En fin, aún tengo mucho que aprender. Siento que estoy atrasado porque he empezado muy tarde. Tú eres más joven que yo, ¿verdad? En mi caso, estoy a punto de cumplir diecisiete años.

—Tengo dieciséis.

—Claro, eres más joven que yo y practicas la magia desde hace años. Sabes muchas cosas. Por cierto, ¿qué has hecho allí arriba? Ha sido muy guay.

El ascensor sonó, justo antes de que las puertas se abrieran y revelaran el vestíbulo. Me levanté, trastabillé hacia la abertura y exhalé en cuanto estuve afuera en el espacio relativamente abierto. Ahora que estaba a salvo, caí en la cuenta de lo que me había dicho Rook.

Me había dicho que era guay.

—¿De qué hablas? —pregunté.

—Cuando te diste cuenta de que el hechizo había funcionado.

—Ah, solo estaba revisando la línea ley para ver cómo fluía el poder. Quería comprobar si los ratones todavía seguían hechizados en las paredes.

—Ah, tiene sentido. —Rook estaba inquieto—. ¿Te sientes mejor?

Me aclaré la garganta.

—Sí. Ahora que he salido de allí, lo estoy.

—Bien. —Tocó la alfombra con el pie—. A decir verdad, los ascensores son bastante seguros. Se realizan inspecciones anuales y controles mensuales. E incluso si fallara, hay frenos y paneles de acceso para trepar y salir. ¿O el problema no son los ascensores en concreto, sino los espacios pequeños en general? ¿He empeorado las cosas?

No pude evitarlo. Me reí. La repentina desaparición del miedo y la ansiedad me dejó mareade, así que me hundí en el sofá del vestíbulo en un ataque de risas descontroladas. Dejé la caja con el ratón a mi lado y acerqué las rodillas al pecho para enterrar mis risas en la tela rasgada de los vaqueros.

—Oh, vaya —dijo Rook, llevándose una mano al pecho—. Madre mía. Te estás riendo. De verdad. Sabes reír. ¿Te he corrompido? ¿Qué has hecho con le verdadere Sun?

—Imbécil —contesté, echando la cabeza hacia atrás para respirar hondo y recomponerme—. Sé cómo reírme.

—Pues nunca antes lo habías hecho.

—Quizá porque no eres gracioso.

Rook estalló en carcajadas, sorprendido y encantado.

—Ay, eso me ha dolido. Estoy ofendido —dijo riéndose, para nada ofendido—. En realidad, tu comentario ha sido descortés. Gracioso, pero descortés. Vale, me retracto. Esta versión risueña da miedo. Prefiero la versión gruñona, antisocial, prejuiciosa, fría, distante y constantemente enfadada.

Dejé que la tensión se escapara de mi cuerpo, y poco a poco relajé los músculos faciales hasta adoptar mi expresión normal de amargade.

—De acuerdo —dije, tratando de usar un tono monótono con un toque de ironía. Levanté la cabeza—. Ya estoy de vuelta.

—Me asusta que lo hayas hecho con tanta rapidez y facilidad.

—¿Qué puedo decir? Soy como un camaleón.

Rook sonrió, y se le formó un hoyuelo en la mejilla.

—En ese caso, necesitarás un poco más de color, pero con los lunares vas por el camino correcto.

Solté un quejido y bajé la visera de la gorra.

—Los espacios pequeños —dije, respondiendo a la pregunta anterior de Rook—. Aunque los ascensores son particularmente aterradores.

—Entendido.

Las puertas del ascensor se abrieron, y Antonia y Fable salieron, discutiendo en voz alta. El sonido resonó en el vestíbulo e interrumpió el intercambio de bromas entre Rook y yo.

—Fable —dijo Antonia en un tono mordaz y amenazador—, te lo estoy pidiendo *educadamente*. Dijiste que te mantendrías al margen. ¿Lo recuerdas?

—Sí, pero *tú* me lo estás poniendo muy difícil —espetó Fable—. Es difícil ignorar tu evidente desprecio por los decretos del Consorcio.

Antonia se quejó de forma dramática.

—Solo por una vez, ¿podrías no seguir ciegamente sus reglas?

—No voy a mentir.

—No te pido que mientas. Te pido que no lo menciones.

Fable se mordió el interior de la mejilla.

—Bien. No compartiré información, pero si me preguntan, ¿qué se supone que debo hacer, Antonia?

—No lo harán, a menos que tengan un motivo para hacerlo. Uno que yo no les daré.

Fable resopló.

—¿Cuándo el Consorcio no se ha entrometido en asuntos ajenos, sobre todo si se trata de los tuyos?

Los ojos violetas de Antonia brillaron. Se escuchaba el chisporroteo de la magia en la punta de sus dedos.

—No me hagas enfadar, Fable.

—Bueno, si no haces nada fuera de lugar, no sucederá.

Antonia le lanzó a Fable una última mirada con los ojos entrecerrados y se giró sobre sus tacones altos.

—Vamos, Rook. Tenemos cosas que hacer, maldiciones que romper y personas que salvar.

Rook se dispuso a correr en dirección a Antonia. Cuando atravesó la puerta principal, me guiñó un ojo por encima del hombro. Las mejillas no se me enrojecieron en absoluto.

Fable suspiró.

—Vamos. —Salimos al exterior y nos reencontramos con el calor y la luz del sol que hacía brillar los puntos morados en toda mi ropa.

Ese último intercambio me había molestado, y aunque no me gustaba interferir en las relaciones de Fable con otros hechiceres o en los asuntos del Consorcio, parecía como si la rivalidad casi juguetona entre Antonia y Fable hubiera dado un giro extraño.

—¿Va todo bien? —pregunté, mientras Fable salía del lugar donde había aparcado el coche.

Fable se pasó una mano por el cabello rubio y rizado.

—Sí, todo bien. No hay nada de qué preocuparse.

Esa respuesta no me tranquilizó.

—¿Estás segure?

—Sí, Sun.

Nos quedamos en silencio, con el rugido del aire acondicionado de fondo. El ratón en la caja había recuperado la energía y correteaba, sus pequeños pies raspaban el fondo.

—Fable —empecé, reuniendo el coraje para hacerle una pregunta—, ¿qué pasó con la última aprendiz de Antonia?

Fable dejó escapar un largo y ruidoso suspiro. Flexionó los dedos sobre el volante.

—Ya conoces la historia en líneas generales, ¿verdad?

—Que intentó usar la magia para dominar el mundo. Y que el Consorcio la descubrió y la castigó. Según los rumores, a Antonia le prohibieron volver a tener otro aprendiz.

—Esa es la versión apta para todos los públicos.

Me quedé sin aliento.

—¿Qué? ¿Qué sucedió realmente?

Fable ingresó a la autopista para salir de la ciudad.

—Cuando la chica empezó a rebelarse, Antonia no la detuvo. No quería hacerlo porque la apreciaba mucho. Ignoró todas las señales de advertencia de lo que estaba haciendo hasta que fue demasiado tarde. La aprendiz se abrió paso por el Consorcio con maldiciones, matando a cualquiera que se interpusiera en su camino. Al final, Antonia intervino, la atrapó y la entregó.

Se me hizo un nudo en la garganta.

—¿Qué hizo el Consorcio?

—Le lanzaron un hechizo de retención. La aislaron de la magia para siempre.

Me quedé boquiabierte.

—También amenazaron a Antonia con hacerle lo mismo. Pero la mayor parte de la comunidad la defendió, alegando que al final fue ella quien la atrapó y le impidió alcanzar su objetivo. Antonia también era poderosa en aquel entonces, y nadie quería llevarle la contraria. Pero el Consorcio le dio una advertencia: si hace cualquier otra cosa, aunque sea un minúsculo arrebato de rebeldía, su destino será el mismo.

—¿Serían capaces de condenarla?

Fable encendió la luz intermitente y tomó la salida hacia la cabaña.

—Sí. Si suficientes hechiceres lo intentaran. Antonia es poderosa, pero no invulnerable.

—¿Crees que podrían intentarlo?

—No lo sé. —Fable me echó un vistazo—. ¿Por qué lo preguntas?

Me mordí el labio.

—Por nada en particular. Es que… ¿Tiene permitido nombrar a un aprendiz?

—No estoy segure. Los detalles del castigo de Antonia no se han hecho públicos.

—¿Rook está en peligro?

—Es la segunda vez que me lo preguntas hoy. Pensé que no te agradaba.

—No. —Me retorcí en el asiento—. Es un imbécil. Se burla de mí. Pero... —Pensé en la forma en la que me había distraído en el ascensor. No se había burlado de mí, me había preguntado qué necesitaba y lo había cumplido. Tal vez su personalidad era caótica y desagradable, pero al menos era amable—. Creo que... está en problemas y ni siquiera lo sabe. Y aunque no me agrade en absoluto, no merece que lo dañen.

Fable vaciló. Se acercó y me dio unas palmaditas en la mano que descansaba sobre mi rodilla.

—Si estuviera en problemas, Antonia es la mejor persona para protegerlo.

—Pero ¿y si necesita que alguien lo proteja de Antonia?

La luz del sol se reflejó en los ojos de Fable, que brillaban con un tono dorado, mientras apretaba la mandíbula.

—Si necesita ayuda, involucraremos al Consorcio. ¿De acuerdo?

Su comentario no me tranquilizó. Básicamente, Fable había admitido que el Consorcio poco podía hacer para controlar a Antonia. Y yo no me creía capaz de proteger a Rook de nadie, mucho menos de Antonia o del Consorcio, llegado el caso. Pero todo eso era hipotético. No era más que un empleado administrativo al que Antonia le había otorgado un nombre y al que llamaba aprendiz. Eso no significaba nada. Incluso si supuestamente Antonia no debía tener un aprendiz, la culpa no era de él. Rook no estaría en problemas. Además, si bien Antonia había demostrado ser impredecible, nunca había sido maligna.

No le sucedería nada.

Nada de nada.

De todos modos, no me correspondía intervenir, ¿verdad?

7

ROOK

—Vale, a ver si lo entiendo. ¿Cree que después de que su ex le descubriera poniéndole los cuernos, le echó una maldición para que tuviera mala suerte en el amor durante el resto de su vida? ¿Y que no ha logrado salir con nadie durante los últimos seis meses desde el incidente? Guau. Vale. ¿Y no le ha funcionado ninguna de sus mejores frases para ligar desde entonces? En realidad, parece más a un embrujo o un maleficio que a una maldición, pero es solo una cuestión de semántica. Ajá. Mmm... ¿Existe la posibilidad de que su ex se lo haya contado a sus amigos y se haya corrido la voz de que es infiel? No, no le estoy juzgando. —Sí lo estaba haciendo—. Pero no, ¿no cree que sea el caso? Vale. Bueno, apuntaré su nombre y número de teléfono, y Antonia Hex le devolverá la llamada. Tenga en cuenta que, dado que esto no cumple con los criterios de una emergencia mágica, puede que Antonia le devuelva la llamada en veinticuatro a cuarenta y ocho horas.

Apunté los datos de la persona infiel en mi formulario práctico para casos no urgentes de quienes probablemente solo eran idiotas. Realmente no se llamaba así, pero me sorprendía descubrir cuántas de las llamadas de Antonia eran de personas que habían hecho algo mal y ahora estaban preocupadas de que las consecuencias de esas decisiones fueran mágicas de alguna manera, ya fuera por un embrujo, un maleficio o una maldición, cuando en realidad eran solo consecuencias normales. En plan: «Ay, no, debo responsabilizarme de mis acciones cuestionables».

Los teléfonos no habían parado de sonar durante los últimos días, lo que, según Antonia, se debía a la luna llena. No había vuelto a acompañarla en ninguna salida desde el incidente con los ratones cantores, y me preguntaba si sería por la pequeña pelea que tuvo con Fable al salir. Antonia había guardado silencio sobre el verdadero motivo de la disputa, pero estaba seguro de que se trataba de mí. Estaba claro que había algo que Antonia no quería contarme sobre su última aprendiz, y en mi búsqueda a ciegas de una conexión con la magia, lo dejé pasar. Y lo seguía haciendo porque, aunque no acompañara a Antonia en sus salidas, todavía estaba trabajando en la Encantopedia.

Ya casi había ingresado todo el contenido del pequeño libro de hechizos en la base de datos digital. Solo me quedaba un poco más antes de poder trabajar en el enorme libro de hechizos en la oficina de Antonia, y el compendio estaría bien encaminado. No estaría completo, ya que había aprendido que los libros contenían diferentes hechizos y que estaban repartidos por todo el mundo mágico para que ninguna persona tuviera toda la información. Era un método de seguridad, por si acaso, para evitar que les hechiceres poderoses obtuvieran demasiado conocimiento. Por esa razón, ese pequeño libro solo contenía algunos, pero al menos los que tenía eran precisos, no hechizos ilegales y arriesgados comprados a hombres con gabardinas que merodeaban por los rincones oscuros de la ciudad. Esos encantamientos eran peligrosos y literalmente podían agotar tu fuerza vital, algo que había descubierto en nuestra última salida. Menos mal que no había recurrido a ellos cuando empecé mi búsqueda de la magia.

Hablando de la última salida, Sun seguía divirtiéndome y sorprendiéndome. Le aprendiz tenía una nariz bonita. Se reía y, cuando lo hacía, se le arrugaban los ojos hasta formar un par de lunas crecientes, y sus risitas salían un poco entrecortadas, un poco roncas. Adorable. Simplemente adorable. A pesar de su estética emo y su actitud gruñona, era una persona muy mona. Me caía bien. Y estaba feliz de haber logrado que admitiera ser mi amienemigue.

Antonia salió del despacho a sus anchas, sosteniendo una taza de café y sonriendo a pesar de haber tenido que lidiar con un maleficio que involucraba a una persona que escupía fuego.

—Hay una casa embrujada —anunció mientras se sentaba con delicadeza en el borde de mi escritorio—. Es demasiado trabajo para una sola persona, así que la familia nos contactó a mí y a Fable. El plan es que Fable y yo nos dividamos los objetos, rompamos las maldiciones y devolvamos todo lo que consideremos seguro a la familia.

—Interesante.

—No exactamente. En fin, tercera lección. Maldiciones. Las maldiciones son una mierda. Pueden afectar a personas u objetos, a diferencia de los embrujos y los maleficios, que solo afectan a los seres vivos. Aunque no sé por qué alguien le echaría un embrujo a un perro o a un gato. Da igual, me estoy yendo por las ramas. Las maldiciones no existen solo para hacer daño, sino también para lastimar. Y son fuertes. Estamos hablando de perjudicar una línea familiar durante generaciones. Es algo serio y requiere mucho poder.

—¿Un poder como el tuyo? —pregunté.

—Fable podría echarte una maldición si quisiera. También hay otros hechiceres que preferiría no cruzarme. Pero la mayoría de las personas mágicas solo pueden lanzar una maldición con la ayuda de otras, o si le piden a alguien especial que lo haga en su lugar.

Abrí los ojos de par en par.

—¿Tú has…?

—No viene al caso —dijo, ignorando mi pregunta con un gesto de la mano—. De todas maneras, los objetos malditos absorben la energía mágica que fue canalizada desde la línea ley y la retuercen. Cuanto más poder haya absorbido ese objeto, más daño podrá causar, y más difícil será romper la maldición. Por cierto, la maldición no se puede romper destruyendo el objeto; lo que queda sigue estando maldito. Así que si lo desechas, la persona desafortunada que lo encuentre más tarde sentirá los efectos. —Antonia señaló el felpudo de la entrada—. De todos los objetos malditos con los que me he topado, por alguna razón, ese felpudo es indestructible. No tengo ni idea de cómo, por qué o quién, pero al menos solo le gusta hacer tropezar a la gente.

—Menuda suerte, supongo.

Asintió y bebió un sorbo de café.

—Me iré en breve para trabajar con Fable e inspeccionar esa casa. —Extendió la mano y me dio un golpecito en la punta de la nariz—. Mientras tanto, tú…

Se abrió la puerta principal.

No habíamos recibido a nadie desde la visita de Sun unas semanas atrás, por lo que era inusual que alguien se pasara por allí. ¡Oh, tal vez era elle! ¡Con más objetos malditos! Asomé la cabeza por encima de la pared de mi cubículo, y mi emoción se desvaneció al ver a Herb inclinándose ante una mujer baja con gafas y el cabello castaño recogido en moño que le daba un aspecto severo. Tenía un portapapeles en la mano y un bolso grande colgado de un hombro. Frunció el ceño mientras Herb retrocedía lentamente bajo su mirada penetrante.

—Antonia Hex, supongo —dijo la mujer en un tono cortante.

Antonia se puso derecha, enderezó los hombros y entrelazó los dedos con cuidado en su pose de jefa. Miró a la mujer por el rabillo del ojo como si fuera una intrusa, como si fuera a entrar en una batalla. La ilusión que tenía ante la idea de volver a ver a Sun desapareció como el agua por un desagüe de un dibujo animado, con ruido de succión y todo.

—Depende de quién pregunte.

—Soy Evanna Lynne Beech, representante del Consorcio Mágico, oficina de Spire City. —Tocó la insignia que llevaba en el pecho. Sus credenciales se iluminaron y se proyectaron en el aire, con el tamaño suficiente como para que ambos pudiéramos leerlas. Consorcio Mágico, Departamento de Regulación y Supervisión, Spire City. Hechicera registrada de nivel cuatro.

—Nivel cuatro —leyó Antonia, chasqueando la lengua—. Así que el Consorcio envía a los peces gordos para hablar conmigo, una pobre e indefensa mujer.

Evanna Lynne volvió a tocar la placa, y las brillantes credenciales desaparecieron. Sacó un bolígrafo de su bolsillo e hizo clic en el extremo.

—Un objeto inanimado animado —dijo, marcando una casilla. Miró hacia abajo y detectó el felpudo que se retorcía bajo sus tacones anticuados—. Un objeto maldito en un lugar sin protecciones. —Marcó otra casilla. Luego me echó un vistazo, y cerré la boca abierta mientras ella entrecerraba los ojos—. ¿Quién es él?

—Un empleado —respondió Antonia mientras me apoyaba una mano en el hombro y me clavaba las uñas—. No hay ninguna regla que me prohíba tener empleados. Se encarga de atender las llamadas, ya que tengo un negocio de gran reputación, como lo indica mi certificado en la ventana. Y como bien sabe, no se me permite nombrar a un aprendiz sin la aprobación del Consorcio.

El estómago me dio un vuelco cuando Antonia confirmó lo que temía. No se le permitía tener un aprendiz. ¿Por qué? Entonces… ¿qué era yo? ¿Por qué me había llamado así delante de Fable y Sun? ¿Para presumir? ¿Para demostrar su desprecio por las reglas? ¿O era un juego de poder?

—Por supuesto, no existe ninguna regla escrita que indique que no se puede tener empleados administrativos, pero se entiende que usted no está autorizada para ser mentora o enseñar a otras personas en este momento —explicó, bajando la mirada hacia donde se encontraba el pequeño libro de hechizos entre mis cosas, entre ellas los restos de la placa calefactora de Antonia.

Antonia lo agarró con rapidez.

—Lo estaba leyendo antes de que entrara sin previo aviso e interrumpiera mi tarde. —Lo guardó en su bolso—. Ahora, ¿puedo preguntar por qué el Consorcio ha considerado oportuno venir a molestarme durante mi jornada laboral bastante ocupada? Es consciente de que acabamos de tener una luna llena y hay mucho trabajo por hacer, ¿verdad?

—Estamos investigando —dijo. Le dio varios golpecitos al portapapeles con el bolígrafo. Antonia apretó los puños, y me preocupaba que la representante explotara en mil pedazos—. No habría tenido que presentarme en persona, pero parece que su espejo clarividente no funciona.

Antonia esbozó una sonrisa de suficiencia.

—Mi espejo clarividente tuvo un desafortunado accidente hace unos años, y no he tenido tiempo de reemplazarlo.

Evanna Lynne le devolvió una sonrisa forzada.

—Bueno, el Consorcio le proporcionará otro espejo. Estoy segura de que podemos encontrar un modelo que satisfaga sus necesidades.

Antonia dudó.

—Por desgracia, ese también se romperá. —Hizo un gesto hacia donde sabía que la línea ley atravesaba el edificio—. El problema es la cantidad de energía que hay en este espacio. Los objetos del Consorcio parecen romperse bajo toda esa presión cuando están cerca.

Evanna Lynne no se inmutó ante la amenaza apenas disimulada, lo cual fue impresionante porque yo quería acurrucarme en posición fetal debajo del escritorio, y eso que estaba del lado de Antonia.

—En fin —continuó Antonia—, ¿qué están investigando?

—Un hechizo aparentemente ilegal con el que usted ha tenido contacto hace poco.

El aire se llenó de electricidad estática. Antonia irradiaba ira y magia, lo que a su vez me generaba un hormigueo en la piel. Evanna Lynne no pareció darse cuenta, o si lo hizo, no dejó que la afectara en absoluto. Herb huyó hacia la sala de descanso. Quería hundirme en la silla de oficina, pero Antonia me agarró del hombro como si fuera un salvavidas, como si fuera lo único que la mantenía con los pies sobre la tierra y evitaba que convirtiera a Evanna Lynne en un charco de sustancia viscosa allí mismo, sobre el felpudo maldito.

—Bueno, parece que Fable te ha puesto en evidencia —susurré, tratando de aliviar la tensión.

La mirada de Antonia era tan afilada como una espada, y sentí que me encogía bajo su intensidad. Apretó los labios mientras se dirigía a Evanna Lynne.

—¿Y quién les ha informado eso?

—Fable Page y su aprendiz usaron un espejo clarividente para comunicarse con el Consorcio cuando entraron en contacto con el hechizo mientras trabajaban en un caso relacionado con ratones cantores. ¿Le suena?

Antonia se encogió de hombros.

—Suelo trabajar con Fable y su secuaz. ¿Espera que recuerde cada uno de nuestros casos?

Evanna Lynne dejó escapar un sonido de desaprobación. Hizo clic de nuevo en el bolígrafo y pasó algunas páginas del portapapeles.

—En el informe se indica que Fable Page y su aprendiz se reunieron con un individuo en un bloque de pisos, donde les entregó el hechizo que había comprado a un hechicero desconocido en un callejón. Antonia Hex y su aprendiz también estuvieron presentes y ayudaron a romper el hechizo. El responsable del incidente corroboró la historia. ¿Y ahora?

—¿El chico de los ratones cantores? Es una pena que Sun lo haya salvado de que le consumieran toda la fuerza vital.

Evanna Lynne dejó que el papel volviera a su lugar.

—Entonces, ¿usted también estuvo allí? ¿Haciendo tareas administrativas?

El corazón me dio un vuelco. Oh. Ese habría sido un buen momento para mantener la boca cerrada.

Antonia resopló por la nariz como un toro.

—Fable y yo recibimos llamadas de diferentes inquilinos. Nos cruzamos allí de casualidad y llegamos a la misma conclusión de que el caballero, por decirlo de alguna forma, en el apartamento 6C había lanzado un hechizo indebido.

—Sí. Lo hemos deducido. Lo que significa que usted no informó sus ganancias del incidente, no denunció el hechizo ilegal y no registró a su aprendiz antes de llevarlo a una de sus salidas. Lo cual es muy inusual, ya que, como usted misma dijo, no está autorizada a tener un aprendiz.

—Empleado administrativo —corregí, levantando un dedo de forma sumisa.

Evanna Lynne parecía indignada, y marcó otra casilla en la hoja.

Antonia entrecerró los ojos. La presión en la habitación aumentó, como el aire antes de la llegada de una tormenta.

—Reunámonos en mi oficina, Evanna Lynne Beech, hechicera registrada de nivel cuatro. —Antonia extendió el brazo—. Por aquí, por favor.

La representante asintió brevemente y caminó hacia la oficina abierta de Antonia.

Antonia se volvió hacia mí.

—Al parecer, Fable no pudo mantener la boca cerrada. No te presenté como mi aprendiz en el apartamento del chico de los ratones, pero es obvio que elle lo hizo cuando llamó al Consorcio. O quizá fue ese pequeñe duende amargade que tiene de aprendiz. Cualquiera de elles, pues siempre siguen las reglas.

Se me hizo un nudo en la garganta al pensarlo. ¿Serían capaces de delatarme? ¿Sun sería capaz de hacer algo así? Habíamos llegado a un acuerdo la última vez que nos vimos. Nos habíamos unido, o algo así. Éramos amienemigues.

—Oh.

—Sí. —Agarró papel y lápiz de mi escritorio y garabateó una dirección—. Esta es la dirección de la casa embrujada. Reúnete con Fable allí y trae todos los objetos pequeños a la oficina en una caja protegida. Los grandes, simplemente catalógalos y etiquétalos. Lo resolveremos más tarde. Ya arreglé el pago con la familia, pero sí nos pidieron una solución urgente. No sé cuánto tiempo me llevará esta reunión, así que llámame antes de regresar. ¿De acuerdo?

Tomé el papel antes de responderle.

—¿Estás tratando de sacarme de la oficina?

—Sí.

Tragué saliva.

—Oh —repetí—. ¿Estás segura de que debería irme? ¿Y si…?

Antonia respiró hondo.

—No me pasará nada.

—Vale, pero ¿qué hay de mí? ¿Debería reunirme con Fable a solas?

—Me ocuparé de *elle* después de que terminemos este trabajo importante. Es un buen dinero, y Fable no puede darse el lujo de perderlo. Y yo no puedo permitir que Fable y su secuaz se lleven todo el crédito y las ganancias. Tengo que mantener mi reputación intacta, sobre todo si el Consorcio quiere tocarme las narices por cada cosa que hago.

Antonia rebuscó en su bolso y sacó su cartera. Me puso un fajo de billetes en la mano.

—Aquí tienes algo de dinero para el transporte. Lo siento. No puedo confiarte el coche, pero puedes llamar a un taxi.

—Puedo tomar el autobús. Sé cómo funciona el transporte público.

—Entonces quédate con el dinero. Considéralo una bonificación. Ahora vete, empleado.

—Sí, jefa.

Recogí mis cosas con rapidez, entre ellas mi mochila, donde la Encantopedia emitía un sonido alegre e ilegal, y me guardé el dinero de Antonia en el bolsillo antes de escaparme de la oficina.

❦

Tuve un ataque de ira justificado durante el largo viaje en autobús hasta la casa supuestamente embrujada. Todo era muy complicado. No sabía por qué a Antonia no se le permitía tener un aprendiz, o que ni siquiera debía tener uno hasta hacía unos minutos. Sí sabía que la Encantopedia era ilegal, pero Fable y Sun no estaban al tanto de su existencia. Sin embargo, sí sabían algo de Antonia que nadie me quería contar, y estaba dispuesto a descubrirlo. De alguna manera. Quizá no directamente porque no quería terminar recibiendo un maleficio.

La caminata hasta la casa desde la parada de autobús no fue corta, y cuando llegué allí, me sentía completamente quemado por el sol y sumamente molesto. Hasta tal punto que el hecho de que la casa embrujada cumpliera con todos los clichés de todas las películas de terror que he visto no me hizo sonreír. La casa se alzaba sobre el resto en una calle tranquila de las afueras de la ciudad, como si hubiera estado allí primero, y luego hubiera crecido un vecindario apacible y acogedor a su alrededor, a pesar de su atmósfera inquietante y opresiva. La casa en sí se encontraba sobre un césped lleno de malezas, rodeada por una alta valla de hierro forjado, coronada con lanzas decorativas del mismo estilo que las intrincadas volutas de la puerta. No me habría sorprendido si hubiera una gárgola posada en el techo o si hubiera una sola nube de tormenta flotando sobre la aguja más alta. A decir verdad, sería algo fantástico en ese momento. Coincidiría con mi estado de ánimo, y tampoco me molestaría un poco de lluvia para aliviar el calor infernal.

Revisé el número de la casa en el buzón y sip, era el lugar correcto, si cabía alguna duda. Delante había un solo vehículo aparcado, un viejo coche familiar, pero estaba claro que no era el cacharro de Fable. ¿Tal vez le pertenecía a alguno de los integrantes de la familia que Antonia había mencionado? Ay, bueno, si Fable no estaba allí, esperaría o me encaminaría a su cabaña. Antonia también había escrito esa dirección en la nota, por si acaso. Quizá también habían sido interceptades por el Consorcio. Se lo merecen por ser soplones.

La verja estaba abierta de par en par, así que entré, siguiendo el sendero de piedras agrietadas hasta los peldaños de la entrada, ensombrecidos por un gran porche. La puerta principal parecía pesada, y tenía una aldaba amenazadora.

Por suerte, no tuve que usarla porque la puerta también estaba abierta.

Empujé, reprimiendo el escalofrío que me recorría la columna mientras cruzaba el umbral.

—¿Hola? —exclamé.

—Por aquí —respondió una voz. Provenía de la habitación de la derecha, y la seguí hasta encontrarme a Sun de pie en medio de un desastre, una sala de estar llena de diferentes objetos extraños, esparcidos sin ningún patrón discernible.

—Tú —dije.

Sun giró sobre sus talones y puso los ojos en blanco.

—Yo —asintió.

No obstante, no se parecía a le Sun de siempre. En absoluto. Este Sun llevaba una camiseta blanca de manga larga con un cuello estirado que dejaba al descubierto sus clavículas afiladas. Este Sun no llevaba gorra, y su cabello negro y sudoroso estaba apartado de su rostro y peinado hacia atrás, por lo que se podía apreciar el corte debajo y un par de pendientes de botón en las orejas. Este Sun llevaba guantes de cuero negro y vaqueros azules desgastados, con rasgaduras en los muslos y las rodillas. ¿Qué estaba pasando? Este Sun hacía que el pulso se me acelerara y que el estómago se me revolviera, y la realidad era que no estaba preparado para este Sun. Este Sun hacía que la ira y el enfado que había avivado durante todo el camino hasta allí se evaporaran ante un poco de… piel.

—Bueno —empecé, pero se me quebró la voz. Sun enarcó una ceja, y yo me aclaré la garganta—. El coche que está aparcado afuera es tuyo.

—De hecho, es de mi madre —aclaró elle, con las manos en las caderas. Se bajó la manga hasta taparse la mano y se secó la cara con ella—. En esta casa no hay ningún aire acondicionado que funcione, y hace años que nadie vive aquí, por lo que hay polvo por todas partes. He estornudado unas quince veces. Detesto este lugar.

—Ah, eso explica por qué no llevas tu conjunto negro habitual.

Sun frunció el ceño y se miró a sí misme. Se pasó las manos enguantadas por los vaqueros, y el polvo se levantó en pequeñas nubes, visibles bajo la luz del sol que se filtraba por un resquicio entre las pesadas cortinas.

—Hace calor. Hay mucho polvo. No quiero sufrir un golpe de calor en esta casa destartalada donde hay objetos que pueden o no estar malditos. Gracias. —A pesar de sus quejas, Sun se estremeció—. Y el ambiente me da mala espina. La energía es densa, negativa y… no me gusta.

—Interesante.

Sun soltó un quejido.

—¿Qué? No te gusta cuando digo «guay».

—¿Qué tal si no dices nada? —espetó Sun.

Fingí cerrar la boca mientras me adentraba en la habitación. No podía echarle la culpa por estar nerviose. La casa me ponía ansioso *a mí*, y eso que apenas podía percibir la magia. El ambiente estaba cargado de *algo*, y todos mis músculos se tensaron en una reacción de lucha o huida.

La habitación era una gran sala de estar que tenía otra puerta cerrada que conducía al interior de la casa por un lado, además del arco por el que había entrado por el otro. Sun no se equivocaba. El lugar estaba lleno de polvo. Y oscuro. Había varios ventanales a lo largo de una pared, pero todos estaban cubiertos por pesadas cortinas de brocado. Solo una estaba entreabierta, y dejaba entrar un débil rayo de luz. Había un candelabro en el techo, pero solo unas pocas bombillas estaban encendidas con una luz titilante que proyectaba sombras extrañas en las esquinas. Había un gran sofá en medio del suelo de madera, un escritorio apoyado contra una pared, una estantería, un reloj de pie, un estante largo y bajo lleno de suculentas, libros y adornos, como estatuillas de cerámica. Dos de las figurillas eran de bailarinas, y una de ellas me guiñó un ojo. Sobre la entrada se exhibía una espada intrincada con una empuñadura enjoyada y una hoja teñida de carmesí. Todo era muy extraño y premonitorio.

Bueno, probablemente ese sería el lugar dónde moriría. Lo sentía en los huesos, como si algo me estuviera observando, a la espera del mejor momento para atacar.

—¿Dónde está Antonia? —preguntó Sun, pellizcándose el puente de su adorable nariz.

No solté un chillido de sorpresa cuando rompió el silencio, pero casi me tropiezo mientras salía de la habitación. No sé si se dio cuenta o no, pero no hizo ningún comentario, lo que probablemente significaba que no lo había visto, porque no podía imaginar un mundo en el que Sun no tuviera nada que decir sobre el hecho de que casi me cayera de culo.

—Es difícil saber qué está maldito y qué no en medio de toda esta —agitó las manos— rareza. De todas formas, no puedo romper la mayoría de las maldiciones por mi cuenta.

Ah, cierto. Yo estaba allí en lugar de Antonia porque Fable me delató. La ira que había cultivado regresó de golpe, a pesar de cómo me distraía la presencia de Sun.

—Está en una reunión con una representante del Consorcio, una hechicera registrada de cuarto grado.

Sun alzó las cejas de repente.

—¿Cuarto grado? Te refieres a una hechicera de nivel cuatro.

—Da igual. ¿Cuántos niveles hay?

—Cinco es el más alto.

—Estupendo. ¿Qué tal si me lo explicas?

Sun arrugó el entrecejo.

—¿Cómo te explico que cinco es mayor que cuatro? Vale, no hay problema, pero para que lo sepas, he suspendido Matemáticas y ahora debo ir a clases de verano.

—¿Qué? No. ¿Por qué una representante del Consorcio fue a la oficina de Antonia?

—¿Cómo voy a saberlo?

—Espera, ¿asistes a clases de verano?

Sun me fulminó con la mirada.

—¿Qué tiene que ver con el Consorcio?

—¡No lo sé! —Agité los brazos—. Tú has sacado el tema.

Sun se encogió de hombros y jugueteó con el borde de un almohadón decorativo.

—Pensé que a un amienemigo le interesaría saberlo.

Me consideraba su amienemigo. Éramos amienemigues. Si restabas la parte de enemigues, seríamos amigues. Un calor me invadió todo el cuerpo, y el corazón me empezó a latir con fuerza.

—Sí. Sí, me interesa saberlo. —Espera, no. Tenía que estar enfadado. No locamente enamorado. Negué con la cabeza—. En fin, volvamos a lo que nos concierne; la representante dijo que Fable se puso en contacto con el Consorcio.

—Pues claro. Fable le dijo a Antonia que lo haría.

—Pero Antonia le pidió a Fable que no me mencionara en ninguno de los informes que hiciera. Por cierto, muchas gracias por hablar de mí con el Consorcio. Ahora tal vez no pueda quedarme, excepto como un simple empleado de oficina, lo que realmente afecta mis planes. En cualquier caso, pareces estar a la altura de tu papel de amienemigue.

Sun parpadeó, y sus labios se curvaron hacia abajo en un adorable mohín de disgusto.

—Fable no te mencionó. Solo habló del hechizo ilegal. Pero me alegra saber que nos respetas lo suficiente como para pensar automáticamente que meteríamos las narices en los asuntos de Antonia.

—¿Cómo sé que no lo habéis hecho? La representante estaba al tanto del incidente con los ratones, el hechizo y el chico del apartamento 6C.

—Porque investigaron el caso y hablaron con el tipo del 6C. Les dijo que aparecieron dos hechiceres y sus aprendices en su casa.

—Antonia no me presentó como su aprendiz.

—Bueno, nosotres tampoco. Quizá lo dio por sentado.

—¿Y debería creerlo? ¿Debería creerte?

Sun apoyó con fuerza un jarrón de flores falsas sobre una mesita auxiliar.

—Vale, cree lo que quieras, pero no es culpa mía que tu jefa no te haya contado cómo es su relación con el Consorcio. Tal vez deberías hablar con ella en vez de gritarme. —Sun tomó un diario, colocó la palma de la mano sobre la cubierta y extendió los dedos. Se quedó inmóvil, murmuró algo en voz baja y luego lo arrojó en una enorme caja de cartón—. Maldito.

—No te estoy gritando.

—Literalmente me estabas gritando.

Me crucé de brazos.

—Bueno. ¿Dónde está Fable? Mejor le gritaré a elle.

—Fable también está hablando con el Consorcio. Y no, no tiene nada que ver contigo. A pesar de lo que pienses, no eres el centro del universo.

Alcé la barbilla.

—No creo que el universo gire a mi alrededor.

—Es curioso porque das esa impresión.

Traté de no enfadarme. Realmente no quería discutir. Además, la explicación de Sun tenía sentido. Era probable que el chico de los ratones pensara que yo era el aprendiz de Antonia. Y no era culpa de Sun que Antonia me mantuviera desinformado.

Abandoné mi postura defensiva y apunté con el mentón hacia la caja.

—¿Y qué hace ese libro maldito?

—No lo sé. Es un diario, así que podría ser que todo lo que escribas se haga realidad, pero no de la manera que quisieras, o si escribes el nombre de alguien, esa persona muere. O tal vez borre los recuerdos que escribas en él.

—Parece un diario muy siniestro.

—Bueno —dijo Sun, mirando la caja en la que lo había arrojado—, no cabe duda de que es un objeto poderoso. Y la verdad es que no quiero descubrir qué hace exactamente.

Caminé por la habitación, con cuidado de no pisar un juego de candelabros que estaba en el suelo, una alfombra (había aprendido a tener cuidado con las alfombras, muchas gracias) y una silla de oficina que juraría que se movió cuando pasé a su lado.

—¿Qué lugar es este?

—Es una casa embrujada —contestó Sun, sin vacilar—. Al parecer, una hechicera poderosa coleccionó muchos objetos supuestamente malditos y los guardó en esta casa. Cuando falleció, su familia heredó la propiedad y la tapió porque claramente no querían tocar nada de esto. Durante los años siguientes, las cosas han estado aquí… pudriéndose.

—Qué asco. Es aterrador. —Hice una pausa—. Y muy guay.

Sun suspiró, pero curvó los labios como si estuviera reprimiendo una sonrisa.

—¿Por qué todas estas cosas están malditas? ¿Qué sentido tiene?

Sun levantó un teléfono de disco y se estremeció. Lo colocó en la caja con el diario.

—El mundo está lleno de idiotas —dijo encogiéndose de hombros—. Si tuvieras el poder y estuvieras enfadado, ¿por qué no le lanzarías una maldición al teléfono de alguien para alterar todo lo que le diga a la persona del otro lado de la línea? ¿No te gustaría hacerle daño a alguien que te ha lastimado?

—Vaya. Nota mental: no hacerte sacar tu lado malo.

—Eso significa que tengo un lado bueno.

Me reí por lo bajo. No mencioné que todos los lados de Sun eran buenos, sobre todo hoy, porque eso solo empeoraría el ambiente escalofriante del lugar, pero sí que lo pensé. Debí haber estado callado demasiado tiempo porque Sun dejó de inspeccionar la habitación para mirarme con una ceja levantada.

—¿Vas a ayudarme o vas a quedarte ahí mientras yo hago todo el trabajo?

—Te ayudaré —le aseguré, aunque no tenía idea de cómo contribuir. No podía sentir lo que sentía Sun. No podía ver la energía mágica como elle. Sin duda, estaba desconcertado, pero era más una sensación de inquietud general por el hecho de estar en una casa catalogada como embrujada—. Antonia me dijo que le llevara todo lo que estuviera maldito en una caja con un hechizo de protección y que etiquetara el resto para revisarlo más tarde.

—Vale. —Sun señaló la caja que contenía el diario—. Allí van las cosas malditas.

Me aclaré la garganta.

—Es que… eh… no…

Sun encorvó los hombros y giró el cuello hacia atrás para mirar el techo.

—Antonia aún no te ha enseñado a detectar maldiciones, ¿verdad?

—No.

—Uf. ¿Te ha enseñado *algo*?

—Cómo atender el teléfono y cómo catalogar las situaciones entre maldiciones, maleficios y embrujos. Y también cómo le gusta el café.

Sun se quedó boquiabierte, realmente escandalizade.

—Sí que eres un empleado administrativo.

Eso me dolió. Sonreí de todos modos e incliné la cabeza hacia un lado.

—¿Estarías dispueste a decírselo al Consorcio? Quizá te crean.

—Me parece poco probable —dijo Sun, poniendo los ojos en blanco—. Aunque no te haya enseñado nada, Antonia sí te otorgó un nombre. Básicamente, es como si te hubiera estampado un sello que dice: «Eh, este chico es mi aprendiz».

—Sí, con respecto a ese tema... —dije, rascándome la nuca—. ¿Qué significa exactamente? ¿Que me haya dado un nombre? He oído hablar de eso, pero...

Sun se puso rígide.

—¿Antonia no te lo ha dicho?

—Eh... no.

—Oh. ¿Y tu familia no es mágica? ¿Todo esto —Sun señaló el estante con las bailarinas, quienes volvieron a guiñarle un ojo— es nuevo para ti?

—Mi abuela era hechicera, así que no todo es nuevo, pero me he dado cuenta de que hay muchas cosas que nunca me contó. ¿Qué me dices de la tuya?

Sun se encogió de hombros.

—Un poco. Mi padre y una de mis hermanas pueden lanzar hechizos simples. Mi madre sabe preparar algunas pociones. Nada que amerite el registro en el Consorcio o un espejo clarividente obligatorio. Soy la única persona con la habilidad suficiente como para capacitarme en el mundo mágico. —La última parte la dijo con un dejo de orgullo.

Entrelacé los dedos. Otro indicio más de que el hecho de que Antonia me hubiera nombrado como su aprendiz era más significativo de lo que creía en un principio.

—Qué genial. Tu familia debe de estar orgullosa de ti.

Sun volvió a encogerse de hombros, pero sus mejillas se sonrojaron.

—Sí, así es. En fin, otorgar nombres es cosa de hechiceres.

—¿Fable te ha puesto el tuyo?

Sun asintió.

—Sí. Obviamente me preguntó qué prefería, y juntes nos decidimos por Sun.

—¿Y por qué...?

—Eh... bueno... es una tradición. Es para proteger a mi familia, ya que es un seudónimo. Y... —La voz de Sun se apagó—. Me gusta. Me queda bien.

—Ah... qué bueno.

—Sí. —Sun hizo una mueca—. Bueno, no quiero pasar el resto de mi vida aquí. Antes que nada, siempre debes usar guantes para manipular los objetos.

Asentí.

—Guantes. No los tengo, pero los conseguiré. Entendido.

—En segundo lugar, ¿has notado esa sensación cuando percibes una línea ley sin verla realmente? Como si la energía te vibrara en el pecho, justo aquí. —Sun presionó dos dedos contra su esternón—. Es como un zumbido. Puede que sea débil, pero es cálido y acogedor.

Claro que no.

—Sí, claro.

—Bueno, las maldiciones son todo lo contrario. Son frías. Las sientes fuera de ti, contra la piel, y no dentro del pecho. Son hostiles. Y pulsan. ¿Tiene sentido?

Me pasé la lengua por los labios.

—Para nada.

—Ay, lo siento. No sirvo para dar explicaciones. —Sun se pasó una mano por el pelo, lo que me permitió volver a ver sus pendientes de plata y la curva de su oreja. Por la forma en la que se me aceleró el corazón, me sentí como un caballero victoriano que acababa de ver un tobillo delicado por primera vez.

El problema era que Sun podía dar excelentes explicaciones, pero yo nunca lo sabría. Porque no podía percibir la energía mágica. No podía percibir las líneas. No podía verlas. Y sí, aunque toda la habitación me daba un mal presentimiento, se debía más a la situación y al entorno que a los objetos en sí. Era desalentador en todos los sentidos. Y ni siquiera podía sacar la Encantopedia para que me ayudara, porque solo podía detectar las líneas ley, no las maldiciones.

—Debería irme —anuncié, aferrándome a las correas de mi mochila—. No voy a poder ayudarte. —Me encogí de hombros—. Soy inútil aquí. —Traté de disimular mi abatimiento, pero incluso las bailarinas de porcelana escuchaban la decepción en mi voz.

—No, espera. —Sun se mordió el labio inferior—. No te vayas. —Se sonrojó, y mantuvo la mirada fija en otra parte—. ¿Puedes hacerme compañía al menos? No quiero quedarme sole. —Se aclaró la garganta—. Este lugar me da escalofríos.

—¿Quieres que me quede?

Asintió, moviendo la cabeza como si estuviera pendiendo de un hilo.

—Sí. Sí, quédate.

El corazón me latía desbocado.

—Vale, me quedo.

—Gracias. Es que... eh... ¿estaba un poco asustade antes de que llegaras? —Por la entonación, parecía más una pregunta—. De hecho, Fable me dio la llave, y pensé en salir para esperar a Antonia en el coche porque la energía era muy densa. —Sun tragó saliva—. Este lugar es sofocante —susurró, como si la habitación pudiera escucharle.

Tal vez no tenía magia, pero sabía exactamente a lo que se refería. Me quité la mochila y la dejé junto a la puerta. Esbocé mi mejor sonrisa y junté las manos.

—Eso es porque está muy oscuro. Abramos algunas cortinas, ¿qué te parece? —Crucé la habitación hasta llegar a la ventana más cercana, donde sujeté el borde de la tela para apartarla.

—¡Rook! ¡No!

—¿Qué? Solo voy a…

La cortina se envolvió alrededor de mi muñeca con una fuerza extraordinaria. La tela estaba *helada* a pesar de estar bajo la luz del sol, y su tacto era tan frío que me quemó la piel. Grité cuando la tela agresiva me trepó por el brazo y me apretó hasta que mis dedos se entumecieron. Tironeé por instinto, pero el esfuerzo fue en vano, ya que me torció el hombro. Mi fuerza humana no era rival para la magia. Sun se abrió paso desde donde estaba y extendió la mano para sujetarme la que yo tenía libre, pero la cortina me engulló entre sus pliegues. Me estrellé contra el alféizar de la ventana con tanta fuerza que solté un gruñido por el golpazo. En ese momento, golpeé la ventana con las palmas, haciéndola vibrar en el marco.

No logré recuperarme del golpe antes de ser devorado por la pesada tela. Grité mientras se retorcía alrededor de mis brazos, mi pecho y mis piernas, encerrándome en metros de brocado de color rubí, hasta que quedé atrapado entre los pliegues. Apenas podía respirar mientras me apretaba el pecho y, con cada inhalación entrecortada, la tela hacía cada vez más presión contra mis labios. Estaba helado y acalorado al mismo tiempo. A su vez, sentía cómo la maldición me recorría la espalda y hacía que mis nervios ardieran de dolor.

Sun gritó, su voz amortiguada por los metros de tela que nos separaban.

Sun. No te acerques, Sun. Vas a quedar atrapade también. Usa magia. Llama a Antonia. Llama a Fable. Haz algo. Por favor, ayúdame. Te lo suplico.

Tenía miedo de gritar, por temor a que la cortina se me metiera en la boca, pero gimoteé en voz alta, asustado, dolorido. El miedo me subió por la garganta, y luché. Me retorcí y giré para tratar de liberarme, pero me enredaba aún más con cada movimiento. Los segundos pasaban, y me empezaba a faltar el oxígeno. Me estaba asfixiando.

Cerré los ojos con fuerza, y se me escaparon unas lágrimas por las esquinas. Sentía el latido de mi corazón en los oídos. Un hormigueo se apoderó de mis pies, mientras que los dedos de las manos se me entumecieron. Mis rodillas cedieron, y perdí toda la fuerza en el cuerpo. Las cortinas eran lo único que me sostenía, presionando contra cada centímetro de mi cuerpo.

Mi último aliento fue un doloroso jadeo.

Luego me caí, y recuperé la conciencia momentáneamente cuando me golpeé el hombro contra el suelo.

Las cortinas se rasgaron. Mi brazo estaba libre. Y aunque estaba débil, sabía que debía arrancarme la tela de la cabeza. Inspiré con avidez el aire polvoriento de la casa embrujada antes de alejarme a rastras. Cuando por fin levanté la cabeza, lo primero que vi de mi nueva vida fue a Sun sosteniendo la reluciente espada de punta roja, la que estaba exhibida sobre la entrada. Estaba cortando la cortina con todas sus fuerzas, como una especie de ángel vengador. Un ángel que no paraba de decir palabrotas.

Fue lo mejor que había visto en toda mi corta vida.

Luego me desmayé.

8

SUN

¿Qué cojones? ¿Qué cojones? ¿Qué cojones?

—¡¿Qué cojones?! —grité mientras empujaba la silla de oficina hasta colocarla debajo de la puerta de entrada. Me subí, y la silla intentó deslizarse bajo mis pies, pero me aferré al marco de la puerta para estabilizarme. No tenía tiempo. No tenía tiempo. Rook no tenía tiempo.

Levanté la mano, sujeté la empuñadura de la espada y la arranqué de la pared, ignorando el hecho de que definitivamente estaba maldita.

Claro que estaba maldita. Al igual que el resto de esa monstruosa casa.

Salté de la silla y atravesé la habitación corriendo mientras apartaba candelabros a patadas y me tropezaba con el borde de la alfombra. No recordaba ninguna contramaldición. Incluso si lo hiciera, no sabía si tendría el poder para lanzarla. No era tan hábil como Fable. No era tan poderose como Antonia. La línea ley cercana no era la más fuerte (una de las razones por las que la familia de la propietaria original se había mudado y quería vender la casa). Así que decidí buscar una mejor alternativa que no tuviera nada que ver con la magia. Encontré una solución práctica.

Rook estaba en algún lugar de ese montículo de tela, asfixiándose. Sus gritos se habían vuelto cada vez más débiles hasta que cesaron por completo. Ay, no, ¿y si ya estaba muerto? ¿Y si las cortinas lo habían matado? Mis piernas temblaron ante la idea y amenazaron con hacerme caer.

Bueno. No. No podía perder la cabeza. No tuve tiempo de entrar en pánico ni de pensarlo demasiado. Tenía una espada en la mano. Tenía un plan. Era momento de actuar.

En cuanto estuve lo suficientemente cerca, uno de los bordes de la cortina intentó agarrarme, así que blandí la espada para defenderme. La hoja manchada de sangre cortó el tejido como si fuera papel, y los bordes del corte ardieron como la punta de un cigarrillo, curvándose y ennegreciéndose mientras las llamas devoraban la tela.

Madre mía. Buen trabajo, espada maldita. Nota mental: no tocar la hoja cuando todo esto terminara.

Rook era más alto que yo, así que tenía que apuntar arriba. Por desgracia, no tenía tiempo de acercar el sofá para pararme sobre él, y la silla no era lo suficientemente estable ni confiable como para sostenerme mientras atacaba a las furiosas cortinas con una espada manchada y humeante. Improvisé colocando un pie en el alféizar de la ventana para impulsarme y saltar más alto, al mismo tiempo que blandía la espada. Logré impulsarme lo suficiente para cortar la cortina justo debajo de la barra. La tela chisporroteó y echó humo donde había hecho el corte, y sus pliegues cayeron al suelo con un ruido sordo.

Aterricé, resbalándome sobre los pedazos sueltos que intentaron trepar por mis piernas, y me apresuré a alejarme a una distancia segura. Toqué con la punta de la espada los restos que habían quedado adheridos a mi cuerpo, que luego se

145

convirtieron en agujeros humeantes que se deslizaban por mis vaqueros.

Rook. Todavía estaba atrapado, pero el montículo de tela se retorció, y un gemido bajo surgió de entre los pliegues. La cortina trató de alcanzarme de nuevo, pero la aparté y más pedazos humearon hasta prenderse fuego. Por suerte, Rook estaba lo suficientemente consciente como para quitarse la cortina de la cara y arrastrarse hasta un lugar seguro. Bueno, no estaba muerto. Bendita fuera toda la magia, no estaba muerto. No obstante, no tenía buen aspecto y aún estaba en peligro.

Corté y corté hasta despedazar toda la cortina, y luego los jirones se terminaron consumiendo por las llamas. Sujeté el antebrazo de Rook con una mano y lo arrastré por el suelo de madera. Todavía había pedazos de cortina detrás de él, pero como eran bastante pequeños, pude apartarlos a patadas hasta formar una pila triste y maldita.

Rook no se movía. Estaba inmóvil.

Lancé la espada al otro lado de la habitación. Cayó con un ruido metálico y dejó el suelo chamuscado por culpa de la hoja humeante.

Me arrodillé y puse a Rook sobre su espalda. Tenía el rostro y los labios pálidos. Cada centímetro de piel que la cortina había tocado se estaba volviendo azul por los moretones o rojo por el frío. Me incliné más cerca, y luego apoyé la palma sobre su pecho y acerqué la mejilla a sus labios y nariz. Su aliento me hizo cosquillas en la oreja, y su corazón latía bajo mi mano. Oh, bendita magia. Me quité el guante y toqué una de las marcas rojas e hinchadas de su brazo, y las yemas de mis dedos se congelaron.

Era una maldición poderosa. Más fuerte que el diario. Más fuerte que el teléfono.

Me invadió una sensación de alivio, así que apoyé la frente en su clavícula y cerré los ojos con fuerza. Quería desplomarme junto a él, pero tenía que ser fuerte y controlarme a pesar de estar completamente conmocionade. Rook me había cuidado en el ascensor, por lo que ese era el momento ideal para devolverle el favor.

Respiré hondo y me enderecé hasta quedar sentade a su lado, con la mano todavía sobre su pecho, donde sentía el subir y bajar de su respiración. Junté las rodillas y me quedé vigilando mientras me recomponía. Me di cuenta de que tenía las pestañas húmedas cuando parpadeé, así que usé la manga de la camiseta para secarlas. Me temblaron las manos cuando saqué el teléfono para llamar a Fable.

—Atiende —murmuré en un tono de súplica mientras sonaba—. Atiende. Por favor, Fable. Atiende. —No lo hizo. Colgué cuando escuché su buzón de voz—. Mierda.

No tenía el número de Antonia, pero seguro que Rook sí. Si tan solo pudiera encontrar su móvil. Palpé sus bolsillos y no, no lo llevaba encima.

Noté que sus párpados se movían, de modo que me volví a inclinar sobre él mientras se abrían poco a poco.

—Eh —susurré—. Eh, ¿estás ahí?

Me miró fijamente, con los ojos vidriosos, un poco nublados, y luego sonrió, con hoyuelos en las mejillas.

—Tus ojos son bonitos.

Se me hizo un nudo en el estómago.

—¿Qué?

—Tus ojos. Son muy bonitos. Como el cielo nocturno. Como el espacio, pero no el que da miedo, sino el bonito. Con estrellas.

—¿Te… te has golpeado la cabeza?

Rook soltó un quejido y se llevó una mano a la frente.

—¿Tal vez? No lo sé. —Rodó hacia un lado, apoyado en un brazo.

—No te muevas —lo regañé. Había miles de cosas que quería decirle, como por ejemplo: «qué susto me has dado» y «no sé qué hacer con todas las sensaciones revolviéndose en mi interior» y «por lo general, no me gusta la gente, pero tú me gustas un poco». Pero no dije nada de eso. No podía hacerlo—. En serio, no te muevas. Has derribado muchos objetos, y siento que ahora estamos en un campo de minas.

—Estupendo —dijo con dificultad antes de rodear su torso con un brazo y presionar la frente contra el suelo—. Suena increíble.

—¿Dónde está tu teléfono?

—¿Eh? Lo has guardado en la caja.

—No. No el teléfono maligno. Tu teléfono. Así puedo llamar a Antonia. Fable no me atiende.

—Ah. En mi mochila.

La divisé junto a la puerta y, con la gracia de un cervatillo recién nacido, me acerqué cojeando mientras hacía todo lo posible para no mostrar mi propio miedo. Agarré la mochila, abrí la cremallera del bolsillo principal y miré dentro.

—¿En qué bolsillo?

—¿Eh?

—¿Tú móvil? ¿En qué bolsillo está? —pregunté, palpando alrededor de la mochila, en busca de una forma dura que se asemejara a un teléfono. Algo se iluminó en el interior. Aparté algunos papeles y una sudadera y encontré una tableta. La saqué y la observé. No era un teléfono. Era... ¿Qué coño era eso?

—¡No! ¡Eso no!

Rook se había sentado, apoyado contra el respaldo del sofá, con un brazo alrededor de la cintura. Tenía la piel salpicada de moretones y los ojos inyectados en sangre.

Levanté el objeto.

—¿Qué es?

Tragó saliva. De alguna manera, estaba más pálido que cuando acababa de escapar de las garras de la cortina maldita.

—Nada. Solo... vuelve a guardarlo. Por favor.

Le di la vuelta al objeto y lo inspeccioné. Tenía una pantalla que parpadeaba, unas luces intermitentes y... un momento... ¿eso era un mapa? Lo era, y nuestra ubicación estaba marcada con un puntito rojo brillante. Después de unos segundos, la luz en la parte superior se volvió amarilla, y una línea apareció en la pantalla, a unas pocas manzanas de distancia, atravesando el vecindario, tal como lo hacía la línea ley cercana. Mmm. Seguía el mismo camino.

Me quedé paralizade.

Esa *era* la línea ley.

—Sun, te lo suplico. —La voz de Rook se quebró, y me sacudí. Volví a guardar el dispositivo en la mochila.

—Sí. Eh. ¿El teléfono?

—Está en el bolsillo delantero.

Lo busqué a tientas y lo recuperé antes de dejar la mochila con el... detector de líneas ley... en la puerta. Ese era un problema para otro momento. Si había algo que se me daba bien era compartimentar.

Crucé la habitación, me senté en el suelo junto a Rook y le entregué el teléfono.

—Aquí tienes. Llama a Antonia. Necesitas atención médica.

Rook hizo una mueca.

—Estoy bien.

—No es verdad. ¿Puedo... tocarte?

Rook parpadeó.

—Eh... ¿sí?

Asentí. Extendí una mano con indecisión y apreté los dedos alrededor de la muñeca de Rook. Su piel estaba fría contra mi palma húmeda. Cerré los ojos, respiré y extraje el poder de la línea cercana. En ese instante, dejé que la chispa de magia fluyera a través de mí. Rook se estremeció bajo mi agarre mientras comprobaba que no quedaran restos de la maldición. Fue difícil, porque toda la habitación emanaba una energía inquietante, pero me concentré frunciendo el ceño.

—¿Qué haces? —susurró.

La energía envolvía a Rook y, aunque los tentáculos de las maldiciones oscurecieron la atmósfera, no había nada malévolo aferrándose a él.

—Compruebo que no haya quedado algún resto de la maldición —murmuré—. Estás bien.

—Oh.

Me pasé la mano por el cabello, tiré de las puntas y exhalé con fuerza. El bajón de adrenalina me dejó temblando. Me froté las manos de arriba abajo en los muslos, tratando de recuperar el control, pero era difícil con el pulso de magia circundante que no nos quería allí, y con la mirada aturdida de Rook posada sobre mí, y con lo que fuera que estuviera emitiendo un pitido suave dentro de su mochila junto a la puerta.

Le di un codazo.

—Llama a Antonia.

—Ah, sí, sí. Debería llamarla. —Abrió la lista de contactos con torpeza. El nombre de Antonia estaba en la parte superior, y presionó el pulgar sobre la pantalla. Sonó y sonó, y cuando pensé que estaba a punto de ir al buzón de voz, Antonia atendió.

—¿Rook? ¿Estoy en altavoz? —exigió saber.

—Sí —dije—. Soy Sun.

—Hola, secuaz de Fable. ¿Por qué tienes el teléfono de Rook? ¿Qué ocurre? ¿Rook? ¿Estás ahí?

—Has atendido —dijo Rook. Todavía estaba desorientado, y eso me preocupaba. ¿Debía llamar a una ambulancia? ¿Podría morir del *shock*? ¿Podríamos él y yo morir del *shock*?

—Pues claro —espetó Antonia—. Eres mi... empleado —matizó, evitando la palabra «aprendiz» debido a mi presencia, claro estaba—. Y te he dado una tarea. Siempre atenderé cuando me llames.

—Oh. No sabía si lo harías.

Levanté la cabeza, sorprendide. Lo dijo así, sin rodeos. Un hecho. Un hecho muy triste.

Antonia se aclaró la garganta al otro lado de la línea.

—¿Estás bien?

—No —interrumpí—. Hemos tenido un incidente con unas cortinas malditas. Fable tampoco está aquí, y Rook... Debería recibir atención médica o acudir a un curandero. ¿Conoces a alguien? Ha estado atrapado un buen rato y se ha desmayado después de que lo liberara. Ahora está despierto y respira, pero no ha vuelto completamente en sí.

Se produjo un momento de tenso silencio, seguido del tintineo de unas llaves y un portazo.

—Estoy en camino —dijo Antonia—. Llegaré pronto. No te vayas. No lo dejes... ¿Has llamado a Fable? —Antonia parecía preocupada, una grieta en su fachada fría.

—He intentado llamarle, pero no me ha atendido.

—Vuelve a probarlo. Dile que estoy en camino. No toques nada más. ¿Puedes hacer eso, Sun?

Qué alivio tener a una persona adulta que me dijera qué hacer. Por lo general, no me gustaba que me dieran órdenes, pero que Antonia tomara el control de una situación que estaba fuera de mi alcance fue agradable y liberador. Como cuando mis padres manejaban las cosas por mí, para que yo no tuviera que hacerlo, porque aún era adolescente y no tenía las experiencias de vida que elles sí tenían. Con Antonia al mando, sentí que parte de la tensión en mis hombros y espalda se disipaba.

—Sí. Puedo hacerlo. Llamar a Fable. No tocar nada. No irme a ningún lado.

—Excelente. Llámame si pasa algo más.

—Sí, jefa —dijo Rook, con una sonrisa tirando de las comisuras de su boca—. Oye, ¿podrías traerme un café?

—Ahí estás —respondió ella—. Genial. Bueno. Estaré allí en unos minutos. A fin de cuentas, los límites de velocidad son solo sugerencias.

Antonia colgó. Saqué mi teléfono del bolsillo y llamé a Fable. Rook no se veía muy bien, pero parecía más consciente, como si se estuviera despertando de una anestesia o de un sueño profundo.

Fable respondió al primer tono. Le dije lo mismo que le había dicho a Antonia, y tras unos minutos elle también se puso en camino. Después, Rook y yo nos sentamos en silencio, inclinades le une sobre le otre, la espalda de Rook contra el sofá, mis pies ligeramente por debajo y mi postura encorvada por el cansancio. Nuestras rodillas se tocaron. Ese pequeño punto de contacto irradiaba calor, justo donde mi piel desnuda se asomaba por la rasgadura de mis vaqueros y tocaba la costura exterior de los suyos. Intenté no concentrarme en eso, pues había mucho más en qué pensar, pero no pude. Todo lo que me rodeaba se convirtió en ruido de fondo, excepto ese punto de calor.

Consideré irme al recibidor, pero tanto él como yo estábamos inestables, y el lugar donde estábamos sentades era relativamente seguro, siempre y cuando ningune se moviera demasiado. El sofá no emitía ninguna energía que me hiciera pensar que estaba maldito. Además, si lo estuviera, ya habría intentado hacer algo al respecto cuando Rook se apoyó en él por primera vez.

—¿No quieres hacerme una pregunta? —dijo, sus primeras palabras por iniciativa propia desde que lo liberé.

—¿Sobre qué?

Rook hizo un gesto sin fuerzas.

—Elige un tema.

—¿Quieres que te lo pregunte?

Se encogió de hombros.

—¿No te da curiosidad?

—Un poco.

—Hazme la pregunta, entonces.

—Acabas de atravesar una experiencia traumática. No creo...

—Se llama Encantopedia —me interrumpió—. Detecta las líneas ley.

Me quedé sin aliento.

—Es... —Mi voz se desvaneció. ¿Asombrosa? ¿Herética? ¿Muy guay?—. Bueno, va en contra de todas las reglas establecidas por el...

—Lo sé.

Claro que lo sabía. Era un transgresor. Al igual que Antonia. No era de extrañar que lo hubiera aceptado como su aprendiz.

—¿La has creado tú?

Rook asintió.

—Sí, la he inventado yo.

Era increíble, pero también inquietante. ¿Por qué inventaría algo así? Significaba acceso a la magia para... todes. Podría alterar el orden del mundo. Era un problema.

—¿Por qué? ¿Por qué lo has hecho? ¿*Cómo* lo has hecho? Es... —Me esforcé por encontrar las palabras adecuadas. Estaba enfadade. Tenía miedo. Para empezar, estaba en un estado mental extraño después de ver cómo las cortinas habían tratado de devorar a Rook—. No está bien.

—¿Según quién?

—El Consorcio.

—¿Y vas a vivir bajo sus reglas durante el resto de tu vida?

Esa pregunta me pilló desprevenide. Realmente no lo había pensado. Pero ¿qué otra opción había?

La puerta se abrió de golpe. Antonia y Fable entraron como torbellinos, exudando poder mientras se dirigían hacia la sala de estar. Fable se detuvo justo después de atravesar el umbral y arrugó la nariz, mientras que Antonia siguió avanzando, concentrada en llegar a donde estábamos sentades en el suelo.

—El ambiente es *opresivo* —dijo Fable—. Antonia, ¿por qué has enviado aquí a tu aprendiz novato?

Antonia resopló.

—Me dijiste que estarías aquí. —Se arrodilló y tomó la muñeca de Rook en su mano—. ¿Y por qué has enviado a tu secuaz? No podría romper ninguna de estas maldiciones sin tu ayuda.

—Porque me dijiste que *tú* estarías aquí.

—Bueno, gracias a ti, me retuvo el Consorcio con sus tonterías. —Los ojos violetas de Antonia ardían. Sujetaba la muñeca de Rook con tanta fuerza que parecía que le estaba pellizcando la piel.

—No me eches la culpa. Intenté advertírtelo, pero la gran Antonia Hex no acepta consejos. Tus malas decisiones son las que hicieron que el Consorcio se involucrara.

Antonia estaba que echaba humo.

—Mis decisiones no son asunto de la representante del Consorcio Evanna Lynne Beech, Departamento de Regulación y Supervisión, hechicera de nivel cuatro de la oficina de Spire City.

—Sabes que las cosas no funcionan así —dijo Fable con un suspiro.

—Así es como *deberían* funcionar.

—Bueno, ¿de quién es la culpa? —espetó Fable—. ¿Quién no siguió las reglas la primera vez? Lo cual llevó a...

—¡Basta! —Antonia y Fable se volvieron hacia mí. Señalé a Rook—. ¿Podemos tener esta discusión en otro momento, por favor?

Antonia se apartó el pelo, sin soltar la muñeca de Rook, y asintió.

—Vale. —Tomó aire para calmarse—. No hay ningún rastro de maldición —murmuró.

—Sun lo confirmó antes —comentó Rook. Inclinó el mentón hacia abajo, y el pelo le cayó sobre los ojos—. Elle me salvó. Con una espada.

—Tenías razón —le dijo Antonia a Sun, soltándole la muñeca a Rook y presionando la mano contra su frente—. Está delirando.

—¡No! No es verdad. Tengo hambre y estoy cansado. Me gustaría beber un café. Pero Sun me salvó de verdad. Con una espada. Cortó las cortinas y me liberó, como si fuera une guerrere. Fue muy —mostró su sonrisa con hoyuelos— guay.

Agaché la cabeza y reprimí una sonrisa.

—¿Esta espada? —preguntó Fable, quien cruzó la habitación para tocar la espada con la bota.

—Literalmente es la única espada aquí —repuso Antonia. Se incorporó y estudió los restos de la cortina esparcidos por el suelo. Se movieron débilmente hacia ella, como hojas carbonizadas sintientes siendo propulsadas por una suave brisa.

Yo también me puse de pie. Rook permaneció en el suelo, con las piernas extendidas, al parecer sumamente exhausto, a juzgar por la forma en la que sus párpados se cerraban cada pocos segundos.

—Antonia. —La voz de Fable era tranquila, pero tensa. Algo andaba mal—. Revisa a Sun también.

Antonia no me dio oportunidad de protestar. Me tomó de la muñeca, con su agarre de hierro en la articulación, y frunció el ceño.

—Algo se ha aferrado a ti, Sun. Supongo que es la espada. No es fuerte, pero está ahí.

¿Qué? ¿Qué?

—Pero estoy bien. Me siento bien.

—Lo más probable es que no lo estés en breve.

Rook se puso de pie con dificultad. Parecía que había vuelto a la vida después de escuchar la declaración de Antonia, quien lo agarró de los bíceps para estabilizarlo.

—¿Qué? ¿Estás bien? ¿Sun está bien? Sun, ¿estás bien?

Un dolor de cabeza empezó a formarse detrás de mis ojos, y tenía el cuerpo agarrotado, pero todos esos eran síntomas de una situación estresante. El revoloteo en mi estómago era por el hambre o la adrenalina y no por la sincera preocupación de Rook. Estaba bien. Estaría bien. Estaba más que bien.

—Estoy bien. —Di un paso adelante, pero mi visión se estrechó formando un túnel. Me mareé. Me temblaban las rodillas. Oh. Quizá no lo estaba.

—Vamos, Sun. —Fable se puso a mi lado en un instante—. Vayamos a la cabaña.

Nos dirigimos hacia la puerta. Fable me guiaba. Antonia sostenía a Rook con firmeza para que no se cayera. Cuando salimos de la casa, la puerta se cerró de golpe detrás de nosotros por sí sola, como diciendo «hasta nunca». El sentimiento era mutuo.

—¿Vas a estar bien? —me preguntó Rook mientras yo entrecerraba los ojos contra la luz del sol. Me dolía la cabeza. Me dolía el cuerpo. Como si de pronto hubiera contraído la gripe y todos los síntomas me atacaran a la vez. Pellizcó la tela de mi camiseta entre sus dedos, como si dudara en sobrepasar el límite de contacto físico que yo misme había establecido, pero quisiera asegurarse de que no me pasaba nada de todos modos. O asegurármelo a mí.

—Sí. No te preocupes. Fable cuidará de mí.

Asintió.

—Le avisará a Antonia, ¿verdad? ¿De que estás bien?

—Sí. Me aseguraré de que lo haga. ¿Y tú? ¿Vas a estar bien?

Rook jugueteó con la correa de su mochila.

—Sí. Sí. Claro. —Tragó saliva y se giró en el umbral mientras Antonia y Fable se dirigían a sus respectivos coches—. Supongo que nos veremos la próxima vez.

—Sí, eso creo.

—Vale. Hasta entonces. —Asintió y luego sonrió, compitiendo con el sol—. Gracias por salvarme. Cuídate.

El corazón me latía al mismo tiempo que la cabeza. Me dije a mí misme que se debía a los restos de la maldición, pero estaba mintiendo.

9

ROOK

Antonia apoyó una vela sobre mi escritorio con tanta fuerza que me sacó de mis ensoñaciones; había estado mirando al vacío y pensando en Sun mientras esperaba que sonara el teléfono. Fable le había contado a Antonia que Sun estaba bien y que los residuos de la maldición habían desaparecido. Sun pasó dos días en cama con gripe, pero por lo demás, se recuperó y volvió a ser la persona sarcástica de siempre. No habíamos hablado más que eso; Antonia se había mantenido reservada desde la visita del Consorcio, encerrada en su despacho, presumiblemente de mal humor después de la humillación que le hizo pasar Evanna Lynne. Me preocupaba que me despidiera, sobre todo después del incidente en la casa embrujada, cuando la decoración del hogar casi me mató. Pero no lo hizo.

El pesado soporte de plata produjo un ruido estrepitoso junto a mi codo. La vela en sí era un cabo, más cera derretida que vela, con una mecha corta y quemada.

—Si el Consorcio quiere condenarme por tu existencia, seas aprendiz o no, entonces al diablo con todo, serás mi aprendiz. Ya basta de tonterías sobre ser mi empleado. Vas a aprender.

Al parecer, no había estado encerrada de mal humor. Había estado planeando el próximo paso en su rebelión personal. Debería haberlo sabido.

—¿Soy tu aprendiz?

Puso las manos en las caderas.

—No tienes magia, y a mí no se me permite tener un aprendiz, así que, según el Consorcio, solo eres un empleado de Hex-Maldición. Pero tú y yo sabemos que eso no es verdad.

—¿No lo es?

—Literalmente acabo de decir que tú y yo sabemos que no es verdad. Así que no. No es verdad. Eres mi aprendiz.

—Vale. —Arrugué el entrecejo.

—Pareces confundido. ¿Por qué?

—Es que… Como has dicho, no tengo magia. Fui una carga en la casa embrujada. No puedo hacer pociones ni lanzar hechizos. La única forma en la que puedo ver las líneas ley es con tecnología. Entonces, ¿por qué?

Antonia puso los ojos en blanco.

—Para ser sincera, hay varias razones. Estaba harta de escuchar lo genial que es le secuaz de Fable, y yo también quería presumir. Además, eres inteligente, trabajas duro y me caes bien. No le des demasiada importancia.

Oh. Vaya. Le caía *bien* a Antonia. Eso sí era de gran importancia, pero hice lo mejor que pude para contener todos los sentimientos cariñosos y mi enorme sonrisa.

—De acuerdo.

—Bueno, pasemos a la teoría mágica básica. La magia proviene de las líneas ley. Son antiguas líneas de poder que atraviesan el mundo, y que las personas con magia hemos utilizado durante siglos para…

—Lamento interrumpirte, pero literalmente he inventado un dispositivo para detectarlas. Sé lo que es una línea ley.

Antonia entrecerró los ojos.

—Parece que alguien se ha despertado sarcástico esta mañana. ¿Sabes de dónde vienen?

Me rasqué la nuca.

—No.

—Bueno, estás en buenas manos porque nadie más lo sabe. La teoría principal es que son naturales, creadas a partir de una mezcla de fuerzas como la gravedad y la esencia vital de la naturaleza. Nos gusta pensar que la magia es renovable e ilimitada. Aunque sabemos que no es necesariamente cierto porque las líneas pueden debilitarse o morir del todo. El Consorcio aprovecha esa información para mantener el acceso a la magia por encima del precio habitual. Pero también sabemos que aparecen nuevas líneas, y que algunas líneas muertas han llegado a revivir después de un período de tiempo. Nadie ha descubierto por qué, ya que las fuerzas externas, como la erosión o incluso la expansión urbana, no parecen afectarlas. Por ejemplo —Antonia hizo un movimiento como si estuviera tomando algo del aire, y una pequeña esfera de poder brilló entre las puntas de sus dedos—, si el hormigón de este edificio tuviera alguna incidencia en la línea ley, no podría hacer esto.

Esbocé una sonrisita.

—Bueno, tú sí, pero el resto no.

Antonia sostuvo la esfera mágica en su palma, con una expresión de suficiencia.

—Siempre supe que eras inteligente. —La esfera se elevó—. En resumen, las líneas ley son venas de poder antiguo, y están en todas partes.

Me aclaré la garganta.

—Estoy al tanto.

—Excelente. Te mereces una estrella. Eres un estudiante sobresaliente. —Se cruzó de brazos—. Les hechiceres como yo ven las líneas. Extraemos y canalizamos su poder para lanzar hechizos. Los hechizos son muchos y variados, casi tan únicos como los copos de nieve. Algunos necesitan una rápida explosión de magia y listo. Como las maldiciones, por ejemplo. Requieren una enorme cantidad de energía, pero una vez que están listas, es definitivo, y no hay forma de romperlas a menos que...

—A menos que alguien te contrate.

—Exacto —confirmó Antonia, sonriendo como un tiburón—. Otros hechizos requieren un flujo constante para seguir funcionando.

—¿Como el candelabro?

—Correcto de nuevo. El hechizo del candelabro flotante requería un flujo continuo de magia desde la línea ley. Si se cortara la línea o, por ejemplo, se quedara sin magia o se lanzara un hechizo de protección alrededor de la casa, el candelabro se caería.

Asentí.

—Entendido. Algunos hechizos se lanzan una sola vez y ya están listos, y otros requieren un flujo constante de magia.

Antonia asintió.

—De todos modos, la retórica oficial es que aquellas personas que no pueden ver las líneas no pueden extraer su energía.

Aparté la mirada, avergonzado. Miré mi escritorio y los ligeros rayones en la superficie.

—También estoy al tanto de eso.

Antonia empujó la vela hacia mi campo de visión.

—Bueno, este es un pequeño secreto. Eso no es del todo cierto.

Levanté la cabeza de repente.

—¿Qué?

Antonia tocó la base ornamentada de la vela.

—La historia de la magia es larga y diversa. A pesar del control del Consorcio sobre la mayor parte de la información, no pueden ocultárnosla toda. Ni siquiera las partes que no quieren que nadie sepa.

—Pero que tú sí sabes.

Dejó entrever una sonrisa de superioridad.

—Sí. Y lo que sé es que existen historias de personas que fueron consideradas no mágicas y que, según consta, no podían ver las líneas ley, pero podían lanzar hechizos de todas formas.

Tomé una bocanada de aire.

—¿Qué?

—Nunca he sido testigo de algo así, pero he oído historias. Y toda la investigación está bajo llave en una bóveda del Consorcio, y eso me indica que tiene que haber algo de verdad en los rumores.

Sentí que mi cara se enrojecía de furia y que mi garganta se cerraba por las lágrimas.

—¿Quién...? —Tragué saliva—. ¿Quién más lo sabría?

—Los superiores, sin lugar a dudas. La persona que me lo dijo se enteró por ellos. Pero es probable que los trabajadores comunes y corrientes como Evanna Lynne no lo sepan.

Me quedé mirando la pequeña vela. Los ojos se me llenaron de lágrimas y la visión se me puso borrosa. Me habían puesto a prueba dos veces en la vida y me habían dicho que no tenía la capacidad de acceder a la magia. En una de esas ocasiones me quitaron todo lo que alguna vez había conocido. Pero si fuera mentira... entonces el último año solitario de mi vida... no debería haber sucedido.

—¿Por qué? —susurré.

—Control. Todo es cuestión de control. Y dinero. Esa es una de las razones por las que les preocupa tanto que alguien sin magia esté cerca de mí. —Se aclaró la garganta—. He desafiado sus expectativas antes, he logrado cosas que eran imposibles, y temen que vuelva a hacerlo. Piénsalo, si *puedes* aprender, todo su régimen se derrumbaría.

Oh, vaya. No lo había pensado así. Solo había pensado en *mi* relación con la magia. Todas las demás consecuencias eran secundarias. Pero las implicaciones tanto de la creación de la Encantopedia como de la existencia de alguien sin magia que pudiera lanzar hechizos cambiarían la estructura misma de cómo la sociedad veía e interactuaba con la magia... para siempre.

Pero, al parecer, esa era solo una de las razones por las que el Consorcio estaba molesto. Algo había sucedido con la última aprendiz de Antonia que ella no me había contado. Sun lo sabía. Fable lo sabía. Pero yo no, y ninguna búsqueda en línea había sido fructífera. Ni siquiera sabía en qué época ocurrió porque la edad de Antonia era... incierta. Quería preguntárselo. Pero tampoco quería hacerlo.

Porque, a pesar de las posibles consecuencias para el resto del mundo, eso era lo que quería. Quería algo más que atender teléfonos y preparar café y cargar cajas de objetos malditos y simplemente saber dónde existían las líneas ley y estar en contacto con la magia. Quería *aprender*. Esa era mi misión original antes de que Antonia la arruinara el primer día que nos conocimos y yo tuviera que readaptarme. Me había *conformado* con estar cerca de la magia otra vez porque la había echado muchísimo de menos. Pero allí estaba ella, ofreciéndome lo que pensaba que era imposible. No había manera de que me negara, incluso si solo fuera un peón en los planes secretos de Antonia.

Me sequé las lágrimas que se habían deslizado por mis mejillas y reforcé mi determinación.

—Quiero aprender.

Asintió con rapidez.

—Bien. Ahora, para poner la teoría en práctica, vas a encender esta vela.

—¿Qué?

—Elegí esta ubicación para la oficina debido a la poderosa línea ley que la atraviesa. No existe mejor lugar para que lo intentes. Solo tienes que sentirla y extraer su energía.

Fruncí el ceño. No había percibido nada, ni siquiera el día que entré en el edificio por primera vez. Sun me dijo que era como un zumbido debajo del esternón. Cálido y acogedor. Lo único que me palpitaba debajo del esternón era ansiedad, como una cuerda de guitarra punteada de forma continua por mis inseguridades. Estaba claro que no era magia.

—¿Cómo lo hago?

La expresión de Antonia se tensó.

—Cuando estuviste en la casa embrujada, ¿sentiste algo?

—Miedo.

Tamborileó con las uñas, ese día de color verde, sobre las mangas de su camiseta.

—Sigue hablando.

Me encogí de hombros.

—Solo una sensación general de inquietud, ya que era una casa extraña con muchos objetos malditos en su interior.

La hechicera vaciló. Con los brazos cruzados, inclinó sus primeros dos dedos hacia la vela. El aire chisporroteó. Se encendió.

—¿Has sentido algo?

—¿No? Es decir, un… ¿cosquilleo? ¿Tal vez una picazón?

«Una picazón», articuló, pensativa.

—¿Y qué sentías cuando tu abuela usaba magia?

—Calidez —respondí, sin dudarlo—. Felicidad. Amor. Todos los clichés de abuela que puedas imaginar, como el olor a las galletas, una manta sobre los hombros, el sabor de la limonada en verano.

Antonia relajó la expresión.

Me aclaré la garganta.

—¿Y tú qué sientes cuando extraes la magia de la línea?

Antonia inclinó la cabeza hacia un lado.

—Hace mucho tiempo que no pienso en eso. Es instintivo ahora. Siempre estoy en sintonía y conectada. Incluso cuando no estoy aquí, puedo sentirla. Al igual que la sangre que bombea por mi cuerpo, la magia siempre fluye a través de mí.

—No me sirve de mucho.

Adelantó el labio inferior rojo en un puchero.

—Lo hago lo mejor que puedo. Nunca le he enseñado a nadie que no sintiera la magia.

—Tal vez se lo pregunte a Sun —dije, moviendo de manera absorta el soporte de plata con la punta del dedo—. La próxima vez que le vea.

—No. —La picardía de Antonia desapareció al instante—. No confíes en Sun. Ni en Fable. Sé que no hemos hablado de la visita del Consorcio, pero después de que me delataran por los ratones cantores y el hechizo ilegal, no creo que podamos confiarles tu —miró mi mochila— invento. Fable ya sabe que no tienes magia, y la última vez me lo reprochó una y otra vez. Dijo que es cruel guiarte y que va contra las reglas compartirte información sobre el mundo mágico.

Sentí una opresión en la garganta.

—Pero Sun...

—Sun es su aprendiz. La lealtad de Sun es hacia Fable. Al igual que tu lealtad es hacia mí.

Un escalofrío me recorrió la espalda.

—¿Así funcionan las cosas? —pregunté, las palabras cayendo como ladrillos en el silencio de la oficina—. Nunca me lo dijiste. Nunca me explicaste la importancia de otorgarme un nombre ni lo que significa ser aprendiz.

Antonia apartó la vista, con la mandíbula apretada, el perfil duro y las líneas alrededor de los ojos tensas.

—Nombrar a alguien es una tradición en el ambiente mágico. No debería haberlo hecho de forma impulsiva. La cuestión es que... no pensé que te quedarías. —Volvió la mirada hacia mí, y sus ojos violetas brillaban, como cuando la luz del sol se reflejaba en ellos o cuando estaba enfadada. Esa vez noté algo más que irritación, como angustia o dolor—. Arreglar las cosas que rompo, atender el teléfono y preparar café no son las tareas más deseables para nadie, como lo demuestra mi última administradora que se tomó unas vacaciones permanentes. Pero son tareas particularmente tediosas para un aprendiz de magia. Y para aquellas personas en el mundo mágico, mi negocio, las cosas que he elegido hacer, las cosas que me han sucedido, se han convertido en una broma o en un meme. —Extendió los brazos para abarcar la oficina vacía con Herb de pie en un rincón y el felpudo maldito en el suelo—. Soy la mujer más poderosa del mundo y me han prohibido ocupar un cargo en el Consorcio, me han relegado a trabajar rompiendo maldiciones y me han quitado la posibilidad de acceder a los libros de hechizos. Me han separado de los cimientos de nuestra cultura. —Suspiró—. Como te sucedió a ti cuando falleció tu abuela.

Se me cortó la respiración. ¿Antonia se había visto reflejada en mí? ¿Era por eso por lo que me había permitido quedarme? ¿Era por eso por lo que no me había echado cuando descubrió la Encantopedia? Oh, vaya. Antonia tenía un corazón, un lado sensible, una personalidad tierna escondida en lo profundo de su interior, en contraste con su exterior duro e indiferente.

Se aclaró la garganta.

—Enciende la vela. Es simple. Ni siquiera requiere un hechizo. Encuentra la línea, extrae la magia y deja que salga por las puntas de tus dedos. Se encenderá. Una vez que sepas cómo hacerlo, pasaremos a otra cosa.

—Vale —suspiré.

Relajó su postura tensa y hundió los hombros en una posición más natural. Se me acercó y me revolvió el pelo.

—Eres un gran chico.

—Gracias.

—Encontraremos una solución. Solo tengo una regla.

—¿Cuál?

—No me traiciones. —Las palabras flotaron en el silencio con toda su carga siniestra. No había ningún atisbo de sonrisa en el rostro serio de Antonia. Me clavó su mirada intensa, y me retorcí como una hormiga bajo una lupa. Luego sonrió, toda dientes—. Y todo estará bien.

El rápido cambio en su semblante me dejó sin aliento y muy asustado, como si hubiera hecho un trato con un demonio sin conocer todas las condiciones.

Regresó a su despacho.

—Enciende la vela —exclamó por encima del hombro.

Bien. Sí. Encender la vela. No traicionar a Antonia. No confiar en Fable. No contarle a Sun que estaba estudiando magia ni sobre la Encantopedia. Me quedé pensando en eso último. No contárselo a Sun. ¿Cómo se suponía que iba a evitar contarle a Sun sobre el invento que ya conocía?

Mierda.

La vela no se encendía. Por mucho que intenté canalizar la magia, magia que sabía que estaba *allí mismo*, no pude. Y a medida que avanzaba la mañana y la mecha seguía apagada, mis esperanzas de poder lanzar un hechizo se desvanecieron. Antonia no fue de ayuda, encerrada en su despacho, probablemente observándome a través de las persianas. Lo único que vería sería a mí, señalando con dos dedos una vela pequeña en vano, mientras Herb emitía su extraña risa burlona en un rincón (sonaba como el crujido de unas escaleras).

Después de toda la mañana tratando de encender la vela sin éxito y sin recibir ni una sola llamada, Antonia salió apresurada de su despacho. Me puso en la mano un fajo de billetes y una tarjeta de presentación laminada.

—¿Qué es esto? —pregunté, levantando la tarjeta.

—La mejor manera de boicotear la explotación capitalista de la magia por parte del Consorcio —dijo.

Enarqué una ceja.

—Es una tarjeta de descuento para hechiceros. Una de las pocas ventajas de ser una hechicera registrada. Dado que el Consorcio obtiene una parte de las ganancias de todos los negocios mágicos, nos vemos obligados a aumentar considerablemente los precios para compensar el costo del certificado requerido en la ventana. Úsala cuando compres mi café y mis magdalenas, así te cobrarán la tarifa especial y no la normal.

—Oh, de acuerdo —dije, deslizando la tarjeta y el dinero en mi cartera—. Parece demasiado complicado, pero claro.

Suspiró.

—No me hagas hablar. Esa tarjeta solo funcionará dentro de la jurisdicción de Spire City. Si te encuentras en otro sector del Consorcio, entonces tendrás que pagar el precio completo, a menos que tengas la tarjeta designada para esa zona.

—Parece sospechoso. ¿Para qué necesita el Consorcio todo ese dinero?

—Para pagar a sus lacayes para que inventen nuevas formas de hostigarme —respondió Antonia sin vacilar—. Y a otros hechiceres, por supuesto. No solo a mí. No soy *tan* vanidosa.

—Sí, claro.

Frunció el ceño y me apuntó con un dedo.

—No me faltes al respeto. Ahora, ve a mi tercera cafetería favorita y trae sustento. —La tercera cafetería favorita de Antonia estaba al otro lado de la ciudad en autobús. Realmente no quería irme de la oficina, pero al menos era un descanso de mi constante fracaso.

El viaje transcurrió sin incidentes, y estaba solo en un asiento sin nadie a mi alrededor. Abrí mi mochila y revisé con discreción la Encantopedia mientras viajaba. Vi varias líneas débiles en el trayecto hacia allí, pero cuando me acercaba a mi parada, una línea enorme apareció en la pantalla. Tan grande y gruesa que bloqueaba gran parte del mapa. Guau. Interesante.

La persona que conducía me miró de reojo mientras me bajaba en la parada. Era el único pasajero que lo hacía, a pesar de ser una zona aparentemente concurrida. Caminé por la acera en dirección a la cafetería. Recorrí una manzana, observando cómo las escobas barrían solas las aceras frente a los negocios, los mercados que publicitaban lágrimas de rana y pociones especiales, además de sus gigantescas cabezas de repollo y sus enormes sandías, y los grafitis dibujados en los costados de los edificios y en las aceras que se movían y danzaban con colores brillantes y hermosos, antes de darme cuenta de que todo el vecindario era mágico. Y sí, tenía sentido. Si hubiera una línea ley que rebosara de energía libre, la comunidad mágica se sentiría atraída hacia ella.

A pesar de todas las distracciones, me pregunté si Antonia vivía por la zona y por eso sabía de la existencia de esa cafetería, o si tenía un motivo oculto para enviarme allí. Me pregunté si quería que intentara sentir la línea ley de ese lugar; tal vez tenía una sensación, ritmo o frecuencia diferentes a la de la oficina.

Independientemente de cuál fuera su motivo, incluso si fuera solo por las magdalenas especiales, me encantó ver las diferentes formas en las que se usaba la magia en ese lugar. Si hubiera conocido esa comunidad antes, habría pasado mis días allí en lugar de estar encerrado en mi apartamento en una parte claramente no mágica de la ciudad.

La cafetería se llamaba MagiCafé, y había un certificado del Consorcio pegado en la ventana junto al cartel de abierto. Cuando entré, la campanilla tintineó en la parte superior de la puerta. Había una fila corta, así que mientras esperaba, eché un vistazo a mi alrededor. Era como cualquier otra cafetería en la que había estado, con diferentes bebidas y mesas, lugares cómodos para sentarse, libros para leer, pero al igual que la casa embrujada con su atmósfera densa y espeluznante, allí había una diferencia en el aire, un ambiente ligero y liberador. Algo alegre e inspirador.

Por eso me resultó muy extraño ver a Sun sentade en una mesa en la esquina, con la gorra bajada y su característico conjunto negro. Tres chicas guapas estaban sentadas a su alrededor charlando, bebiendo café y de vez en cuando dándole codazos o tirándole de la camiseta o riéndose de algún comentario sarcástico y divertido que Sun había hecho, pero no estaba celoso. Ni un poco. Ni siquiera cuando una de ellas agarró la visera de la gorra de Sun y se la quitó, riéndose mientras lo hacía. Sun murmuró algo, la recuperó y la dejó caer sobre la mesa mientras se alisaba el cabello con las palmas.

—¿Estás listo para pedir?

—¿Eh? —Cierto. Estaba en la fila. Para comprar lo que me había pedido Antonia. Di un paso adelante y pedí las magdalenas y dos cafés, uno de ellos con las especificaciones de Antonia. Una fuerte carcajada estalló del lado de la tienda donde se encontraba Sun, y escuché a medias el total que me había indicado la cajera, pero lo que sí capté con claridad fue que era demasiado alto.

—¿Mmm? ¿Cuánto has dicho?

La joven arrugó el entrecejo.

—Has pedido dos magdalenas y dos cafés helados, ¿verdad?

—Sí. Ah, un momento. —Sun me había distraído tanto que se me había olvidado la tarjeta de descuento para hechiceres. La saqué de mi cartera y se la entregué. La joven alzó las cejas, pero en cuanto vio la tarjeta de presentación laminada, suspiró. Tocó unas teclas de la caja registradora, y el precio total disminuyó de forma exponencial.

—La próxima vez —dijo, un poco cortante—, muestra primero la tarjeta de descuento para personas mágicas.

—De acuerdo. Lo siento.

Me hice a un lado para esperar y desvié la mirada hacia Sun, quien me estaba observando con una sola ceja arqueada y el cabello negro hecho un desastre. Parecía un poco cansade y cariñosamente moleste con las chicas que le rodeaban. Levantó la mano y me saludó con un gesto pequeño e incómodo. Me *saludó*. Sun me saludó, y la curva de su boca se elevó en una sonrisita. ¿Eso significaba que debía acercarme? Claro que sí. ¿Verdad?

Armándome de valor y dejando atrás mis no-celos, caminé sin prisa hacia elle, con las manos en los bolsillos, intentando mostrarme indiferente. No funcionó porque me golpeé el pie con una silla que no estaba muy cerca de la mesa y me tropecé. Recuperé el equilibrio antes de caer, pero me aferré al hombro de alguien para hacerlo.

—Ay, mierda. Lo siento. Lo siento. Lo siento mucho. Lo siento —dije, con la cara completamente roja—. ¿He derramado algo? ¿Te ofrezco un café?

La persona puso los ojos en blanco, se giró en su asiento en silencio y retomó la conversación con su acompañante.

El sonido distintivo de unas risitas me llegó a los oídos, y me volví hacia la mesa de Sun en la esquina con timidez.

—Es guapo y elegante —comentó una de las chicas a las demás, con el mentón apoyado en la mano—. Y viene hacia aquí.

La esperanza de que mi tropiezo pasara desapercibido tuvo una muerte rápida y poco glamorosa. Vale, podía recuperarme. Podía hacerlo. Recuperar la confianza. En cuanto me acerqué lo suficiente, asentí hacia Sun.

—Tú —dije.

—Yo —contestó.

—¿Qué haces aquí? —Excelente. Me había ido al otro extremo y había pasado de ser adorablemente torpe a sumamente grosero—. Es decir, eh... ¿vienes aquí a menudo? —Guau. Aquella interacción se había ido cuesta abajo de forma dramática, y literalmente solo había dicho tres oraciones hasta el momento.

Sun golpeteó su cuaderno con la punta del lápiz y se mordió el labio inferior para evitar sonreír o prorrumpir en carcajadas. Definitivamente las carcajadas. Sun se estaba riendo de mí en su interior. Lo veía en sus ojos.

—Vivo cerca —explicó—. Pertenezco a este lugar. La pregunta es: ¿qué haces tú aquí?

—Qué *grosero* —dijo una de las chicas. Sun la ignoró.

Señalé el mostrador.

—He venido a comprar café y magdalenas para Antonia. Esta es su tercera cafetería favorita.

—Tiene sentido. La repostería de este lugar es deliciosa.

Las chicas intercambiaron una mirada entre ellas, con los ojos muy abiertos y las bocas abiertas, sorprendidas por nuestra conversación. Por sus intensos susurros, no parecía ser algo frecuente.

—Hola al resto —saludé a la mesa, porque sería de mala educación ignorarlas.

Me respondieron con un coro de «holas».

—Qué bonita entrada —dijo la chica de antes, con una amplia sonrisa en el rostro.

—Oh, ¿hablas de lo que pasó hace un momento? No fue nada. Solo un pequeño error que esperaba que pasarais por

172

alto y no mencionarais, como cualquier otra persona amable haría.

Sun resopló, y las chicas se rieron.

—No, lo siento. Con nosotras no funciona así.

—Para nada —añadió una de las otras chicas. Tenía el pelo cortado por encima de los hombros y un *piercing* en la nariz.

Me froté la cara con la mano, tratando de borrar la vergüenza. Me ardían las mejillas.

—¿Debería regresar al mostrador e intentarlo de nuevo? ¿Serviría de algo?

Las chicas se rieron por lo bajo. La tercera posó su mirada sobre mí.

—Lo siento, pero solo tienes una oportunidad para dar una primera impresión.

—¿Acabas de citarme la frase de un comercial de tarjetas de crédito?

Sonrió y se echó el cabello negro sobre el hombro.

—Depende. ¿Me invitarás a un café?

—Bueno —intervino Sun con la voz ronca, dándole un empujoncito en el hombro—. ¿No os ibais?

—Pues no nos iremos *ahora* —dijo la chica con el *piercing*—. Nos estamos divirtiendo.

Sun se quejó y se recostó en el asiento.

—¿Podéis iros, por favor?

No sabía en qué situación me había metido, pero no me gustaba la forma en la que las chicas empujaban a Sun mientras hablaban o que ignoraran sus súplicas de que le dejaran en paz. Sun hizo puchero. Sun nunca hacía pucheros. Era desconcertante. No me gustaba. Esos no-celos que había dejado en el mostrador reaparecieron.

—Sun, ¿quieres sentarte conmigo en otra mesa? —propuse, señalando por encima de mi hombro—. ¿Para estar lejos de ellas?

No tendría que haber dicho eso. Las chicas silbaron y se desternillaron de la risa, un sonido que se hizo cada vez más fuerte. Una de ellas le dio un codazo a Sun en el costado, y Sun frunció el ceño, aunque sus mejillas se sonrojaron.

—Oh, ¿quieres librarle de nosotras? —La chica más cercana a Sun batió las pestañas—. El típico héroe apuesto.

—Ignóralas —dijo Sun, entrecerrando los ojos—. Estaban a punto de *irse*.

—Bueno —dijo la del medio mientras todas recogían sus cosas—. Quédate aquí estudiando mates mientras vamos al cine. Pero avísale a mamá por mensaje. Para que sepa que no has venido con nosotras. Iremos en autobús y te dejaremos el coche.

Mamá. *Mamá*.

—Oh, ¿ellas son tus...?

—Hermanas —confirmó Sun, sufriendo—. Hermanas mayores. —La chica de pelo corto sacó la lengua e hizo una pedorreta—. Como puedes ver, mayores pero no más maduras —dijo Sun, alejando las manos de la otra chica mientras intentaba despeinarle el cabello.

—Yo también te quiero, idiota.

—Largo de aquí.

—Vamos, dejemos que *Sun* hable con su amigo.

Vale, sí, tras una observación más detallada, todas eran similares, y una de las chicas parecía mayor que las demás, con poco más de veinte años, mientras que las otras dos parecían más cercanas en edad a Sun. Tomaron sus bolsos y sus bebidas. La más joven me miró de arriba abajo, desde mi calzado deportivo hasta mis vaqueros desgastados, y luego pasando por mi camiseta y las gafas de sol apoyadas en lo alto de mi cabeza. Con timidez, me metí los pulgares en los bolsillos, solo para hacer algo ante el intenso escrutinio.

—De acuerdo —dijo, y luego me señaló con el dedo—. No le distraigas demasiado. En serio, tiene deberes.

Levanté una ceja.

—Queríais convencerle de ir al cine.

Se encogió de hombros.

—Privilegio de hermanas. Tú solo eres un *chico*.

Por suerte, me llamaron desde el mostrador y, cuando regresé a la mesa, las chicas ya se habían ido. Sun estaba sentade allí, mirando fijamente un libro de texto y un cuaderno lleno de cifras.

—¿Qué estudias?

—Matemáticas —respondió en un tono aburrido y monótono.

—¿Qué rama de las Matemáticas?

—No lo sé. Las que tienen números y letras.

—Oh, bueno. —Me deslicé en el banco junto a elle—. ¿Te importa si echo un vistazo? —Sun agitó la mano hacia el libro, y lo acerqué—. Ah, Trigonometría. Sí, puede ser difícil si…

—Si alguien no es tan inteligente como tú, ¿verdad? —finalizó la oración.

Sonreí.

—¿Cuántos problemas tienes que resolver?

—Los números impares de esta página.

Solo eran cinco. Sin embargo, por la forma en la que el papel de Sun se había desgastado debido a los constantes borrones, me di cuenta de que el primero le había resultado difícil. Bueno, el café y las magdalenas de Antonia podían esperar un poco.

—¿Quieres que te eche una mano?

Sun me miró con recelo, lo cual me dolió un poco. Habíamos sobrevivido a un evento aterrador, y pensé que habíamos superado ese nivel de desconfianza. Aunque Antonia me había dicho que no confiara en elle. Me preguntaba si Fable le habría dicho lo mismo a Sun.

—¿Vas a burlarte de mí? —preguntó con suspicacia.

Ah, claro. Era otro tipo de desconfianza. Tenía sentido. Ser objeto de burlas por un tema delicado era diferente a ser objeto de burlas en general. Yo también era sensible sobre algunas cuestiones personales.

—No.

Sun todavía se mostraba cautelose, a juzgar por su postura rígida. Y aunque Antonia dijo explícitamente que no confiara en elle, no podía imaginar que alguien que estuviera dispueste a empuñar una espada maldita para salvarme quisiera verme herido o en problemas. Y bueno, quería que fuéramos amigues.

—Siempre y cuando no te burles de mí por pasar toda la mañana intentando sin éxito encender una vela con magia.

Sun escupió sin querer. Se tapó la boca con la mano mientras ahogaba la risa y se relajaba en el asiento.

—¿Qué?

Con una sonrisa, me acerqué más a elle en el banco y presioné mi rodilla contra la suya debajo de la mesa.

—Sí. Me está costando mucho.

—Al menos, Antonia por fin te está enseñando magia.

Fue una respuesta bastante indiferente, teniendo en cuenta que Antonia había roto una regla de forma descarada. Pero Sun no sabía que yo no podía ver las líneas ley. Desde luego que no se lo había dicho.

—Creo que se siente mal después de lo que pasó.

—Debería —manifestó Sun con vehemencia—. Fable también. Podrías haber resultado gravemente herido.

Me ruboricé ante la aparente preocupación de Sun. Me aclaré la garganta.

—Hablando de eso, me alegro de que estés bien.

Sun se puso a juguetear con la espiral del cuaderno.

—Fable rompió la maldición con facilidad, pero estuve enferme durante unos días. Por eso ahora estoy atrasade con los deberes. —El cuaderno volvió a caer sobre la mesa—. Lo mismo digo por ti, ¿sabes?

—Gracias a ti. Qué buena idea la de usar la espada.

—Gracias. Me alegro de que funcionara.

—Yo también.

Sun miró a todas partes menos a mí, incluso al exterior de la cafetería, con las mejillas bien rojas.

—Por cierto, no le he contado a Fable sobre esa… cosa.

—¿Qué cosa?

—El Buscaley.

—La Encantopedia.

Sun hizo una mueca.

—Buscaley es mejor.

—Claro que no. —Sí que lo era.

—Cualquiera que sea el nombre horrible que le hayas puesto. No le he dicho nada a Fable.

Se me retorció el estómago.

—Sí. Con respecto a eso. Mmm… Antonia me echará una maldición si descubre que tú también lo sabes. Entonces, eh… ¿podemos mantenerlo… en secreto?

Sun tragó saliva con dificultad.

—Pues… eh… lo he pensado mucho. Al principio estaba enfadade porque no pensé que serías tan imprudente como para inventar algo así. Podría ser… muy problemático. Demasiado. No solo para ti, sino para… bueno… supongo que para todes nosotres. —Sun se cruzó con mi mirada, con los ojos color café oscuro muy abiertos—. Pero siempre y cuando no lo uses para lastimar a otras personas, entonces… Me refiero a que no soy quién para juzgar, ¿verdad? Así que… está bien.

No me esperaba eso. Para nada. Sun parecía ser muy rigurose con las normas, al igual que Fable. Pero tal vez esa era la percepción de Antonia que yo había adoptado sin darme cuenta. Negué con la cabeza.

—No. No está diseñado para hacer daño. En absoluto. Ni siquiera sé cómo podría lastimar a alguien con esto. En realidad, está diseñado para ayudar.

Sun hizo una mueca.

—Sigo sin entender por qué, pero si me prometes que…

—Lo prometo.

Sun dejó escapar un gran suspiro que le revolvió el flequillo.

—Vale.

—Vale.

—Muy bien.

—Genial. —Extendí la mano sobre la mesa y recogí el lápiz de Sun de donde se había ido rodando. Tenía que regresar a la oficina de Antonia, pero ayudar a Sun era muchísimo más interesante que mirar una vela que no se encendía. Y resolver algunos problemas no debería llevarnos demasiado tiempo—. Bueno, empecemos con las mates.

Nos pusimos a trabajar en los deberes de Sun. Comprendía muy bien los conceptos básicos, pero tenía tendencia a frustrarse cuando no entendía algo de inmediato, lo que le llevaba a cometer más errores. En mi caso, los números y los conceptos matemáticos siempre me habían resultado fáciles, ya que formaban el patrón que se suponía que debían formar, y listo. A Sun le costaba, aunque siguió intentándolo, y en el último problema, lo completó sin mi ayuda. Sun se frotó la sien con una mano y luego escribió la respuesta.

—Es correcto.

Sun se quedó mirando la hoja, con su adorable nariz arrugada.

—¿En serio?

—Sí.

—Bendita *magia*. No podría soportar hacerlo de nuevo.

Me reí, y Sun sonrió, una sonrisa real que dejaba ver sus dientes. Era extraño estar embelesado por unos dientes, pero lo estaba porque significaba que Sun estaba feliz y relajade. Me gustaba verle así, y me hacía más feliz saber que era por mí, por mi presencia.

Revisé mi móvil. Oh. Tenía varios mensajes sin abrir de Antonia porque había pasado el tiempo sin que me percatara. Mucho tiempo. Dos horas. Ni siquiera me había dado cuenta, tan centrado en la forma en la que el lápiz descansaba en la curva de la mano de Sun, en la forma en la que fruncía los labios cuando se concentraba en el papel, en sus suspiros frustrados al equivocarse en algo y, a su vez, en su expresión de satisfacción cuando descubría la respuesta correcta.

Al mirar el café helado de Antonia, noté que el hielo se había derretido hacía tiempo. La condensación que se había deslizado por el exterior del vaso había dejado un pequeño charco sobre la mesa.

—Mierda.

Sun guardó el cuaderno en su mochila.

—¿Qué?

—Debería haber regresado hace un rato. Y el café de Antonia es prácticamente agua diluida. —Suspiré—. Tendré que comprarle uno nuevo.

Me levanté, pero Sun me tiró de la camiseta.

—Espera. Hay una razón por la que esta es su tercera cafetería favorita. —Sun extendió la mano junto al vaso de plástico y estiró los dedos. Me dejé caer en el asiento a medida que el calor invadía el poco espacio entre nosotres, suave y reconfortante, y mientras observaba, la magia empezó a brillar en las puntas de los dedos de Sun. El café en el vaso se movió y, ante mis ojos, el hielo se volvió a formar y el líquido volvió a tener el aspecto que tenía cuando lo llevé a la mesa dos horas antes.

—¿Qué?

—Está encantado —dijo Sun con una sonrisita—. Para que siempre tenga el mejor sabor posible. Solo tienes que activarlo.

179

—Es impresionante. —Y la razón por la que era tan caro. Cuando vi el certificado en la entrada, debería haberme dado cuenta de que se trataba de una cafetería *mágica*.

—Es genial. Quizá no sea el mejor uso de la magia, pero es fantástico cuando te olvidas del café mientras trabajas en problemas matemáticos y soportas las burlas de tus hermanas.

Me reí.

—Sí, tiene sentido.

—Todo el vecindario es mágico. —Sun cerró la cremallera de su mochila—. Es agradable estar aquí.

—Ojalá hubiera sabido que existían lugares como este. Habría pasado el año pasado aquí.

—¿El año pasado?

Metí la bolsa de magdalenas en mi mochila, encima de la Encantopedia.

—Eh… Mi abuela murió el año pasado, y tuve que mudarme a la ciudad. No ha sido una buena época. —La subestimación del año.

—Lamento tu pérdida. —No sabía si Sun se refería a mi abuela o al último año de mi vida que había vivido en un mundo gris y aburrido lleno de soledad, pero aprecié el sentimiento.

—No pasa nada. —Sí pasaba—. Ya ha pasado un año. —Y me seguía doliendo.

—Pero no significa que no sea una mierda.

—No podrías… haberlo dicho mejor.

Sun sonrió con satisfacción.

—Debería dejarte ir. Y yo debería ir a buscar a mis hermanas al cine. Sería un buen gesto de mi parte, así tal vez esta noche, durante la cena, no hablen sin cesar de ti frente a mis padres.

Estaba pavoneándome en mi interior.

—¿Funcionará?

Sun dejó caer los hombros.

—No. Por supuesto que no.

Me reí. El rostro abatido de Sun era muy adorable. Elle era adorable. Joder, era demasiado adorable.

—Tengo que llevarle esto a Antonia de todos modos. Es probable que esté hecha una fiera sin sus provisiones. Quién sabe qué aparatos electrónicos destruirá cuando regrese a la oficina.

Sun alzó una de las comisuras de la boca.

—¿Nos vemos la próxima vez?

—Sí. Hasta la próxima.

Nos levantamos y nos dirigimos hacia la salida. Tiré mi vaso vacío a la basura y me quejé porque, en cuanto salimos, retumbó un trueno y empezó a llover. El verano tenía mala fama por las tormentas vespertinas. Debería haberlo sabido. Las grandes gotas de lluvia caían y golpeaban el pequeño toldo debajo del cual estábamos parades; en cuestión de segundos, el concreto de la calle pasó de estar completamente seco a convertirse en una superficie resbaladiza peligrosa, y un riachuelo de agua ya estaba fluyendo por el borde de la acera en dirección al desagüe. Consideré volver a entrar en la tienda para esperar a que la lluvia se detuviera, pero ya había hecho esperar demasiado a Antonia.

La parada del autobús estaba al final de la manzana. Tal vez si corriera…

Sun me tiró de la manga mientras se ponía la gorra.

—Por aquí. Venga, te llevaré.

—¿Y tus hermanas?

—Son mujeres jóvenes y maduras. Se las arreglarán solas.

No iba a llevarle la contraria, sobre todo después de que un relámpago iluminara el cielo.

El coche de la madre de Sun estaba aparcado junto a la acera, a solo unos metros de distancia. Estaba ligeramente mojado cuando me deslicé en el asiento del copiloto y no completamente empapado como lo habría estado si hubiera intentado correr hasta la parada del autobús. Sun puso en marcha el coche y arrojó su mochila en la parte de atrás. Se abrochó el cinturón de seguridad, ajustó el asiento y los espejos, encendió las luces intermitentes y salió a la calle. Debería haber sabido que Sun sería une conductore prudente y obedecería todas las normas de tráfico al pie de la letra.

Debería haberme molestado, pero no fue así. En realidad, se ganó todo mi cariño.

En la radio sonaba una canción pop a bajo volumen, algo que encajaba más con las hermanas de Sun que con elle.

—¿Por qué no puedes encender la vela? —preguntó después de incorporarse a la carretera que nos llevaría de regreso a la oficina de Antonia.

—Si lo supiera, sabría cómo encenderla.

—Te lo preguntaba en serio.

—¿Vas a burlarte de mí? —repliqué, imitando las palabras que Sun dijo antes, con la esperanza de que entendiera que ese era un tema sensible.

Lo entendió.

—No.

—No sé cómo canalizar la magia de la línea. —Listo, lo había dicho.

—Ah. La buena noticia es que una vez que aprendes a hacerlo, no lo olvidarás, y luego se hace cada vez más fácil.

—¿A ti te costó lograrlo?

—Eh, no.

—Por supuesto que no.

Sun se encogió de hombros.

—Pero a mi hermana Soo-jin, la que tiene el *piercing* en la nariz, le costó un tiempo hasta que por fin aprendió. Y ahora puede lanzar hechizos sencillos. —Los limpiaparabrisas se movían a un ritmo constante mientras la lluvia seguía cayendo—. Podría intentar enseñarte —propuso Sun, apenas audible por el sonido de la lluvia.

Abandoné mi postura encorvada poco atractiva y me enderecé.

—¿Lo harías?

—Sí.

—¿Cuándo?

—Ahora.

Me quedé paralizado.

—¿Ahora?

—Sí. Solo tienes que… eh… bueno, tienes que imaginártelo. Y pensar en cómo se siente la magia. ¿Lo entiendes? Para mí es una vibración suave y cálida, y la siento justo aquí. —Sun se tocó en medio del pecho—. Pero para Soo-jin la magia es terca y dura como una roca. Al principio, tuvo que imaginarse cortando una parte para agarrarla, extraerla de la línea y usarla. En lo personal, solo tuve que acercarme, y la magia hizo lo mismo. Tienes que saber qué sensaciones te genera y luego imaginar una manera de tomar una parte de ella.

Me rasqué el costado de la nariz.

—No tengo ni idea de cómo se siente la magia, aparte de lo que sentía cuando vivía con mi abuela.

—Vale. ¿Y qué hacía tu abuela con la magia que a ti te gustaba?

Lo primero que pensé fue en las mariposas que ella conjuraba y yo perseguía en verano. Las atrapaba en mis manos, y luego estallaban en chispas. Parecía un caramelo efervescente en la lengua, explosivo y dulce.

—Mariposas.

Sun no se rio. No se burló. No dijo nada mientras nos acercábamos a la oficina de Antonia.

—Entonces atrapa una mariposa. Y enciende la vela.

Se me hizo un nudo en la garganta.

—De acuerdo. Sí. Lo intentaré.

—Bien.

—Eh… Puedes detenerte aquí. Antonia… No creo que Antonia deba vernos juntos.

Sun cambió de actitud por completo. Su cálida sonrisa se transformó en una expresión… no molesta, pero tampoco indiferente. Punzante, como un cactus. Se mantuvo rígide mientras aparcaba, con los músculos tensos.

—Antonia no confía en mí ni en Fable. —No fue una pregunta.

—No.

—Me lo imaginaba. Deberías tener cuidado.

—¿Por qué?

—Porque no te lo ha contado todo.

—¿Y tú sí?

Sun se mordió el labio.

—Antonia tenía una aprendiz antes.

—Ya me lo dijiste.

—Y luego pasó algo grave.

—Ya me lo dijo ella. ¿Cuán grave?

—Lo suficiente como para que el Consorcio le prohibiera a Antonia volver a tener un aprendiz. —Sun tragó saliva—. Lo suficiente como para que no te contara nada de lo sucedido. Y sintiera la obligación de ocultártelo.

Me confirmó lo que ya sabía, pero no me dio ninguna información adicional. Y por mucho que valoraba la advertencia de Sun, era difícil ignorar el hecho de que el Consorcio me consideraba «muy malo». También consideraban que la Encantopedia, un dispositivo que estaba diseñado para ayudar, era algo malo.

—Eso no me dice nada.

—Dame tu móvil.

184

—¿Qué?

—Tu móvil. —Sun abrió y cerró la mano. Se lo entregué. Los dedos de Sun volaron por la pantalla, y luego escuché el sonido de una notificación en su teléfono—. Me he enviado un mensaje desde tu teléfono. Ahora tienes mi número.

—¿Qué?

Sun se ruborizó.

—Mi número. Ahora lo tienes. Escríbeme. Si lo necesitas. Para pedirme ayuda con la magia. O que te pase a buscar bajo la lluvia. O lo que sea.

—Oh. —Sun me había dado su número. Tenía el número de Sun—. Puede que te arrepientas.

—Ya lo he hecho. Bájate.

Me reí, agarrando mi mochila.

—Te escribiré.

—Vete. Antes de que cambie de opinión y bloquee tu número.

—No lo harás.

—Sí lo haré. Largo de aquí.

Salí del coche a toda velocidad y me colgué la mochila sobre el hombro.

—Avísame si necesitas más ayuda con las mates.

—Lo haré. ¡Ve a atrapar una mariposa! —gritó mientras yo cerraba la puerta.

Vale. Sí. Podía hacerlo. Sun tenía fe en mí. Así que podía tener fe en mí mismo. Podía atrapar una mariposa. Podía encender una vela. Podía extraer la energía de una línea ley y lanzar un hechizo. Podía ser un aprendiz increíble, sin lugar a dudas.

10

Rook

No pude encender la vela.

Lo intenté. Una y otra vez. Pasé días imaginando la línea ley en mi mente como una larga cadena de las mariposas de mi abuela, atrapando una en el aire y luego moviendo los dedos hacia la vela pequeña. Días de fracaso total.

Uff.

Tal vez Antonia estaba equivocada sobre aquellas personas no mágicas que habían lanzado hechizos. Tal vez no estaba hecho para ser el mejor aprendiz de todos los tiempos.

Mi verdadero nombre era Edison. Joder, debería haber podido solucionar el problema de la iluminación. Pero no lo hice. No podía. Odiaba la vida.

Le envié a Sun una foto de la vela apagada con la descripción: «REINA LA OSCURIDAD».

No me temblaron las manos cuando presioné el botón de enviar. No estaba nervioso. Era solo el primer mensaje que le enviaba desde el viaje íntimo en coche y el día en la cafetería y los no-celos que había sentido al ver a sus hermanas encima de elle cuando no sabía que en realidad eran sus hermanas. No era nada importante. No era gran cosa. Vale, tal vez sí lo era. Me gustaba. Me parecía bonite, y me gustaba cuando se reía. ¿Algún problema?

El teléfono vibró en mis manos, y casi se me cayó por la sorpresa.

Sun me había respondido. Un emoji con el ceño fruncido, seguido de: ¿Qué sensaciones te transmitían las mariposas?

No podía explicarlo. Era difícil expresarlo con palabras. Giré el teléfono para escribir una respuesta. Chispas. Refrescos con gas. Caramelos efervescentes.

Sun leyó el mensaje. Esperé unos minutos. Luego unos minutos más. Y cuando pasó media hora y no recibí ninguna respuesta suya, supuse que la interacción había terminado. Dejé escapar un profundo suspiro. Saqué la Encantopedia de la mochila e hice algunos ajustes en las configuraciones. Abrí la aplicación de hechizos y revisé los pocos que había llegado a copiar del libro de hechizos de bolsillo. Nada demasiado complicado. Antonia aún no me los había explicado, pero según lo que había leído, variaban mucho en la estructura. A veces eran conjuros o cantos, a veces movimientos de manos, a veces una mezcla de ambos. Los hechizos tenían muchos usos diferentes, como encantar ratones para que cantasen o romper la magia de las hadas para curar narices de cerdo; a veces eran amplios, y otras veces, muy específicos. Había algunos que eran muy básicos que todo el mundo conocía y no necesitaban mucha magia, mientras que otros que requerían enormes cantidades de poder. Eran tan diferentes como los copos de nieve e igual de numerosos.

No había forma de registrar todos, a menos que tuviera acceso a todos los libros de hechizos imaginables. Sin embargo, los que sí eran accesibles estaban vigilados por medio de un hechizo, y los que no eran accesibles estaban protegidos en una biblioteca del Consorcio a la que muy pocas personas podían entrar.

Sonó el teléfono, y atendí la llamada; era de alguien que había pasado por debajo de una escalera y había roto un espejo el mismo día. Anoté su información en mi formulario de «Casos de superstición» y se lo envié por correo electrónico a Antonia. En ese momento estaba fuera, lidiando con una criatura viscosa, pero como no parecía urgente, podría devolver la llamada más tarde.

Después de unos minutos más de dar vueltas en la silla de mi escritorio, mi teléfono vibró.

¿Antonia está en la oficina?, preguntó Sun por mensaje.

No, respondí.

Unos segundos después, se abrió la puerta principal.

Me puse de pie con dificultad porque me había mareado y asomé la cabeza por encima de la pared del cubículo. Herb se había retirado a la sala de descanso cuando Antonia se fue, todavía molesto por mi presencia, pero de pronto me alegré de ello, ya que no quería que fuera testigo de ese momento de total estupidez causado por mi encaprichamiento.

—¡Tú!

—Yo —dijo Sun mientras asentía. Miró el felpudo con desconfianza—. Si paso por encima, ¿intentará hacerme caer?

—Por lo general, suelo rodearlo.

Sun tenía una bolsa de tela colgada de un brazo y estaba vestide con su típico estilo negro sobre negro. Sacó la punta de la lengua mientras se movía con mucho cuidado alrededor del felpudo. Le golpeó en el tobillo.

—¿Qué cojones?

—Una vez traté de moverlo —dije—, y me mordió.

—¿Tiene dientes?

—Algo así.

—Qué extraño.

El corazón me palpitaba de emoción al ver a Sun. Me alisé la ropa arrugada, que había sacado del fondo del cajón porque no había lavado la ropa. Al menos me había duchado, y estaba bastante seguro de haber recordado ponerme desodorante esa mañana. Esperaba no tener nada del desayuno pegado en los dientes.

—Bueeeno... —dije, estirando la vocal—. ¿Vienes aquí a menudo?

Sun puso los ojos en blanco y pasó junto al escritorio de la recepción que siempre estaba vacío, entró en la oficina y se dirigió a mi cubículo. La Encantopedia estaba en mi escritorio con la aplicación de hechizos abierta. Sun la miró, pero luego apartó la mirada con rapidez.

—¿Podrías...?

—Sí —contesté antes de levantar el dispositivo y guardarlo en mi mochila. Me di cuenta de que Sun se sentía incómode al ver algo que evidentemente iba en contra de todas las reglas que le habían enseñado en el mundo mágico.

Se aclaró la garganta.

—Ya sabes, negación plausible.

—Claro, lo entiendo.

Sun negó con la cabeza y dejó caer la bolsa sobre mi escritorio.

—¿Esa es la vela?

—La cruz de mi existencia. Sí.

Sun entrecerró los ojos. Giró la muñeca mientras señalaba la vela con dos dedos, y se encendió. Suspiré mientras la llama danzaba.

—Eres une presumide.

—No. Quería asegurarme de que no estuviera hechizada ni nada por el estilo. —Sun cerró el puño, y la mecha se apagó.

—Antonia no me haría algo así.

Sun se encogió de hombros, dando a entender que no estaba tan segure.

189

—Tal vez no. En fin —metió la mano en la bolsa y sacó una botella de refresco—, le escribí a mi hermana, y me dijo que esta era la bebida que tenía más gas. —Luego sacó caramelos, de esos que explotaban cuando te los ponías en la lengua—. Caramelos —dijo antes de arrojármelos—. Y espero que Antonia tenga un extintor. —En la mano de Sun había un paquete de bengalas.

—¿Has traído bengalas?

Sun volvió a encogerse de hombros.

—A decir verdad, no sabía qué eran. El vecindario siempre usa magia para los fuegos artificiales.

—Guau. ¿En serio? Eso es muy… *guay*.

Sun echó la cabeza hacia atrás y miró al techo.

—Debería haberte bloqueado.

—Ya es demasiado tarde —dije, desenroscando la tapa de la botella, seguido del satisfactorio sonido de la espuma y la efervescencia. Me alejé de mi ordenador por temor a que la bebida se derramara después de los movimientos bruscos dentro de la bolsa de Sun. Antonia destruía aparatos electrónicos cada dos días. No quería aumentar su ya considerable factura de suministros de oficina—. De todas maneras, ¿para qué has traído todo esto?

Sun se quedó mirando la vela.

—Para ofrecerte una tutoría mágica. Como me has ayudado con las mates, yo te ayudaré con esto.

Oh. El estómago me dio un vuelco.

—No te sientas obligade a echarme una mano solo para devolverme el favor.

Sun frunció el ceño.

—No. No es así. Esa no es mi intención.

—Pues eso parece.

Sun se quedó inmóvil.

—¿Parezco el tipo de persona que hace algo que no quiere?

Bueno, no. El tono cortante de sus palabras hizo que me diera cuenta de que le había ofendido. Sin querer.

—Lo siento.

—No te disculpes. —Sun dejó el paquete de bengalas sobre el escritorio—. A veces no me expreso muy bien. No quise decir que me sentía obligada. Realmente quiero ayudarte, porque eres mi amienemigo.

Sonreí.

—Vale, sí.

Sun no parecía satisfeche. De hecho, parecía triste pero decidide, con los labios apretados en una delgada línea.

—No. No, no eres mi amienemigo. Eres mi amigo. Somos amigues. Quiero ser tu amigue. ¿De acuerdo? —Sun no me miró, pero todo su cuerpo estaba tenso, y luego apretó los puños con nerviosismo.

Quería darle un abrazo, pero recordé la primera vez que estuvo en la oficina de Antonia, y no sabía cómo romper esa barrera que nos separaba. Los pocos toques que habíamos compartido habían sido escasos y fugaces, pero realmente quería atraer a Sun y tranquilizarle. Resistí el impulso.

—Podemos ser amigues, Sun. Me gustaría ser tu amigo.

Sun relajó todo el cuerpo, se cruzó de brazos, se tapó el rostro con la mano y respiró hondo.

—Bien —dijo con voz pastosa—. Bien.

—Bien.

—Vale.

—Vale.

Sun asintió con rapidez, se frotó las manos y luego recogió los caramelos.

—Ahora, encendamos la vela.

Sun enseñaba mejor que Antonia. No obstante, a pesar de todos sus esfuerzos, y los refrescos, y las bengalas que encendimos en el aparcamiento tras llevarnos la vela con nosotres, y los caramelos que estallaron como dulces fuegos artificiales en nuestras bocas, no funcionó.

Una hora después, nuestra lección terminó con nosotres despatarrades en las sillas de oficina, con los pies sobre el escritorio abandonado, las cabezas echadas hacia atrás lo más que podíamos, con las bocas abiertas en una competencia de quién podía mantener el caramelo en la lengua por más tiempo. Sun era sorprendentemente buene, y no se distraía a pesar de mis intentos de patearle el pie. Eran los beneficios de ser la persona más joven de su familia, con tres hermanas mayores. Por lo que había visto en la cafetería, las hermanas de Sun no dudaban en molestar a su hermane menor cada vez que podían.

—Es injusto. ¿Cómo eres tan buene? Es cruel —dije, empujando la rodilla contra su silla para que girara lentamente.

Sun esbozó una sonrisita de superioridad, con el cabello negro cayéndole sobre los ojos, los brazos sobre los reposabrazos y las piernas delgadas extendidas.

—Tengo muchos talentos que no conoces.

Se me secó la boca. Tosí y me incorporé rápido para buscar la botella de refresco. El sabor era asqueroso después de tener el caramelo en la lengua durante tanto tiempo, pero necesitaba algo, porque *madre mía*.

Sun abrió los ojos como platos cuando se dio cuenta de lo que había dicho. Se irguió de golpe, con las manos extendidas.

—Espera, no. No me refería a eso. Me refería a saltar la cuerda y equilibrar libros sobre la cabeza. Puedo hacer el pino.

Estallé en carcajadas y me ahogué con la bebida. Estuve a punto de escupir todo.

—¿Hacer el pino? ¿Qué coño dices, Sun?

No pude evitarlo. Me reí, doblándome sobre mí mismo, con los brazos alrededor de mi cintura. Sun se unió a mí, riéndose por lo bajo mientras se tapaba la boca con las manos. Hacía mucho tiempo que no me reía así, con tanta fuerza que se me llenaban los ojos de lágrimas.

Así nos encontró Antonia, riéndonos de forma descontrolada mientras dábamos vueltas en las sillas de oficina, con envoltorios de caramelos, bengalas apagadas y botellas de refresco esparcidos por la oficina.

—Interesante —anunció la hechicera.

Ay, mierda. Me puse de pie de un salto.

—Antonia. Has regresado.

—En efecto. —Le clavó la mirada a Sun.

Sun le devolvió la mirada, impávide.

—Hola, secuaz de Fable.

—Hola. —El saludo de Sun fue inexpresivo y directo.

—Ah, ahí está la famosa personalidad —dijo ella—. ¿Estás segure de que no te han echado una maldición? Puedo arreglarlo si quieres.

Sun miró hacia otro lado. Oh, Antonia había tocado un tema delicado sin querer, o tal vez sí había sido intencional.

—Bueno, me lo he pasado de maravilla —interrumpí en un tono demasiado alto y alegre—. Pero mi hora de almuerzo ha terminado, y ahora tengo que seguir trabajando. —Recogí la basura con rapidez mientras Antonia miraba, y Sun se encogió aún más en sí misme. No era lo ideal.

—Debería volver a la cabaña —murmuró Sun.

—Vale. Sí. Gracias por venir.

Sun se metió las manos en los bolsillos, con los hombros encorvados. No me gustaba que estuviera decaíde.

—Oye —dije, sabiendo que lo que estaba a punto de decir podría hacer que Antonia me despidiera. O peor, que me lanzara un maleficio—. Te escribiré luego. De verdad, gracias por la ayuda.

Sun sonrió. Era un gesto pequeño y frágil, pero hizo que las mariposas en mi estómago echaran a volar. Y me sentí como una bengala.

—De nada.

Se marchó, y vi por la ventana cómo se iba hasta que desapareció por la esquina del aparcamiento.

—Rook. —Antonia estaba de pie junto a mi escritorio, con las manos en las caderas—. ¿Qué te he dicho acerca de confiar en elle?

—Me estaba ayudando.

—¿Con qué?

Señalé la vela. El aura de Antonia se oscureció hasta convertirse en una nube de tormenta.

—Sabes que Sun le dirá a Fable que te estoy enseñando magia. ¡Joder, Rook! Le he mentido al Consorcio y le he prometido que no te enseñaría nada mágico para que no se metieran en nuestros asuntos, y ahora vas y se lo cuentas a dos de les seguidores más fervientes de las reglas.

—Sun es mi amigue. No dirá nada.

—¡Puede que no, pero Fable sí! ¿Sabes cuántas personas pueden guardar un secreto? La respuesta es dos, pero solo si una de ellas está muerta.

—Primero, esa frase es horrible. Y segundo, ¿de verdad quieres hablar de secretos?

Antonia se quedó sin palabras. Inclinó la cabeza hacia un lado.

—¿Qué? —preguntó, afilada como un cuchillo.

Cuando las cortinas me estrangularon, pensé que iba a morir. Mi vida corta e insatisfactoria pasó ante mis ojos. Estaba aterrado. Ese momento, con Antonia mirándome fijamente, fue mil veces más aterrador. Pero estaba cansado, molesto y derrotado. Molesto porque había ahuyentado a Sun, alguien que se había convertido en un peculiar rayo de luz en mi vida. Derrotado porque nunca iba a encender esa vela, a pesar de lo que ella y Sun creían. ¿Y qué pasaría cuando yo no pudiera ser el catalizador de su propia revolución?

—Lo que has oído. Secretos. Hay muchas cosas que no me has contado.

Antonia apretó la mandíbula.

—Te he enseñado sobre embrujos, maleficios, maldiciones, líneas ley, y te he dado acceso a un libro de hechizos. Eso es suficiente para alguien que no tiene magia, por si lo has olvidado.

—Oh, lo sé. Ya me lo han dicho varias veces, pero no me refiero a eso.

Antonia se quedó tan callada como una depredadora acechando a su presa. A mí. Yo era la presa. Se me aceleró el corazón como el de un conejo.

—¿A qué te refieres, entonces?

—A tu última aprendiz. ¿Qué sucedió? ¿Por qué no me lo cuentas? ¿Por qué no te permiten tener aprendices?

Antonia extendió los dedos y giró la muñeca mientras conjuraba una esfera de poder que brillaba en su palma abierta. Sentí cómo la energía chisporroteaba en la habitación.

—¿Sabes quién soy? —inquirió, su voz distorsionada por la magia—. ¿Sabes cuántos años tengo? ¿Cuánto tiempo he sido hechicera? ¿Cuánto tiempo lleva la magia dentro de mí?

Tragué saliva.

—No.

—No. —Apretó el puño para extinguir la esfera de poder. Unos tentáculos dorados de magia se filtraron entre sus dedos—. Esos son los secretos que deberían preocuparte, no una historia difundida por seres mágicos inferiores a través de susurros y rumores en el viento.

Me quedé inmóvil.

—No lo entiendo.

—¿Conoces esa película, protagonizada por una hechicera malvada que intenta apoderarse de la tierra? ¿Esa mujer hermosa y terrible que lo logra por un tiempo y hunde al mundo en la oscuridad? ¿Alguna vez te has preguntado en quién se basa? ¿Cómo la producción desarrolló esa trama? ¿Por qué puede resultarte un poco familiar cuando la miras?

Oh.

—¿Tú? —pregunté—. ¿Tú eras la hechicera malvada?

Antonia lanzó una risotada. Negó con la cabeza y se llevó una mano a la garganta con delicadeza.

—No, querido. Mi aprendiz lo era.

—Tu aprendiz era…

—Malvada. Le expliqué todo lo que sabía. Le di un nombre. Le enseñé cómo extraer el poder de las líneas y cómo moldearlo en sus venas para transformarse en la magia misma. La ayudé a memorizar hechizos y a crear otros nuevos. Y la *derroté*. Por mucho que lo intentó, no pudo *eclipsarme*.

Orgullosa. Antonia estaba orgullosa. De sus propios logros y los de su aprendiz.

Tragué saliva y di un paso atrás.

—¿Qué le ocurrió?

—El Consorcio le lanzó un hechizo de retención, por lo que la aislaron de la magia para siempre.

Se me formó un nudo en la garganta. Antonia no solo se había visto reflejada en mí, sino también en su antigua aprendiz. Eliminada de la magia para siempre. Sabía lo que se sentía. Cuando te quitaban algo que amabas, o cuando te impedían la entrada solo porque no te consideraban suficiente. No encajaba en ese mundo.

—Qué horror.

Antonia asintió.

—Y por eso ya no me permiten tener un aprendiz. Por temor a que vuelva a suceder. —Se cruzó de brazos—. Deberías agradecerle. Ella fue quien entró en la bóveda del Consorcio y descubrió algunos de sus secretos. Me los transmitió antes de que la encerraran.

Me temblaban las rodillas.

—Pero no soy como ella. No puedo hacer nada de lo que ella hizo.

Antonia se encogió de hombros, y su aura oscura desapareció.

—Aún no —dijo Antonia—. Soy capaz de lo que sea, ¿no lo sabes? De poner en contra de las reglas a su seguidor más ferviente. De crear magia donde no la hay. Incluso después de andar por el buen camino durante décadas, sigo siendo el monstruo de sus cuentos de hadas. —Suspiró y se frotó la sien.

Me quedé boquiabierto cuando giró sobre sus talones y cruzó la habitación, agarró una de las sillas de oficina en las que habíamos estado dando vueltas antes y se dejó caer en ella. Parecía cansada. Y no sabía qué hacer, ni qué decir. Lo único que sabía era que me compadecía de ella.

—Lo siento —dije.

Ignoró la disculpa, y luego juntó las yemas de los dedos.

—Ahora, si Sun es tan buene enseñando, enciende la vela.

Me tensé. Hasta el momento no había tenido éxito en ninguno de mis intentos, y el hecho de que me pusiera en un aprieto, justo después de una conversación intensa, no me hizo sentir muy bien. Tenía la frente perlada de sudor por culpa de los nervios. Se me secó la boca, así que me pasé la lengua por los labios. Mientras observaba el trozo testarudo de cera derretida, deseé con todo mi ser que Sun estuviera allí para apoyarme.

Sun. Sun. Sun, quien, para ser sincero, me hacía sentir mariposas en el estómago. Quien me dejaba sin palabras con su humor ingenioso y su sonrisa irónica y quien era genuinamente divertide una vez que lograbas traspasar su muro defensivo de amargura. Sun, quien tenía una nariz adorable y ojos bonitos y a veces usaba pendientes y otras una gorra y otras sudaderas enormes y otras camisetas holgadas, pero siempre llevaba vaqueros. Sun, quien era malhumorade y vulnerable al mismo tiempo, quien quería seguir las reglas porque eran reconfortantes, quien se arriesgó y se convirtió en mi amigue.

Y a pesar de la intensa mirada de Antonia, el nudo en mi garganta y el miedo acumulándose en mis venas, pensar en Sun todavía me hacía sentir mariposas en el estómago, fuegos artificiales en el pecho y caramelos efervescentes en la boca.

Me aferré a ese sentimiento, imaginé la línea ley como una migración de mariposas doradas y brillantes, extendí la mano y atrapé una. Sentí un hormigueo en los dedos, y el calor viajó hasta el centro de mi cuerpo hasta iluminar mis venas desde dentro. Señalé con dos dedos la mecha de la vela con intención.

No se encendió.

Pero en la punta, una minúscula llama ardía de color rojo, y una fina estela de humo se elevó en espiral.

La expresión petulante de Antonia desapareció al mismo tiempo que descruzaba los brazos. Abrió los ojos de par en par. Se quedó mirando la vela, luego a mí, con los labios rojos y carnosos abiertos. La sorpresa se extendió por su rostro como mantequilla.

—Lo he logrado —anuncié, mientras la chispa aún ardía. Se me dibujó una amplia sonrisa en el rostro—. Lo he logrado. Lo he logrado. ¿Lo has visto? ¡Ha echado humo!

—Lo has logrado —suspiró—. ¿Cómo lo has hecho? ¿Qué has sentido?

—Mariposas.

—Es increíble. ¡Eres asombroso! Sabía que podías hacerlo. Lo sabía. —Antonia se puso de pie de un salto y aplaudió. En su emoción, su propia magia disparó chispas. Una bombilla explotó en el techo. Los teléfonos sonaron por sí solos. El monitor de mi ordenador se apagó. Pero no importaba porque había hecho magia. ¡Yo! ¡Lo había logrado!

Me tambaleé y me apoyé en la pared para no caerme.

—Madre mía. Puedo hacer magia. Antonia, puedo hacer magia. —Mierda. Era la prueba de que pertenecía. Pertenecía al mundo mágico. Era parte del mismo mundo que Antonia, Sun y Fable.

—¡Estoy contentísima! —Y lo estaba. Destellos de magia chisporrotearon en todas direcciones—. Vaya. Sabía que lo resolverías. Eres muy inteligente, Rook.

—¡Eh! Tranquila. Vas a quemarlo todo.

—Oh, oh. Lo siento. Lo siento. Pero esto es motivo de celebración. Venga, vamos a cenar. Yo invito. Luego te llevaré a casa.

—Son las dos de la tarde.

Antonia se rio por la nariz.

—Un almuerzo tardío, entonces. Sé que solo has consumido dulces y refrescos. —Sacó su móvil y suspiró—. Uff. He vuelto a quemar la batería.

—¿Otra vez? —dije, mirándolo—. ¿Qué has hecho esta vez?

—Debe de haber sido todo el entusiasmo por tu éxito. —Lo guardó en su bolso.

Un momento. Ay, no. Me metí debajo del escritorio y abrí mi mochila. La Encantopedia/Buscaley estaba dentro. Apreté el botón de encendido con toda la fuerza de mi dedo, y cobró vida con un parpadeo. Ay, menos mal. Aún funcionaba. Si bien podía canalizar el poder de una línea ley, todavía no podía *verlas*. Necesitaría el dispositivo si iba a continuar siendo el aprendiz de Antonia. Dejé escapar un profundo suspiro de alivio por que Antonia no hubiese destruido mi invento sin querer.

Antonia arrugó la nariz.

—¿Sigue funcionando?

—Sí —respondí, pasando la palma por la pantalla.

—Excelente. ¡Vamos!

Después de nuestro almuerzo tardío, tenía ganas de enviarle un mensaje a Sun para decirle que había encendido la vela. Tenía muchísimas ganas de contárselo. Quería darle las gracias. Quería decirle cómo se sentía y que había estado pensando en elle cuando lo logré. Quería darle un beso. Bueno, tal vez no le diría esas dos últimas cosas. No estaba seguro de cómo reaccionaría, ya que apenas habíamos dejado atrás la parte de enemigues de nuestra relación de amienemigues.

De todas maneras, tampoco estaba seguro de si debía escribirle en presencia de Antonia.

La mujer se aclaró la garganta.

—¿No vas a escribirle a Sun?

Uff.

—¿Qué? No estoy de humor para el sermón de «no podemos confiar en Sun».

—Sí, lo sé.

—Podemos ser amigues. Tú y Fable sois amigues.

Antonia hizo una mueca.

—No lo somos.

—Claro que sí.

—Somos colegas. Nos toleramos. No le escribo a Fable cada vez que descubro un nuevo hechizo o rompo una maldición.

—Literalmente llamas a Fable para presumir cuando haces algo espectacular. Te he escuchado. Y Fable te llama para pedirte consejos y ayuda, aunque también para presumir cuando hace algo increíble. Así que sí, sois amigues.

Antonia hizo un ruido grosero con los labios.

—Da igual. Pero no, no puedes confiar en Sun. A elle y a Fable les encanta seguir las reglas.

—Eres consciente de que Sun ha venido a enseñarme cómo encender la vela, ¿verdad? —Me aclaré la garganta y jugueteé con un hilo suelto de mis vaqueros. Antonia ya sabía que Sun y yo éramos amigues y que Sun estaba al tanto de que estaba aprendiendo magia. Bien podría poner todas las cartas sobre la mesa—. Sun sabe de la existencia de la Encantopedia.

Antonia pisó el freno de golpe, y salí disparado contra el cinturón de seguridad. Por suerte, estábamos en la acera frente a mi bloque de pisos.

—¿Qué? —gritó—. ¿Desde cuándo?

—Desde el incidente con las cortinas. Encontró el invento cuando estaba buscando mi móvil para llamarte.

—¡Mierda! —Antonia golpeó el volante con la palma abierta. Lo hizo con tanta fuerza que hizo sonar el claxon—. ¡Rook! Si Sun lo sabe, Fable también.

Negué con la cabeza.

—No. No. Sun no ha dicho nada. Además, ha venido a enseñarme magia. Es mi amigue. Sé que no confías en nadie, especialmente en nadie que esté en buenos términos con el Consorcio, pero Sun no va a decir nada.

—¡Nos delató con el Consorcio!

—¡No lo hizo! Fue el tipo de los ratones cantores. Sun jura que no lo hizo.

—Ay, te gusta. De eso se trata. Una historia de amor en mi oficina. Qué asco.

Me estremecí.

—No —dije, demasiado alto para el pequeño espacio—. ¡No! ¡No! ¡Eso no es… no!

Antonia enarcó una ceja.

—Cuando el río suena, agua lleva.

Me tapé la cara con las manos.

—Dios mío.

—No seas tan dramático. Solo… —Suspiró—. No hables con elle esta noche. Tómate un descanso. Necesito tiempo para pensar. ¿Me puedes hacer ese favor?

—Sí —contesté, para nada como un adolescente malhumorado.

—Excelente. —Aparcó el coche—. Hasta mañana. Y no intentes hacer magia sin mí —advirtió con severidad, moviendo un dedo en mi dirección. Luego miró a su alrededor, con los labios fruncidos—. No es como si pudieras hacerlo aquí. Este lugar es desolador. No parece que haya una línea ley en kilómetros a la redonda.

—Sí, gracias por recordarme que vivo en un agujero. —Cerré la puerta del coche.

—¡No me refería a eso! —gritó, aunque su voz sonó amortiguada.

Estaba seguro de que no lo había dicho con malas intenciones. Pero tenía razón. Esa era una de las razones por las que era tan difícil trabajar en la Encantopedia en un principio. Allí no había *nada*. No había magia. No había ningún usuario de la magia como en el vecindario de Sun. Solo los grises muros de cemento de la ciudad, y ni siquiera los espejismos relucientes provocados por el calor que se elevaban desde el asfalto podían cambiar esa realidad.

Pero estaba bien. Solo tenía que aguantar un poco más. Y una vez que hubiera ahorrado lo suficiente, podría encontrar un lugar cerca del vecindario de Sun, trabajar para Antonia y unirme a la comunidad a la que probablemente, tal vez, pertenecía.

11

SUN

Las clases de verano eran una mierda. Tomar el autobús después de clases era aún peor, sobre todo porque el viaje desde el instituto hasta la cabaña de Fable era largo. El interior del autobús era caluroso y sofocante, y el asiento que había elegido tenía un resorte que se me clavaba en la espalda cuando me recostaba. Por suerte, era la única persona que quedaba, así que no tuve que aguantar las conversaciones de otros estudiantes mezclada con el fuerte ruido del motor. No creía que pudiera soportar tantos estímulos sensoriales ese día.

Como solo estaba atrasade en Matemáticas, solo tenía que asistir dos días a la semana, pero aun así lo odiaba. Por lo general, las clases eran a primera hora de la mañana, lo que significaba que incluso en verano tenía que levantarme temprano de la cama e ir al instituto. Lo único bueno era que tenía la tarde libre con Fable en la cabaña y podía pasar el resto del día trabajando en la magia.

El autobús frenó en seco, y me bajé en la esquina. Revisé mi móvil mientras caminaba por la acera hacia la cabaña, con un nudo en el estómago al ver que no tenía ningún mensaje nuevo de Rook. Me había escrito al menos una vez al día desde que intercambiamos números. No me dolía. Ayer pasé el día con él y traté de enseñarle a extraer la energía de una línea y le compré caramelos, refrescos y bengalas. Fui valiente por él, fui a verlo a pesar de no saber si mi presencia era deseada y reprimí mi ansiedad, lo que me permitió entrar por la puerta con una idea descabellada que no funcionó. Pero había sido divertido, hasta que Antonia había llegado, me había fulminado con la mirada y básicamente me había dicho que me fuera.

Sabía que no le agradaba y que solo toleraba a Fable, pero no podía evitar pensar que Antonia estaba tramando algo. Siempre lo hacía, por lo que decían los rumores.

Hablando de eso, cuando doblé la esquina, divisé el llamativo deportivo de Antonia aparcado justo enfrente de la cabaña, al lado del cacharro de Fable. Mientras me acercaba, escuché voces elevadas provenientes del interior. Antonia y Fable gritándose, sin duda. Debía de ser algo importante para que Antonia se dignara a viajar hasta el borde del bosque encantado. Ay, no, ¿y si le estaba gritando a Fable por mí? ¿Por haber interferido demasiado con las lecciones de magia de Rook? ¿O había vuelto a suceder algo entre elles? No eran amigues en la forma en la que Rook y yo nos estábamos volviendo amigues, pero tenían un acuerdo. Incluso si fuera cáustico.

Despacio, abrí la puerta lateral, entré, me quité el calzado y me puse el par de pantuflas que había dejado en el felpudo de la entrada.

—¡No lo entiendes, Fable! —gritó Antonia, alzando la voz hasta convertirla en un chillido. Encogí los hombros. El sonido era espantoso, amplificado mágicamente para que resonara en el pequeño espacio de la cabaña. A pesar de mi inquietud, asomé la cabeza por el marco de la puerta y la vi levantar los brazos en el aire—. Ni se te ocurra denunciarlo en el Consorcio. No solo intentarán ponerme un hechizo de retención —dijo, apuntando dos dedos hacia su pecho—, sino que lo harán desaparecer. Y no puedo permitirlo.

Un momento. Antonia no estaba gritando. Estaba… rogando. ¿Suplicando? ¿En nombre de Rook?

Fable dejó escapar un suspiro sufrido que me había dedicado varias veces durante mi formación.

—Antonia, tienes prohibido enseñar magia. No me importó mucho cuando el chico te acompañó en las salidas, pero después del incidente con las cortinas…

—No le pasó nada.

—Sí que le pasó. Y Sun recibió una maldición por salvarlo. —Fable se levantó de su silla—. Mi aprendiz resultó heride tras salvar a tu empleado, y ambes se encontraban en peligro por nuestra culpa. Antonia, podrían haber resultado gravemente herides. Rook tuvo suerte de no morir. Sun tuvo suerte de que solo se tratara de los residuos de una maldición, y no se llevó la peor parte de lo que se escondía en esa espada.

Fable cruzó la habitación y apoyó la mano en el hombro de Antonia, una extraña muestra de empatía hacia su rival.

—Piensa en lo que sucederá cuando se frustre por no poder hacerlo. Por no poder lanzar hechizos. ¿Y luego qué? Te abandonará. No de la misma forma que *ella*, pero dolerá de todos modos.

Antonia apartó la mano de Fable, con un brillo maníaco en los ojos violetas.

—Te equivocas. Lo logró. Ayer encendió una vela.

Fable dio un paso atrás.

—¿Qué?

¿Lo logró? ¡Lo logró! Vaya. ¡Lo logró! ¡Y yo lo había ayudado! Pero… ¿por qué no me escribió? Pensé…

—La mecha ardió, y salió un poco de humo. Sí, no fue el hechizo más fuerte de todos, pero lo logró. Es el primer paso hacia algo más grande.

—Pero me has dicho que no puede ver las líneas. Que le revisaste la palma y viste que no tiene magia.

Levanté la cabeza de golpe. ¿Rook no podía ver las líneas ley? ¿No tenía magia? No tenía sentido.

—No, pero esta es la cuestión, Fable. Es muy inteligente. Es tan inteligente que inventó un dispositivo para ayudarlo. Puede detectar las líneas por él.

Fable alzó una ceja.

—Antonia, no es posible.

Con una sonrisita en el rostro, Antonia se cruzó de brazos.

—Lo es. Lo creó él mismo. Lo he visto. Funciona. No necesita ver las líneas si tiene su —en ese momento, Antonia suspiró— Encantopedia.

—Qué nombre tan horrible.

—Lo sé.

—Casi tan malo como Hex-Maldición.

Antonia entrecerró los ojos.

—Cierra la boca. Esto no se trata de mí. Se trata de Rook. Y por qué merece ser mi aprendiz. Merece ser parte del mundo mágico. Así que por favor, no puedes contárselo a nadie, Fable. Nada de esto. Sé que Sun ya te ha dicho que ayer lo ayudó con una lección de magia y…

—Sun no me ha dicho nada.

Ay, mierda. Gracias, Antonia.

Antonia parpadeó. Luego una pequeña sonrisa se dibujó en sus labios rojos.

—Vaya, vaya… Tu secuaz ha estado guardando secretos.

Bueno, era hora de entrar e interrumpir la conversación porque eso no era verdad. No había guardado secretos. Solo había omitido algunos detalles. Como mi paradero el día anterior. Y que me encontrara con Rook en la cafetería. Y que nos escribiéramos por mensaje de vez en cuando.

Entré con seguridad en la cocina de la cabaña.

—No he estado guardando secretos.

Antonia se llevó una mano a la boca.

—Ups.

—Me echó una mano con los deberes de Matemáticas —aclaré ante la mirada de desaprobación de Fable—. No se burló de mí cuando entré en pánico en el ascensor. Se quedó conmigo en la casa embrujada, a pesar de no querer estar allí. Respetó mis límites, y no le importa que no se me den bien las interacciones sociales. Es amable. Y sonríe. Y quiere ser mi amigo.

Antonia guiñó un ojo.

—Parece que alguien tiene un flechazo.

Se me enrojeció el rostro.

—No hagas que me arrepienta de haberte dado la razón —murmuré.

—¿Darme la razón de qué?

—De que Rook debería ser un aprendiz. —Se me retorció el estómago. Iba en contra de todo lo que me habían enseñado. En contra de todas y cada una de las reglas que tenía el Consorcio, incluso las que fueron escritas a raíz del castigo de Antonia—. Es mágico como nosotres. No sé por qué todo el mundo insiste en lo contrario, pero la realidad es que tiene magia en su interior.

Fable se pellizcó el puente de la nariz.

—No puede ver las líneas ley.

—No importa.

—Va en contra de lo que el Consorcio ha decidido que es el estándar para hechiceres y aprendices. Para acceder a la magia, debes ser capaz de ver las líneas ley, o al menos sentirlas. Él no puede hacer ninguna de las dos. Antonia realizó la prueba de la palma, y yo no he percibido ni siquiera un poco de magia en él.

—Te equivocas.

—¡Sun!

—Además, ¿quién es el Consorcio para decidir cuál es el estándar? No existe una manera correcta de tener magia, ¿verdad? ¿Por qué excluimos de nuestra comunidad a las personas que quieren pertenecer? Él es uno de nosotres.

Fable le lanzó una mirada fulminante a Antonia, quien, en cambio, parecía contentísima.

—Mira lo que has hecho, Antonia.

—No he hecho nada. Sun es muy inteligente y no necesita mi ayuda para darse cuenta de que las barreras son una mierda.

Fable dejó caer los hombros. Presionó una mano en su frente y la otra en su cadera mientras apretaba los ojos con fuerza, como si estuviera doloride.

—Antonia, ¿has olvidado lo que pasó la última vez que alguien cercano a ti rompió las reglas?

—Como si alguna vez pudiera olvidarlo —siseó Antonia—. Sí, se equivocó en la forma en la que encaraba las cosas. No debería haber hecho lo que hizo. Pero no estaba equivocada en sus convicciones. La magia es tan antigua como el universo y tan esencial como el aire que respiramos. El dominio absoluto que ejerce el Consorcio es antinatural e incorrecto. No puedes negarlo.

—Sí puedo, pero no lo haré. Sería un desperdicio de energía. Me has puesto en una situación complicada, Antonia. Si no informo al Consorcio sobre el dispositivo de Rook y el hecho de que realmente lo has aceptado como tu aprendiz y le estás enseñando magia, entonces me considerarán cómplice, y quedaré atrapade en la ira del Consorcio cuando todo esto salga a la luz. Y si digo algo, sé que me lanzarás una maldición a mí y a las nuevas generaciones. —Fable me miró de reojo.

Hice lo mejor que pude para no mostrar ninguna expresión en el rostro, pero Fable podía leerme como un libro desde hacía

208

años. Podía ver la esperanza en mis ojos y el afecto que sentía por Rook, tan evidente como el rubor en mis mejillas.

Fable se sentó en una silla.

—Pero no permitiré que empieces una revolución en mi cocina y conviertas a mi aprendiz en une rebelde. Haz lo que quieras, Antonia, pero no nos metas en esto. Hablo en serio. No quiero que involucres a Sun en nada que pueda resultar en una lesión o algo peor.

Tragué con dificultad.

—¿A qué te refieres?

—Me parece que Fable se refiere a que tu relación con Rook debe terminar.

—No he dicho eso.

Antonia se cruzó de brazos.

—No directamente, no. Pero Sun no puede ser amigue de Rook si la existencia de Rook rompe tus preciadas reglas —dijo Antonia en un tono mordaz—. También significa que nuestra relación laboral se acabó, Fable. No me llames cuando necesites mis habilidades o mis poderes. Tendrás que recurrir a otra persona.

Fable frunció el ceño.

—¿Todo esto por un chico, Antonia? Hay decenas de jóvenes en la ciudad que buscan mentores. Jóvenes que tienen magia. Jóvenes que encajan en el molde. Si realmente te sientes muy sola, podrías luchar para que cualquiera de elles sea tu aprendiz. Estoy segure de que podrías convencer al Consorcio si presentaras un caso oficial. ¿No puedes elegir a alguien más?

Los ojos violetas de Antonia ardían llenos de furia. La magia chisporroteaba en la punta de sus dedos.

Levantó la barbilla.

—No —dijo sin rodeos—. Porque Sun tiene razón.

Me sobresalté.

—No existe una manera correcta de tener magia. Rook encendió la vela. Creo en él. Le di un nombre, así que es mío.

Fable apretó los labios.

—No diré nada.

—Buena decisión.

—Pero tienes razón. Nuestra relación se acabó.

—De acuerdo.

La mirada de Fable se cruzó con la mía.

—Y vuestra amistad se acabó. ¿Entendido?

Abrí la boca para protestar.

—O ya no serás mi aprendiz.

La cerré de golpe. Me dolía el estómago. Me escocían los ojos por las lágrimas. Metí las manos en las mangas, rodeé mi cuerpo con mis propios brazos y me encorvé dentro de mi camiseta holgada.

—Fable —dijo Antonia en voz baja—. Eso es un poco duro. Y si...

—No. Mi decisión es definitiva.

—Fable.

Le hechicere se levantó de la silla.

—He decidido no entrometerme en los asuntos de tu aprendiz. Te sugiero que hagas lo mismo.

Antonia levantó las manos en señal de rendición.

—Entendido. Lo siento, Sun.

—Pensaba que yo no te caía bien.

La mujer elevó una comisura de la boca.

—A mí no, pero a él sí.

Oh. Me apreté el estómago con fuerza. No ayudó.

—Es mi amigo.

—Lo sé. —Antonia me apoyó una mano en el hombro con mucho cuidado mientras se dirigía hacia la puerta. Sus uñas rozaron la tela de mi sudadera. Parecían agujas—. Lo siento, pero Fable tiene razón. Esto es lo mejor.

Asentí, incapaz de hablar, con la voz escondida en los re- molinos de angustia. Lo entendía. En serio. Era culpable por asociación. Además, ya sabía demasiado.

Hasta ese momento, me había resultado fácil seguir las reglas del Consorcio. A decir verdad, nunca había tenido ninguna razón para romperlas. Pero Rook era amable. Se merecía una oportuni- dad. Se notaba que estaba solo. De hecho, me sentía identificade con esa soledad que lo atormentaba. Yo, al menos, tenía a mis hermanas y a mis padres, pero Rook no tenía a nadie. Y se mere- cía a alguien, aunque fuera Antonia. Incluso si no fuera yo.

—No se lo digas.

Antonia giró sobre sus talones.

—¿Qué?

—No se lo digas. —Me mordí el labio—. Es mejor que piense que simplemente he dejado de hablarle en lugar de que sepa que en realidad... —Me detuve antes de proseguir—. Intentará romper las reglas. —Lo haría. No es que pensara que Rook valorara mucho nuestra relación, pero era testarudo. Si se le presentaba un obstáculo, siempre encontraba una solución. Así trabajaba. Si algo se interponía en su camino, o lo atravesa- ba o buscaba una ruta alternativa. Literalmente había inventado un dispositivo para asegurar su lugar en el mundo mágico—. Porque es testarudo.

Antonia sonrió, con amabilidad y cariño.

—Lo entiendo. Es mejor que piense que has perdido el in- terés a que haya algo que os mantenga separades.

—Sí. —Me pasé la lengua por los labios—. No es que piense...

—Te entiendo. —Antonia giró el pomo de la puerta—. No diré nada.

—Gracias.

Antonia se fue. Crucé la habitación hasta mi estación de trabajo y, sin dirigirle la palabra a Fable, saqué mi caldero. Las pociones no se harían solas.

—Sun.

Le ignoré. No estaba siendo madure, en absoluto, pero no sabía qué decir. Había elegido la magia. Siempre la elegiría. Eso no estaba en duda. Pero había sido agradable tener un amigo. Tener a alguien a quien le agradara. Alguien que, a pesar de mi mal humor e ineptitud social, había seguido intentando acercarse a mí. La mayoría de la gente se rendía. Ni siquiera mis hermanas lo entendían del todo.

—Sun —repitió Fable con firmeza.

—¿Qué? —Uff. No alcé la vista de donde el fuego se había encendido.

—Si no puedes ser civilizade y actuar como una persona adulta, será mejor que te vayas a casa.

Respiré y levanté la cabeza, pero aún no me atrevía a enfrentarme a la mirada de Fable. Elegí mirar por encima de su hombro.

—Así está mejor. Sun, tienes que…

—Elijo la magia. Soy tu aprendiz, y mi lealtad es hacia ti. Entiendo que de eso se trata esta relación. ¿Y bien? ¿Es eso lo que quieres oír?

—No, no es eso. Quiero que me digas que lo entiendes.

—Lo entiendo. Entiendo que hay cosas a las que tengo que renunciar para estar en esta posición. Elegí un nombre diferente, un seudónimo, para protegerme a mí y a mi familia. Todas las horas que tengo libres antes y después de clases las paso estudiando magia y ayudándote aquí. Lo sé. No me molesta. Pero él es mi amigo. —Me mordí el labio—. Era mi amigo. Me gustaba tener un amigo.

—Puedes tener otros amigues, Sun. ¿Recuerdas a Petra Moon? Su aprendiz es bastante amigable. Tal vez podamos…

—No. Es decir, quizá en otro momento.

—Vale. Sun, para que conste, lo siento.

Lamentarse no servía de mucho, pero Fable era sincere. Desplacé la mirada para finalmente ser una persona adulta y mirarle de frente. Cuando capté su reflejo en el espejo, me quedé paralizade.

—Fable, el espejo clarividente no está cubierto.

Fable se sobresaltó y se giró de forma abrupta.

El espejo estaba colgado en la pared del fondo y, por lo general, tenía una gran cortina encima, a menos que Fable necesitara hablar con alguien imposible de contactar por teléfono. Como el Consorcio.

—¿Qué has hecho, Fable?

—Nada —contestó, cruzando la habitación a grandes zancadas. Agarró la cortina y la arrojó sobre el marco dorado—. Lo usé antes y olvidé que estaba descubierto.

—Fable —dije con un suspiro—. Cualquiera podría haber escuchado esa conversación.

—Nadie nos ha escuchado. —Fable no parecía convencide cuando volvió a su libro de hechizos—. Ahora, ponte a trabajar. Les hechiceres herbolaries nos han pedido más pociones, y quiero que practiques tus hechizos.

Me dolía el corazón. Me dolía la cabeza. Era un poco dramático de mi parte. Pero realmente me dolía. Rook era… guapo, y su sonrisa era como la luz del sol. Y me gustaba. Me gustaba de verdad. Podría haber sido alguien para mí.

—De acuerdo —dije en voz baja. Y traté de no pensar en lágrimas de rana, en lunares morados bajo el sol ni en una amplia sonrisa con hoyuelos.

12

ROOK

No le había escrito a Sun. Y Sun tampoco me había escrito a mí, algo que pensaba que haría. Antonia me había dicho que no me pusiera en contacto con elle, pero no había mencionado que elle no pudiera hacerlo. Era un vacío legal bastante interesante.

Pero Sun no me había enviado ningún mensaje. Lo cual era decepcionante. De todas formas, nos habíamos visto el día anterior. Tal vez se le había acabado la batería social y tenía que recargar energías. Se lo preguntaría cuando volviéramos a hablar. Quería descubrir cuáles eran esos límites. ¿O podía hacerlo en ese momento? No, las llamadas estaban descartadas.

Bueno, tal vez si le enviara un simple «Hola», no iría en contra de las reglas. ¿Verdad? No mencionaría la vela. Sí, no debería haber ningún problema. Además, ¿desde cuándo me importaban las reglas? Trabajaba para Antonia. Las reglas eran solo sugerencias.

Me puse boca abajo en la cama, me apoyé sobre los codos y abrí mi lista de contactos.

Hola, escribí.

Y esperé.

Sin respuesta. Fruncí el ceño. Bueno, Sun tenía una vida. Tenía un trabajo, tres hermanas y clases de verano. Estaba bien. Yo también tenía cosas que hacer. Debía hacerlas.

Así que me puse manos a la obra.

Hice la colada y me duché, pero seguía sin respuesta de Sun.

Qué extraño.

Bueno. No era nada grave.

Vi una película, rebusqué en la cocina en busca de un tentempié, agradecido de que Antonia hubiera pedido el almuerzo ese día porque lo único que encontré fue una bolsa medio abierta de patatas rancias. Pero serviría.

Sin respuesta.

Se estaba haciendo tarde. Por lo general, Sun ya estaba en casa a esa hora.

Una llamada no vendría mal, solo para saludar. Nunca habíamos hablado por teléfono, pero tampoco habíamos pasado tiempo juntos por nuestra propia voluntad hasta el día anterior. ¡Era una semana de probar cosas nuevas! De dar nuevos pasos en nuestra amistad.

Toqué el botón y me acerqué el móvil a la oreja. Sonó una vez y saltó directo al buzón de voz. Como si Sun hubiera rechazado la llamada. Mi teléfono vibró.

No puedo hablar.

Oh. Claro. Qué inoportuno. Sun y esa otra vida que tenía además de la magia. Me dolió un poco, pero no había problema. No pasaba nada. Estaba bien.

Vale. Hablaremos mañana.

Sin respuesta.

Me dejé caer en la cama. Bueno, no había nada de qué preocuparse. Era tarde. Quizá ya estuviera acostade. Sun parecía el tipo de persona que se acostaba temprano y se levantaba tarde. Hablaría con elle mañana.

Tampoco recibí un mensaje de Sun por la mañana. Ni al día siguiente, pero no había problema porque Sun estaba ocupade. Sun era importante. Sun tenía una familia, clases de verano y un trabajo. Le escribí un par de veces para hablarle de mi día, sin mencionar la vela ni nada relacionado con la magia, sino sobre el bonito perro que había acariciado en mi caminata desde la parada del autobús y algunas quejas sobre el calor. Nada. No recibí ninguna respuesta ese día. Ni al siguiente. Al cuarto día, le escribí de nuevo, solo para preguntarle cómo estaba, y me volví a encontrar con su silencio.

Una semana después, finalmente acepté que Sun se había borrado del mapa sin previo aviso. Lo que había ocurrido entre nosotres en la oficina de Antonia no había sido real, o bueno, había sido real para mí, pero no para elle. O eso suponía. Daba igual. Intenté restarle importancia, pero, siendo sincero conmigo mismo, me sentía horrible, como el sabor amargo del rechazo que ya había experimentado en diferentes facetas de mi vida. Como si me hubiera abierto a Sun, y lo que elle había visto no fuera lo suficientemente bueno. Pensé que sería diferente, que entendería lo que significaba no encajar del todo, pero estaba equivocado. No iba a llorar por eso. Al menos, no en público. Llorar sobre mi almohada era un asunto totalmente diferente.

Esa tarde, hice mi recorrido habitual desde la parada de autobús hasta la oficina, con el móvil en la mano, mirando todos los mensajes sin respuesta a Sun, sobre todo el último, enviado en un ataque de desesperación y dolor.

¿Por qué me ignoras? ¿He hecho algo mal?

Si pudiera eliminarlo, lo haría. Pero no había vuelta atrás. Sun no había respondido, y ya habían pasado horas. Así que se acabó. Era víctima del *ghosting* hecho por mi exrival y amienemigue que luego se había convertido en mi amigue que me gustaba y a quien quería besar.

No era la mejor sensación del mundo, pero supuse que era lo mejor. Tal vez Antonia tenía razón.

Con un suspiro, seguí caminando por la acera en dirección a la oficina mientras guardaba el teléfono en mi bolsillo trasero. El crujido de cristal debajo de mis pies fue el primer indicio de que algo no estaba del todo bien. Reduje la velocidad, curioso y ansioso a medida que asimilaba el desastre de vidrios rotos que brillaban en la acera.

Las ventanas de adelante estaban destrozadas. Las persianas estaban torcidas y rotas. Una de ellas quedó tirada en medio del asfalto. Pero el vidrio, el vidrio estaba por todas partes, como si hubiera habido una explosión dentro de la oficina que hubiese impulsado las ventanas hacia afuera. En mi cabeza sonaban alarmas. Todos mis sentidos se pusieron en alerta máxima. El coche de Antonia estaba allí, aparcado en su lugar habitual, pero tampoco había escapado de lo sucedido. El parabrisas era una red de grietas, y había rayones por toda la pintura. Uno de los espejos laterales quedó colgando, apenas sujeto por unos cuantos cables de colores. Antonia iba a estar cabreadísima, siempre y cuando estuviera bien. Tenía que estarlo. Porque lo que había ocurrido había sido obviamente explosivo.

Me acerqué, con los ojos bien abiertos y el corazón latiendo con fuerza.

En cuanto me puse de pie frente a lo que solía ser Hex-Maldición, vi la verdadera magnitud de los daños.

—¿Qué coño ha sucedido? —susurré.

Me sentí un poco tonto al girar el pomo de la puerta, pero estaba en piloto automático ante la destrucción. El último pedazo de ventana que se aferraba con firmeza al marco cayó en cascada.

—¿Antonia? —llamé con suavidad, pues tenía un nudo en la garganta. Mi nivel de miedo y ansiedad llegaba a mil, y apenas pude pronunciar su nombre con la boca seca.

Salté sobre el felpudo maldito mientras cruzaba la puerta, y me di cuenta de que en realidad solo estaba el contorno de donde solía estar, como si algún tipo de luz intensa hubiera impreso su sombra en la baldosa.

Se me erizó la nuca. Entré con sigilo, encorvado como si estuviera disfrazado de un criminal sospechoso de un videojuego, como si agacharme pudiera protegerme de lo que fuera que había destruido la oficina. Era una mala idea y una prueba más de que mis instintos de supervivencia no habían mejorado desde que había empezado a trabajar para Antonia. De hecho, habían empeorado. Sujeté las correas de mi mochila como si mi vida dependiera de ello mientras me adentraba en el edificio.

Busqué el interruptor de la luz y lo pulsé. Por supuesto, ninguna de las luces interiores se encendió porque quien había hecho… eso… también había destruido las luces. El silencio y el ambiente eran irreales, de otro mundo.

Herb no estaba en el rincón donde normalmente acechaba a quienes entraban en la oficina. El mostrador de la recepción estaba tumbado. Los cubículos estaban aplastados. Mi ordenador de trabajo estaba hecho pedazos, esparcido por todo el suelo. Cuanto más avanzaba, peor era la devastación. Como si todo lo que había sucedido tuviera un epicentro justo afuera del despacho de Antonia. Era como las fotografías de las caídas de meteoritos que había visto en los libros, donde los lugares más cercanos al impacto estaban completamente aplanados, pero luego la destrucción se extendía varios kilómetros a la redonda.

Excepto la puerta de Antonia. El brillo púrpura de una barrera protectora brillaba a lo largo de toda la pared de su despacho. Todo seguía intacto, incluso las ventanas. Entonces,

¿alguien había creado el hechizo de protección antes de… la explosión?

Tal vez Antonia estaba detrás de la puerta. Tal vez se había encerrado para protegerse. Debería llamarla. Me atendería. Siempre me atendía.

Detrás de mí, sentí pisadas sobre los cristales. Me sobresalté y me giré para mirar hacia la puerta. Escuchaba voces provenientes del aparcamiento. Alguien se acercaba. Pero hasta que no supiera quiénes eran, debía esconderme. Salí disparado hacia el escritorio tumbado y me dejé caer al suelo, donde me acurruqué contra la madera para hacerme lo más pequeño posible. Si miraban con suficiente atención, me verían, pero esperaba que en la oscuridad y entre los escombros pudiera pasar desapercibido.

—Sigo sin poder romper el hechizo —comentó alguien mientras entraba en la oficina—. Realmente es la hechicera más poderosa de esta época.

—Y aun así logramos detenerla.

La otra persona vaciló.

—Pero tuvimos que pedir refuerzos a la oficina en Seraph Lake. Y varias personas resultaron heridas.

Tragué saliva.

—Sí, ¿cómo están Simmons y Frank?

—Un curandero de la zona se está ocupando de sus lesiones.

—Bien. —Más pisadas sobre los vidrios rotos, seguidas por el sonido de algo cayéndose—. Tenemos que romper la barrera protectora para recuperar sus libros de hechizos y cualquier información que tenga sobre su aprendiz.

Todo mi cuerpo se paralizó de miedo. El corazón me tronaba en los oídos. Los pasos se acercaron, y me encogí lo más que pude.

—Si lo que hemos oído es cierto, no debería ser demasiado difícil capturarlo. Después de todo, no tiene magia.

Bueno, gracias. Eso es lo que tú crees, idiota.

—Tienes que estar alerta. Si Antonia le ha enseñado algo, podría ser una amenaza.

Podía escuchar a Sun mofándose en mi cabeza.

Las dos personas se acercaron adonde yo me escondía junto al escritorio. Todos los músculos de mi cuerpo se tensaron. Mi pulso latía a un ritmo frenético, y estaba preparado para luchar o huir. Querían capturarme. ¿Para qué?

—Oye, ¿recuerdas a su última aprendiz?

—Por desgracia. ¿Cómo olvidarla?

—Esperemos que este no oponga mucha resistencia.

Bueno. Eso me confirmó que no quería que me atraparan esos cabrones, fueran quienes fueran. Desde mi escondite pude ver sus piernas, cubiertas con tela negra muy bien planchada, con solo algunos pliegues rígidos, pero por suerte, sus miradas estaban puestas sobre el hechizo en la puerta de Antonia y no en el escritorio tumbado. Lo cual fue genial, porque vi quiénes eran. Reconocí de inmediato a Evanna Lynne Beech, hechicera de nivel cuatro. El otro era un tipo alto que parecía un imbécil con su traje, corbata estrecha y gafas de sol reflectantes.

—No lo hará —aseguró Evanna Lynne. Sonrió con satisfacción.

—¿Lo has conocido, verdad? ¿Cómo era?

—¿Por qué lo preguntas?

El hombre se encogió de hombros.

—Digamos que me interesa saber quién ha inspirado la rebelión de Antonia Hex.

Evanna Lynne resopló.

—No es que necesitara una razón en particular para sublevarse. Pero es solo un chico. Un bocazas. Sonreía mucho. Astuto.

Sonó un teléfono. Me estremecí ante el ruido repentino, pero por suerte no me choqué contra nada.

Evanna Lynne sacó el móvil del bolsillo.

—Es el equipo dos. Tengo que atender. Ya deberían estar en posición.

¿Equipo dos? ¿Antonia se escapó? ¿Por qué necesitaban un equipo dos?

A menos que...

No.

No serían capaces.

¿O sí?

Sun. Tenía que advertirle.

Evanna Lynne se dio la vuelta para atender la llamada, y yo no pude esperar más.

Tenía que llegar a Sun. Gateé en silencio hacia la salida, haciendo todo lo posible para que no me vieran. Se me clavaron unos trozos de vidrio en las palmas. Ya cerca de la puerta, me enganché el pie en el teclado del ordenador y me resbalé. Aterricé sobre el pecho con un *uff*.

—¿Y ese ruido?

El tipo larguirucho se giró, y no pude esconderme más. Me puse de pie de un salto. Nos quedamos mirando durante un momento, como si estuviéramos en una película de comedia policial, antes de salir corriendo.

—¡Eh! —gritó—. ¡Alto ahí! ¡Detente!

—¡Ni hablar! —respondí a los gritos. Por suerte, la puerta que intentó bloquear con su cuerpo no era mi única vía de escape, ya que las ventanas rotas cumplían la misma función. Corrí hacia la más cercana y salté hacia la acera.

Oh. Había más personas afuera. Cinco agentes más del Consorcio estaban deambulando por la zona y llevaban trajes, corbatas y gafas de sol como si fueran detectives del videojuego en el que estaba antes, con grandes vasos de café en las manos. ¿Dónde estaban cuando había llegado a la oficina hacía un rato?

—¡Allí está!

—¡Atrapadlo!

—¡Nop! —dije, esquivando a alguien que había extendido la mano. Sus dedos se engancharon en el dobladillo de mi camiseta, pero eso fue lo más cerca que pudo estar porque eché a correr. No me iban a atrapar. Me sentía como en el cuento del maldito hombre de jengibre.

Salí corriendo del aparcamiento, subí por la acera y regresé a la parada de autobús.

Escuchaba pasos fuertes y gritos detrás de mí. Me lanzaron unos cuantos hechizos conjurados en voz baja. Las ramas de un árbol cercano arremetieron contra mí cuando pasé a su lado, y un pozo de arenas movedizas se abrió frente a mí. Pero lo esquivé y seguí avanzando como un rayo en una serie de movimientos que enorgullecerían a mi profesor de educación física de segundo año... hasta que el asfalto rodó y se dobló bajo mis pies, de modo que salí catapultado hacia adelante sobre el pavimento. Me caí. El dolor me trepó por el tobillo, las rodillas y los codos, pero me obligué a ponerme de pie con dificultad. Mi cuerpo protestó mientras cruzaba la calle corriendo e ignoraba los cláxones de los conductores furiosos.

Más gritos. Más pasos. Más peatones para esquivar en la acera. Tenía que buscar ayuda.

Yo corría. El resto me perseguía.

A pesar de la adrenalina que me recorría el cuerpo, registré el silbido y el ruido de unos frenos neumáticos. Giré la cabeza y vi que un autobús urbano reducía la velocidad y se detenía más adelante en la calle. Perfecto.

Bajé a la calle de un salto. Más cláxones. Más frenos chirriando. No miré atrás. No podía hacerlo. Rodeé la parte delantera del autobús con las manos en alto y le grité a la persona que conducía que se detuviera. Me subí al vehículo, chorreando sangre mientras corría por el pasillo y salía por la puerta trasera hacia el callejón cercano.

Seguí corriendo hasta la siguiente calle y luego me metí en una farmacia en la esquina. Mi pecho subía y bajaba a una velocidad alarmante. Mis palmas estaban sudorosas, veteadas de rojo. Me dolía el tobillo. Estaba muy fuera de forma.

Esperé como máximo un minuto, escondido en el pasillo junto a la ventana. Ninguna persona de traje pasó corriendo, y suspiré aliviado.

Me las había arreglado para que me perdieran el rastro. Tal vez creían que todavía estaba en el autobús. Esa jugada había sido una genialidad.

Sin embargo, eso no significaba que estuviera a salvo. Estaba en una parte de la ciudad que no conocía y necesitaba ayuda. Saqué el teléfono de mi bolsillo y revisé los mensajes. No tenía ninguno. Ninguno de Antonia. Nada de Sun.

Se me formó un nudo en el estómago.

Llamé a Sun. Sonó y sonó, pero fue directo al buzón de voz. Frustrado, lo intenté de nuevo. Sonó y sonó, y esa vez le dejé un mensaje.

—Hola, imbécil. Sé que me estás ignorando por alguna razón, pero atiende el teléfono. *Por favor*. Ha sucedido algo.

Colgué y volví a llamarle. Y luego otra vez.

¡Mierda!

No me atendía. Caminé hasta un banco cercano y me desplomé sobre él antes de quitarme la mochila y ponerla delante de mí. Con una mano seguí llamando. Una y otra vez mientras rebuscaba hasta encontrar el trozo de papel con la dirección de Fable.

Tenía que ir allí.

—¿Qué quieres? —dijo Sun con un hilo de voz desde el otro lado de línea.

Me sobresalté. Y miré la pantalla del móvil.

—¿Hola? —continuó—. Si esto es una broma, colgaré.

—¡No cuelgues! —grité, llevándome el teléfono a la oreja.

Sun percibió mi pánico.

—Bueno. —Tragó saliva—. ¿Estás bien?

—No. Joder, no. Escucha, ha sucedido algo. Realmente no sé qué ha pasado, pero Antonia...

—¿Quién te estaba llamando una y otra vez? —La voz de Fable sonaba distante—. ¿Está todo bien? No es tu familia, ¿verdad?

—Todo está bien —respondió Sun, pero me di cuenta de que no era verdad. Como cuando me dijo que estaba bien en el ascensor hacía una eternidad. O en la casa embrujada, después de haber sido maldecide.

—¿Sun?

—No pasa nada. Mira, no puedo hablar ahora.

—¡No! ¡Espera! Sun, escúchame. No sé qué está pasando, pero Antonia ha desaparecido, y me persiguen varias personas que parecen sacadas de una película de ciencia ficción malísima. Escucha, tienes que...

De fondo, escuché que alguien llamaba a la puerta de la cabaña.

—¿Puedes atender la puerta, Sun? —preguntó Fable—. Estoy muy ocupade con el análisis de este augurio.

Se me paró el corazón.

—¡Sun! No. No abras la puerta. ¡Escúchame!

Estaba distraíde.

—Tengo que irme. Te... te llamaré más tarde.

—¡No! ¡Sun! ¡No cuelgues!

La llamada se cortó.

13

SUN

—Tengo que irme. Te… te llamaré más tarde.

Terminé la llamada y miré con culpa la pantalla de mi teléfono, donde se leía el último mensaje que Rook me había enviado.

¿Por qué me ignoras? ¿He hecho algo mal?

Me dolía, como si me hubieran dado un codazo en el estómago, algo con lo que ya tenía experiencia porque a mis hermanas les gustaba armar jaleo. Pero no era divertido. Me sentía fatal, con náuseas. Era peor que los pocos días que pasé enferme después de que se rompiera la maldición. Le había hecho daño, y me odiaba por ello.

Había pensado que podría dejar atrás mi frustración con Fable, pero volver a escuchar la voz de Rook había reavivado todos los sentimientos que había tratado de reprimir. Y por primera vez desde que me convertí en aprendiz, lo cuestioné todo. Todo lo que Fable me había pedido que hiciera. Todo lo que Antonia había dicho. Todo lo que alguna vez leí en las normas y reglamentos del Consorcio.

No es que estuviera a punto de tirar por la borda todo lo que me había costado conseguir por un chico que me gustaba y quería ser mi amigo. Pero sí me hizo reconsiderar mi relación con la magia y con Fable. Los temblores que me asaltaban cuando pensaba en Rook se debían a mis hormonas adolescentes en acción, pero más allá de la magia del primer amor, realmente me hizo contemplar lo que podría llegar a suceder en el futuro. ¿Y si mi versión futura no estuviera de acuerdo con una regla o una elección de Fable o el Consorcio? ¿Entonces qué? ¿Podría manejar la culpa que conllevaba tomar una decisión que lastimaba a otras personas? ¿Acaso era eso contra lo que Antonia había estado luchando desde hacía mucho tiempo?

—¿Sun? —dijo Fable, mientras los impacientes golpes sonaban por segunda vez—. La puerta.

Mi teléfono se iluminó cuando Rook volvió a llamarme. Fruncí el ceño, con un nudo de preocupación en la garganta. Había hablado con él mientras estaba medio escondide en una pequeña despensa donde Fable guardaba sus suministros mágicos adicionales y productos secos. Había una escalera que conducía al desván y una ventana que siempre estaba entreabierta, con una mosquitera que mantenía alejados a los insectos. Era el único lugar donde podía tener algo de privacidad, así que estaba bastante segure de que Fable no me había oído. No obstante, no podía arriesgarme a hablar con él, no en la cabaña. Le devolvería la llamada una vez finalizada la jornada. Solo para… preguntarle cómo estaba. Siempre y cuando quisiera hablar conmigo.

—¡Sun! —exclamó Fable, exasperade.

—Ya voy.

En cuanto las palabras salieron de mi boca, la puerta se sacudió con tanta fuerza mágica que cayó polvo de las vigas.

Fable inclinó la cabeza hacia un lado. Levantó la mano y me impidió salir de la habitación trasera. Tomó una toalla, se secó los brazos e hizo un gesto para que me alejara.

—¿Quién es? —gritó Fable.

—Abra la puerta, Fable, y no tendremos ningún problema.

—No ha respondido a mi pregunta.

Se escuchó otro golpe fuerte, y una grieta se extendió por la madera. Las bisagras se soltaron del marco.

—Se trata de un asunto importante del Consorcio, así que abra la puerta o la derribaremos, sin importar el hechizo de protección que tenga.

—Un momento —respondió Fable en voz alta.

Se dio la vuelta y me hizo un gesto para que guardara silencio. Asentí. Con el pulso al galope, agarré mi móvil con las manos húmedas y me di cuenta de que tal vez la llamada de Rook había sido más urgente que la posibilidad de meterme en problemas con mi mentore. Debería haberlo escuchado. Recordé cuando me dijo que lo estaban persiguiendo varies hechiceres, lo cual contribuyó a mi creciente inquietud. Algo andaba mal.

Fable se alisó la camisa y los pantalones, se arregló el pelo y levantó el mentón como si se estuviera preparando para lo peor. Cruzó la habitación y abrió apenas la puerta.

—¿En qué puedo ayudarle? —dijo Fable mientras me retiraba a la despensa, con la espalda apoyada contra la madera rústica mientras temblaba de miedo. El móvil vibró en mis manos, y lo metí en el bolsillo. Pasara lo que pasara, necesitaba mantener al Consorcio alejado de Rook, y si sabían que estábamos en contacto… aprovecharían esa información. Me usarían.

No pude ver con quién estaba hablando Fable, pero su voz era alta y clara.

—Fable Page, usted y su aprendiz, Sun, quedan detenides para ser interrogades en relación con Antonia Hex y su aprendiz, Rook.

Fable chasqueó la lengua.

—¿Está justificada la amenaza de arresto a la fuerza? Como bien sabe el Consorcio, nunca he desafiado ninguna de sus leyes.

—Antonia Hex es su amiga, ¿verdad?

—No somos amigues.

—Pero de vez en cuando trabajan codo a codo.

—A veces.

—¿Y usted sabía que ella había nombrado a un aprendiz?

Fable suspiró. Apreté mi teléfono con fuerza en el bolsillo.

—Sabía que existía, pero...

—Basta de perder el tiempo, Page —interrumpió una voz ronca—. Puede que no haya infringido ninguna ley, pero su aprendiz seguramente sí cuando le enseñó magia al *aprendiz* de Hex. —Pronunció la palabra con una mueca de desprecio, como si Rook no fuera digno del título.

Me estremecí. Fable contuvo el aliento.

—Mi aprendiz es joven y cometió un error. Y...

—Está en muchos problemas. Ahora, o nos entrega a le chique y nos acompaña sin oponer resistencia, o nuestra amenaza se hará realidad. Ah, y tenga en cuenta que Hex decidió dar pelea. Perdió. Incluso teniendo el doble de magia...

No le permití terminar la oración. Corrí hacia adelante, extraje la magia de la línea ley, murmuré un hechizo y empujé todo el poder hacia afuera con un viento feroz. El hechizo le cerró la puerta en la cara, pero no antes de que me viera por encima del hombro de Fable.

—¡Su aprendiz también está aquí! —gritó.

Fable cerró con llave y lanzó un hechizo de protección adicional, pero no logró terminarlo a tiempo.

La puerta se dobló hacia adentro. Se empezó a romper y a desmoronar antes de estallar en una lluvia de astillas. Pequeños fragmentos me pincharon la piel, y la explosión me dejó un pitido en los oídos y un mareo en la cabeza. Pero aun así, estaba lo suficientemente consciente como para ver cómo varies hechiceres con sus trajes del Consorcio entraban en la cabaña como hormigas.

—Sun, corre —dijo Fable, brillando por la magia que estaba canalizando.

—Pero...

—¡Corre!

Me volví hacia la puerta trasera justo a tiempo para verla caer hacia adentro, como si la hubieran golpeado con un ariete. Bueno, la puerta principal y la puerta trasera estaban descartadas. No había muchos lugares a donde escapar, sobre todo porque tenía el mal presentimiento de que estábamos rodeades.

¡Mierda! Con el corazón en la garganta, esquivé a una persona de traje y la alejé con un hechizo antes de correr hacia la despensa. Cerré la puerta con el talón y conjuré una barrera protectora improvisada mientras escuchaba unos golpes secos del otro lado. No tenía salida. Ninguna. Solo estaba retrasando lo inevitable, pero si podía ganar tiempo, tal vez Fable pudiera derrotarles.

Hasta el momento, la única salida era arriba. Gracias a mis hermanas, había visto muchas películas de terror, así que sabía que ir a una segunda planta en vez de salir de la casa no era la decisión más inteligente, pero había hechiceres mucho más fuertes que yo en toda la planta baja. Me aferré al primer peldaño de la escalera e ignoré la presión que sentía en el pecho al pensar en la pequeña ventana cuadrada que tendría que atravesar en la parte superior, y subí. Se me resbalaban las manos en los peldaños y las piernas me temblaban, pero seguí trepando, confiando en la adrenalina.

El corazón me latía con fuerza en los oídos mientras subía a la cima, pero el sonido no ahogó la lucha que se estaba librando abajo. De lejos se escuchaba el estropicio de muebles volcados y platos rotos, además del ruido metálico de un caldero al caer al suelo. No había catalogado a Fable como alguien que daría pelea. Pero a juzgar por el ruido y la cantidad de magia que había en el aire, sí que estaba luchando. Estaba luchando con tenacidad.

La puerta de la despensa finalmente se rompió, y un hechicero entró. Con las manos temblorosas, me las arreglé para llegar al desván. La magia me inundó el cuerpo cuando volví a conectar con la línea ley para lanzar un hechizo que rompiera la escalera detrás de mí y me dejara sin una forma de bajar, pero al hechicero sin una forma de subir.

Desde abajo, me llegó el sonido de una carcajada.

—¿Crees que eso me detendrá?

Una sacudida de pánico se apoderó de mí, y me brotaron lágrimas de los ojos mientras corría a lo largo de las vigas expuestas del desván sin terminar. Si daba un paso en falso, atravesaría el techo y regresaría al tumulto de abajo.

Mientras hacía equilibrio sobre la madera, corrí hacia la única ventana que había y eché un vistazo al exterior. Daba al tejado del porche delantero. Si pudiera cruzar al otro lado, podría dejarme caer sobre el tejado y luego saltar a los arbustos para escapar hacia el bosque encantado.

—Venga, no te compliques la vida. No tienes ninguna posibilidad contra mí, pequeñe aprendiz.

Se me revolvió el estómago. Su voz era horrible y condescendiente, y me hizo encogerme sobre mí misme. Me agarré al alféizar de la ventana y clavé las uñas en la madera, tratando de abrirla, pero estaba sellada con pintura.

No. No. Golpeé la palma contra el cristal, lo cual solo me provocó una punzada de dolor en el brazo.

La desesperación se adueñó de mí, seguida rápidamente por el terror. Sabía lo que el Consorcio le hacía a la gente que desobedecía las reglas. En el mejor de los casos, nos confiscarían los libros de hechizos. En el peor de los casos... bueno, nos lanzarían un hechizo de retención y nos prohibirían usar la magia para siempre. Lo habían hecho antes. La última vez se lo habían hecho a la anterior aprendiz de Antonia, según Fable.

En medio de un ataque de pánico, me aferré a la línea ley con torpeza. La magia se deslizó a través de mí, alejándose mientras mi respiración se hacía cada vez más rápida.

La viga crujió a mis espaldas. Me di la vuelta y vi a un hechicero con traje y corbata acercándose a mí. Su figura corpulenta hacía que los tablones debajo de sus zapatos lustrados se curvaran.

—Sun, ven aquí —dijo en voz baja y calmada, aunque con un tono falso—. Si te entregas, me aseguraré de que nadie te haga daño.

El miedo me recorría la espalda, junto con las gotas de sudor. Estaba atrapade. No podía escapar. No desde allí arriba. Me volví para enfrentarlo, con los puños cerrados. Mi pecho subía y bajaba a toda velocidad.

El hombre sonrió con superioridad.

—¿Vas a pelear conmigo? No eres rival para mí, ni en tamaño ni en poder.

No se equivocaba. Era alto, muy alto, y la insignia del Consorcio que llevaba en su pecho ancho lo identificaba como un hechicero de nivel tres. Dio otro paso y se *tambaleó*.

No. No, no iba a pelear con él. Iba a hacer algo mejor. Me agarré al alféizar de la ventana detrás de mí y me acobardé mientras se acercaba, esforzándome por parecer derrotade y dócil, lo cual no era muy difícil. Me concentré en mi respiración para calmarme. Mis músculos se tensaron.

—Muy bien, Sun. No hay necesidad de tener miedo. —Sonrió, aunque estaba lejos de ser un gesto amigable.

—No tengo miedo —solté, aunque salió como un susurro. Tragué saliva y busqué la línea ley. Esa vez me recibió como siempre lo hacía, y la calidez de la magia me inundó desde la cabeza hasta las plantas de los pies.

Dio otro paso, esa vez sobre una viga transversal, y la madera se arqueó bajo sus pies. Estaba suspendido de una manera tan precaria que lo único que necesitaba era un empujón.

O una ráfaga de viento.

Murmuré el hechizo y canalicé toda la magia que pude reunir.

El viento surgió de mí en un tornado dirigido a su pecho y levantó una nube de polvo y escombros. Abrió los ojos de par en par por la sorpresa, y yo saboreé la victoria.

No obstante, el hechicero se rio mientras lanzaba un contrahechizo, y el viento se dispersó. No se movió. Ni siquiera se inmutó ante el remolino de motas de polvo.

—¿Qué? —dije con voz débil. Dejé caer la mano. La magia me abandonó mientras sentía cómo se me encogía el corazón. Su sonrisita volvió.

—Buen intento, pequeñe aprendiz. —Avanzó arrastrando los pies, y la madera se dobló debajo de él, justo cuando estaba a un brazo de distancia—. Pero tendrás que... —Se sorbió los mocos y se pasó la manga por debajo de la nariz—. Tendrás que... —Respiró hondo, se tapó la cara con la mano y estornudó con fuerza. El estornudo lo desequilibró y le hizo dar un paso atrás fuera de la viga antes de caerse... en el techo.

Estornudó de nuevo. El techo se resquebrajó bajo su peso, y sus ojos se abrieron como platos.

—Ay, no.

El panel de yeso cedió, y el hombre cayó, pero no antes de agarrarme la parte delantera de la sudadera y tirarme hacia abajo con él.

Un grito de sorpresa se me quedó atascado en la garganta cuando mi cuerpo se estrelló contra el techo antes de abrirse paso hacia la planta baja.

De alguna manera aterricé de espaldas en lo que quedaba de la mesa de la cocina. El golpe fue tan fuerte que me quitó hasta el último gramo de aire que tenía en los pulmones. El hechicero aterrizó en el suelo, sobre los restos de una silla rota. No podía respirar, pero al menos estaba abajo otra vez.

En la habitación reinaba un silencio inquietante. Me quedé allí, aturdide, mirando el agujero por el que habíamos caído mientras los pedazos rotos del techo, el aislante expuesto y la madera caían como una llovizna. Antes de que tuviera la oportunidad de recuperarme, alguien me levantó de un tirón y me arrojó contra la pared.

El dolor me explotó detrás de los ojos como fuegos artificiales, y la cabeza me dio vueltas.

La persona que me atrapó me inmovilizó por los hombros.

—¡Aquí está!

—¡Sun! —gritó Fable.

Hice una mueca y parpadeé para enfocar la visión. Una vez que se aclaró, inspeccioné la habitación. Fable estaba rodeade. No estaba atade, pero estaba claro que le habían derrotado. Un hilo de sangre le manaba de un corte encima de la ceja, y tenía moretones y la ropa hecha jirones. La cabaña había quedado destruida. Todas nuestras posesiones estaban rotas o en el suelo. Incluso habían abierto mi mochila y habían vaciado el contenido sobre una pila en la encimera.

—¿Fable? —pregunté con la voz aflautada y débil.

—Dijisteis que no le haríais daño.

El hechicero que había caído conmigo soltó un quejido desde el suelo, lo que me dio un poco de satisfacción.

—Dijimos que no le haríamos daño si no escapaba ni oponía resistencia. Al parecer, hizo ambas cosas.

Fable entrecerró los ojos.

—Sun —dijo elle—. ¿Estás bien?

—Sí. No. Es que… —Todo *dolía*. Y estaba asustade. Asustade como cuando tuve que empuñar esa espada y liberar a Rook

233

de las cortinas. Pero no iba a mostrar mi miedo a les hechiceres del Consorcio—. Estoy bien.

Fable me clavó la mirada.

—¿Recuerdas lo que te pregunté cuando empezaste a trabajar conmigo?

No podía recordar nada, no con el dolor de cabeza y la adrenalina nublando mis pensamientos.

—Fable —advirtió alguien—. Cállate.

Fable ignoró la orden. Me miró fijamente, con las cejas arqueadas, y por más que lo intentara, no podía recordar de qué estaba hablando, pero asentí porque era lo único que podía hacer. Me devolvió el gesto, y luego murmuró un hechizo.

Hubo un destello, y mis piernas cedieron. Caí al suelo y aterricé en cuatro patas, envuelte en capas de tela.

Negué con la cabeza para despejarme mientras me desenredaba de la sudadera que me cubría la cabeza. De alguna manera, me había caído o me había encogido, no estaba del todo segure.

—¡Corre!

Me di cuenta de que mi captor ya no me retenía. Estaba libre, pero a la altura del suelo, mirándole los zapatos. Daba igual. Podía escapar, y eso era lo más importante, así que corrí deprisa por el suelo de madera. Se armó un revuelo a mi alrededor, pero era rápide, muy rápide, y pequeñe y... ¿Qué había hecho Fable?

Bueno. No podía detenerme a pensar. Tenía que escapar. A pesar de mis dudas, regresé corriendo a la despensa. Por suerte, la mosquitera de la ventana entreabierta no había sobrevivido al tumulto, y sin analizar, pensar demasiado o preocuparme, salté al alféizar y atravesé el marco roto con mi pequeño cuerpo.

Me dejé caer en nuestro patético jardín, hundí las cuatro patas en la tierra húmeda y luego eché a correr.

14

ROOK

Esperaba no haber llegado demasiado tarde.

A petición mía, el taxi me había dejado a una manzana de distancia, por lo que tuve que correr por la acera y luego por un largo camino de entrada. Pero en cuanto me acerqué, vi coches amontonados frente a la cabaña de Fable y a un grupo de agentes entrajados dando vueltas por la zona.

Ay, no. Había llegado demasiado tarde.

Me llevé una mano al pecho y sentí cómo el corazón me latía desbocado. ¿Qué iba a hacer ahora? Tenían a Antonia. Probablemente tenían a Fable y a Sun también. No tenía forma de salvarles; apenas podía lanzar un solo hechizo. Quizá el Consorcio tenía razón, y yo no pertenecía. Incluso si lo hiciera, la situación me sobrepasaba, y no conocía a nadie más que pudiera ayudarme. ¿Debería entregarme? ¿Eso mejoraría algo?

Me escabullí entre los árboles que rodeaban la propiedad de Fable, moviéndome con lentitud de un tronco a otro con la esperanza de acercarme lo suficiente para escuchar o ver algo útil. En la parte trasera de la casa de Fable, había un pequeño arroyo que desaparecía en un bosque. Ese debía de ser el bosque encantado que me había mencionado Sun. Si pudiera sentir la magia, seguro que estaría vibrando con su presencia.

No sabía lo que estaba haciendo. No había nada que pudiera hacer para ayudar en ese momento. Con suerte, Sun habría dejado de ser une idiota y habría hecho caso a mi advertencia.

Me llamó la atención una conmoción en la parte trasera de la propiedad. Me deslicé entre los árboles lo más rápido que pude y vi cómo un pequeño gato gris saltaba por la ventana trasera y corría a toda velocidad hacia la línea de árboles.

Les hechiceres salieron por la puerta trasera, empujándose, gritando y tropezándose entre sí para perseguir al animal.

—¿Ese es le aprendiz? —gritó uno de elles.

—¡Sí! —respondió otra persona—. ¡No dejéis que se escape!

Dejé escapar un grito ahogado. ¿El gato era Sun? De ninguna manera. Era imposible.

A menos que...

Habían sucedido cosas más extrañas.

Salté de detrás de los árboles y silbé con todas mis fuerzas.

El gato no dejó de correr, pero sí giró de golpe en mi dirección y se acercó a toda velocidad. Se deslizó hasta detenerse en el césped a mis pies antes de trepar por la pernera de mis vaqueros. Sus pequeñas garras se enganchaban en la tela y en mi piel. Mierda. ¿Era *realmente* Sun?

—¡Eh! ¡Allí está el otro aprendiz!

Sujeté al gato por la nuca, lo acomodé entre mis brazos, me volví hacia el bosque y eché a correr hacia los árboles.

No tenía ningún camino a seguir. No tenía ningún plan. A juzgar por la arriesgada huida de Sun, también habían capturado a Fable, lo que significaba que no teníamos mentores. Lo único que tenía eran mis instintos de supervivencia limitados, un dispositivo electrónico ilegal y un gato. Un gato que al parecer era mi rival que luego se convirtió en mi amigue, luego en nada y luego en une feline.

Las ramas de los árboles me arañaban la piel mientras corría. Los gritos de les hechiceres me perseguían, así que seguí adelante. Me adentré más y más en el bosque hasta que ya no pude escuchar el caos detrás de mí, y lo único que se oía era mi propia respiración agitada y los cantos de los pájaros alterados en lo alto.

Encontré un refugio hecho de ramas y hojas junto a un árbol y me metí en él. Me senté contra el tronco y me llevé las rodillas al pecho mientras aguzaba el oído para escuchar cualquier sonido de nuestres posibles captores, además de mi respiración entrecortada.

Después de unos tortuosos minutos, no escuché nada, y por fin relajé los brazos que tenía cruzados.

El gato me miró de manera amenazante con sus ojos color café oscuro, su cuerpo presionado contra mí en la jaula de mis brazos, sus bigotes moviéndose en lo que interpreté como fastidio.

—¿Sun?

Me respondió con un maullido.

—¿De verdad eres tú?

Otro maullido. Ehh.

—Maullar en respuesta a mis preguntas podría ser una coincidencia. ¿Cómo sé que realmente eres tú y no un pobre gato que se encontraba en el lugar equivocado en el momento equivocado?

El gato me clavó sus pequeñas garras en el pecho.

—¡Ay! Hostia. Sí, eres tú.

Abrí los brazos, y Sun saltó y aterrizó con delicadeza a mi lado, moviendo la cola. Era muy adorable, tanto como gate como humane, y realmente me confundía que mi examigue tuviera un pelaje esponjoso, una cola y orejitas grises que se movían.

—¿Qué coño te ha pasado? —pregunté, sin quitarle la mirada de encima.

Sun levantó una sola pata como si dijera «Así es la vida», que es una frase que sabía con certeza que Sun detestaba.

Miré alrededor del árbol, pero no vi a nadie ni a nada cerca. Esperaba no haber invadido la guarida de algún animal pequeño al esconderme en este rincón, pero quién sabía. Estaba en un bosque encantado. Mi amigue era une gate. Les hechiceres nos perseguían. Cualquier cosa podría suceder a esas alturas.

—Bueeeno... —dije, estirando la vocal—. Tenemos algunos problemas. En primer lugar, eres une gate.

Sun parpadeó, malhumorade.

—En segundo lugar, el Consorcio ha capturado a Antonia, y supongo que a Fable también.

Sun asintió a modo de confirmación.

—Bien. En tercer lugar, es oficial: estamos huyendo. A menos que queramos entregarnos.

Sun siseó.

—Eso mismo pensaba.

Saqué el móvil del bolsillo trasero para comprobar la hora y ver si podía encontrar una manera de salir del bosque. La batería estaba baja, y no tenía señal, probablemente debido a la cantidad de magia que había en el bosque. Incluso sin la señal, no esperaba tener un mensaje de Antonia, pero aun así, fue muy duro para mi optimismo que no hubiera ninguna notificación. Solo las últimas llamadas desesperadas a Sun de ese día y el mensaje comprometedor de esa mañana. Sun se movió con nerviosismo, giró la cabeza y... claro. Sun me había hecho *ghosting*. Durante una semana. Y me había dolido. Y no lo había superado, pero teníamos que ocuparnos de problemas más graves que nuestra casi amistad, o tal vez algo más.

—Necesitamos un plan.

Sun asintió.

—¿Tienes tu teléfono?

Sun parpadeó de nuevo. Su cola se agitó.

—Claro, qué pregunta tonta. Eres literalmente une gate y no tienes bolsillos. —Me toqué los labios, pensativo—. No se me ocurre ninguna idea. ¿A ti?

Sun se acercó a mi mochila y puso una pata sobre la tela. La deslicé de mis hombros y la abrí. Sun miró dentro y siseó. La Encantopedia/Buscaley estaba en la parte superior, y sí, entendí a qué se refería. Ese dispositivo había sido en parte lo que nos había puesto en esa situación.

—¿Qué?

Sun maulló.

—No sé qué quieres.

Volvió a maullar.

—En serio. ¿Quieres que lo destruya? ¿Que lo encienda? ¿Que busque un hechizo que te vuelva a transformar en humane?

Oh. No era mala idea. ¿Acaso había algún hechizo que pudiera hacer que Sun volviera a su cuerpo original? Tal vez, puesto que había ingresado todo el contenido del libro de hechizos de Antonia. Pero incluso si encontrara uno, no podría lanzarlo, ni siquiera allí, donde la magia goteaba del follaje como el rocío. A menos que encontrara a alguien más que pudiera echarnos una mano. Sun tenía una hermana que podría hacerlo. Si no, quizá Sun tenía conexiones con otros hechiceres.

—Oye, eh, ¿eres une gatite con magia?

Sun se quedó mirándome con una expresión para nada impresionada por el término «gatite» y luego inclinó la cabeza hacia un lado, moviendo los bigotes. Poco después, estornudó. Fue el estornudo más pequeño y tierno que jamás había escuchado, pero lo interpreté como un no, que Sun no tenía acceso a su magia en ese momento.

No importaba. Todavía estábamos en la etapa de recopilar información. Encendí la Encantopedia para encontrar un hechizo que pudiera hacer que Sun volviera a ser humane. La pantalla se iluminó y empezó a parpadear por la magia que nos rodeaba. No había una sola línea, sino toda una convergencia de poder. Oh. Por eso ese lugar estaba encantado. Estaba ubicado sobre una enorme cantidad de magia. Busqué la aplicación de hechizos, me agaché en el suelo y la abrí. Sun se sentó junto a mi hombro, con la cola enrollada alrededor de sus adorables patitas, y observó los diferentes hechizos.

Me desplacé por la aplicación, leyendo en voz alta los nombres en caso de que Sun no pudiera leerlos en su cuerpo gatuno. No eran muchos, ya que el libro de hechizos de donde los había sacado era pequeño, pero tal vez, solo tal vez...

—Hechizo para cultivar plantas más grandes. —Negué con la cabeza—. Hechizo para convertir cualquier líquido en agua. Útil, pero no es lo que necesitamos en este momento. —Deslicé el pulgar por la pantalla—. Hechizo para permitir que los animales hablen o canten. Bueno, el tipo de los ratones cantores debería haber usado este en lugar del hechizo ilegal. —¡Oh!—. Ahora que lo pienso, tal vez deberíamos buscar un hechizo ilegal.

Sun siseó.

—¿Qué? Si termino drenando mi propia fuerza vital, podrías solucionarlo cuando vuelvas a ser humane.

Volvió a sisear.

—Vale. Lo pondremos en la columna de «tal vez». —Puse los ojos en blanco—. Pero podríamos otorgarte el don del habla con este, ¿no crees? Así podrías hablar en vez de bufarme y rasguñarme.

Sun no respondió. Lo interpreté como «podría ser una buena idea si no encontramos una mejor opción».

—Hechizo para cambiar el color de una tela. Hechizo para reorganizar los muebles en un orden más atractivo. Hechizo para cambiar la arena para gatos —dije con una risita.

Sun me clavó una garra con fuerza, que luego quedó enganchada en mi calcetín. Eso dio pie a un momento incómodo en el que Sun empezó a tirar hacia atrás tratando de desengancharse, y yo traté de mover su pata con cuidado sin que me rasguñara. Una vez liberade, Sun se alejó unos metros y se lamió la pata, mirándome de mal humor.

—Bueno, te lo mereces. Me has rasgado el calcetín.

Así pasamos la siguiente hora, repasando la lista mientras yo leía los nombres de los hechizos y Sun me ignoraba. Al final, estaba dolorido y exhausto, y no parecía tener mejor humor que cuando empezamos.

Mientras bostezaba, me acurruqué más sobre el lecho de hojas.

—Siendo objetivo, ¿por qué todos estos hechizos son horribles? ¿Quién necesita un piano que se toque solo a menos que organices una cena especial?

Sun dejó escapar un pequeño bostezo gatuno y se sentó sobre sus cuartos traseros.

—No sé qué hacer, Sun —admití sin ningún dejo de humor en mi voz, por lo que la declaración parecía más sincera de lo que me hubiera gustado—. No sé en qué parte del bosque estamos. No sé a dónde ir. —Me pasé las manos por la cara—. Solo quería ser parte de algo mágico. ¿Qué tiene eso de malo?

Sun suspiró.

—Sí, al parecer todo. —Sin el subidón de adrenalina, estaba agotadísimo. Tampoco me imaginaba saliendo del bosque en la oscuridad y, para ser sincero, si nos encontráramos con más agentes del Consorcio, no tendría fuerzas para escapar—. Será mejor que… pasemos la noche aquí. Y mañana por la mañana encontraremos la salida, y supongo que… iremos a buscar a tu familia.

Sun se enderezó de golpe y maulló, consternade, y luego negó con la cabeza.

—Oh. ¿No quieres que se involucren?

Sun caminó de un lado a otro y soltó un gruñido bajo y amenazador.

—Porque podríamos traerles problemas no deseados. Claro. Vale. Lo entiendo. Entonces, no contactaremos a tu familia. Tampoco podemos volver a la cabaña. Y tampoco podemos ir a la oficina de Antonia. Está bien, tendremos que resolverlo por la mañana. No sé tú, pero yo estoy cansado y me duele el cuerpo, y tengo muchas ganas de descansar un rato.

Sun estuvo de acuerdo conmigo, a juzgar por la forma en la que se hizo un ovillo. Metió el hocico debajo de la cola, y era tan adorable que pensé que me mataría. Siempre y cuando el Consorcio no lo hiciera primero.

Con cuidado de no molestar a Sun, saqué una sudadera extra de mi mochila y luego convertí mi mochila en una almohada. Me envolví con la prenda como si fuera una manta improvisada y me aseguré de que una de las mangas estuviera sobre Sun.

Satisfecho, cerré los ojos. Aunque estaba exhausto, tardé mucho tiempo en dormirme.

15

SUN

Pues… era une gate. La situación distaba mucho de ser ideal.

Cuando Fable me contrató, me preguntó qué elegiría: un gato, un pájaro o un perro.

Pensé que era una especie de prueba de personalidad, para ver si trabajaríamos bien juntos, como uno de esos memes de psicología popular que clasificaban a las personas entre amantes de los perros y amantes de los gatos. No tenía ni idea de que en realidad me estaba preguntando qué transformación mágica de emergencia preferiría si alguna vez me encontraba en problemas, el tipo de problema del que no había escapatoria, a menos que fueras uno de esos animales. Y aunque me alegro de ser un gato en vez de un pájaro o un perro, porque los gatos son increíbles y no babean ni tienen plumas, prefiero ser une humane. En mi forma humana, tendría pulgares oponibles, la capacidad de comunicarme con más que maullidos y bufidos y podría acceder a las líneas ley y tal vez sacarnos a Rook y a mí de ese desastre. Aunque todavía podía sentir la magia zumbando dentro de mí, no podía extraer el poder de las líneas ni lanzar hechizos. Era horrible sentirlas y no poder tocarlas, pero al menos estaban ahí. La idea de quedar completamente aislade de la magia me hizo estremecer.

La vida gatuna era extraña. Me dormí sobre un lecho de hojas y me desperté acurrucade bajo el mentón de Rook, bien cálide y cómode, con los músculos relajados. Como si algún instinto animal me hubiera hecho buscar el calor corporal y el tacto durante la noche, lo cual no era nada propio de mí. Aún más extraño, cuando me desperté y me estiré, no me importó estar tan cerca de Rook. No me importó en absoluto.

Tenía que volver a mi cuerpo humano.

Se veían los primeros rayos de sol, pues acababa de amanecer. Rook todavía estaba dormido, hecho un ovillo debajo de una sudadera, e hice lo mejor que pude para escabullirme sin que se diera cuenta de que básicamente había dormido pegade a su pecho toda la noche. Apenas se escuchó el crujido de las hojas cuando salté sobre ellas, pero sí se movieron con la suave brisa dentro de mi campo de visión, y no podía pensar en nada que me distrajera tanto como eso. Las golpeé con la pata. Una se escapó del montón y se elevó, flotando lentamente, antes de posarse a unos metros de distancia. No era suficiente. Me agaché, moviendo la cola, y luego salté para atrapar la hoja entre mis patas. Me invadió una calidez ante la satisfacción de haber atrapado a mi presa. Y joder, realmente era une gate.

—¿Sun? —preguntó Rook, volviendo en sí, con la voz ronca por el sueño—. ¿Eres tú?

Corrí deprisa hacia él, un poco horrorizade conmigo misme, y me senté frente a su cara, asegurándome de que la punta de mi cola le golpeara en la nariz.

—Oh —dijo, parpadeando para despertarse—. Sigues siendo une gate.

Sí, en efecto. Seguía siendo une gate.

Soltó un quejido y se incorporó, observando a su alrededor con ojos legañosos. Se frotó la cara con las palmas y maldijo por lo bajo.

—Esperaba que todo fuera una pesadilla, pero parece que no. Seguimos en el bosque, y tú sigues siendo adorable y pelude.

Mis orejas se crisparon. Sí. Adorable, pelude e irritade. Necesitábamos un plan.

—Necesitamos un plan —dijo Rook con un bostezo.

Sí, y que lo digas.

Rook se pasó una mano por el pelo y se quitó algunas ramitas enredadas.

—Bueno, en mi opinión, tenemos una jerarquía de necesidades. Primero, tenemos que salir del bosque.

Asentí. Estaba de acuerdo.

—Luego tenemos que encontrar un lugar seguro para reagruparnos.

También estaba de acuerdo.

—Luego tenemos que convertirte en humane.

Tres de tres.

—Luego tenemos que rescatar a Antonia y Fable y acabar con el Consorcio.

Un momento. ¿Qué? Maullé en desacuerdo.

—Qué bueno saber que coincides conmigo.

¿Qué? No. No quería…

—Salgamos de aquí. ¿Quieres viajar en mi mochila o quieres que te cargue?

Ninguna de las dos opciones. Me rehusé y retrocedí hasta que se me arqueó la espalda y se me erizó el pelaje. Bufé.

—Eres adorable. Pero tengo piernas largas, y no creo que puedas seguirme el ritmo. Además, tengo entendido que los gatos duermen la mayor parte del día. Te agotarás si correteas como una criatura del bosque.

Me ofendió el comentario. Sí que podía seguirle el ritmo.

—No seas obstinade.

Rook quiso levantarme, pero lo esquivé con facilidad.

—Sun. Basta. No tenemos tiempo para tu mal humor.

Oh, qué cabronazo. No era malhumorade. Era introvertide y a veces distante, pero no *malhumorade*. Retrocedí unos pasos más.

—Sun, no estoy bromeando.

Yo tampoco. No iba a permitir que me *cargara*. Corrí hacia la maleza y me dirigí hacia donde pensé que era la salida, siguiendo los cortes en el follaje y los matorrales por donde Rook había pasado el día anterior a toda velocidad. Era un milagro que no nos hubieran encontrado. Rook soltó una palabrota detrás de mí, y lo oí esforzándose para alcanzarme. Lo logró con facilidad, y en ese momento estaba caminando al frente, con la mochila sobre los hombros y el teléfono en la mano mientras buscaba algo de señal.

Caminamos juntos durante aproximadamente una hora, y todo iba bien. Dejando de lado esos pocos minutos en los que me distraje con una lagartija verde, pude seguirle el ritmo. Hasta ese momento. Me dolían las patas. Mi cuerpo no se había recuperado del todo de la paliza que había recibido el día anterior, y estaba muy adoloride. Caerse del techo fue menos que ideal y, si fuera humane, estaba segure de que tendría moretones en la espalda.

A pesar de mis objeciones anteriores, dejé escapar un maullido patético.

Rook siguió caminando. Eh. No debía de haberme oído. Me senté en el camino y maullé de nuevo, un poco más fuerte. Parecía más un aullido que un sonido tierno.

Rook se giró y arqueó las cejas.

—Oh. ¿Te pasa algo?

Suspiré, troté hacia él y me enrosqué en sus piernas mientras frotaba la cabeza contra su pantorrilla.

—De ninguna manera.

Empezó a caminar de nuevo, y tuve que apartarme de su camino para que no tropezara conmigo ni me pisara la cola. Fui tras él, teniendo que trotar para seguirle el ritmo al imbécil.

Volví a maullar, la única manera que tenía de conversar con él, y Rook se detuvo de nuevo y se giró para mirarme.

—Bueno, tal vez deberías haber aceptado mi sugerencia al principio. Pero no, le gran y poderose Sun no necesita ayuda. No quiere ayuda. Ni amistad, al parecer. —La segunda parte la dijo en voz baja, como si no quisiera que lo escuchara.

Pero lo escuché. Y supongo que me lo merecía. Había ignorado a Rook. No por elección. Bueno, supongo que fue una elección porque había elegido la magia al fin y al cabo. No tenía manera de decirle cuánto me había dolido dejarlo ir, o cuántas veces quise contactarlo y hacerle saber que no era culpa suya. Que era una situación fuera de nuestro control. Pero no lo hice. Le dejé creer que no estaba interesade. Y en ese momento, sin voz, no tenía forma de convencerlo de lo contrario.

Con las manos en las caderas, Rook suspiró.

Se acuclilló y abrió la parte superior de la mochila.

—Vamos. Entra.

Realmente no quería meterme ahí dentro, pero no iba a desaprovechar la oportunidad de que me llevara. Salté y me acomodé sobre la sudadera extra. El espacio era pequeño, y cuando Rook fue a cerrar la cremallera, solté otro maullido lastimero.

—Lo sé. Sé que no te gustan los espacios pequeños. Aquí te he dejado un hueco para la cabeza.

Asomé la cabeza por el hueco y miré hacia afuera. Fue un poco desorientador cuando Rook se puso la mochila sobre los hombros, pero después de un ajuste, pude apoyar el hocico en la parte superior de la mochila y mirar por encima del hombro de Rook mientras caminaba.

—Avísame si necesitas algo.

No por primera vez, quedé impresionade y conmovide por la amabilidad de Rook. No se merecía lo que le había hecho. No se merecía ser manipulado por Antonia. No se merecía la ira de Fable. Y una vez que volviera a ser humane, se lo iba a decir.

❦

Debía de haberme quedado dormide en la calidez acogedora de la mochila, arrullade por el movimiento oscilante de los pasos de Rook. Cuando desperté, estábamos al borde del bosque, justo a la sombra de la línea de árboles. A lo lejos estaba la cabaña de Fable, y había coches desconocidos aparcados a su alrededor. Sin duda, la estaban vigilando.

—La están vigilando —murmuró Rook.

Me estiré y dejé escapar un *mip*.

Rook miró por encima del hombro.

—Estás despierte, ¿eh? Bueno, hola. ¿Has tenido una buena siesta? —Bostecé a modo de respuesta—. Creo que estamos a una buena distancia como para que no nos vean, siempre y cuando nos mantengamos cerca de los árboles mientras nos dirigimos hacia la carretera. —Rook levantó el teléfono—. Ahora tengo señal, así que podemos buscar en el mapa el camino de regreso a la ciudad.

Me espabilé. Pero ¿a dónde iríamos? No podía volver a casa. Estaban vigilando la cabaña. Tampoco podíamos ir a la oficina de Antonia.

Rook suspiró.

—Vamos.

Nos mantuvimos cerca de los árboles y, por suerte, no nos cruzamos con nadie que llevara el traje y la insignia del Consorcio. El bosque dio paso a otra propiedad, una cabaña rústica

248

ubicada entre pequeñas colinas y un arroyo. Rook siguió caminando, atravesó el campo y luego regresó a otro conjunto de árboles. Evitamos la carretera hasta que llegamos a las afueras de la ciudad.

Una hora después, por fin estábamos de regreso a la ciudad. Lo único verde eran las medianas de la carretera, aunque en realidad estaban marrones a causa del sol abrasador del verano y el calor sofocante del cemento. Rook giró en una esquina y encontró la parada de autobús más cercana.

Maullé. Realmente no sabía lo que significaba. *Gracias*, por ejemplo. *Tengo miedo*, quizás. Tal vez incluso: *No me dejes*. Y además: *Tengo sed y hambre*.

Rook volvió a mirar por encima del hombro.

—Sí, ya te he oído. —Su voz parecía cansada pero cariñosa, y saboreé el sonido.

Cuando el autobús se detuvo, Rook me tocó la parte superior de la cabeza con un dedo y me empujó hacia el interior de la mochila.

Claro. Probablemente los gatos no eran bienvenidos en los autobuses urbanos a menos que estuvieran asegurados. Por mucho que lo odiara, me metí dentro. Por suerte, Rook no cerró la cremallera sobre mi cabeza.

Me quedé dormide de nuevo durante el viaje en autobús, acurrucade en la sudadera de Rook, con la nariz metida bajo una manga. Me desperté cuando Rook bajó del vehículo y empezó a andar por la acera.

La zona estaba formada por edificios de hormigón espantosos, todos de la misma altura, dispuestos en una cuadrícula. Cada uno era exactamente igual al otro. Pero lo peor era que no había magia. Ni una gota. Pasar de un lugar impregnado de magia a uno completamente desprovisto de ella me despertó por completo. El estómago me dio un vuelco. ¿Cómo era posible? La mayoría de los lugares tenían al menos una línea débil y, con mi sensibilidad, incluso podía sentir los residuos de las líneas muertas, pero ese lugar... Me estremecí. Era como si nunca hubiera habido magia allí. Era desolador.

Rook entró en uno de los edificios idénticos, diferenciado solo por los números oxidados por la lluvia en la pared del costado. Caminó por el ruinoso vestíbulo hacia el ascensor abierto. Hice una mueca y moví los bigotes, pero al llegar a las puertas abiertas, Rook se detuvo.

—Ascensores —pensó, luego giró a la derecha y se dirigió hacia las escaleras.

El corazón me latía muy rápido.

Después de subir varios tramos, Rook salió de la escalera y se detuvo frente a una puerta. Apoyó la cabeza contra ella, con la llave en la mano.

—No me juzgues. No se me dan bien las tareas domésticas.

Oh. Esa era la casa de Rook. Me había traído a su casa.

Asentí.

—Bueno.

Giró la llave y empujó la puerta, y noté cómo la tensión desaparecía de su cuerpo cuando entró y se quitó el calzado.

—No te preocupes, no hay nadie más aquí. Vivo solo.

Parecía muy... solitario.

—Me muero de hambre. No sé si tengo algo que puedas comer siendo une gate. O que yo pueda comer, si vamos al caso.

Rook se deslizó hacia la cocina pequeña que estaba pegada a la sala de estar. Abrió la nevera, hizo una mueca y la cerró.

—Pues pediré comida a domicilio. —Se acercó al armario y sacó un vaso. Tras un momento de duda, decidió agarrar un cuenco también. Llenó el vaso con agua del grifo y bebió un largo trago. Lo llenó de nuevo—. Venga, mi habitación está por aquí.

El colchón de Rook estaba sobre un armazón sencillo. Había una cómoda, un armario y un escritorio lleno de basura electrónica. Dejó la mochila con cuidado sobre el colchón y abrió toda la cremallera para que yo pudiera salir de un salto. Sentí la suavidad de las sábanas y la manta bajo mis patas doloridas, y el colchón rebotó cuando Rook se sentó con pesadez a mi lado.

—Aquí deberíamos estar a salvo. Antonia es la única que sabe mi verdadero nombre, y se lo dije solo una vez cuando me contrató. Es probable que ya lo haya olvidado, y estoy seguro de que nunca se lo apuntó. —Dejó el cuenco en una mesita de noche improvisada y lo llenó con el agua del vaso—. Para ti.

Me acerqué sigilosamente. Tenía mucha sed, pero ¿cómo...? Volví a mirar a Rook, quien me observaba con atención. Estupendo. Me arrimé con cuidado, pero calculé mal y metí toda la cara en el agua. Me tambaleé hacia atrás, con los bigotes mojados, y me froté la nariz con una pata. Rook, por su parte, no se rio, lo cual fue positivo porque si lo hubiera hecho, me habría visto obligade a echarle una maldición una vez que volviera a mi forma humana. Lo intenté por segunda vez, con la cabeza apenas sobre la superficie del agua, lamí y bueno, pareció funcionar. Bebí hasta tener el estómago lleno e hinchado, pero me sentí mucho mejor.

—Bueno —dijo, sacando la Encantopedia de la mochila y levantándola para que pudiera ver la pantalla—. Como puedes ver, no hay líneas ley. Nada. Es un lugar desprovisto de magia. Es una de las razones por las que desarrollar este dispositivo fue muy difícil: porque no sabía si estaba funcionando a menos que abandonara la zona. Si una persona mágica viniera aquí, no podría lanzar ningún hechizo, salvo que pueda almacenar magia como Antonia.

Arrugué la nariz.

—Lo sé. Es una habilidad específica de Antonia.

Suspiró y cayó de espaldas sobre la cama, con los pies todavía en el suelo y los brazos abiertos.

—No quería que sucediera esto.

Me acerqué y me senté junto a su brazo.

—Solo quería ser parte de la comunidad —dijo tartamudeando—. Quería pertenecer. Lo siento. Es mi culpa.

Me quedé mirando la piel pálida de su muñeca, además de las venas azules que se extendían hacia abajo. Quería consolarlo, tranquilizarlo, pero no sabía cómo. ¿Debía de intentar abrazarlo? Un momento, eso no funcionaría. ¿Tocarlo de alguna manera? ¿Ronronear? No. No, *no* iba a ronronear por ningún motivo. Lo de esa mañana había sido una casualidad. Pero Rook estaba sufriendo, y si eso lo ayudaría…

Antes de que pudiera hacer algo, se volvió a sentar.

—Vale, hemos salido del bosque y hemos encontrado refugio, que eran los dos primeros pasos de nuestra lista. Antes de pasar al tercero, es decir, convertirte de nuevo en le Sun amargade y criticone que conozco y me gusta, y no este animalito adorable y peludo que no sé cómo conciliar con tu verdadera personalidad.

Bufé.

—Genial. Muy útil. Antes de hacer eso, comamos y tomemos una siesta. No sé tú, pero yo necesito una ducha. Aunque en tu caso no tengo ni idea de cómo debes asearte. ¿Te vas a lamer?

¿Cómo se atreve…? Me puse de pie, me di la vuelta y me senté de nuevo, mirando la pintura blanca descascarada en la pared.

Rook se echó a reír. Era una risa un poco desquiciada y agitada, como si de golpe recordara los acontecimientos del día anterior y le provocaran un ataque de risa descontrolado.

—Lo siento. Lo siento mucho. Estoy —suspiró de nuevo— un poco nervioso. Está bien. No pasa nada. —Sacó su teléfono y se estiró sobre la cama para agarrar el cargador. Lo enchufó—. Voy a pedir comida. Espero que te guste el pollo.

Sí me gustaba. Hizo el pedido desde su teléfono y luego lo arrojó sobre la cama.

—Me voy a duchar. —Buscó una muda de ropa y una toalla—. Eh, ponte cómode.

En cuanto se fue, bostecé. Volví a meter la cara en el cuenco y bebí un poco de agua. Luego me lamí la pata de forma experimental. Y uf. No, gracias. Mi lengua era como papel de lija, y tenía pelo en la boca. Horrible. ¿Cómo vivían los gatos así? Qué asco.

Sin Rook, estaba aburride, así que decidí explorar. Salté a la alfombra gastada y caminé entre una pila de ropa y bolsas de tentempiés vacías hasta llegar al pie del escritorio. Eché un vistazo hacia arriba y, vaya, era tan alto que me intimidaba. Pero era une gate. Me deberían gustar los lugares altos, ¿verdad? Podía hacerlo. Sin ninguna duda. Pero tal vez era mejor saltar primero a la silla de oficina y luego a la parte superior del escritorio. Así que eso hice.

Y fallé.

Pasé por encima del asiento y aterricé justo en el borde, donde me resbalé y caí al suelo. Al menos, la caída no fue tan traumática ni tan dolorosa como mi caída del techo el día anterior.

Miré la silla con desprecio mientras giraba lentamente por mis payasadas. Me agazapé, moví la cola como lo había hecho en el bosque antes de lanzarme sobre esa pobre hoja desprevenida y salté de nuevo. En esa ocasión, aterricé sin problemas. El siguiente salto al escritorio no fue tan difícil, excepto que derribé algunos de los aparatos de Rook, que cayeron al suelo en cascada con un ruido metálico. Ups.

De todos modos, no era lo que me interesaba. Crucé el escritorio, me senté frente a un marco y observé la foto. La imagen era de una calidad bastante mala. La habían tomado desde un ángulo de *selfie*, y se veía a Rook riéndose junto a una mujer mayor que le sonreía con cariño. Esa debía de ser su abuela, la conjuradora de mariposas. Compartían la misma sonrisa amable y el mismo hoyuelo. Rook la echaba muchísimo de menos. En caso contrario, nunca habría creado la Encantopedia. No estaría tan desesperado por encontrar un camino de regreso a la magia. Y una vez más, la realidad me golpeó y me di cuenta de que bajo el exterior sonriente de Rook había alguien herido y solitario que, a pesar de todo eso, aún era capaz de ser atento con las personas que lo rodeaban.

Fable y Antonia tenían la culpa por haberme hecho elegir. Rook tenía grandes sentimientos y, aunque nunca sabría lo que podría haber sucedido entre nosotres, al menos me hubiera gustado tener la oportunidad de descubrirlo.

Sonó el timbre, y el ruido me sacó de mi ensoñación. Mi cuerpo se sacudió por instinto, y mi pelaje se erizó. Corrí a lo largo del escritorio mientras mis patas se resbalaban y hacían caer innumerables objetos. Me lancé al suelo y me moví con prisa para esconderme debajo de la cama, apretujade entre una caja de zapatos y un libro de texto, temblando. Mis garras estaban al descubierto, clavándose en la alfombra, y tenía los ojos muy abiertos, en alerta máxima.

Rook pasó corriendo junto a la cama, con los pies descalzos golpeando la alfombra. Me tensé aún más cuando se abrió la puerta principal. El corazón me latía a toda velocidad. Escuché una conversación en voz baja, seguida del crujido de una bolsa, y luego Rook regresó a la habitación sin hacer ruido y se detuvo dentro de mi campo de visión. Tenía los tobillos pálidos y delgados.

—¿Sun?

Salí con sigilo de debajo de la cama y miré hacia arriba. El cabello de Rook estaba húmedo y oscuro y le caía sobre la cara.

Llevaba una camiseta y unos pantalones de pijama a cuadros que parecían desgastados y cómodos.

—¡Oh! Ahí estás. —Hizo una pausa—. ¿Estás bien?

Maullé.

—No sé si es un maullido bueno o uno malo. —Levantó la bolsa—. Pero ha llegado el pedido. Vamos a comer.

Comimos pollo, Rook encaramado en un taburete de la cocina, y yo sentade en la encimera junto a él. Arrancó algunos trocitos de carne del hueso y los colocó en un plato pequeño para mí. Con mucha hambre y sin manos, comí de manera caótica, pero la comida sabía muy bien. Rook simplemente levantó una ceja cuando usé una pata para limpiarme la cara. Él bebía refresco, y yo seguía teniendo problemas para no meter toda la cara en el recipiente de agua porque, al parecer, era pésime calculando distancias.

—Encendí la vela —reveló Rook en el cómodo silencio del apartamento.

Me sobresalté y levanté la vista del plato.

La boca de Rook formaba una línea decidida. Se secó las manos con una servilleta y luego me miró a los ojos.

—Me moría de ganas de decírtelo cuando lo logré. Porque me ayudaste. Tú fuiste la razón por la que pude hacerlo, así que gracias.

Me enderecé y dejé de estar encorvade sobre la comida. La culpa me invadió y me cayó como una piedra en el estómago, justo al lado del pollo. Una vez más, quería disculparme por todo lo sucedido. Y lo haría en cuanto pudiera. De momento, solo podía maullar y esperar que el cariño se notara.

Rook curvó una de las comisuras de la boca.

—Lo interpretaré como «de nada». Por cierto, enseñas muy bien. La persona que elijas como aprendiz en el futuro tendrá mucha suerte.

Agaché la cabeza ante el cumplido. Si fuera humane, me habría sonrojado, pero tal como estaban las cosas, mis bigotes se erizaron, y luego me puse serie ante la realidad que estábamos viviendo. *Si* teníamos un futuro. Si lográbamos evadir al Consorcio hasta que supiéramos qué hacer. Si no nos castigaban ni nos despojaban de nuestra magia.

—Después de encender la vela, Antonia me llevó a un restaurante increíble, y comimos muchísimo. Me dijo que no hablara contigo, pero lo hice. —Apartó la mirada.

No sabía cómo responder. Rook me salvó con un gran bostezo.

Miré el reloj del horno. Apenas era la tarde-noche, un poco temprano para irse a dormir, pero Rook estaba exhausto. Era evidente por sus hombros caídos y sus ojeras. Tenía moretones y raspones por todo el cuerpo, lo que me sirvió como recordatorio de que realmente no sabía qué le había pasado antes de que llegara a casa de Fable para rescatarme.

Me dolía el cuerpo. Y después de sumergir la cara en el cuenco de agua una vez más, llegó la hora de ir a la cama.

Rook guardó las sobras en la nevera, y lo seguí hasta la habitación.

Rook no tenía una rutina nocturna más que tirarse en la cama y arrastrarse hasta su lugar preferido.

—Mira, puedes quedarte con esta almohada —ofreció Rook, dándole toquecitos a la almohada junto a la suya. Bostezó—. Si quieres.

No estaba segure de qué hacer, pero los párpados me pesaban cada vez más. Rook dormía de lado, mirando hacia adentro, con una mano debajo de la almohada y la otra apoyada en la cama, tapado con una manta hasta los hombros. Sus ojos se cerraron antes de que yo tomara una decisión, y su respiración se acompasó poco a poco mientras se quedaba dormido.

Me acerqué lentamente y me acurruqué en el pequeño espacio creado por el borde de la manta, la almohada y el brazo doblado de Rook, casi como la guarida en la que habíamos dormido la noche anterior. Después de meter el hocico debajo de la cola, me quedé dormide, abrigade y segure.

Ronroneé.

16

ROOK

No había puesto mi alarma.

Así que esa no podía ser la razón del sonido fuerte y molesto que salía de mi teléfono y que me había despertado de un sueño tranquilo y profundo.

Se detuvo después de unos segundos, lo cual fue genial, porque no tenía la energía para estirarme sobre la cama y agarrar el móvil de la mesa de noche. Sentía que flotaba, como si me encontrara en la delgada línea entre el sueño y la vigilia, pero inclinándome más hacia los brazos de Morfeo. Excepto que la alarma volvió a sonar. Esa vez más fuerte, más estridente y más insistente.

Abrí un ojo y vi una luz tenue y débil que se colaba en la habitación a través de la ventana, como la luz antes del amanecer. Uff. ¿Qué era tan urgente? Estaba abrigado y cómodo y... Sun estaba acurrucade contra mí. Un momento. Estiré el cuello y sí, su pelaje gris estaba haciendo contacto con mi pecho, y su cola me hacía cosquillas debajo del mentón. Sun estaba acurrucade contra mí.

Acurrucade. Contra. Mí.

Eso fue suficiente para despertarme por completo. Sun, a quien no le gustaba el contacto físico ni los espacios pequeños ni, a decir verdad, la gente en general ni cuando se mencionaba cualquiera de esos temas, estaba acurrucade contra mi camiseta. *Acurrucade*.

Como mínimo, necesitaba mi teléfono para hacer una foto y documentar ese acontecimiento histórico.

Haciendo todo lo posible para no molestarle, estiré el brazo sobre la cama, y mis dedos rozaron el móvil lo suficiente como para acercarlo.

Lo recogí y deslicé un dedo por la pantalla para descubrir por qué había decidido despertarme unos momentos atrás.

En la pantalla había una alerta para toda la ciudad con las palabras PERSONA DESAPARECIDA Y EN PELIGRO. Debajo había una foto de Sun.

Me senté tan rápido que la cabeza me dio vueltas y desplacé a Sun en el proceso.

—Joder —solté.

Porque no había manera de que no fuera Sun. Era elle. Con una amplia sonrisa en esa foto casual, el cabello negro peinado, un bonito suéter y un collar plateado. Estaba un poco confundido. Debajo de la foto había un cuadro texto en el que se leía: *Persona desaparecida y en peligro. Hee-sun Kim. Su familia le vio por última vez hace tres días por la mañana, justo antes de que asistiera a sus clases de verano en el instituto Spire City Southwest High. Llevaba una sudadera negra, vaqueros rotos negros y botas negras.*

Escuché un pequeño maullido junto a mi codo.

Oh. Ay, mierda.

No podía ocultárselo. No debería ocultárselo. Pero no quería mostrárselo. Tenía que mostrárselo.

Me aclaré la garganta.

—Tienes que ver esto.

De mala gana, incliné el teléfono hacia donde estaba Sun, quien estaba parpadeando adormilade mientras se despertaba.

Antes de acercarse, bostezó y se desperezó, con sus pequeñas garras al descubierto.

—No sé si puedes leerlo, así que lo haré por ti. —Me pasé la lengua por los labios secos—. «Persona desaparecida y en peligro. Hee-sun Kim. Su familia le vio por última vez hace tres días por la mañana, justo antes de que asistiera a sus clases de verano en el instituto Spire City Southwest High». Seguido de una descripción de lo que llevabas puesto.

El maullido de Sun era lastimero y triste.

Hice clic en el enlace que proporcionaba la alerta, y se abrió un vídeo. Era de las hermanas de Sun. Soo-jin levantó una foto.

—Nuestre hermane menor ha desaparecido —dijo a la cámara con voz temblorosa—. Si le habéis visto, llamad al departamento de policía de Spire City. Creemos que podría estar con alguien llamado Rook.

Dejé caer el teléfono por la sorpresa. Aterrizó sobre la cama, boca abajo. La voz de Soo-jin sonaba amortiguada. Sun tocó la funda, maullando, y le di la vuelta rápidamente para que siguiera viendo el vídeo.

—Estamos preocupadísimas. No es propio de elle no volver a casa o no llamarnos. Hemos intentado ponernos en contacto, pero su móvil se ha quedado sin batería o está roto. —Se sorbió la nariz—. Sun, llámanos si puedes. O simplemente vuelve a casa. ¿Vale?

El vídeo terminó con un número de teléfono al que podían llamar quienes tuvieran información.

Sun presionó una pata contra la pantalla.

—Lo siento —dije, con la garganta seca y constreñida—. Lo siento mucho. Todo esto es mi culpa. No pensé en cómo podría afectarte a ti y a tu familia. No lo pensé. Sun, te lo suplico.

Sun no se movió. No emitió ningún sonido.

—¿Es por eso por lo que me hiciste *ghosting*? —pregunté, y noté el ardiente y agrio escozor de las lágrimas escondidas detrás de mis ojos—. ¿Para proteger a tu familia? ¿Creías que podría hacerles daño? ¿Que podría lastimarte a ti? Lo entiendo. Fui egoísta. No pensé mucho en el futuro. Solo pensé en mí. Lo siento. Lo siento mucho. —Una lágrima se deslizó por mi mejilla hasta llegar a mi mandíbula y caer sobre mis pantalones de pijama. Luego cayó otra sobre la cabeza de Sun—. Joder —maldije, usando la manga de la camiseta para secarme las demás—. Lo siento también por eso. Y quiero que sepas que te perdono. No es que realmente haya algo que perdonar, ya que estabas haciendo lo que pensabas que era lo mejor para ti y tu familia. Pero por si acaso te sentías culpable. Es un poco impertinente de mi parte. Puede que no te hayas sentido así. En cualquier caso, solo quiero aclarar que estaba herido y molesto, pero ahora estamos bien. Estamos bien.

Apreté las manos en las mantas y respiré hondo para tranquilizarme. Sun no se había movido.

—Bueno, tenemos que encontrar una manera de convertirte en humane y llevarte de regreso con tu familia. O al menos hacerles saber que estás bien. Podría enviarles un mensaje. ¿Qué tal si escribes el número y yo…?

Sun se sobresaltó, como si estuviera asustade, luego se acercó y me hundió las garras en el brazo.

Me aparté de golpe.

—Es obvio que te quieren en casa, Sun.

Sun negó con la cabeza.

—Sun, sé razonable. Es posible que tu familia sepa cómo hacer que vuelvas a tu cuerpo original. Y te echan de menos. Es cruel dejar que piensen lo peor cuando estás relativamente bien.

Me respondió con un gruñido bajo. Los ojos color café oscuro de Sun se cruzaron con los míos, y vi en ellos una pizca de miedo.

Suspiré. De acuerdo. La decisión era de Sun, incluso si yo no estaba de acuerdo. Alguna razón debía de tener. No obstante, la idea de que alguien realmente te echara de menos, o se preocupara por ti, resucitó un dolor familiar. Yo había tenido a alguien así antes, pero ya no.

—Vale —dije, derrotado. No se podía discutir con une gate—. Bueno, seguiremos con nuestro plan. El cual, por cierto, es muy vago, ya que no hemos hablado de cómo vamos a transformarte en le Sun de siempre. ¿Alguna idea?

Sun inclinó la cabeza, luego bajó de la cama de un salto y cruzó la habitación hasta la silla del ordenador. Saltó desde la silla hasta el escritorio y se sentó justo frente a la foto que tenía de mi abuela.

Sun le dio unos golpecitos con la pata.

—¿Mi abuela? Está muerta, Sun. —Se me formó un nudo en la base de la garganta, y me volví a secar las lágrimas con la manga—. Te lo dije. ¿Lo recuerdas? ¿Durante nuestra cita en la cafetería?

Sun alzó la cabeza de golpe, con los ojos muy abiertos, como si hubiera olido menta gatuna.

Oh. He dicho cita. *Nuestra* cita. Qué vergüenza, madre mía. Sentía las orejas calientes. Seguí hablando, ignorando el hecho de que la conexión entre el cerebro y la boca no me funcionaba antes de las 6 a. m.

—Oh. —Me aclaré la garganta—. ¿A qué te refieres con mi abuela? Podía usar magia, pero no era poderosa como Antonia o Fable. Solo preparaba pociones y conjuraba mariposas. También tenía un antiguo libro de recetas que usaba para preparar sopa… —Me detuve—. Espera. Tenía libros. Debía de tener un libro de hechizos. Podría haber sido el libro de recetas. —Me puse de pie de un salto—. Nunca me habló del Consorcio, y Antonia me dijo una vez que era imposible que conocieran y vigilaran a todas las personas mágicas. El libro de hechizos aún podría estar entre sus pertenencias.

Sun maulló.

—Pero —continué, decepcionado—, no tengo acceso a sus cosas. Después de su muerte, no me permitieron regresar a casa y me enviaron lejos de inmediato.

Sun volvió a inclinar la cabeza y a maullar.

No tenía idea de lo que estaba diciendo, pero eso no me impidió entablar una conversación.

—Podríamos ir a su casa y echar un vistazo. No hay nada que me detenga ahora. E incluso si no encontramos un libro de hechizos, puede que haya algo más. Cualquier cosa. Es un buen punto de partida.

Sun estaba sentade con delicadeza, con las patitas juntas y la cola enrollada alrededor de su cuerpo, y asintió una vez.

—Sé que soy el genio de esta relación, pero muy bien pensado.

Relación. De nuevo. Un desliz. En ese momento quise que me tragara la tierra.

—Si crees que la casa de Fable está lejos, espera hasta que veas la cabaña de mi abuela. Está al norte de la ciudad, y nos llevará tiempo llegar hasta allí, pero no es que tengamos nada más urgente que hacer.

Todavía era temprano, pero la idea de volver a casa me rejuvenecía. Siempre y cuando la pequeña cabaña en la tranquila calle sin salida aún estuviera en pie. No lo sabía. No había regresado, pero merecía la pena intentarlo.

Empecé a moverme por la habitación y metí algo de ropa en la mochila para Sun y para mí en caso de que tuviéramos éxito en la transformación. Guardé el cargador del móvil y mi cartera y luego me aseguré de que la Encantopedia estuviera colocada de manera segura en el interior. Desde su posición en el escritorio, Sun me observó mientras corría por la habitación, pero apartó la mirada con recato mientras me cambiaba de ropa.

—Listo —anuncié, aplaudiendo—. En marcha. Primero iremos a una cafetería para desayunar y beber algo de café, y luego buscaremos un autobús que vaya en esa dirección.

Sun bajó del escritorio y, sin discutir, saltó a la parte superior de la mochila. Cerré la cremallera a su alrededor y me colgué la mochila sobre los hombros.

Volver a tener a Sun tan cerca de mí me hizo querer mencionar la forma en la que se había acurrucado contra mí. Pero no lo hice.

—¿Estás liste?

Sun maulló. Fue la mejor respuesta que pude recibir.

A pesar de un incidente en la cafetería donde una niña tenía muchas ganas de acariciar al «gatito bonito» que llevaba en la mochila, el viaje a la cabaña transcurrió relativamente sin incidentes. No había ningún autobús programado hasta dentro de unas horas, así que terminé pidiendo un taxi, lo que me costó una suma importante. Pero desde que trabajaba con Antonia, tenía suficiente dinero en mi cuenta bancaria para cubrir tanto este como cualquier otro gasto en el que incurriera en esa misión.

La cabaña de mi abuela se encontraba al final de una calle larga y sinuosa. Era una especie de vecindario, con casas separadas por amplias zonas verdes llenas de árboles antiguos. Sun estaba apoyade contra mi muslo, buscando contacto físico otra vez, y se escuchaba un suave ronroneo proveniente de su pecho. Era lo más adorable que jamás había visto. Pero a pesar de lo adorable que era Sun en ese cuerpo gris y peludo con orejas y una cola, echaba de menos a mi Sun, quien me dedicaba miradas indiferentes y quien apenas sonreía y quien era excesivamente directo y quien, me había dado cuenta, debajo de esa coraza complicada, era considerade por naturaleza y muy empátique con quienes amaba.

El taxi se detuvo frente a la casa. Usé mi teléfono para pagar el viaje y desperté a Sun con un empujoncito de mi pierna. Bostezó, se estiró y se metió en mi mochila sin protestar.

En cuanto el coche se alejó, puse a Sun en el suelo, y me siguió por el camino de ladrillos. El césped del jardín delantero estaba muy crecido, con flores silvestres altas cubriendo lo que alguna vez fueron parterres bien cuidados y arbustos podados.

—Vaya. Todavía está aquí —comenté, maravillado. Un año de separación había parecido una eternidad. Sentí una opresión en el pecho ante el pensamiento—. Espero que nadie viva aquí ahora. Sería incómodo. Pero a juzgar por el césped, supongo que la casa está desocupada.

Aparte de la maleza del jardín delantero, la cabaña en sí parecía estar en buenas condiciones, casi impoluta. Sin hojas en el techo del porche. Sin enredaderas trepando por los costados de la propiedad. Sin indicios de desgaste en mi ausencia. Mmm, qué extraño.

A medida que nos acercábamos, Sun bufó de repente a mi lado. Su espalda se arqueó.

Y fue entonces cuando yo también lo vi, un brillo casi transparente que envolvía la casa.

—Un hechizo de protección —suspiré.

Sun se escabulló, con el pelaje gris erizado. Entendía su reacción. Había cometido el error de tocar las barreras protectoras de Antonia *dos* veces y había pagado el doloroso precio por hacerlo en ambas ocasiones. Las protecciones de Antonia zumbaban como cables con corriente, pero esta... parecía diferente... se sentía diferente... como mariposas.

—Voy a tocarlo.

Sun gruñó a modo de advertencia.

—No pasa nada —le aseguré, curioso pero sin miedo—. Se siente como mi abuela.

Apoyé la mano contra la magia. Sentí un hormigueo en los dedos y contra la palma, cálido y reconfortante. La barrera protectora se onduló y se expandió hacia afuera desde donde estaba haciendo presión con la mano. La vibración aumentó y luego, sin previo aviso, explotó, como una burbuja de jabón.

Flexioné los dedos y le lancé una sonrisa a Sun.

—Ay, qué guay.

Sun emitió un ruido parecido a un gruñido, y me hizo gracia. Por supuesto, cuando intenté abrir la puerta, estaba cerrada con llave.

Por suerte para mí, la rana de cerámica con la boca ancha estaba al lado del felpudo de la entrada. La levanté, le di la vuelta, y la llave de repuesto cayó al suelo.

Sun resopló.

—Lo sé, ¿verdad? ¿Un hechizo de protección y una llave? Eso me hace pensar que nadie ha estado aquí. Y también significa que, si mi abuela tenía un libro de hechizos, todavía está dentro.

La puerta siempre estaba atascada, y había un truco para abrirla. Tirar de la manija, girar la llave, empujar hacia adentro y ¡hurra! Funcionó. Estábamos dentro.

La sala de estar seguía tal como la había dejado, aunque el sillón reclinable, la alfombra gastada y el sofá con la manta tejida en el respaldo estaban cubiertos por una gruesa capa de polvo por el abandono. La casa también olía como siempre, un poco más húmeda de lo que recordaba, pero era el mismo olor. Una ola de nostalgia me invadió con tanta fuerza que me temblaron las rodillas, y me aferré al respaldo del sofá para estabilizarme. Como si percibiera mi malestar, Sun se deslizó entre mis piernas, frotándose en la tela de mis vaqueros. No hice ningún comentario al respecto. Simplemente me quité la mochila y la dejé en el sillón reclinable.

Por desgracia, la casa estaba calurosa y sofocante, y cuando intenté pulsar el interruptor de la luz, ninguna bombilla se encendió porque, bueno, nadie había pagado la factura de la electricidad en un año. Suspiré y miré a Sun.

—Vamos. Por aquí.

A la izquierda de la sala de estar estaba la cocina. Crucé el arco y caminé hacia el cajón junto al horno, el cual se resistió cuando intenté sacarlo porque la madera estaba hinchada por el calor. Con un fuerte tirón pude abrirlo, y en la parte superior había un libro. Sun saltó a la encimera y maulló.

—Sí, este es el libro en el que estaba pensando.

Saqué el volumen desgastado del cajón y con cuidado abrí la cubierta. Había una receta de sopa. Sí, la recordaba, la que me preparaba cuando estaba enfermo. Pero era una receta, no un hechizo. Pasé la página. Y había otra de un pan de plátano. Y la página siguiente estaba dedicada a una tarta de melocotón. Se me cayó el alma a los pies.

Sun miró de cerca la escritura.

Pasé la página.

Una cazuela.

—Eh, esto no pinta bien, Sun. Lo siento, pero parece que son solo recetas.

Hojeé más rápido, cada entrada era más comida y más comida y un ponche alcohólico que, joder, abuela, llevaba mucho ron. Pero no tuvimos suerte. Realmente era solo un libro de recetas. Suspiré y lo cerré antes de pasar la mano por el lomo.

—Bueno, nuestro primer plan no ha funcionado, pero no te preocupes. Hay otras opciones. Al menos estamos a salvo aquí.

Alguien llamó a la puerta.

Me giré sobre los talones, con el corazón acelerado. Sun bufó desde su posición en la encimera, con las orejas hacia atrás.

—Tal vez si lo ignoramos, se irá —susurré.

Otro golpe en la puerta.

—Sé que estás ahí —exclamó alguien.

Ay, mierda.

—¿Y si nos escondemos?

—Te he visto entrar.

De acuerdo, ignorar y esconderse estaban descartados.

—¡Un minuto! —solté en voz alta.

Me volví hacia Sun.

—¿Qué hago? ¿Qué debería hacer?

Pero Sun era une gate y no podía responderme, y yo estaba enloqueciendo.

—¡Venga, Eddie! Sé que eres tú.

Eso me pilló desprevenido. ¿Eddie? Ya nadie me llamaba Eddie. Estaba seguro de que el Consorcio tampoco lo haría.

Volví a la sala de estar, sujeté el borde de una cortina con el dedo y la aparté.

En el porche había una mujer. Una mujer que apenas reconocía.

Entreabrí la puerta y eché un vistazo al otro lado.

—¡Eres tú! —dijo sonriendo, con un brillo en sus ojos color café—. No me lo puedo creer. ¡Has regresado!

—Eh…

—¿Te acuerdas de mí? —Agitó la mano—. Te cuidé varias veces cuando eras pequeño, y luego me fui a la universidad un tiempo. Cuando volví al vecindario, ya no estabas.

Arrugué el entrecejo. Un momento. Recordaba a una adolescente que me cuidaba de vez en cuando y luego se fue tras graduarse de bachillerato. Tenía unos diez años más que yo, piel oscura, cabello rizado, brillantes ojos color café y una amplia sonrisa.

—¿Mavis?

Sonrió.

—¡Sí! ¡Me recuerdas! Debería haberlo sabido. ¡Siempre has sido inteligente y curioso! Un pequeño genio. Casi no podía creer que fueras tú cuando el coche se detuvo, pero tienes la misma sonrisa que tenías de niño. —Juntó las manos—. Me puse muy triste cuando me enteré de lo de tu abuela y de que te habían llevado. Regresé a casa justo después de que sucediera.

Me rasqué la nuca.

—Sí. Vivo en la ciudad ahora. Acabo de regresar para buscar algo de mi abuela, así que este no es el mejor momento para...

—Dios mío, ¿ese es tu gato? —chilló Mavis y me empujó para entrar en la casa. Se agachó donde estaba sentade Sun en el arco entre la sala de estar y la cocina—. ¡Es adorable! Mira esas patitas.

Sun se encogió y bufó.

—Ah, sí, pero ten cuidado. No le gustan las caricias.

Mavis retiró la mano justo a tiempo para evitar que la arañaran y, en su lugar, se abrazó las rodillas dobladas. Se quedó mirando a Sun con atención.

—Oh —dijo en voz baja—. No eres un gato, ¿verdad?

Me quedé paralizado. Sun se quedó paralizade. Todes nos quedamos paralizades. Luego cerré la puerta detrás de mí, lenta y deliberadamente.

—¿Mavis?

Se puso de pie, se volvió hacia mí, con las manos en las caderas, y negó con la cabeza.

—Estás en muchos problemas, *Rook*.

17

ROOK

Tragué saliva.

—Creo que me gustaba más cuando me llamabas Eddie.

Mavis chasqueó la lengua.

—Te has metido en problemas, chico. —Giró el cuello e inclinó la cabeza hacia atrás para mirar al techo. Suspiró de forma dramática mientras lo hacía—. Y me has puesto en una situación incómoda.

—No es verdad —refuté. Me quedé junto a la puerta y moví los dedos a mi costado para llamar la atención de Sun. Por suerte, se dio cuenta y se acercó sigilosamente hacia mí—. No hay nada que ver aquí. No hay nada que informar al Consorcio, con el que siento que podrías tener una relación, dado que estás al tanto de mi nombre mágico y de lo que está pasando.

Extendió la mano, con la palma hacia arriba, y una pequeña chispa de magia se disparó hacia arriba, como un fuego artificial en miniatura, antes de estallar en una impresionante flor de destellos. Mavis era una hechicera. Oh. Bueno. Me hubiera gustado saber esa información crucial antes de abrir la puerta.

—Desde hace días que los espejos clarividentes están mostrando tu cara, tu nombre y tu queride gatite. —Le señaló—. Sun, ¿verdad?

Sun estaba sentade junto a mi pie. Y si las miradas pudieran maldecir, Mavis habría estado llena de escorpiones unos treinta segundos atrás. Miré hacia la puerta detrás de mí. Podríamos correr, escapar, pero Mavis no parecía preocupada por esa opción, como si tuviera un plan listo por si lo intentáramos, o como si supiera que no había muchas vías de escape. Además, mi mochila estaba en el sillón reclinable, y no podía abandonar la Encantopedia.

—¿Qué más han dicho los espejos?

—Solo que eres peligroso y has violado muchísimas leyes del Consorcio. Por suerte, no saben nada de ti, salvo que eres el aprendiz de Antonia Hex, a quien ella llama «Rook». Necesitamos tener una discusión sobre cómo te has convertido en su aprendiz porque eso sería una hazaña para cualquier persona en general, pero sobre todo para alguien que no tiene magia. —La cola de Sun se movió con nerviosismo y me rozó el tobillo—. Pero yo sí te conozco —continuó Mavis—. Así que he estado vigilando la casa para ver si finalmente regresabas. Y lo has hecho.

—¿Y qué? ¿Se lo has dicho? ¿Para obtener un reconocimiento, galletas o qué?

Mavis se encogió de hombros.

—No les he dicho nada. Al menos, no todavía.

Dejé escapar un suspiro de alivio. Todavía teníamos una oportunidad.

—¿Por qué?

Mavis caminó despacio por la sala de estar mientras recorría el respaldo del sofá con las yemas de los dedos. Las motas de polvo seguían sus pasos bajo la débil luz del sol que se filtraba a través de las ventanas cubiertas.

Se me acumuló el sudor en la nuca. Hacía calor en la habitación, y la actitud de Mavis no ayudaba. ¿Qué pasaba con les hechiceres y su afición por las dramatizaciones y la ambigüedad moral?

—Quería decidirlo por mí misma. No tomo las palabras de quienes están en el poder como absolutas, en especial cuando se trata de una organización conocida por ser reservada y por sus tácticas opresivas.

—Es una buena política de vida.

Esbozó una sonrisita.

—Entonces, Eddie o Rook, ¿quieres decirme exactamente por qué el Consorcio está buscándote?

—No precisamente. —Enganché los pulgares en los bolsillos de mis vaqueros y me balanceé sobre mis talones, con la intención de parecer un niño inocente. No estaba seguro de si estaba funcionando—. Lo habitual, supongo.

Mavis negó con la cabeza, con el cabello rizado rebotando alrededor de su rostro.

—No es suficiente, chico. Tienes que darme más información.

—¿O qué? —inquirí—. Acabas de decir que no confías en este tipo de organizaciones. A mi modo de ver, si tú misma estuvieras preocupada por el Consorcio o si quisieras ganar puntos de confianza, nos habrías entregado en el momento en el que nos viste.

Resopló, sin gracia.

—¿Y si estuviera mintiendo y en realidad sí lo hice? ¿Y si te estuviera dando largas hasta que lleguen aquí?

No lo había pensado. Tomé a Sun entre mis brazos y, durante un breve segundo, desvié la mirada de Mavis y eché un vistazo por la ventana de adelante. No vi nada, pero eso no significaba que no estuvieran ahí afuera. Sun dejó escapar un aullido descontento cuando le abracé fuerte, pero ignoré sus quejas mientras me giraba hacia Mavis. El corazón me martillaba con fuerza en el pecho. Podría pasar corriendo junto a ella hacia la puerta trasera, pero no había manera de recuperar la mochila y mantener el agarre sobre Sun y estaba claro que Mavis tenía magia y quién sabía cuán poderosa era, pero la línea ley era débil y... tomé aire, con el pecho agitado. Todo mi cuerpo estaba tenso por el miedo, atrapado entre luchar, huir o quedarse inmóvil.

Mavis levantó las manos.

—Tranquilo. Lo siento. No lo he hecho. Lo prometo. No hagas nada estúpido.

—¿Por qué debería creerte? —espeté, jadeando, con Sun en brazos—. No puedo confiar en ti. No puedo confiar en nadie. Hemos venido aquí porque no teníamos otro lugar adonde ir, y necesitamos un hechizo para que Sun vuelva a ser humane. Las exniñeras amenazadoras con intenciones ambiguas que me llaman Eddie no formaban parte de ese plan. Ni siquiera estaban dentro de nuestras posibilidades.

Las cejas de Mavis se elevaron hasta la línea del cabello, y sus ojos café se abrieron como platos.

—Vaya. Es obvio que estás un poco estresado. Es mi culpa. Empecemos de nuevo.

Me mordí el labio y di un paso hacia la puerta, donde apoyé mi mano libre en la manija. Pero si huyéramos en ese momento, no podríamos regresar. Era posible que Sun nunca volviera a ser humane, y dejaríamos atrás la Encantopedia.

—Rook —dijo Mavis con tono firme—, tu abuela confió en mí para que te cuidara cuando eras pequeño. ¿Acaso eso no cuenta?

—No lo sé.

—Debería. Ella te quería. Te quería mucho, y no confiaba en nadie para que te vigilara, excepto en mí.

Sun maulló. Exhalé, y sí, era verdad.

—Sí, ¿y?

Mavis se relajó.

—Lamento haber sido un poco dura. Pero imagínate mi sorpresa cuando me enteré de que ese niño no mágico que conocí en mi adolescencia se había convertido en el objeto de una persecución en todos los espejos. Tenía que averiguar si realmente eras peligroso. Hace mucho tiempo que no te veo.

Vale. Vale. Tenía sentido. Lo entendía.

—No lo soy.

Sonrió.

—Me he dado cuenta.

—Menos mal.

—Estupendo. Ven aquí. —Me hizo una seña para que fuera a la sala de estar—. Siéntate conmigo. Cuéntame qué está pasando.

Sun bufó, pero por mucho que estuviera de acuerdo con su reticencia, no teníamos muchas opciones. Y estaba cansado. Correr era agotador. Y necesitábamos ayuda.

—¿Puedes lanzar un hechizo de protección sobre la puerta? —pregunté—. ¿Y sobre las ventanas?

Quedó impresionada por mi sugerencia.

—Sí, es una buena idea.

—Lo sé, soy un genio.

Me acerqué arrastrando los pies y me senté en el borde del sofá, cerca del sillón reclinable para recoger la mochila con la mano que no estaba sosteniendo a Sun. Sun miró a Mavis con arrogancia, como si tuviera más cualidades gatunas de las que aparentaba. Mavis apuntó dos dedos hacia la puerta y murmuró un hechizo, de modo que surgió un brillo púrpura que se extendió a lo largo de las paredes hasta que toda la habitación quedó cubierta. Fue impresionante.

—Ahora, dime por qué el Consorcio está tan alterado por dos adolescentes.

Así que lo hice. No se lo conté todo, ya que eso sería imprudente, y Sun me clavaba sus garras afiladas y asesinas cada vez
que estaba a punto de decir algo que elle no quería revelar. Pero
a fin de cuentas, le conté a Mavis cómo era la experiencia de ser
el aprendiz de Antonia y que el Consorcio no quería compartir
información con personas que no fueran mágicas y que a Antonia en realidad no se le permitía tener un aprendiz debido a
algo que había ocurrido unas décadas antes. Y cómo Fable y
Sun habían quedado envueltes en el escándalo por asociación, y
cómo el Consorcio había intentado capturarnos, pero yo había
logrado escapar, y Sun había sido transformade en une gate.

—Recuerdo haberme enterado de lo sucedido con la anterior aprendiz de Antonia —comentó Mavis en voz baja, asintiendo—. Gracias a mi propio mentor.

—¿Tuviste un mentor? —Un momento. Mavis había demostrado que tenía magia y que era bastante poderosa, teniendo en
cuenta el hechizo de protección que había lanzado. Si Mavis
tuvo un mentor, entonces tal vez tenía la habilidad suficiente
para ayudarnos. Tal vez conocía algún hechizo que podríamos
usar en Sun.

Asintió.

—Así es. Ser aprendiz fue una de las razones por las que
dejé de cuidar niños. Fui aprendiz de una persona llamada Lau-
rel Thrall. Era genial, pero fue difícil seguirle el ritmo después
de que me fuera a la universidad. Y aunque todavía practico
magia, mi trabajo no es para nada mágico.

—¿Qué haces?

Sonrió de oreja a oreja.

—Soy bibliotecaria.

—Oh, guau. Eso es fantástico. —Ja. Seguro que apreciaría
la aplicación de hechizos en la Encantopedia, pero había omitido esa parte de la historia—. Bueno, pues, eso es lo que está
pasando.

Mavis frunció el ceño.

—Esa no es la única razón por la que hay agentes registrando la zona en busca de vosotres, y lo sabéis. ¿Cuál es la verdadera razón? ¿Por qué Antonia está en un gran aprieto?

Intercambié una mirada con Sun, quien tenía las orejas gachas y los ojos entrecerrados.

—Cuanto menos sepas al respecto, más podrás alegar ignorancia si te pillan hablando con fugitives conocides.

Me observó con suspicacia.

—Está bien —contestó, asintiendo—. Entonces, ¿por qué habéis venido aquí? Me has dicho que no teníais adonde ir... —Su voz se apagó.

—Para ser sincero, no. Necesitamos ayuda. Necesitamos un hechizo para hacer que Sun vuelva a su cuerpo original. Y luego tenemos que llevar a Sun con su familia. —Sun hundió las garras en mi pierna. Hice una mueca de dolor—. Ay. Bueno. Primero tenemos que transformar a Sun para que pueda comunicarse sin recurrir al dolor.

Sun me fulminó con la mirada y se lamió la pata con actitud desafiante.

Mavis se rio por lo bajo.

—No lo sé. Pensé que mi abuela podría tener un libro de hechizos o algo que pudiéramos usar. —Me temblaba la pierna. Tamborileé con los dedos a lo largo de mi muslo—. Mi abuela nunca mencionó el Consorcio. ¿A ella la conocían?

Mavis esbozó una sonrisa amplia y brillante.

—Tu abuela era la hostia. ¿Lo sabías?

—Eh... no. No lo sabía.

—Yo tampoco era consciente de eso cuando era joven, pero ella era toda una rebelde. Figuraba en la lista del Consorcio, así que sabían que existía y era una hechicera, pero cuando aparecieron aquí una vez por asuntos del Consorcio, ella rompió el espejo clarividente en sus narices. Les dijo que la dejaran en paz.

Me erguí de repente.

—¿En serio?

—Oh, sí. No regresaron. Mientras estaba viva, al menos. Dudo que tuvieran miedo de tu abuela, ya que era una señora mayor. Seguro que la veían más como una molestia que otra cosa, pero ella no seguía sus reglas.

Mmm. Me inundó una sensación de orgullo que me calentó por dentro. *Bien hecho, abuela.* Intercambié una mirada con Sun.

—¿A qué te refieres con «mientras estaba viva»?

Mavis suspiró.

—¿No lo sabes?

Negué con la cabeza.

—¿El qué?

Mavis frunció el ceño.

—Después de su muerte, el Consorcio vino aquí para recoger sus pertenencias, pero tu abuela había encantado la casa con un hechizo de protección. Nadie pudo romperlo. Hasta hoy, claro está.

Intercambié otra mirada con Sun. Sus bigotes se erizaron.

Mavis prosiguió:

—Apuesto a que no te habrían llevado a la ciudad si hubieran sabido que tú eras la llave para entrar en la cabaña.

Me puse rígido.

—¿Qué?

Por primera vez, la apariencia desenfadada de Mavis flaqueó.

—Eddie —dijo en voz baja—, ¿sabes por qué te enviaron a la ciudad?

Tragué saliva. Me incliné hacia delante, con los codos sobre las rodillas, y junté las manos.

—Porque era menor de edad y no tenía padres ni tutores, por lo que quedé bajo la tutela de los servicios sociales de Spire City.

Mavis se estremeció.

—En parte.

—¿En parte? —insistí. Tenía los nudillos blancos. El cuerpo me temblaba.

—Eras un menor de edad *sin magia* que creció con una hechicera que se oponía a las reglas establecidas. Eras un cabo suelto del Consorcio. Tenían que ocuparse de ti.

Tenían que ocuparse de ti. Al igual que la aprendiz de Antonia. Al igual que la mismísima Antonia. Mi cuerpo se estremeció. Escucharlo con tanta claridad, con tanta contundencia, fue una sorpresa para mi organismo. Aunque en el fondo lo sabía. Había atado cabos, pero había ignorado la verdad, considerando mis diversas preocupaciones: Antonia, Sun, las cortinas asesinas, etcétera.

Volví a tragar saliva.

—Entonces, han controlado mi vida un poco más de lo que en un principio me habían hecho creer. No puedo cambiar eso ahora. En fin, ¿y su libro de hechizos?

Mavis ladeó la cabeza.

—¿No lo tienes?

—No. Por eso hemos venido aquí. Pensamos que si lo encontrábamos, también encontraríamos un hechizo para Sun. Solo hemos podido revisar la cocina antes de que nos interrumpieras, y lo único que hay allí son recetas.

Mavis dudó antes de responder.

—Bueno, lógicamente, nadie ha estado en la casa.

Si mi abuela tenía un libro de hechizos, aún podría estar allí. Estábamos un paso más cerca. Tal vez. Y podríamos tener la ayuda que necesitábamos si Mavis permanecía de nuestro lado.

—¿Y qué haréis después de transformar a Sun? ¿Qué hay de Antonia y Fable?

Oh. Es verdad. Había que enfrentar la realidad.

—Aún no lo sabemos.

—Entiendo. —Juntó las manos—. Vale. Es hora de encontrar el libro de hechizos.

Enarqué una ceja.

—¿Vas a ayudarnos?

—¿Por qué no?

—Porque nos hemos dado a la fuga. —Hice un gesto amplio con la mano—. Nos hemos escapado de una enorme burocracia gubernamental mágica que podría hacerte la vida imposible si te pillan ayudándonos.

Mavis hundió los hombros.

—Podría ser peor.

Miré a Sun. Aún no confiaba del todo en Mavis. El Consorcio era poderoso, y aunque Mavis aún no nos había entregado, eso no significaba que no lo haría bajo presión. Sun me devolvió la mirada, con los ojos muy abiertos, y maulló antes de encogerse de hombros en su versión gatuna. Lo interpreté como un visto bueno.

—Propongo dividirnos y vencer.

Mavis fue a la cocina, mientras que Sun y yo fuimos al dormitorio de mi abuela. Solo había dos dormitorios en la casa, y estaban ubicados en extremos opuestos de un pasillo corto, con un baño en el medio y un armario de sábanas y toallas al otro lado. La habitación más pequeña había sido mía, y básicamente me había llevado todo menos los muebles cuando me obligaron a irme. Pero no había entrado en la habitación de mi abuela. Era muy probable que nadie hubiera estado allí después de su muerte.

Puse una mano en el pomo y miré a Sun a mi lado.

Sun colocó una pata en la parte superior de mi calzado en lo que sospeché que era un gesto de consuelo, que se vio socavado cuando se distrajo y empezó a juguetear con el cordón. Lo cual fue extraño. Me di cuenta de que, cuanto más tiempo permanecía como gate, sus instintos felinos eran un poco más frecuentes. Solo habían pasado unos días, pero Sun ya se había acostumbrado a dormir muchas siestas, ¿y he mencionado los momentos en los que se acurrucaba contra mí?

—Estoy bien —dije por lo que me pareció que era la milésima vez. Si seguía diciéndolo, quizá algún día sería verdad.

Abrí la puerta y entré. La habitación estaba sofocante. Olía como el perfume preferido de mi abuela mezclado con calor y polvo.

Tenía prohibido entrar en el dormitorio de mi abuela cuando era niño. Incluso cuando tenía una pesadilla, ella iba a mi habitación para arroparme en lugar de dejarme subir a su cama. Realmente nunca antes lo había pensado, y simplemente lo atribuía a una cuestión de privacidad. Pero ahora que estaba dentro, entendía por qué. Además de los pesados muebles de madera (una cama que parecía hecha para un gigante con una cómoda y un tocador sin espejo a juego), había un gran soporte de madera. En ese soporte había un enorme libro de hechizos.

—Lo hemos encontrado —anuncié en voz baja.

Sun correteó por el suelo de madera, saltó sobre el tocador y luego al soporte, y aterrizó con las patas sobre el grueso libro encuadernado en cuero. El libro me recordaba al que estaba en la oficina de Antonia, al que no me permitía acercarme, que estaba vinculado mágicamente a Antonia y que el Consorcio recuperaría si alguna vez cambiaba de dueño. Me preguntaba si este estaba vinculado a mi abuela. Yo no podía sentir la magia, pero Sun sí. Sun podría confirmármelo.

Pero Sun seguía siendo une gate. Con determinación, intentó abrir la gruesa cubierta de cuero y, por adorable que fuera, realmente necesitaba que Sun volviera a ser humane.

Crucé la habitación, me puse detrás del robusto atril y aparté a Sun con suavidad. El libro crujió cuando levanté la cubierta. Las páginas estaban escritas con la misma letra cursiva que el libro de recetas, desde la parte superior de la página hasta el final sin dejar espacios en blanco. Oh. Era la letra de mi abuela. Ese era todo su trabajo, una página tras otra. Su propia creación. Era extraño saber que me había ocultado una parte completa de su vida, y que apenas la estaba viendo en ese momento. Pero, según lo que Mavis me había contado sobre ella, estaba claro que mi abuela tenía toda una historia de fondo que me había ocultado. Una historia que incluía ser una auténtica rebelde.

La primera página tenía un hechizo para conjurar mariposas y una nota fechada en la parte inferior. *El favorito de Edison*. Se me aceleró el corazón. Tragué con dificultad y rogué que las lágrimas permanecieran en mis ojos para que no cayeran y dañaran el papel. Parpadeé varias veces con rapidez, y el líquido se me quedó pegado a las pestañas.

Sun maulló.

—El polvo —expliqué, secándome la cara—. De todas formas, la primera página es sobre mariposas. —Pasé a la página siguiente y leí el hechizo en voz alta, tal como lo había hecho con los hechizos en la Encantopedia—. El siguiente es un hechizo para calentar el hogar. Y el de al lado es uno para hacer que la música suene en las paredes. —Y así pasamos los siguientes minutos. Pasando las páginas, encontrando más hechizos que mi abuela había copiado o creado, aunque no sabía diferenciarlos. En algunas páginas, había pequeños comentarios en los márgenes, consejos y trucos para la próxima vez que los lanzara, con fechas garabateadas al lado de las notas.

A medida que nos acercábamos al final del libro sin señales del hechizo que necesitábamos, la desesperación comenzó a apoderarse de nosotres. Solo quedaban unas pocas páginas.

Era posible que tuviéramos que recurrir al hechizo de la Encantopedia para al menos darle a Sun la capacidad de hablar hasta que pudiéramos encontrar uno que le convirtiera en humane. Estaba seguro de que Mavis podía lanzar un conjuro así. Suspiré, pasé otra página y...

—Hechizo para transformar un humano en un animal. —Me detuve. Se me secó la boca. Lo leí de nuevo para estar seguro—. Hechizo para transformar un humano en un animal —repetí. Sun se levantó desde donde estaba sentade como una hogaza de pan en la cama detrás de mí.

Pasé el dedo por las instrucciones, y lo seguí hasta llegar a las notas de mi abuela.

—Para transformar un animal en humano, pronuncia el hechizo al revés. —Tragué saliva—. Aquí está. Sun, este es el hechizo. —Seguí leyendo—. Se recomienda tener a dos personas con magia para mantener el hechizo estable, pero con una sola podría funcionar. —Oh. Bueno. Podría ser un inconveniente en el plan. No sabía cuán poderosa era Mavis, pero eso era una preocupación para más adelante. Continué leyendo—. Se necesita una línea ley de fuerza moderada para completar el hechizo.

Bueno, al menos podía confirmar si esa parte sería un problema o no. Saqué la Encantopedia y presioné el botón de encendido. Se iluminó una línea amarilla que fluía al otro lado de la calle. No era tan brillante como la energía pulsante del bosque, o la enorme y vibrante línea que atravesaba la oficina de Antonia, pero al menos estaba allí. Más débil, apagada. Eso hizo que mis pensamientos tomaran diferentes direcciones, preguntándome si mi abuela usaba hechizos menores porque solo tenía acceso a una línea débil. Si lo que había pensado sobre ella estaba mal, que tenía poco talento. Tal vez había sido poderosa, pero no podía canalizar la energía suficiente, o tal vez la energía había cambiado en el año que había estado fuera, o tal vez el hechizo de protección alrededor de la casa había drenado la línea, o tal vez ella lo había hecho tras vivir en esa cabaña toda su vida. Nunca lo sabría, y la pena y el dolor de su partida me golpearon de nuevo, como un tren de carga lleno de tristeza.

Sun maulló y me tocó la mano con su cabeza.

—Estoy bien —atiné a decir, frotándome los ojos con la manga. Guardé la Encantopedia en la mochila—. Vamos, tenemos que contárselo a Mavis.

Encontramos a Mavis en la cocina con una taza de té, esperándonos. Era evidente que había terminado su búsqueda en la casa hacía un tiempo y se había puesto cómoda. ¿Cómo había preparado té sin electricidad? Vio la confusión en mi rostro y movió los dedos. Claro. Magia. De todas maneras, apoyé el libro con todo el cuidado que pude, pero la mesa vibró bajo el peso.

—Hemos encontrado el hechizo.

Mavis lo leyó y asintió.

—Sí. Funcionará. Puedo hacerlo, creo.

—Genial. ¿Conoces a alguien más que pueda ser tu acompañante? ¿Para mantener el hechizo estable?

Me miró, parpadeando.

—¿Quieres que le pida a otro hechicero que infrinja la ley para echaros una mano y luego rogar que no os entregue a las autoridades en cuanto os vea?

Tenía razón.

—Oh. Me había olvidado de ese detalle.

Sun saltó a la mesa. Me dio un cabezazo en la mano e hizo un ruido.

—¿Qué? —pregunté. Lo volvió a hacer—. ¿Tienes sed? Tengo una botella de agua en la mochila. ¿O tienes hambre? Han pasado varias horas desde el desayuno.

Sun se sentó y soltó un extraño gruñido.

—No sé lo que eso significa.

—Creo que significa que Sun quiere que participes en el hechizo —aclaró Mavis, y luego bebió un sorbo de té.

Sun asintió.

—No puedo. Puede que haya encendido la vela, pero era humo en su mayoría, y realmente no he practicado.

Mavis alzó una ceja.

—¿Has encendido una vela? ¿Con magia?

Asentí.

—Sí, pero era solo humo.

—Pensé que no eras mágico.

—No lo soy.

Sun maulló.

—Bueno, lo soy. No puedo ver las líneas ley, pero parece que puedo lanzar hechizos.

Mavis apoyó la taza de té de golpe. Hizo ruido en el platillo.

—¿Qué? ¿Cómo es posible?

—¡Es día de revelaciones! —exclamé—. Sí. Logré lanzar un hechizo. Hurra por mí. El Consorcio arrestó a mi jefa por eso.

Mavis se quedó boquiabierta.

—Pues es asombroso.

—Gracias. Pero, Sun, apenas hice que la mecha echara humo. Aún no puedo sentir la magia como tú. No puedo poner en riesgo tu vida.

Sun se acercó al libro de hechizos y tocó los bordes del papel.

—Quiere que pases la página.

—¿Hablas idioma gatuno?

Mavis le dio otro sorbo al té, sin molestarse por mi actitud.

Pasé las páginas, y Sun asintió hasta que llegué a la primera. Sun apoyó la pata allí y se quedó mirándome.

Mariposas.

Como ese día en la oficina. Mariposas. Dulces. Refrescos.

—Atrapa una mariposa —murmuré. Sun me apoyó la pata en la muñeca. Suspiré—. ¿En serio quieres que lo haga? ¿Tanto confías en mí?

Sun asintió.

Respiré hondo para tranquilizarme.

—Bien. Lo haré.

—No sé qué acaba de suceder —comentó Mavis, alternando la mirada entre nosotres—, pero ha sido tierno. Tenéis un vínculo real. No es de extrañar que el Consorcio os esté persiguiendo.

Puse los ojos en blanco.

—Gracias por recordármelo.

Juntó las manos.

—Bueno. Hagámoslo.

Sun estaba sentade en medio de la alfombra de la sala de estar. Mavis y yo habíamos arrastrado el atril desde el dormitorio de mi abuela y lo habíamos colocado al lado del sofá, con el libro de hechizos encima, abierto en la página del hechizo correspondiente. Si Sun estaba nerviose, no lo demostró, salvo por el movimiento rítmico de su cola. Por lo demás, permaneció sentade con recato, las patas grises juntas, de modo que se parecía más a una estatua que a une gate de verdad.

—¿Listes? —preguntó Mavis.

Respiré hondo y me encontré con la mirada fija de Sun.

—Sí. No. Espera. —Desaparecí en la habitación de mi abuela, agarré una manta de la cama y la llevé a la sala. La abrí, la agité un poco para airearla y luego cubrí a Sun con ella.

Sun maulló, pero no salió corriendo desde abajo. Por el movimiento que pude notar, simplemente dio vueltas en el lugar y luego se acostó.

Mavis arqueó una ceja.

—Vale, concéntrate en la línea. ¿La sientes?

No. Pero no se lo dije. En lugar de eso, cerré los ojos, recordé el recorrido de la línea en la pantalla de la Encantopedia y lo imaginé como un rastro de mariposas doradas. Y pensé en Sun, la sensación de chispas que me estallaban en el pecho cada vez que pensaba en elle, sus amplias sonrisas poco frecuentes, su ingenio, sus toques fugaces. Me aferré a esas sensaciones y a la magia de la línea ley.

—Sí.

—Ahora, cuando empiece a canalizar, estabiliza la energía y dirígela hacia mí. ¿De acuerdo?

—De acuerdo.

Me imaginé la línea de mariposas rompiéndose y fluyendo hacia Mavis mientras trataba de alcanzarla. Un hormigueo se abrió paso entre mis dedos, y un calor se extendió por todo mi cuerpo y me iluminó las venas desde el interior. Con la otra mano, me aferré a la muñeca de Mavis y dirigí el flujo de energía hacia ella.

—Vaya. Increíble. Buen trabajo.

Sonreí, pero mantuve los ojos cerrados, concentrado.

Mavis pronunció el hechizo, comenzando con la última palabra y recitándolo hacia atrás, y la intensidad de su voz aumentaba a medida que la magia se expandía. Sentí un ardor en los dedos, justo en el lugar donde estaban haciendo contacto con su piel. Se me erizaron los vellos de los brazos. La magia me recorrió el cuerpo, latiendo al ritmo de mi corazón. El brillo se apoderó de mis mejillas y me bajó hasta los dedos de los pies. El sabor de un caramelo efervescente bailó en mi lengua.

La magia se arremolinaba a nuestro alrededor, echando chispas detrás de mis ojos cerrados. Los abrí y me quedé sin aliento.

El pequeño bulto que era Sun debajo de la manta estaba rodeado de una brillante luz dorada. Mavis extendió la mano con los dedos bien abiertos, mientras que su voz poderosa me retumbaba en los oídos junto con mi pulso.

Pronunció la última palabra del hechizo y empujó hacia afuera. Una ola de magia tomó forma y luego se rompió sobre la figura en el suelo hasta estallar en una nube de brillos. De repente, entre un parpadeo y el siguiente, el pequeño bulto ya no era tan pequeño.

Mavis dejó caer la mano y se inclinó hacia adelante, con los antebrazos apoyados en el atril. Me aparté y respiré con dificultad. La magia retrocedió como una marea y salió lentamente de mi cuerpo hasta que ya no pude sentirla. Sujeté el respaldo del sofá para mantenerme en pie, agotado, pero no exhausto. Me sentía extrañamente *acelerado*, como si necesitara correr unas vueltas por la habitación para dispersar la energía.

En lugar de eso, me senté en el sofá, con la pierna temblando, y observé la manta en el suelo, a la espera de alguna revelación monumental. No sucedió nada.

—¿Sun? —llamé al bulto debajo de la manta.

El bulto se estremeció. Sí, seguía vive. Genial. Impresionante. Excelente, incluso. No habíamos matado a Sun. Menos mal, porque si lo hubiera hecho, no habría podido vivir con la culpa. Sin embargo, no podía ver si el hechizo había funcionado. El bulto era más grande de lo que había sido cuando Sun era une gate, pero eso no significaba que no hubiéramos convertido a Sun en une gate más grande. Ay, joder. ¿Y si hubiéramos convertido a Sun en une gate más grande? ¿Como un lince? ¿O una pantera? ¿O un tigre? ¿Y si Sun fuera un león? Bueno, la energía me estaba jugando una mala pasada, y tenía que concentrarme. *Concéntrate, Rook.*

—¿Sun? —repetí. Un poco más frenético. Un poco más urgente.

El bulto se movió y gimió, con un sonido bastante humano, y desde uno de los extremos de la manta, un pie se deslizó hacia afuera. Un pie humano con un tobillo delgado y dedos y oh, bendita magia, era Sun.

Me hundí en los cojines del sofá.

Funcionó. El hechizo había funcionado. Había ayudado a lanzar un hechizo. A estabilizar la energía. Algo. Había ayudado en algo.

Mavis me apoyó una mano en el hombro.

—Creo que hay un ser humano ahí debajo. Así que buen trabajo.

—Mierda. —Me tapé la cara con las manos y luego me las pasé por el pelo—. No me lo puedo creer. Ha funcionado.

Sun aún no había salido, lo cual tenía sentido. Literalmente era une gate hacía un instante y tenía que orientarse.

—¿Lo ves bien? —preguntó Mavis, señalando el pie de Sun.

Asentí, completamente aliviado.

—Reconocería ese tobillo en cualquier lugar.

—¿Te gustan los tobillos? —indagó Mavis.

No, solo los de Sun.

Fue en ese momento que Sun asomó la cabeza por el otro extremo. La manta o el hechizo, no sabía cuál, le había alborotado el cabello negro hasta convertirlo en una maraña electrificada. Pero era elle, y madre mía, era más adorable como humane de lo que recordaba. Sun me miró con los ojos entornados, y luego a Mavis.

—Tú —suspiré.

Sun entrecerró aún más los ojos.

—Yo —asintió—. Por cierto, ¿qué coño has dicho? —musitó con la voz ronca y disgustada.

—Tú, queride amigue, ya no eres une gate. —Extendí los brazos—. ¡Enhorabuena!

Sun se pasó una mano por la cara y luego se quedó mirándola, extendiendo los dedos y moviéndolos como si estuviera embelesade. Poco después, farfulló algo en voz baja, y sospeché que se trataba de un agradecimiento. El corazón se me llenó de alegría.

Mavis nos observó, con sus ojos color café alternando entre nosotres.

—Os voy a dejar soles e iré a comprar algo de comida. Vuelvo enseguida. No abráis la puerta a nadie que no sea yo.

—Vale, gracias.

—Gracias —añadió Sun en un susurro rasposo, levantando un brazo y luego dejándolo caer al suelo sin fuerzas.

Después de que se cerrara la puerta, indicando la partida de Mavis, Sun dejó de fingir que intentaba levantarse y ser algo más que un charco humano debajo de una manta en el suelo.

Apoyé los codos sobre las rodillas.

—¿Vas a quedarte allí el resto de la noche?

—El resto de la eternidad —respondió.

—¿Tan mal te sientes?

—Es más agotador ser une gate que une humane —justificó Sun, su voz amortiguada por la manta con la que se había tapado la cabeza—. Necesito dormir.

—Aún no. Vamos. Ropa, luego agua y luego dormir. ¿Puedes hacerlo?

La respuesta de Sun fue un ronquido.

Suspiré. Le di unos minutos mientras recogía la ropa que le había empacado y una botella de agua antes de sentarme a su lado. No le toqué, excepto por un toquecito en donde pensé que estaba su hombro.

—Sun —canturreé—. Arriba. Vamos, que hay una cama que apuesto a que es muchísimo más cómoda que el suelo. Deja que te ayude. Te he traído ropa, unos pantalones de pijama suaves y una camiseta extragrande.

Sun sacó una mano de debajo de la manta para cerrarla y abrirla, como si quisiera agarrar algo. Le di la ropa, y elle la metió debajo de la manta.

—Grita cuando estés liste o si necesitas ayuda —dije—. Me iré hasta que me llames. —Me puse de pie, y el bulto no se movió—. Y programaré un temporizador de veinte minutos.

No estaba del todo seguro de si debía dejar a Sun, pero opté por darle privacidad, algo que sabía que agradecería. Mientras tanto, volví al dormitorio de mi abuela y cambié las sábanas de la cama, aunque las de repuesto tenían un poco de olor a humedad. Entreabrí las ventanas para dejar entrar la brisa de verano y aliviar el aire caliente y viciado.

Me senté en el borde de la cama y esperé. El primer paso era salir del bosque. El segundo paso era encontrar un lugar seguro. El tercer paso era hacer que Sun volviera a su forma humana. ¿Y el cuarto paso? ¿Cuál era el cuarto paso? ¿Salvar a Antonia y Fable? ¿Cómo? A pesar de ayudar a Mavis en el hechizo y hacer que una vela echara humo, no tenía magia de verdad. Y Sun estaba débil y cansade. Necesitaba descansar. Y todavía no confiaba plenamente en Mavis. No sabía cuál era su límite en estos casos. ¿Iría corriendo a gritos hasta el Consorcio si descubría la existencia de la Encantopedia? Y, a decir verdad, ¿valía la pena la Encantopedia?

La saqué de mi mochila y la observé. ¿Qué sentido tenía? Sí, podía ver las líneas ley. Con la práctica suficiente, había demostrado que podía canalizar la magia y lanzar hechizos en cierta medida, pero eso no me había hecho la vida más fácil. La comunidad mágica no me había recibido con los brazos abiertos, ni siquiera Sun. Tenía que luchar por mi lugar, y estaba bastante seguro de que siempre sería así. La idea era desgastante. Y no sabía si merecía la pena.

Las bisagras de la puerta chirriaron cuando Sun la abrió. Entró arrastrando los pies y apoyó todo su peso contra la pared.

La camiseta le colgaba del hombro, y los pantalones de pijama se arrastraban bajo sus talones. Era humane, sin lugar a dudas. Tan bonite como antes, y mis manos ansiaban peinarle los mechones de pelo que le caían sobre el rostro para ver con claridad sus ojos color café oscuro y la forma adorable de su nariz.

—Oh, hola —saludé, levantándome de la cama—. ¿Cómo te sientes?

—Cansade.

Se notaba. Cuando alzó la cabeza, sus ojeras se acentuaron bajo los ojos, y sus hombros se hundieron por la fatiga.

—Aparte de eso, ¿estás bien? ¿Todo en orden?

Sun frunció el ceño.

—Eso creo. —Su voz era ronca y grave, e hizo que las mariposas en mi estómago revolotearan con más fuerza.

Dio un paso y se tropezó. Me lancé hacia adelante y le sujeté por la cintura para mantenerle de pie. Sun se apoyó pesadamente en mí, me envolvió con ambos brazos y descansó la cabeza contra mi clavícula.

—Oh. —Respiré en su cabello—. Lo siento. Te llevaré a la cama y…

—Cierra la boca —ordenó, estrechándome aún más.

—¿Qué haces?

—Te estoy abrazando.

—¿Me estás abrazando? —Había pasado mucho tiempo desde que alguien me había dado un abrazo. Realmente no lo había pensado, pero ahora que Sun estaba recostade sobre mi pecho, me di cuenta de lo necesitado que había estado. De que habían pasado años desde que alguien me había tocado con un propósito.

—No te acostumbres —masculló Sun, arrastrando las palabras. Sentía su aliento cálido contra la piel de mi cuello.

—Ya me he acostumbrado. —Le devolví el abrazo y rodeé su cintura con más seguridad—. Y me gusta.

—No hagas que me arrepienta.

Me reí. No pude evitarlo.

—Guau. No te entusiasmes tanto. Podría malinterpretar tus intenciones.

Sun soltó un quejido.

—Ya me he arrepentido —dijo, pero no hizo ningún ademán de alejarse. Solo se relajó entre mis brazos.

Nos quedamos en esa posición durante un minuto que pareció un año. Era agradable, pero cuanto más permanecíamos de pie, más pesade se volvía Sun. Además, sus pestañas me hacían cosquillas en el cuello a medida que se dormía.

—Por más agradable que sea esto —dije, porque *era* agradable—, déjame llevarte a la cama. Te vas a quedar dormide de pie, y no quiero que nadie me eche la culpa cuando te golpees la cabeza contra el suelo.

Con su ayuda y mi fuerza, moví a Sun hasta la cama y le metí debajo de las sábanas. Levanté una manta de los pies de la cama y se la eché encima. Sun agarró el borde con ambas manos y lo atrajo hacia elle, con el cabello negro derramándose sobre la almohada blanca como tinta y la boca rosada abierta.

—No quería ignorarte —dijo con un suspiro—. No quería dejarte. Necesitaba que lo supieras.

Alisé la manta que le cubría con manos temblorosas. El corazón se me salía por la boca, abrumado por el cariño.

—Descansa, Sun.

Me quedé cerca hasta que Sun se durmió, agradecido de que volviera a ser elle misme, agradecido de haber llegado hasta allí, y temiendo lo que venía a continuación, pero al menos Sun estaba a salvo y feliz por el momento, y eso era lo único que importaba.

18

SUN

No sabía qué fue lo que me despertó, pero a medida que me
acercaba poco a poco hacia el estado de vigilia, en esos momentos confusos antes de la plena conciencia, me desperecé.
Estiré las patas delanteras, arqueé la espalda y masajeé el colchón con las garras... Un momento. No tenía garras. Y no era
tan flexible. De hecho, creo que me torcí la espalda cuando hice
eso porque sentí una punzada de dolor.

Ay. Mierda. No era une gate.

Me desperté con un sobresalto y me encontré acostade en
una cama, envuelte en una manta. La habitación estaba oscura,
y la única luz provenía de una pequeña vela parpadeante sobre el tocador, además de la luz tenue del crepúsculo que se
filtraba por la ventana. Me palpé el cuerpo, y sí, volvía a ser
como se suponía que debía ser. Solté un suspiro de alivio y
luego bostecé de inmediato. Estaba muerte del cansancio y doloride de una manera extraña, como si me hubieran estirado
como un caramelo masticable.

Gracias a la magia, ya no era une gate. Levanté la mano
para pasármela por el cabello, pero me detuve. Durante un

momento fugaz, pensé en lamerme los nudillos, pero luego me estremecí en señal de disgusto. En lugar de eso, tiré de los mechones de mi cabello para volver a la realidad. Los instintos felinos eran fuertes. Más fuertes de lo que imaginaba. Es decir, había querido acurrucarme a alguien, y eso había hecho. *Ronroneé.*

Abracé a Rook.

Apreté la manta con los puños. La humillación fue suficiente para hacer que me escondiera debajo de las sábanas y me quedara allí para siempre. Había abrazado a Rook. Como gate, me había acurrucado contra él en la cama. Pero eso había sucedido en mi *forma gatuna.* Como humane, lo había abrazado por voluntad propia. Tomé la iniciativa y no lo solté. *Había apoyado la cabeza en su hombro.* Ay, no. ¿Podía echarles la culpa a los restos de mis instintos felinos? ¿Debía echarles la culpa o dejarme llevar por la corriente?

Existía la posibilidad de que Rook no lo mencionara si yo no lo hacía... ¿A quién estaba engañando? Rook lo mencionaría en cuanto volviera a verlo. Sonreiría, caminaría con arrogancia y se burlaría de mí hasta que mis mejillas se enrojecieran por cómo lo había *abrazado.* Uff. Pero... No era un pensamiento tan malo. Rook me gustaba. Lo había asimilado un tiempo atrás. Simplemente no se lo había dicho todavía.

Aunque iba a hacerlo. No había abandonado la convicción de decirle a Rook que merecía algo mejor de las personas que formaban parte de su vida. Merecía saber qué había pasado y cuáles eran mis sentimientos hacia él. Luego le correspondería a él decidir si podíamos seguir siendo amigues. Salí de la cama. Mis pies descalzos se sentían extraños contra la madera, y no estaba del todo estable cuando empecé a caminar, ya que me había acostumbrado a estar a cuatro patas durante los últimos días.

Se escucharon unas risas al final del pasillo cuando abrí la puerta y avancé con dificultad hacia la oscura sala de estar. Al

otro lado del arco, Rook y Mavis estaban sentades en la pequeña mesa de la cocina, con algunas velas encendidas alrededor
del espacio. Se pasaban contenedores de comida mientras hablaban y se reían como si fueran viejes amigues. Supuse que lo
eran. Hice una pausa y observé. No sabía si confiar en Mavis.
Había aparecido cuando necesitábamos ayuda, pero parecía demasiado conveniente. No era probable que estuviera dispuesta
a ayudar a dos fugitives con la endeble premisa de que ella
también tenía problemas con el organismo gubernamental que
dominaba el mundo mágico. Eso no significaba que no estuviera agradecide por su ayuda, pero no creía que pudiéramos contar con ella para cualquiera que fuera nuestro próximo plan.

—¡Sun! —gritó Rook, levantándose tan rápido que la silla
se deslizó por el suelo.

Di un respingo ante el sonido.

—Estás despierte. —Me lanzó una amplia sonrisa, y se le
formó un hoyuelo en la mejilla—. Siéntate. Mavis nos ha traído
algo de comida. Seguro que tienes hambre.

Rook extendió la mano, y yo la miré, sin comprender. Después de un momento, cerró los dedos y su radiante sonrisa se
apagó. Y oh. Oh. Debería haberlo tomado de la mano. Quería
sujetarlo de la mano.

—Lo he olvidado —balbuceó.

No era verdad. Sabía que no lo había olvidado. Rook no
había traspasado ninguno de los límites que yo había establecido desde que supo que existían. Era así de considerado. El gesto había sido... había sido por el abrazo.

Mavis nos observó con una mirada de complicidad y las
cejas arqueadas, y sí, aún no confiaba en esa chica.

Cojeé hasta la mesa y me dejé caer en la silla que Rook había movido para que me sentara.

—Mucho gusto, Sun —dijo Mavis, asintiendo—. Te veo...
humane.

Tenía unas pintas horribles, a juzgar por mi reflejo en la ventana. Lo cual no era lo ideal frente a la bonita manicura de Mavis y sus pestañas rizadas y sus ojos color castaño oscuro y sus rizos voluminosos y su impecable piel morena y... Ay, no, le tenía envidia. Los celos burbujeaban como ácido en mis entrañas.

—Gracias —logré decir, aunque tenía la garganta seca. Uff. Tenía baba en la comisura de la boca, y me la limpié a toda prisa.

—Aquí tienes. —Rook me ofreció una botella de agua, que acepté con gratitud. También me acercó una caja de comida y un juego de utensilios de plástico—. Come lo que quieras. Todo esto lo hemos guardado para ti.

—Gracias.

—De nada.

Hinqué el diente a la comida, sin darme cuenta del hambre que tenía hasta que el olor delicioso y caliente me golpeó, y suspiré con fuerza después de tragar mi primer bocado. Sin darme cuenta, apagué una vela.

—Oh. No te preocupes. ¡Mira!

Rook se quedó quieto, entrecerró los ojos, extendió la mano y luego movió dos dedos hacia la mecha. La vela se encendió.

Mavis aplaudió con entusiasmo.

—Lo has logrado —señalé, observando cómo la pequeña llama bailaba alegremente. Lo había logrado. Con facilidad.

Rook sonrió.

—Así es. Y cada vez se hace más fácil, tal como me dijiste. Creo que me sirvió mucho ayudar a Mavis a estabilizar ese hechizo.

Aturdide, dejé la comida a un lado.

—Tal como te dije...

—Sip. Cuando viniste a la oficina y tuvimos nuestra cita de estudio.

Me enderecé de repente y me golpeé la rodilla contra la mesa. Todo se sacudió, y la vela se apagó de nuevo. Cita. *Cita*. Había usado esa palabra en su casa también, cuando aún era une gate.

Rook se sonrojó. Se rascó la nuca.

—Me refiero a cuando viniste ese día y comimos dulces.

—Lo recuerdo. —¿Por qué mi voz era tan grave y ronca? ¿Por qué sonaba así? Ya no era une gate. Me aclaré la garganta y bebí un largo sorbo de la botella de agua.

—Bueno —continuó Rook, superando la incomodidad como todo un profesional—, Mavis también tuvo la amabilidad de prestarme un cargador para recargar mi móvil. —Me dedicó otra sonrisa suave y cariñosa—. Así que, si quieres, puedes contactar a tu familia.

Se me cayó la botella de agua. Por suerte, había enroscado la tapa, de modo que evité un posible volcán de agua cuando la botella chocó contra el suelo. Eso sí, el *paf* del plástico sonó fuerte.

—¿Qué?

—Llama a tus hermanas y a tus padres. Diles que estás bien. Recuerdas la alerta de persona desaparecida, ¿verdad?

—Sí. Era une gate, pero entendí todo lo que sucedió.

—Claro. Bueno, ahora que ya no eres une gate y puedes hablar, en vez de maullar, puedes decirles que estás bien.

—¡No! —No. *No*. ¿En qué estaba pensando Rook? No podía contactar con mi familia—. Pensé que lo había dejado claro. No involucraré a nadie en esto. No hasta que hayamos decidido qué haremos a continuación.

Rook frunció el ceño.

—Tú lo has dicho: eras une gate. No había nada claro.

Oh. Tenía razón.

—En cualquier caso, deberías comer.

Negué con la cabeza.

—No quiero llamar a mi familia porque intentarán rescatarme de ti.

Mavis alternó la mirada entre nosotres.

—Bueno, es obvio que estoy de sujetavelas aquí. —Se puso de pie y recogió sus cosas—. Volveré por la mañana. Hasta entonces, que nadie os vea. Y pensad en lo que queréis hacer.

Rook y yo nos quedamos completamente inmóviles incluso después de que la puerta principal se cerrara detrás de ella, indicando su salida.

Rook no quiso mirarme a los ojos. Juntó las cejas y frunció los labios.

—He sido egoísta desde el principio, Sun. No tienes que quedarte aquí conmigo. No tienes que ayudarme a resolver el lío en el que te he metido. *Deberían* rescatarte de mí.

Suspiré y me pellizqué el puente de la nariz.

—Te he hecho *ghosting*.

Rook hizo una mueca.

—Sí. Es verdad.

No se anduvo con rodeos, lo cual era justo.

—No quería hacerlo. Fable me dijo que tenía que elegir entre la magia o tú, y elegí lo primero. Y no sé si fue la elección correcta o no, pero sé que distanciarme de ti no fue justo. Te hice daño, y lo siento.

Rook alzó la mirada.

—¿Te hizo elegir?

—Sí. —Levanté un fideo que se había caído sobre la mesa—. Antonia vino a la cabaña después de que encendieras la vela. Les oí hablar, y Antonia le dijo a Fable lo orgullosa que estaba de ti, lo inteligente que eres y lo mucho que te quería como su aprendiz. Incluso le contó a Fable sobre el Buscaley.

—Encantopedia.

—No importa. El tema es que Fable se molestó y le dijo a Antonia que ya no podían trabajar juntos y que eso nos incluía a ti y a mí.

—No lo sabía. Antonia no me dijo nada.

—Le pedí que no lo hiciera. Porque sabía que si pensabas que las reglas estaban rompiendo nuestra amistad, las terminarías rompiendo también. —Una de las comisuras de mi boca se elevó.

—Sí, lo habría hecho.

—Por eso tenías que pensar que simplemente estaba siendo... yo misme. —Agaché la cabeza—. Ser le extrañe y antisocial Sun era una excusa más fácil.

Rook suspiró.

—Nunca pensé que fueras extrañe.

—Solo complicade y antisocial.

Me dio un golpecito en el pie con el suyo.

—Eh, me gustan las personas complicadas y antisociales. Digamos que me he acostumbrado. Como a tu mal olor.

—Uff. —Escondí la cara entre las manos, sofocando mi risa—. Qué asco.

Rook se rio entre dientes.

Se produjo un momento de silencio entre nosotres.

—La cuestión es que te estoy eligiendo ahora mismo. ¿De acuerdo? No me caí de un techo en vano, así que no me iré. Me quedaré y te ayudaré. ¿Está... está bien? —Aflojé los puños y me froté las palmas sobre la suave tela del pijama—. ¿A menos que quieras que me vaya?

—No, no quiero que te vayas. —Rook sonrió, relajado en la silla, como si hubiera abandonado su postura tensa para despatarrarse—. Pero si quieres contactar a tu familia, avísame. No volveré a mencionarlo hasta que tú lo hagas. ¿Vale?

Asentí.

—Gracias. Y de verdad lamento lo que dije.

—No pasa nada.

—No, sí que pasa. Te mereces algo mucho mejor, Rook.

Rook jugueteó con el dobladillo de su camiseta.

—Gracias.

—De nada —contesté, y luego bostecé.

La sonrisa de Rook se ensanchó.

—Vamos. Aún estás cansade, al igual que yo. Descansemos un poco y retomemos la conversación por la mañana. Quizá no estemos tan irritables.

Hice lo mejor que pude para ocultar otro bostezo, pero se me escapó de todos modos, y así puse fin a cualquier otra discusión. Recogimos la basura y la comida y apagamos la mayoría de las velas. Rook cerró la puerta principal con llave.

—Dormiré en el sillón.

Me puse rígide.

—¡No!

Rook levantó una ceja.

—Eh…

—Es que… —No pude evitar que la voz se me atragantase. ¿Cómo podía explicarle que no quería estar sole? ¿Que todavía estaba un poco asustade? ¿Que no me había molestado cuando compartimos el suelo del bosque y la cama de su habitación? Me retorcí las manos—. Eh, la cama es grande.

—Sí, lo es.

Arrugué el entrecejo. Vale. No había funcionado. Tenía que ser más clare con mis palabras.

—Es cómoda.

—Genial. Me alegro. Ah, por cierto, ¿en serio te caíste de un techo? ¿Caíste de espaldas? Eso tuvo que doler. ¿Tienes moretones?

No era el tipo de pregunta que estaba esperando, pero bueno.

—Estoy bien. —No lo estaba. Había descubierto un moretón en el hombro que me cubría la espalda, pero no tuve el valor suficiente como para retorcerme y mirarlo.

—Debió haber sido aterrador.

Asentí.

Rook se mordió el labio.

Y oh. Uf.

—Vas a obligarme a decirlo, ¿no?

—Sí. Estoy esperando.

Lancé un profundo suspiro.

—De verdad me gustaría que compartieras la habitación conmigo.

—¿Solo la habitación?

Entrecerré los ojos.

—Pensándolo mejor, olvídalo. Diviértete en el sofá.

Me marché, tambaleándome.

Rook se echó a reír.

—Espera. Lo siento. Está bien. Podemos compartir la cama.

—No sé si quiero hacerlo ahora.

—Sí quieres —se jactó Rook, siguiéndome a la habitación con una vela en mano—. Claro que sí.

—Nop. Solicitud revocada.

—Bueno. ¿Qué tal si te lo pregunto yo? Sun, ¿podemos compartir la cama? No quiero dormir en el sofá lleno de bultos que está justo al lado de la puerta.

Suspiré, echando la cabeza hacia atrás.

—Me arrepiento de todo.

—Las decisiones de la vida, amigue. Venga, tú lo has dicho. La cama es grande y ni siquiera nos tocaremos durante la noche. A menos que tu feline interior quiera volver a acurrucarse contra mí.

—Me arrepiento tanto.

En la habitación, me acosté en el lugar donde estaba antes, con la cabeza apoyada en la almohada y tapade hasta el mentón con la manta. Rook apagó la vela del tocador y llevó la que tenía en la mano al otro lado de la cama. La dejó en la mesita de noche y después la apagó, de modo que la habitación quedó bañada en una oscuridad total. Escuché el frufrú de la tela, luego la cama se hundió, y Rook se metió debajo de las sábanas. Tenía razón. Había suficiente espacio para colocar una almohada entre nosotres, pero eso no alivió mi repentino ataque de nervios.

De hecho, todo lo que había ocurrido en el transcurso de los últimos días me golpeó de lleno, como si cada suceso hubiera estado esperando al margen a que llegara un momento de quietud. Era como si se hubiera abierto una compuerta, y todo el miedo, la ansiedad y la preocupación que había compartimentado, porque era une gate que estaba más preocupade por no ser une gate, se estrellaron contra mí. Era como estar aplastade bajo una ola, con el agua hundiéndome cada vez más, incapaz de moverme, de respirar. Tomé una bocanada de aire para tranquilizarme y traté de contener mi crisis nerviosa para dejar que Rook durmiera. Las lágrimas se acumularon en mis ojos, se escaparon por los rabillos y se deslizaron por mi rostro, pasando por mis orejas antes de llegar a la almohada.

¿Qué le habían hecho a Fable? ¿A Antonia? ¿Cómo habían capturado a la hechicera más poderosa de la época? ¿Qué nos harían a nosotres si nos atraparan? ¿Cómo íbamos a resolver todo eso?

—¿Sun? —dijo Rook en voz baja.

—¿Sí? —Mi voz sonaba pastosa por el miedo, y baja porque tenía un nudo en la garganta.

—¿Estás bien?

Apreté los labios. Seguía derramando lágrimas. Se me contrajo el pecho. No. No estaba bien. El cuerpo me dolía por los golpes que me había dado durante el escape. Me temblaban las manos donde sujetaba la manta. Quería a mis hermanas.

—Porque yo no —admitió Rook en la silenciosa oscuridad—. No estoy para nada bien.

Cerré los ojos.

—Yo tampoco. —Fue más fácil confesar de lo que había pensado, probablemente debido a la oscuridad total.

—Tengo miedo —dijo Rook—. Por Antonia. Por Fable. Por nosotres. No sé qué hacer. Bueno, creo que sé lo que tengo que hacer, pero no es una idea divertida.

No sabía a qué se refería. Había mencionado algo sobre rescatar a Antonia y Fable, pero seríamos nosotres dos contra todo un grupo de hechiceres. No tendríamos ninguna posibilidad de vencerles.

—Encontraremos una solución —aseguré, pero sin mucha convicción.

Rook resopló.

—Pase lo que pase, me alegro de que volvamos a ser amigues. Y he dado lo mejor de mí. Nos he mantenido con vida, ¿verdad? He escapado de les hechiceres que me estaban persiguiendo. Aún me cuesta creer que lo haya logrado. Además, ya no eres une gate. Sé que no tener magia era todo un obstáculo, y si de mí dependiera, no tendríamos que estar aquí, en una casa sin electricidad, confiando en alguien que conocí cuando era niño, pero... —Se quedó callado.

—¿Rook?

—¿Sí?

Cambié de posición y rodé hacia un lado para quedar frente a él. En la penumbra, noté el contorno de su perfil, pero no mucho más, ya que sus rasgos estaban oscurecidos.

—Lamento lo que te hizo el Consorcio cuando falleció tu abuela.

—Oh. No... no pasa nada.

—Sí que pasa. Es una mierda. Y lo siento.

No respondió de inmediato. El silencio se extendió entre nosotres, interrumpido solo por los sonidos distantes del verano al otro lado de la ventana. Me preocupaba haberme excedido, pero justo cuando estaba a punto de disculparme, habló de nuevo.

—Sé que lo dije cuando eras une gate, pero realmente no sabía que crear la Encantopedia y aprender magia causaría todos estos problemas. Pensé que podría demostrar que pertenecía.

—No tienes que demostrar tu valía para ser mi amigo.

Rook exhaló con fuerza.

Debía de haber dicho lo correcto. El colchón chirrió cuando Rook se dio la vuelta para mirarme. No dijo nada, pero no hacía falta.

—Eres mi amigo pase lo que pase, tanto si tienes el Buscaley como si no. Tanto si puedes lanzar un hechizo como si no. Creo que eres una buena persona, y mi opinión no habría cambiado si nos hubieran atrapado. Eres amable, y te esfuerzas mucho. —Me tragué el «me gustas» que quería decir a continuación, pero lo dejé flotando en el aire que nos separaba. No había manera de que no lo supiera—. Y no creo que suficientes personas te lo hayan dicho.

Rook se sorbió la nariz. Ay, no. ¿Lo había hecho llorar? ¿Había empeorado la situación?

—Sin duda, eso es lo más tierno que me has dicho jamás. Necesito un calendario para marcar este día. Así podré recordarlo para siempre. —Reconocí la falta de seriedad por lo que era: el mecanismo de autodefensa de Rook.

A mi pesar, me reí con un sonido ronco y susurrante.

—¿Por qué eres así?

—Mi encanto, supongo. —Se cambió de posición de nuevo. La manta se deslizó, pero volvió a levantarla—. Gracias —dijo, en voz más baja, sincera.

Su sinceridad me golpeó en el estómago, me hizo querer retorcerme, esconder la cara entre las manos y correr por la habitación al mismo tiempo. Era una sensación insoportable. Rook me gustaba mucho.

Por una de las pocas veces en mi vida, quería brindar consuelo a través del tacto y encontrarlo yo también. Lo había necesitado en algunas ocasiones, como el abrazo de mi madre después de una mala calificación, por lo general de Matemáticas, o el brazo de Soo-jin alrededor de mi hombro cuando estaba en un lugar desconocido, o una palmadita en la espalda de parte de Fable después de un buen día de magia. Incluso yo había tomado la iniciativa algunas veces, cuando reconocía que el contacto físico era necesario. Toleraba los toques accidentales o los toques dentro de construcciones sociales, pero no era alguien que los buscara ni los ofreciera con frecuencia. Pero en ese momento quería mostrar afecto. Quería acurrucarme contra Rook, sumergirme en su presencia física reconfortante y demostrarle que confiaba en él. Era una sensación aterradora de por sí, así que me decidí por empezar con algo simple.

—¿Puedo tomarte de la mano? —susurré.

Se hizo el silencio en el lado de la cama de Rook. Tenía la leve esperanza de que se hubiera quedado dormido. Pero no era el caso. Se acercó, y apenas distinguí la línea de su brazo y la palma de su mano hacia arriba.

—Sí.

No lo dudé. A pesar de mi piel sudorosa, lo sujeté de la mano y entrelacé nuestros dedos.

—Gracias.

—De nada. Que conste que me gusta.

Se me aceleró el corazón.

—A mí también.

—Buenas noches, Sun.

—Buenas noches, Rook.

Me quedé acostade en la oscuridad, con los ojos cerrados, cansade hasta la médula, el miedo a la mañana acechándome. Apreté la mano de Rook. Me devolvió el apretón. Y me quedé dormide.

19

ROOK

Unos fuertes golpes en la puerta principal me despertaron del mejor sueño que había tenido en mucho tiempo. La cama era cómoda, la almohada suave y, aunque las sábanas tenían un poco de olor a humedad, se sentían cálidas con la brisa fresca que entraba por las ventanas. Tenía que ser temprano, porque el calor del verano aún no había impregnado el aire. El suave repiqueteo de la lluvia en el alféizar de la ventana me alertó de un chaparrón matutino.

Sun todavía dormía a mi lado, con la cara relajada y la boca apenas abierta. Nos habíamos movido durante la noche. Sun se había acurrucado contra mí, como un paréntesis, mientras sus pies rozaban ligeramente los míos y nuestras manos seguían entrelazadas. Si tuviera tiempo, me habría quedado así, admirando la forma en la que la luz de la mañana resaltaba sus pómulos, sus labios carnosos y sus pestañas oscuras. La forma en la que le caía el pelo sobre la cara y las orejas.

Pero alguien aporreaba la puerta.

Sun contrajo el rostro. Resistí la tentación de aliviar la zona con los dedos. Porque teníamos que levantarnos.

Alguien estaba en la puerta. Podía ser importante. Podía ser el Consorcio.

¡Mierda! ¡Podía ser el Consorcio!

—¡Sun! —grité en un susurro.

Sun se despertó en un segundo y me miró con los ojos muy abiertos.

El sonido volvió a resonar en la casa.

Nos cambiamos a toda prisa. Me puse los vaqueros. Sun se cayó del otro lado de la cama antes de volver a levantarse y ponerse la sudadera sobre la cabeza, con todos los pelos de punta.

Entramos al pasillo sin hacer ruido y nos detuvimos. Apunté con el mentón hacia el armario de sábanas y toallas. Sun lo abrió, y yo saqué una escoba. Sun optó por el recogedor. Buena elección. Tenía un borde afilado. Armades con artículos de limpieza, llegamos a la sala de estar.

Los golpes en la puerta no habían cesado.

Me aclaré la garganta, ronca por el sueño y las ventanas abiertas.

—¿Quién es? —exclamé, usando una voz ligera y aguda que se suponía que sonaba como alguien que no era yo.

Sun hizo una mueca de incredulidad.

Me encogí de hombros.

—Soy yo —respondió Mavis—. Tu vecina favorita que tiene novedades y necesita que le abras la puerta desde hace unos quince minutos.

Me relajé por completo. Sun no. Siguió empuñando el recogedor como si fuera un arma. Después de cruzar la habitación, me asomé por la ventana por si acaso, y todo parecía en orden. Mavis estaba sola en el porche, y sostenía una bolsa de lona y una bolsa de comida rápida que esperaba que contuviera nuestro desayuno.

Abrí la puerta, y ella entró deprisa. Dejó caer la pesada bolsa a sus pies y arrojó la comida en dirección a Sun. Sun soltó el recogedor y atrapó la bolsa sin problema. Aún debía de tener acceso a algunos reflejos felinos.

Mavis miró la escoba que yo tenía en la mano.

—¿Un poco de limpieza matutina?

La apoyé contra la pared.

—Tal vez.

—Ajá. En fin, tengo noticias que me han llegado por el espejo clarividente.

—Supongo que no son buenas, ¿verdad?

Mavis hundió los hombros.

—Bueno, depende. ¿Os gusta tener mentores que puedan lanzar hechizos?

Sun soltó la bolsa, y el contenido se cayó al suelo. Resultaron ser sándwiches envueltos para desayunar.

—¿Qué? —preguntó elle.

Con una mueca en el rostro, Mavis se sentó de piernas cruzadas en el sofá, y la tela suelta de su blusa se extendió a su alrededor.

—El Consorcio Mágico ha decidido retener la magia de Fable y Antonia por las reglas que han roto.

Sun se tambaleó y luego se desplomó en el sillón reclinable, con los ojos muy abiertos.

—¿Qué? —repitió Sun, sin aliento.

—Un hechizo de retención.

Atravesé la habitación, recogí los sándwiches y me senté en el sofá junto a Mavis.

—Eso es algo malo, ¿verdad? ¿Es lo que le hicieron a la aprendiz de Antonia?

—Sí, es malo.

—Es la muerte —sentenció Sun, frotándose el pecho—. Para les hechiceres, es como la muerte. Rook, ¿recuerdas cómo te sentiste al irte de aquí y mudarte a la ciudad? ¿Al apartamento sin magia?

Asentí. Había sido horrible, como si me hubieran cortado una parte de mi esencia. Tragué saliva.

—Sí.

—El hechizo de retención es así, pero mil veces peor.

Me lo imaginaba.

—Bueno, no son buenas noticias.

Mavis me clavó la mirada.

—Eso no es todo.

—¿Hay más?

—Si atrapan a Sun —desvió la mirada hacia donde Sun se había desplomado en el sillón reclinable—, le harán lo mismo.

Sun se puso sorprendentemente pálide, y parecía que en sus labios ya no circulaba sangre.

—A menos que —continuó Mavis— Rook se entregue.

Asentí. Era lo que me había imaginado de todos modos. No había forma de evitarlo, ni de escapar. Ya había planeado entregarme, con la Encantopedia, y someterme al Consorcio a cambio de liberar a Fable y Antonia y perdonar a Sun. No era lo que quería, y tenía muchísimo miedo de hacerlo, pero Sun tenía una familia, y Fable y Antonia tenían magia y ayudaban a la gente. Yo era superfluo. Lo había asimilado la noche anterior. Para ser sincero, esa posibilidad había estado en el fondo de mi mente desde un principio, pero quería que Sun volviera a ser elle misme antes de siquiera mencionarla.

—Vale. No tenemos muchas opciones, entonces.

Sun se quedó boquiabierte, abrió mucho los ojos y se clavó los dedos en las rodillas. Me encontré con su mirada y le guiñé un ojo.

—Supongo que me voy a entregar.

Sun se puso de pie de un salto.

—¡No!

Suspiré.

—Sun, es lo mejor.

—No me trates con condescendencia —vociferó Sun—. ¿Lo mejor para quién? ¿Para ti? ¿El espejo clarividente dijo lo que le harían a Rook si se entrega?

Mavis negó con la cabeza.

—No.

—Entonces podrían hacerle cualquier cosa, ¿no? ¿Podrían lanzarle un hechizo de retención?

Mavis le lanzó a Sun una mirada de incredulidad. Y, a decir verdad, yo también estaba un poco confundido.

—¿Un hechizo de retención? —preguntó Mavis—. Rook no puede ver las líneas ley. Según la definición del Consorcio, no tiene magia. Ese es uno de los problemas de que sea el aprendiz de Antonia.

Sun se cruzó de brazos.

—Todo el mundo dice eso, pero no lo entiendo. ¿Cómo que no tiene magia? Encendió la vela. Ayer te ayudó a estabilizar el hechizo.

Negué con la cabeza mientras me levantaba para encarar a Sun.

—El primer día que conocí a Antonia, me revisó la mano y no encontró ningún rastro de magia. No vio la chispa, o como se llame, que me permitiría ser un hechicero completo como tú. Y si la hechicera más poderosa de la época no puede encontrarla, entonces no está ahí. Y está bien. No puedo ver las líneas ley. No puedo *sentir* la magia como tú. ¿Recuerdas en la casa embrujada cuando me explicaste cómo se sentían las maldiciones? —Sun asintió—. No notaba nada de eso. Por eso toqué las cortinas. No sabía que iban a intentar asfixiarme hasta matarme.

Mavis dejó escapar un grito ahogado de sorpresa.

Seguí hablando.

—Antonia y yo pensamos, acertadamente debo añadir, que con formación tal vez podría aprender, pero nunca será fácil para mí. No tengo magia. No como tú.

Sun extendió los brazos, exasperade, y golpeó el suelo con el pie.

—Ahí es donde te equivocas. Fable y Antonia no pueden ver la chispa, pero eso no significa que no esté allí.

—Yo tampoco puedo ver la magia en él —comentó Mavis.

Sun la fulminó con la mirada.

—No puedes verla, pero yo sí. —Sun presionó dos dedos contra su esternón—. Ese es mi don.

El mundo se inclinó sobre su eje y se detuvo tan de golpe que pensé que me caía. Los cantos de los pájaros afuera, el repiqueteo de la lluvia en el techo y el crujido de la casa al asentarse cesaron al instante. Mi visión se estrechó formando un túnel hasta que lo único que veía era a Sun, con su expresión suplicante y las brillantes manchas rojas en sus mejillas. Tragué saliva.

—¿Qué?

—¿No recuerdas los ratones cantores? Vi cómo la magia se movía en las paredes, extrayendo la energía de la línea ley. Vi las líneas débiles y las líneas muertas en el vecindario de la mujer ricachona y la niña con nariz de cerdo. —Sun parecía desanimade, y me señaló antes de continuar—. Y veo la magia en ti. —Dio un paso adelante, me agarró la mano y presionó un dedo en la palma—. La veo. Es una chispa pequeña, subdesarrollada, pero está ahí. No puedes ver las líneas, pero eso no significa que no seas mágico. No significa que no pertenezcas a nuestro mundo. Siempre has pertenecido.

—¿La puedes ver?

Sun asintió.

—Sí. La he visto todo el tiempo. Por eso nunca cuestioné que fueras el aprendiz de Antonia. Por eso estaba confundide cuando Fable enumeró sus objeciones contra ti. Y por eso no entendía por qué necesitabas —Sun miró a Mavis de reojo— el dispositivo. Y Fable no paraba de decirlo, y no entendía a lo que se refería porque yo podía verte, Rook.

Parpadeé rápido para evitar que las lágrimas se derramaran. Me mordí el labio.

—¿Podías verme?

Volvió a asentir. Se acercó a mí, tomó mi mano con la suya, y entrelazó nuestros dedos.

—Desde el comienzo.

No quería llorar, pero no pude detener las lágrimas se deslizaban por mis mejillas.

—Vaya. Esto es intenso —dije riendo.

Sun me apretó la mano.

—Incluso si no fueras mágico, perteneces a este mundo. Siempre has pertenecido. Cualquiera que irrumpa en la oficina de Antonia Hex y exija ser su aprendiz merece un lugar en nuestra comunidad.

Me reí de nuevo y me sequé las lágrimas con la palma de la mano, esparciéndolas más que nada.

—Eso no es lo que pasó. Me asusté con Herb el perchero, me tembló la pierna debajo del escritorio de Antonia y luego tropecé con el felpudo maldito al salir, lo que me hizo sangrar la nariz.

Sun se encogió de hombros.

—Me gusta más mi versión.

Miré nuestras manos entrelazadas. Se había sentido bien la noche anterior. Se sentía aún mejor a la luz del día, pero eso no cambiaba nada. Con o sin magia, aún tenía un deber. Aún tenía que afrontar las consecuencias de mis acciones. Solté la mano de Sun con delicadeza.

—Eso no cambia nada. La posibilidad de que me lancen un hechizo de retención no cambia mi decisión. Tengo que entregarme.

La cara de Sun era una nube de tormenta, pero le interrumpí.

—Sun. No hay otra manera. ¿Qué quieres que hagamos? ¿Luchar contra el Consorcio? ¿Ocultarnos para siempre? No

313

podemos hacer nada de eso. —Sun no podía llevarme la contraria. Sabía que tenía razón—. Mavis, ¿cuánto tiempo tenemos?

—Planean hacer la ceremonia esta noche. Se transmitirá en todos los espejos clarividentes.

Cerré los ojos.

—Entonces no hay tiempo que perder.

—Iré a buscar mi coche. En esa bolsa hay ropa que mis hermanos menores ya no usan. Creo que son de vuestra talla. Y botellas de agua, cepillos de dientes, entre otras cosas. Al menos podéis asearos un poco antes de enfrentaros al Consorcio.

—Sun no nos acompañará.

Sun se detuvo en seco.

—¿Qué dices?

—No vas a ir. Me entregaré a las autoridades y negociaré tu perdón, mientras tú te quedas aquí o te vas a casa. Incluso puedes verlo en el espejo de Mavis.

Sun apretó los puños.

—Iré contigo y hablaré por mí misme.

—Sun.

—¡No! No me dejarás atrás. Eres mi amigo y no te dejaré ir solo.

—Sería más seguro…

—Me la suda. —Sun agarró la bolsa—. Si te vas sin mí, te seguiré. Así que será mejor que te des por vencido y nos ahorres el problema.

Ahí estaba le Sun de siempre: la persona malhumorada a la que estaba acostumbrado y de la que me había enamorado hacía unas semanas.

—¡No puedes seguirme si te ato a una silla!

Sun me enseñó el dedo medio mientras se alejaba y desaparecía por el pasillo.

—¡Bien! ¡Acompáñame! ¡Arriesga tu vida y tu magia!

—¡Lo haré! —gritó en respuesta.

A pesar de todo, sonreí.

—No sé cómo vuestres mentores han soportado esto —dijo Mavis, apoyándose en la puerta.

—¿El qué? —pregunté.

—La gran tensión entre vosotres. Os estoy observando desde hace dos días, y no sé cómo existís en el mismo espacio sin besaros. Es como ver una comedia romántica.

El calor se apoderó de mis mejillas.

—Cierra la boca.

—Pero tengo razón, ¿no? ¿Quieres besar a Sun? Hace un momento estabais tomades de la mano, y Sun se muere de ganas de besarte. —Se llevó la mano a la boca—. Un momento, ¿ya sois pareja?

—Pensé que ibas a buscar el coche.

—¿Qué? ¿Ahora tienes prisa por entregarte?

Metí los dedos en los bolsillos de mis vaqueros y me aclaré la garganta, tratando de mostrar una actitud despreocupada.

—¿Crees que Sun quiere besarme?

—¿Honestamente? No sé si quiere matarte o besarte, pero como ha tenido muchas oportunidades de asesinarte y tú sigues vivo a estas alturas, me inclino por lo segundo.

—Es bueno saberlo.

—Mi objetivo es complacer. —Me dio una palmada en el hombro—. Ah, y para que conste, os llevaré a la oficina principal del Consorcio, pero hasta ahí llegaré. El resto de este lío, y cualquier otro detalle que no me hayas contado, queda entre tú y elle.

—Entendido. Y gracias por todo lo que has hecho por nosotres hasta ahora. No era necesario.

—Sé que no era necesario. A decir verdad, no lo he hecho por ti. Lo he hecho por tu abuela. Ella era increíble y un poco aterradora por mérito propio, y sabía que me atormentaría si no os ayudaba.

Me entró la risa.

—No era aterradora.

—Para ti tal vez, pero el resto del vecindario tenía miedo de faltarle el respeto de alguna forma. —Mavis me dio un pequeño golpe en el brazo—. En fin, vuelvo enseguida.

Se fue, y yo me dirigí hacia la parte trasera de la casa con la intención de asearme y cambiarme de ropa. Sun estaba en el baño, con la puerta entreabierta mientras se cepillaba los dientes con agua embotellada, un cepillo de dientes prestado y un pequeño tubo de pasta de dientes. Había encontrado un par de vaqueros negros, una camiseta negra y un par de chanclas; me había olvidado por completo de la necesidad de calzado. Me alegré de que Mavis al menos hubiera pensado en eso para que Sun no tuviera que ir a la ciudad con los pies desnudos.

Sun levantó la mirada mientras se enjuagaba, con el agua moviéndose dentro de su boca. Tenía los labios rosados apretados con fuerza, además de las pestañas y algunos mechones de pelo húmedos tras haberse lavado la cara. Escupió en el lavabo, luego tomó una toalla y se secó la cara y la boca con palmaditas.

Verle completar su ritual matutino era una situación extrañamente doméstica e íntima.

—¿Qué? —preguntó Sun.

—¿Eh?

—No dejas de mirarme.

—Oh, lo siento. —Fui al dormitorio con rapidez y encontré la bolsa de lona sobre la cama. Me cambié de ropa, me puse un par de vaqueros y una camiseta holgada, y luego llegó mi turno de ir al baño.

Salí y vi que Sun me estaba esperando en el sofá.

—He escuchado lo que te ha dicho Mavis. —Sun estaba sentade en el borde del sofá, con la espalda derecha.

—¿Qué parte? ¿Hablas de cuando me dijo que nos abandonará en cuanto lleguemos allí, o cuando me dijo que, al parecer, mi abuela era una hechicera formidable y aterradora?

Las mejillas de Sun se sonrosaron.

—La otra parte.

Crucé la habitación y me senté junto a elle en el sofá, con el cuerpo ligeramente vuelto hacia elle.

—Tendrás que darme más detalles. Hemos hablado mucho en los últimos minutos.

Sun hizo una mueca.

—¿Por qué eres así?

—Es divertido —dije con un guiño.

—Vale. El beso. Ella cree que quiero besarte. ¿O que tú quieres besarme? Esa parte.

El corazón me latió con fuerza.

—Ah, esa parte —dije, asintiendo. Intenté mostrarme indiferente, pero supe que había fallado cuando mi cara se sonrojó. Junté las manos en mi regazo.

—¿Y bien? —insistió.

Me pasé la lengua por los labios.

—No me opondría a un beso. Estamos literalmente a punto de enfrentarnos a un grupo de hechiceres, así que, si tuviera una lista de cosas por hacer antes de morir, no me molestaría marcar la casilla del primer beso...

Sun puso una cara que me dio a entender que eso era justo lo que no debía decir.

—¿En serio? Si la única razón por la que quieres besarme es porque es posible que no tengas la oportunidad de besar a nadie más en un futuro cercano, entonces...

—¡No! —negué, riéndome de su expresión sumamente ofendida—. No. Lamento que haya sonado así. Es que... —Apreté los puños sobre mis muslos—. Me gustas. Me gustas desde el

317

incidente con la muñeca. Y, para ser sincero, la situación no ha hecho más que empeorar.

—Oh —suspiró Sun—. ¿Te gusto? ¿Desde el incidente con la muñeca?

—Eras adorable.

—Estaba de mal humor y sudoroso.

—¿Qué puedo decir? Me atraen las personas introvertidas con actitudes bruscas.

Sun parpadeó.

—¿Estás mal de la cabeza?

—¿Estás cuestionando mis gustos? ¿Porque me gustas *tú*? Creo que la persona que está mal de la cabeza aquí eres tú, porque no puede ser que te infravalores de esa manera. ¿Te has visto? No es que me base solo en la apariencia, porque eso no está bien y tampoco es verdad. Me gustas. Por completo. Incluso las partes toscas.

Sun agachó la cabeza y se pasó una mano por la cara, pero capté una sonrisita que curvaba las comisuras de su boca.

—Bueno, te he dicho que me gustas, pero tú no me has dicho nada al respecto. ¿Eso es un no? ¿No te gusta la idea? Lo cual está bien. ¿O es un tal vez? ¿Una posibilidad después de que hayamos resuelto el problema con el Consorcio? ¿O debería buscar un hechizo para borrar los últimos minutos de esta conversación o buscar uno para crear un agujero en el suelo que me trague porque…?

Sun se inclinó hacia adelante y, sin previo aviso, me plantó un beso en la boca abierta, interrumpiéndome a mitad de la oración. Fue suave, dulce y fugaz, pero fue un beso con todas las letras. Mi primer beso. Se apartó con la misma rapidez y me dejó atónito, sin palabras, con la boca aún entreabierta, pero con la suave presión fantasma de sus labios sobre los míos.

—¿Lo he hecho bien? —preguntó Sun.

¿Que si lo había hecho bien? Más que bien. Había sido inesperado y sorprendente. Me aclaré la garganta.

—Supongo. Creo que necesito más evidencia empírica para emitir un buen juicio. Una segunda serie de datos, por así decirlo.

Sun esbozó una de sus sonrisas poco frecuentes, plena, hermosa y radiante. Se inclinó de nuevo, con las puntas de los dedos en mi mandíbula, presentes y reconfortantes mientras presionaba su sonrisa contra mi boca. Cerré los ojos mientras me fundía en el beso, que duró un poco más que el primero. Dejé escapar un suspiro tembloroso, abrumado por la sensación de sus labios moviéndose contra los míos, el susurro de su respiración, el sonido irresistiblemente tierno que hizo en su garganta cuando le devolví el beso, por muy torpe que fuera.

Sun se separó primero, pero no tuve ninguna intención de hacer lo mismo, sin importar lo que me dijera más adelante o la vergüenza que yo pudiera sentir.

—¿Y ahora? —preguntó Sun, aún muy cerca de mí, con su mano descansando en el costado de mi cuello y su pulgar rozando el lugar donde se sentía mi pulso acelerado.

—¿Cómo se te da tan bien esto? —pregunté, con los ojos todavía cerrados.

—Tuve el típico novio de secundaria. Salimos durante una semana más o menos. Fue horrible.

Arrugué la nariz.

—Estoy un poco celoso de él, pero también siento que debería enviarle una cesta de regalo.

Sun soltó una carcajada.

—Para que conste, tú también me gustas —reveló.

Y luego nos besamos de nuevo. Me perdí en esos besos largos y lentos. Sun me sorprendió con lo dominante que era a la hora de besar, y con mucho gusto me hubiera quedado en el sofá con elle, dejándome llevar por sus caricias, recibiendo sus besos y aprendiendo lo que significaba estar con elle, pero tal como estaban las cosas, se nos acababa el tiempo.

—Lo sabía —dijo Mavis al entrar por la puerta, haciendo girar las llaves del coche en su dedo.

Nos separamos de un salto. El rostro de Sun estaba enrojecido, y el mío no estaba mucho mejor, a juzgar por el calor que sentía en las mejillas.

—Saldremos enseguida —chillé.

. Mavis se rio. Giró sobre sus talones y salió contoneándose.

—Qué vergüenza —dijo Sun, apoyando la frente en mi hombro.

—Para ti, tal vez —repliqué, pasando los dedos por su cabello—. Pero no para mí. Me acaban de pillar besando a la persona más sexi que conozco, así que, en todo caso, me siento muy bien ahora mismo.

Sun resopló.

—Me arrepiento. Me arrepiento tanto.

—Esto te gusta.

Sun levantó la cabeza y sonrió.

—Uf. Sí. Es exasperante.

Mavis tocó el claxon. Nos pusimos de pie y nos ajustamos la ropa. Agarré mi mochila, con la Encantopedia adentro, y eché un último vistazo a la cabaña, sin saber si regresaría pronto. Esperaba hacerlo, pero mi futuro era incierto.

Sun me sujetó de la mano, entrelazó nuestros dedos y apretó.

Tomé una bocanada de aire.

—Bueno, acabemos con esto.

Juntes salimos por la puerta.

20

ROOK

Mavis nos llevó directo al centro de la ciudad, donde los imponentes edificios de oficinas de cristal rozaban el cielo, todas las calles eran de sentido único y no había lugares para aparcar por ningún lado, donde las aceras estaban a la sombra debido a la altura de las construcciones y la gente se apiñaba a lo largo de los pasos de peatones, con los ojos muertos y sin vida, mientras seguían sus ajetreados días de trabajo, incluso en medio del calor de verano. Odiaba ir al centro, simplemente por el bullicio y porque todo me hacía sentir más pequeño.

A pesar de la infinidad de personas que le tocaban el claxon, Mavis frenó de repente y se detuvo frente a un edificio que supuse que albergaba las oficinas del Consorcio Mágico, sede de Spire City. Parecía más bien un museo, con amplias escaleras blancas y columnas estriadas que sostenían un frontón ornamentado. Miré por la ventanilla, con la boca ligeramente abierta por el asombro.

—Vaya.

—¿Qué? —preguntó Mavis, inclinándose sobre mí para mirar por la ventanilla—. Ah, ese es el museo de la ciudad. —Me tocó el hombro y señaló al otro lado de la calle—. Esa es la oficina del Consorcio.

Parpadeé.

—Oh.

No era para nada lo que esperaba. No tenía la estética *cottagecore* de la cabaña de Fable ni el estilo deprimente del complejo de oficinas de Antonia. Era una solitaria puerta de madera empotrada en una alta y delgada pared de piedras grises con un solo panel de vidrio y letras blancas que simplemente decían OFICINA DE SPIRE CITY. El edificio en sí parecía encajado entre las construcciones que lo rodeaban, como si algún arquitecto hubiera aceptado el desafío de construir en el terreno más pequeño posible y lo hubiera logrado, lo que había resultado en un bloque de piedra que daba vértigo.

Un claxon sonó detrás de nosotres, y Mavis resopló. Su asiento chirrió cuando se giró hacia mí.

—Mirad, pase lo que pase —posó la mirada en Sun en el asiento de atrás—, aseguraos de salir de allí. ¿Vale? El fantasma de tu abuela me perseguirá para siempre si no lo hacéis.

Asentí una vez, con el corazón en la garganta y las palmas sudorosas. Me las froté en los muslos.

—Sí. Cueste lo que cueste. Saldremos de allí. Sun con su magia, y yo con lo que sea.

Mavis sonrió con tristeza. Me dio unas palmaditas en el brazo.

—Tienes que visitar el antiguo vecindario más a menudo. Y hasta que lo hagas, vigilaré la cabaña.

Apreté los puños.

—Gracias. —Respiré hondo—. Bueno. Todo irá bien —dije en voz alta, pero no muy convencido—. Muy bien. No nos pasará nada.

Salí del coche y cerré la puerta de golpe mientras me colgaba la mochila al hombro. Sun no tardó en hacer lo mismo, y nos quedamos en el lado opuesto de la calle, mirando la puerta mientras Mavis se alejaba.

Sun me tendió la mano. La tomé, entrelacé nuestros dedos, y apreté.

—Vamos —dijo, tirando ligeramente de mí—. Acabemos con esto.

—Sí.

—Todo irá bien.

Se me escapó una risa ligeramente histérica.

—¿Ahora eres optimista? ¿Qué está pasando?

Sun puso los ojos en blanco.

—Estaba intentando tener una perspectiva positiva de la vida.

—Qué guay.

—Me arrepiento —comentó, con una leve sonrisa—. Me arrepiento tanto.

Me reí de nuevo, pero esta vez fue sincero.

—No te arrepientes de nada.

Sun se sonrojó y observó nuestras manos unidas. Luego afianzó el agarre.

—Sí. Tienes razón, pero al menos déjame mantener la fachada.

—Claro —contesté, asintiendo—. Bueno. No hay tiempo que perder. Pase lo que pase, has sido la mejor parte de esta mágica aventura.

Sun apartó la vista de la acera para mirarme. Se aclaró la garganta.

—Lo mismo digo. Me alegro de haberte conocido, incluso aunque me fastidies.

Sonriendo, agaché la cabeza y me pasé una mano por el pelo.

—Gracias.

A pesar de que el miedo abrumador y mis limitados instintos de supervivencia me indicaban que corriera en dirección contraria, cruzamos la calle y nos detuvimos frente a la puerta sencilla. Levanté mi puño libre para llamar, pero la puerta se abrió hacia adentro antes de que hiciera contacto. Solté un grito de sorpresa.

Sun alzó una ceja.

Nos asomamos y echamos un vistazo al interior. Era un espacio muy pequeño, del tamaño de un ascensor, con paneles de madera en las paredes, baldosas blancas en el suelo y nada más excepto otra puerta. Sun y yo intercambiamos una mirada. Entramos arrastrando los pies. La puerta se cerró de golpe detrás de nosotres y Sun se quedó sin aliento, y sus dedos apretaron los míos. Pero a medida que se cerraba esa puerta, la de enfrente se abría.

—Qué divertido —dije mientras mirábamos la otra habitación, que parecía idéntica a la que estábamos en ese momento.

Entramos en el siguiente vestíbulo. La puerta se cerró detrás de nosotres, y se abrió la siguiente. Entramos, y la puerta anterior se cerró detrás de nosotres. Suspiré cuando se abrió la próxima puerta.

—Nos están vacilando —señaló Sun, claramente moleste.

Asentí.

—Tal vez.

El patrón se repitió una y otra vez. No obstante, a medida que se abría cada puerta, nos volvíamos más valientes y avanzábamos con paso decidido, en lugar de entrar con cautela. Perdí la cuenta de cuántas habitaciones pasamos antes de que Sun golpeara el suelo con el pie. Parecía haber olvidado la ansiedad que le provocaban los espacios reducidos ante toda esa frustración.

—Un momento —dijo, tirándome hacia atrás antes de que atravesara la siguiente puerta—. Es un truco.

—Me lo imaginaba —refunfuñé—. Soy muy inteligente.

Sun resopló. Me soltó la mano y caminó por la pequeña habitación en la que estábamos, mirando las baldosas y los paneles de madera. Literalmente no había nada aparte de las paredes y el suelo.

Sun arrugó su adorable nariz y parpadeó.

Oh.

—¿Qué ves?

—Magia por todas partes. Toda la habitación está impregnada de magia. No puedo ver más allá para detectar las líneas ley.

—No te preocupes. —Me quité la mochila del hombro y saqué la Encantopedia.

—¡Rook! —gritó Sun en un susurro.

—¿Qué? No es como si no supieran que existe, y tampoco puedo meterme en *más* problemas de los que ya tengo. Además, quiero saber cuánta energía pasa por aquí. Podría ayudarnos a la larga.

Sun se quejó, pero asintió. Encendí el aparato y, en cuestión de segundos, se iluminó. Un punto enorme ocupaba la mayor parte de la pantalla. Tenía que ser una línea vertical, ya que no cruzaba el mapa, pero el diámetro era enorme, y eso no era todo. Otras líneas, más pequeñas pero igual de fuertes, desembocaban en la grande. Sun miró el fenómeno por encima de mi hombro.

—Es muchísima magia.

—Tiene sentido, supongo. ¿Has visto algo así antes?

Sun negó con la cabeza.

—Evito venir al centro a toda costa. Odio la ciudad, como ya habrás adivinado.

Asentí.

—Creo recordar lo disgustade que estabas la primera vez que nos conocimos en la oficina de Antonia. —Guardé la Encantopedia en la mochila—. Pero ¿no puedes ver ninguna línea ahora?

Sun negó con la cabeza.

—No. No puedo distinguirlas, pero puedo sentirlas —se tocó el esternón— zumbando como un cable con corriente. Las siento particularmente fuertes aquí. —Caminó hasta una esquina, extendió la mano y presionó la palma contra uno de los paneles.

Las paredes se sacudieron, y de pronto se escuchó un ruido sordo de engranajes y mecanismos a nuestro alrededor. Poco después, toda la habitación se vino abajo.

Sucedió tan rápido que no tuve tiempo de sujetar a Sun antes de que el estómago se me subiera a la garganta mientras toda la habitación caía como un ascensor sin frenos. Tan rápido como había comenzado, terminó, y la estancia se detuvo en seco.

Estaba jadeando cuando mis pies tocaron el suelo, y mis rodillas se doblaron. La cabeza me daba vueltas, pero en cuanto me orienté, me alejé de los paneles y me arrastré hasta donde Sun estaba agachade en el suelo, con los brazos sobre la cabeza y la cara entre las rodillas.

—Oye —dije, deteniéndome a su lado—. ¿Estás bien?

Mientras temblaba, se secó la cara con la manga.

—Sí —respondió con voz pastosa. Se estremeció—. Pensaba que habías dicho que los ascensores eran seguros.

—Pues es obvio que este no lo es. Voy a escribirles una carta subida de tono. Voy a dejarles un mensaje de voz desagradable. Incluso podría blandir un dedo o dos en la cara de alguien. Porque eso no ha estado bien. Para nada bien. Creo que en un momento me he quedado suspendido en el aire. Y es posible que me haya subido bilis por la garganta. Así que nada de besos hasta que pueda cepillarme los dientes. Madre mía. —Apoyé la mano en la espalda de Sun—. En serio, ¿estás bien?

—Sí. —Se puso de pie, y yo hice lo mismo. Le temblaban las piernas—. Qué cabrones —dijo, mientras una de las paredes se abría para dar paso a otra habitación, al menos no idéntica a la que estábamos.

Estuve de acuerdo con elle de inmediato.

—Cabrones sádicos. —Acepté la mano que Sun me ofreció y me aferré a ella con fuerza—. Si pensaban que antes estaba molesto, ahora estoy hecho una furia.

Sun se mordió el labio. Su rostro había perdido todo el color, pero estaba decidide, aun si unos leves temblores le recorrían el cuerpo.

—Yo también.

La siguiente habitación era más grande y tenía una recepción, como si hubiéramos entrado en una oficina administrativa en vez de al Consorcio Mágico que estaba a punto de castigar a nuestres mentores con una muerte metafórica. Una persona de aspecto muy aburrido estaba sentada detrás de un gran escritorio redondo.

Nos acercamos, y me aclaré la garganta.

El hombre alzó la vista.

—¿Sí? —preguntó, molesto.

Eché un vistazo por encima del escritorio y descubrí que sostenía un libro de tapa blanda, con un dedo marcando la página, y una cubierta que claramente era la de un romance histórico.

—Eh, hola. Me llamo Rook, y elle es Sun. Somos les aprendices de Antonia Hex y Fable Page, y hemos venido para entregarnos.

Pestañeó y luego señaló una hilera de sillas a lo largo de la pared.

—Les haré saber que estáis aquí. Sentaos y esperad.

—Es que… nos están buscando. Nos han acusado de varios delitos.

El hombre puso los ojos en blanco.

—Y yo les haré saber que estáis aquí. —Dicho eso, volvió a señalar las sillas.

Nos alejamos arrastrando los pies y nos sentamos. El recepcionista tocó el gran espejo en la esquina de su escritorio, y la superficie brilló.

—Escucha —dijo en el reflejo repentinamente empañado—. Hay dos jóvenes aquí que dicen que son aprendices de Hex y Page. Ajá. Sí. —Volvió a poner los ojos en blanco—. Lo sé, ¿verdad? Hoy en día dejan que cualquier persona sea mágica.

Sun se enfureció a mi lado. Apoyé la mano en su antebrazo mientras elle sujetaba el reposabrazos.

El recepcionista nos miró y luego se volvió hacia el espejo.

—Sí, coinciden con la descripción. En su mayoría. Ajá. Vale. Sí. —Tocó el espejo de nuevo y luego retomó la lectura de su novela romántica.

Me incliné hacia Sun.

—En mi opinión, esta situación es un tanto decepcionante.

Sun asintió, con el ceño fruncido.

—Tienes razón. Es extraño.

—¿Has estado aquí antes?

Sun negó con la cabeza, y el pelo negro le cayó sobre los ojos.

—No. Siempre usamos un espejo clarividente para hablar con el Consorcio.

—Tal vez deberíamos haber hecho eso en lugar de venir aquí.

Sun abrió los ojos de par en par.

—Vaya. Es verdad… Deberíamos haber hecho eso. ¿En qué estábamos pensando?

Me encogí de hombros.

—Será para la próxima vez.

—¿La próxima vez? —farfulló Sun.

Empujé mi hombro contra el suyo.

—Hay que mantener una visión positiva.

—¿Cómo es eso positivo?

—Me refiero a que resolveremos este lío y viviremos una segunda aventura...

La puerta detrás del recepcionista se abrió de golpe, y un grupo de hechiceres de traje salieron y nos rodearon, seguides por Evanna Lynne Beech, hechicera de nivel cuatro, de la oficina de Spire City del Consorcio Mágico. Sus tacones repiquetearon mientras cruzaba la habitación a grandes zancadas. Se detuvo frente a nosotres, con un portapapeles en mano, de pies a cabeza la mujer que había interrogado y luego capturado a la poderosa Antonia Hex.

Nos miró y chasqueó los dedos.

Cuatro de les hechiceres se separaron del semicírculo que nos rodeaba y nos pusieron de pie.

—¡Eh! —grité, mientras cortaban la conexión entre Sun y yo—. Quitadme las manos de encima.

Alguien me arrebató la mochila y se la pasó a otra persona a un costado, mientras el resto de les hechiceres nos empujaban mientras nos cacheaban. También me quitaron el móvil del bolsillo y se lo llevaron.

Sun se resistió a mi lado mientras une de les hechiceres le agarraba de los brazos y otre le colocaba un par de esposas en las muñecas. Los grilletes de metal brillaron de un color verde, y Sun dejó escapar un grito ahogado antes de doblarse sobre sí misme.

—¿Qué hacéis? —Me aparté un poco de la persona que me sostenía—. Quitádselas. ¿Qué coño está pasando?

Evanna Lynne me clavó una mirada de desprecio.

—No desperdiciéis otro par de esposas con él. No las necesita.

Mientras nos arrastraban hacia la puerta abierta, me esforcé para acercarme a Sun, hundiendo los talones en la alfombra y luchando contra les hechiceres que me sujetaban.

Evanna Lynne se dio la vuelta.

—Pensé que te ibas a entregar —observó en un tono cortante.

—Así es, razón por la cual no era necesario maltratarme. Como tampoco era necesario hacer lo que sea que le hayáis hecho a Sun.

La mujer les hizo un gesto a las dos personas que me sostenían, y me soltaron. No perdí ni un segundo y me abrí paso entre la multitud hasta llegar al lado de Sun, donde enganché mi brazo a uno de los suyos. Temblaba. Lo que estuvieran haciendo, esas esposas no era agradable.

—Quitádselas —ordené, tirando de la cadena entre las muñecas de Sun.

—Se trata de una precaución necesaria. Atenúan la capacidad de lanzar hechizos de quien las tenga puestas. Es por eso que tú no las necesitas.

Sun le lanzó una mirada asesina. Si las miradas pudieran maldecir, Evanna Lynne estaría atrapada en un ascensor y cubierta de arañas.

Evanna Lynne esbozó una sonrisa de superioridad.

—Vale, pero no nos podéis separar. Nos quedaremos juntes.

—Estoy de acuerdo —dijo, con la barbilla levantada—. Ahora, si queréis que todo esto acabe pronto, acompañadme y comportaos como buenes aprendices.

No me gustaba cómo sonaba eso. Tragué saliva y me aferré al brazo de Sun mientras le acercaba lo más posible a mi cuerpo.

Sun se inclinó hacia mí.

—Bueno, al menos parece que estamos por llegar al punto álgido.

—Qué manera de mantener una actitud positiva —dije, mientras seguíamos a Evanna Lynne a través de la puerta y nos adentrábamos en la oficina del Consorcio.

21

SUN

Las esposas no me dolían *per se*, aunque sí me pellizcaron la piel cuando me las pusieron. Más que nada, estaban frías y me irritaban las muñecas. Me estremecí al darme cuenta de que la última vez que había tenido esa sensación había sido en la casa embrujada. Los grilletes estaban malditos y lo silenciaban todo. Toda la magia que sentía en mi día a día, las líneas ley y los hechizos que podía ver cuando usaba mi habilidad, todo eso... había disminuido. No había desaparecido por completo, ya que no era como la muerte que representaba el hechizo de retención en caso de que se llevara a cabo, pero sí que era desconcertante. Como si estuviera escuchando música bajo el agua. El sonido estaba allí, pero sonaba demasiado amortiguado como para entender las palabras. Intenté alcanzar la magia, pero no parecía estar disponible como siempre. No me gustaba nada.

Tampoco me gustaba cómo trataban a Rook. Primero el recepcionista, y en ese momento Evanna Lynne.

Nos llevaron al interior del edificio, donde las habitaciones se convertían en grandes espacios con techos altos y suelos de mármol. Había pinturas y esculturas de antigües hechiceres alineadas en los pasillos. Orbes de luz flotaban en el aire y proyectaban una luz cálida. Hechiceres con insignias, trajes, corbatas y vestidos pasaban junto a nosotres, con portapapeles en mano, demasiado ocupades como para observar nuestro extraño desfile. Así era exactamente cómo pensé que se vería el Consorcio, y el rostro asombrado de Rook reflejaba la misma sensación. Al menos, por fin sabía adónde iban a parar todas las tarifas que pagábamos.

Evanna Lynne abrió otra puerta y reveló una vertiginosa escalera de caracol que descendía hacia la oscuridad.

—El tribunal está por aquí —indicó con un gesto.

—¿El tribunal? —pregunté.

Asintió.

—Es hora de vuestro juicio. Os estábamos esperando. Ya está todo listo.

—¿Un juicio? —chilló Rook—. ¿Un juicio? Nos hemos entregado. Estoy aquí para negociar.

—No —dijo la hechicera, cuya paciencia se estaba agotando—. Estáis aquí para ser juzgades y aceptar vuestro castigo junto con el de Fable Page y Antonia Hex.

—¿Qué? —gritó Rook, con el rostro pálido como un fantasma. Estoy segure de que el mío iba a juego—. Me dijeron que podían marcharse si venía aquí. Y aquí estoy. Me he entregado para que Antonia, Fable y Sun fueran liberades sin sufrir daños.

Evanna Lynne suspiró.

—Tendrás que discutirlo con la jueza.

Se me encogió el corazón. Con una jueza. Una jueza del Consorcio. La última esperanza a la que me había aferrado se esfumó en una nube de humo. No había escapatoria.

—¡Nos has tendido una trampa! —exclamó Rook.

La mujer sonrió con superioridad.

—Hicimos lo que teníamos que hacer para detener a dos personas peligrosas.

Rook soltó una risa burlona.

—Personas peligrosas. ¿En serio? ¿Te parezco peligroso? ¿Por qué no me has esposado si soy tan peligroso?

Evanna Lynne no se dignó a responder y, en su lugar, giró sobre sus talones y nos condujo escaleras abajo.

Sin dejarse intimidar por su desestimación, Rook añadió:

—Antonia tenía razón. Sois una panda de hipócritas.

Evanna Lynne puso la espalda rígida, pero siguió caminando. Rook entrecerró los ojos, se mordió el labio y permaneció en silencio mientras descendíamos. El aire se hizo más frío, la escalera se ensanchó y el rellano quedó a la vista. A lo lejos parecía haber un espacio amplio: la sala del tribunal.

Respiré con dificultad cuando la realidad de la situación me golpeó con toda su fuerza. A pesar de lo incómodos que eran los grilletes, busqué el contacto físico de Rook, quien me tomó de la mano y apretó.

Rook se aclaró la garganta.

—Para que conste —dijo, con la voz llena de falsa bravuconería—, vuestras leyes son una mierda. Y el Consorcio también. Pero sobre todo tú, Evanna Lynne. Me das tanto asco que me muero de ganas de que liberen a Antonia y tenga acceso a una línea ley porque va a ser *increíble*.

Evanna Lynne se giró para mirarnos. Por primera vez desde que habíamos entrado en el Consorcio, su expresión mostró algo más que arrogancia. Era algo muy parecido a la inquietud.

—Gracias por tu opinión. —La mujer se volvió hacia mí—. ¿Y tú? ¿Estás de acuerdo con él? ¿O eres inteligente?

Me pasé la lengua por los labios. Nuestros destinos parecían ya estar escritos. No había manera de que Evanna Lynne permitiera que la jueza nos diera una condena leve. Si quisiera, podría decirle que estaba en desacuerdo, tal vez para salvar un poco las apariencias, pero ¿qué sentido tenía?

—Yo también me muero de ganas de que Antonia vuelva a tener acceso a la magia.

Su expresión se contrajo y se dio la vuelta. Mientras bajaba los últimos escalones, tenía los hombros tensos y los puños cerrados. Se notaba que estaba furiosa.

Miré a Rook. Me dedicó una sonrisa en la que se le veía el hoyuelo.

—Ten cuidado, Sun —advirtió en voz baja—. Alguien podría pensar que eres une rebelde.

No pude evitar sonreír.

—He aprendido del mejor.

Eso fue lo único que pudimos decirnos antes de que nos llevaran a la sala del tribunal. La sala era redonda, con un asiento elevado de madera para la jueza y una galería en lo alto que rodeaba la sala para el público. Unas cuantas personas daban vueltas por encima de nosotres, pero el lugar estaba lejos de estar lleno. No había asientos en el suelo, solo señales que indicaban dónde debíamos ubicarnos, y nos condujeron a una zona rectangular a empujones. En cuanto estuvimos dentro, se levantó una barrera protectora que nos encerró. Nos llegaba solo hasta la cintura, por lo que no se usaría para bloquear la magia, pero era suficiente para evitar que intentáramos huir.

Evanna Lynne le dio una orden a otre hechicere, quien se escabulló por otra puerta. Luego se ajustó la blusa antes de situarse en el centro de la sala. Nos miró como si fuéramos insectos que quisiera aplastar mientras golpeaba el suelo de piedra con la punta de sus zapatos.

Unos momentos después, hubo una conmoción, y se abrió otra puerta. Varies hechiceres del Consorcio salieron en tropel y, en medio de elles, caminaban Fable y Antonia.

—¡Antonia! —gritó Rook.

—¡Fable! —exclamé yo.

Les dos mentores alzaron la mirada. Fable se veía desmejorade, con el pelo rubio y rizado incontrolable y la tez pálida en contraste con el extraño mono que llevaba puesto. Antonia no estaba mucho mejor, demacrada pero feroz. Ambes tenían las esposas atenuadoras en las muñecas. Antonia se separó de la multitud, entre gritos, y después de una lucha en la que le dio un codazo a une hechicere en el esternón, atravesó corriendo la habitación, golpeando los adoquines con los pies descalzos.

—¡Rook! —dijo, chocándose con la protección que nos rodeaba. Eso no la detuvo. Se inclinó por encima de la barrera baja y envolvió a Rook con los brazos; lo abrazó con fuerza, con la cadena de los grilletes tensada sobre el pecho de su aprendiz. En la colisión, solté la mano de Rook, pero no podía lamentar la pérdida de contacto físico al ver el afecto genuino en el rostro de Antonia mientras lo estrechaba.

—Antonia —dijo Rook con la voz entrecortada.

—Estás bien —contestó ella, sujetándolo—. ¿Verdad?

—Sí. Estoy bien.

Se apartó de él, extendió la mano y me agarró también, atrayéndome hacia ella y acariciándome la mejilla.

—Secuaz de Fable, ¿te encuentras bien?

—Sí.

—Estupendo. Escuchad —dijo en voz baja y apremiante—, si tenéis la oportunidad de salir ileses de aquí, quiero que la aprovechéis. ¿Entendido? No os preocupéis por mí ni por Fable. Estaremos bien y…

Une hechicere del Consorcio sujetó a Antonia del brazo y tiró de ella hacia atrás antes de que pudiera terminar la oración.

Antonia gritó mientras la arrastraban por la sala, donde la empujaron sin miramientos a una caja protegida similar a la nuestra, junto con Fable. No podían huir, atrapades como estaban con la barrera mágica, y con sus grilletes malditos, desde luego que no podían lanzar hechizos. Pelear no tenía sentido, pero eso no impidió que Antonia gritara ni que Fable pusiera la barrera a prueba pateándola en varios lugares.

Evanna Lynne estaba en medio del espectáculo. Daba golpecitos impacientes con el pie, con las manos en las caderas, mientras otre hechicere colocaba un espejo de cuerpo entero al frente de la sala.

Claro. El castigo se iba a transmitir en los espejos. Era la primera vez en décadas que se hacía público algo así para que todo el mundo lo viera. El corazón me dio un vuelco cuando giraron el espejo para asegurarse de que les cuatro estuviéramos dentro del encuadre.

—Parece una ejecución pública —gritó Antonia—. Qué medieval.

Rook hizo una mueca a mi lado, y yo compartí su sentimiento. Estábamos a punto de convertirnos en personas infames en Spire City y en el resto del mundo mágico. Ese pensamiento me detuvo en seco. Un momento. Los espejos clarividentes necesitaban un flujo constante de magia, sobre todo si esa farsa iba a transmitirse en vivo de principio a fin. Lo que también significaba que les hechiceres del Consorcio no podían lanzar un hechizo de protección en toda la sala, ya que la fuente del hechizo para la transmisión quedaría bloqueada. Una pequeña llama de esperanza se encendió en mi pecho.

Era posible que las esposas hubieran disminuido mi poder y me hubieran impedido extraer la energía de una línea ley, pero no me habían limitado por completo. Parpadeé y mi visión se volvió blanca y negra. De hecho, la habitación no tenía ninguna protección mágica. Y había líneas ley por todas partes, zumbando y accesibles. Débiles en mi visión limitada, pero presentes, y la más fuerte ubicada en la esquina superior derecha.

Evanna Lynne se arremangó, extendió una mano y pronunció algunas palabras. La vibración de la magia hizo que me estremeciera, a pesar de los atenuadores, mientras el hechizo se activaba. La magia fluyó desde una de las líneas hacia el espejo para potenciar la transmisión. La superficie del espejo fluctuó, luego se iluminó, y oficialmente estábamos en directo. Les hechiceres que nos observaban aparecieron en forma de burbujas flotantes que revoloteaban alrededor del cristal, conectades en ese mismo momento.

El murmullo de las conversaciones llenó la sala del tribunal.

—Por favor, silencien sus espejos durante el juicio —pidió Evanna Lynne con una sonrisa mucho más dulce que cualquier otro gesto que nos hubiera dedicado a mí o a Rook.

Parecía que algo había avivado la llama de esperanza en mi pecho cuando la mujer se puso de frente al espejo. Todo lo que sucediera en esa sala sería transmitido a toda la comunidad mágica. El Consorcio, aunque innegablemente poderoso, aún necesitaba presentarse de la mejor manera posible. Podríamos aprovechar eso. Podría aprovechar eso.

Me giré de espaldas al espejo y le di un codazo a Rook.

—Sonríe para el espejo —dije—. Estamos en directo. No hay ninguna protección mágica en la sala, así que cuando llegue el momento, concéntrate en la esquina superior derecha. —Los ojos de Rook se ensancharon, pero antes de que pudiera responder, la jueza entró y tomó asiento en lo alto del estrado.

—Orden en la sala —dijo la mujer en un tono duro, y todes se callaron al instante—. Se abre la sesión.

22

Rook

En cuanto la jueza pidió orden, Antonia dejó escapar una risa burlona.

—¿Debo recordarle a la jueza que ya me han condenado y sentenciado a un castigo que involucra un hechizo de retención? —dijo, echándose el pelo por encima del hombro—. Y preferiría no tener que aguantar otra farsa de juicio. —Dirigió la mirada al espejo—. Aunque mi presencia aumente considerablemente el índice de audiencia.

Me mordí el labio. Por mucho que apreciara el hecho de que la captura y el encarcelamiento no le hubieran afectado en lo más mínimo a Antonia, ese *no* era el momento.

La jueza entrecerró los ojos. Era una mujer baja, con el cabello canoso, arrugas y un aire de «me la suda», lo cual era particularmente preocupante.

—Silencio, Hex, o será retirada de la sala.

La jueza desvió la mirada hacia donde estábamos Sun y yo.

—Jóvenes —dijo, dirigiéndose a nosotres—. ¿Cómo se declaran?

Me aclaré la garganta y enderecé los hombros.

—Sería útil saber de qué se nos acusa —repuse.

Evanna Lynne no parecía impresionada.

—El aprendiz llamado Rook está acusado de crear un libro de hechizos ilegal y violar nuestras leyes relacionadas con la información electrónica. Le aprendiz llamade Sun está acusade de enseñar magia a un individuo no mágico.

Sun abrió la boca para replicar, pero le interrumpí antes de que pudiera incriminarse o fastidiar a Evanna Lynne o a la jueza con su clásica personalidad.

—He venido aquí para entregarme. Me prometieron que si lo hacía, Antonia, Fable y Sun quedarían libres. Así que eso es lo que he hecho. Aquí estoy.

—¿Y cómo se llama usted?

Oh.

—Eh, me llamo Rook.

—¿El aprendiz de Hex? —preguntó la jueza.

No sabía cómo responder. Parecía una trampa.

—Sí —afirmó Evanna Lynne desde su lugar en el suelo, de pie entre las dos cajas hechizadas—. Hex le otorgó el nombre de Rook y le enseñó magia.

La jueza tenía un aire pensativo.

—Sin embargo, a Hex no se le permite tener un aprendiz. Y aunque se lo permitiéramos, nuestras leyes son claras: el aprendiz debe cumplir con ciertas especificaciones.

—Pido cuestión de orden —gritó Sun—. Rook *es* mágico, y puede lanzar hechizos.

Un murmullo se extendió por la multitud. La jueza arqueó una ceja, y yo le di un golpecito a Sun con el codo.

—¿Qué haces? —pregunté entre dientes.

—Confía en mí.

La jueza se inclinó hacia adelante, intrigada.

—¿Eso es verdad?

Me pasé la lengua por los labios secos. Las burbujas con los rostros de les hechiceres giraban alrededor del espejo. Observándonos. Se habían unido a la transmisión para ver cómo sentenciaban a Antonia. Para presenciar el fin de su poder. Y eso, bueno, eso me enfureció. Con una determinación renovada, asentí.

—Sí. Puedo lanzar hechizos —anuncié sin dudarlo—. Puedo extraer el poder de una línea y encender una vela, y he estabilizado un hechizo que transformó a mi amigue de une gate a une humane.

—Nos han hecho creer que el joven no puede ver las líneas ley sin su pequeño dispositivo —dijo Evanna Lynne—. Además, tenemos constancia de que hace poco más de un año se le hizo una prueba que determinó que no tenía magia.

Un escalofrío me recorrió la espalda ante el recuerdo, y me crucé de brazos, a la defensiva, incómodo bajo el escrutinio y también muy consciente de lo inestable que era la situación.

—Tiene razón. No puedo ver las líneas ley. Me hicieron la prueba dos veces, y en ambas me dijeron que no puedo acceder a la magia.

La jueza levantó las cejas.

—Entonces es imposible que el chico lance hechizos.

—No es imposible —intervino Antonia. Se miró las uñas con el ceño fruncido, fingiendo indiferencia, como si no estuviera a punto de sacudir los cimientos mismos de las leyes del Consorcio—. Es mi aprendiz. Por supuesto que puede hacerlo.

Se desató otra ola de conversación, pero no tan tranquila como antes. Algunos de les hechiceres que estaban mirando a través del espejo activaron el sonido para expresar su incredulidad y para increpar a Antonia por su dramatismo y sus mentiras.

La jueza golpeó el mazo.

—Pido orden en la sala —gritó—. Bien. Si no es tan imposible como dicen, solicito una demostración.

Estaba hecho un manojo de nervios, y sentía la nuca empapada de sudor. Esa era una grieta en el estado de derecho cuidadosamente elaborado por el Consorcio, un ataque a sus antiguas creencias. Era peligroso. Pero merecía la pena. Antonia merecía la pena. Sun merecía la pena. Fable merecía la pena. Y todas las demás personas que habían sido alejadas de la magia porque no encajaban en el molde, o en los estándares que el Consorcio había establecido, también merecían la pena.

—Vale, de acuerdo.

Sun me había mencionado la esquina superior derecha de la sala. Por ahí debía de pasar una línea. Levanté la mano. Extendí los dedos. Imaginé un rastro de mariposas. Algunas de ellas se separaron y volaron hacia mí, hasta que sentí la vibración de la magia debajo de la piel. Señalé con dos dedos un trozo de pergamino sobre el escritorio de la jueza y…

—Protesto, su señoría —interrumpió Evanna Lynne, con voz aguda y asustada.

Mi concentración se hizo añicos. Las mariposas se alejaron, al igual que la calidez de la magia.

La hechicera tiró de las mangas de su vestido de traje con nerviosismo mientras me miraba con recelo.

—Ha admitido que no puede ver las líneas ley, y tenemos registros que muestran que no es mágico. Eso debería ser suficiente.

Antonia se mofó de ella.

—Tiene razón, Evanna Lynne, *debería* ser suficiente. Si las reglas del Consorcio no estuvieran basadas en innumerables falacias, pero como no es el caso, le exijo que deje que mi aprendiz continúe. Estaba a punto de lanzar un hechizo.

—¿Para qué? —masculló Evanna Lynne—. Cabe destacar que tenía prohibido ser su mentora.

—Sí, es verdad —dijo Antonia, asintiendo—. Pero la demostración podría absolver tanto a Fable como a Sun.

Evanna Lynne puso los ojos en blanco.

—Me sorprende que se preocupe por los demás, Hex. Pero mi protesta sigue en pie. Tengo la certeza de que cualquier supuesta demostración de magia que realice será un truco de salón que Hex le ha enseñado. Es conocida por su personalidad dramática, así que sugiero humildemente que sigamos adelante y abordemos la cuestión del dispositivo electrónico ilegal.

—¿Un truco de salón? —Antonia se enderezó tras abandonar su postura encorvada un tanto irrespetuosa contra la barrera protectora que la rodeaba—. ¿Un truco de salón? ¿Cómo se atreve? —Levantó las muñecas esposadas—. Quítemelas y le mostraré algunos trucos de salón. ¿Qué tal si resolvemos esto con un duelo de magia de verdad como en los viejos tiempos?

Evanna Lynne enarcó una ceja.

—Antonia, ya la he derrotado una vez. Es suficiente para toda una vida.

—Sí, usted y veinte de sus amigues. Necesitó la ayuda de *todes*. Admita que tiene miedo de enfrentarse a mí sola.

La jueza volvió a golpear el mazo.

—Hex, un arrebato más y la escoltarán fuera. Y no le quitaremos las esposas hasta después de que se ejecute la sentencia.

Antonia cambió de táctica e hizo un puchero.

—Por favor, su señoría. Prometo que me comportaré. Las tengo puestas desde hace días, y me pican.

—No —dijo Evanna Lynne en un tono impasible.

—Al menos, quítenselas a Sun —suplicó Fable. Era la primera vez que hablaba desde que había empezado el juicio—. Es solo une niñe, y le están haciendo daño.

Giré la cabeza. Sun tenía la frente cubierta de sudor. Su rostro estaba desprovisto de color. Su cuerpo temblaba. Su respiración era entrecortada.

—¿Sun? —pregunté, sujetándole del brazo, a la altura del pliegue del codo.

Tragó con dificultad.

—Estoy bien.

No estaba bien.

—Quítenselas —Me volví hacia la jueza—. Por favor. Sun no ha hecho nada malo. Déjenle ir. Asumo toda la responsabilidad.

—Le recuerdo a Rook el aprendiz que él no da las órdenes en esta sala.

Me puse rígido.

—Sí, su señoría. Solo necesito demostrar que sé lanzar hechizos, y luego se podrán retirar los cargos contra Sun.

La jueza suspiró.

—Me temo que debo coincidir con la hechicera Beech. Usted ha admitido que no puede ver las líneas ley, y las pruebas son claras. No cumple con las condiciones requeridas para ser un miembro de la comunidad mágica, y mucho menos para ser un aprendiz. Incluso si pudiera lanzar hechizos, lo cual dudo que sea verdad, su existencia va en contra de la ley.

El estómago me dio un vuelco. En la cabeza me revoloteaban las palabras de la jueza, despertando todas las inseguridades que allí vivían. Otra confirmación de mis miedos, de todo contra lo que había luchado. Pero lo peor era que las esperanzas que tenía de hacer posible la liberación de Sun se desvanecieron. No había salida. No había manera de escapar de esa situación.

—Ahora. —La jueza tamborileó con los dedos sobre el estrado—. Quiero saber más sobre el dispositivo ilegal.

Hice una mueca.

—Está en mi mochila. Dondequiera que esté.

Une hechicere del costado le entregó mi mochila a Evanna Lynne, quien la llevó hasta una mesa ubicada al lado del escritorio de la jueza, que ya estaba llena de varios objetos. Una vez allí, volcó el contenido; la Encantopedia cayó, junto con mi

343

ropa, mi cartera y otros artículos diversos. Evanna Lynne rebuscó entre mis pertenencias y levantó la Encantopedia de en medio. La estudió, y luego se la entregó a la jueza.

—¿Qué funciones tiene?

—Detecta las líneas ley —expliqué.

—También tiene un compendio electrónico de hechizos —señaló Evanna Lynne, tocando la pantalla—. Lo cual va en contra de nuestras reglas sobre libros de hechizos no autorizados.

Suspiré.

—Sí. Gracias por mencionarlo. También tiene una aplicación con un libro de hechizos no autorizado.

La jueza examinó la Encantopedia, y el surco de su frente se hizo aún más pronunciado. Apretó los labios.

—Es un dispositivo peligroso.

—¿Por qué? —la desafié. Si no había salida, al menos moriría en el intento—. ¿Porque permitiría que personas como yo vean las líneas ley? ¿Porque las supuestas personas que ustedes consideran no mágicas podrían saber cómo es la magia? ¿O incluso dónde está y cómo funciona?

La jueza frunció el ceño.

—Sus comentarios están fuera de lugar, aprendiz Rook.

—¿Y qué? —dije, canalizando a mi Antonia interior, quien me miró desde lejos con las yemas de los dedos unidas. Esperaba que estuviera impresionada—. Ya ha determinado que mi existencia va en contra de la ley. Dudo que mi situación empeore mucho más. —Asentí en dirección al espejo—. Además, le ha negado a la gente que nos está mirando desde sus casas la oportunidad de presenciar algo que usted misma ha dicho que era imposible. Puede que necesite ese dispositivo para ver las líneas ley, pero puedo lanzar hechizos. Soy mágico. Porque Antonia y Sun dijeron que lo soy. Así que a la mierda con sus reglas. Que le den. Estoy harto de defenderme de elitistas como usted.

Silencio. Un silencio ensordecedor. Les hechiceres a nuestro alrededor se quedaron boquiabiertes y consternades. Muchas de las personas en el espejo apartaron la mirada, mientras la incómoda verdad se cernía sobre la sala. Deduje que había hecho más daño que bien, pero al menos había dicho lo que tenía que decir. Y una vez que las palabras salieron de mi boca, lo único que sentí fue *alivio*.

—Tiene razón —intervino Antonia en medio del silencio abrumador—. Imponen reglas arbitrarias para llenarse los bolsillos. Digamos la dura verdad: permitir que todo el mundo tenga acceso a la magia afectaría las ganancias del Consorcio. ¿Cómo podría esta organización mantener una sala de tribunales subterránea tan bonita como esta si cualquiera pudiera lanzar hechizos y no necesitara contratar a les hechiceres carísimes con certificados de aprobación del Consorcio en sus ventanas?

—Hex, última advertencia —amenazó la jueza. Dejó mi dispositivo en el escritorio—. Bueno, esto ha sido esclarecedor, pero no me queda otra opción más que…

Sun soltó un grito ahogado y se tambaleó.

—¡Sun! —gritó Fable.

Le sujeté del codo con más fuerza.

—Bueno. Ya basta. Destruidlo. Haced lo que tengáis que hacer. Solo quitadle las esposas a Sun.

La expresión de la jueza se endureció.

—Ya se lo he advertido. Usted no da las órdenes aquí.

Sun tropezó hacia un lado y quedó fuera de mi alcance. Se alejó dando tumbos hasta que se apoyó con fuerza en el borde de la caja encantada, prácticamente doblade sobre el borde. Le fallaron las rodillas, y se deslizó al suelo con un chillido.

—*Por favor* —dije con la voz quebrada.

Fable y Antonia gritaron. Luego se unieron más voces provenientes de les espectadores alrededor de la sala. Les hechiceres en el espejo activaron el sonido y pidieron a los gritos que liberaran a Sun. Exigieron que me dieran la oportunidad de lanzar un hechizo. Era una cacofonía de voces enojadas, pero en vez de reprendernos... se pusieron de nuestro lado.

Evanna Lynne parecía afligida y presa del pánico al perder el control de la situación y al darse cuenta de que la multitud se había vuelto en contra del Consorcio en el instante en el que Sun había caído al suelo.

La jueza golpeaba el mazo mientras vociferaba para pedir orden en la sala. Pero era demasiado tarde. Si el Consorcio no actuaba, perdería.

Le entregó la Encantopedia a Evanna Lynne.

—Destrúyela rápido. Y luego libera a le aprendiz.

Aparté la mirada del rostro pálido de Sun para ver cómo Evanna Lynne sonreía a la Encantopedia que tenía en la mano. Me dedicó una sonrisita, extendió el brazo a modo de burla y luego abrió los dedos. No rompió el contacto visual mientras el dispositivo caía como una piedra, atenta a mi expresión mientras mi creación, mi vínculo solitario con el mundo mágico hacía un tiempo, se estrellaba contra el suelo. Aterrizó con fuerza, la pantalla se agrietó, y trozos de metal y circuitos se rompieron y se deslizaron por el suelo.

Todo el esfuerzo. Toda la preocupación. Todas mis esperanzas y dolores le habían dado forma a ese aparato, que estaba destruido. Que ya no existía. Aunque no me dolió tanto como esperaba.

—¿Ya ha terminado? —gritó Antonia desde el otro lado de la sala.

Evanna Lynne inclinó la cabeza y pisoteó los componentes rotos una y otra vez hasta que lo único que quedó de la Encantopedia fue una maraña de cables destrozados.

—Sí —respondió con calma, alisándose la falda de tubo—. He terminado.

—Entonces ocúpese de Sun —exigió Fable.

Sun. Ay, mierda, Sun. Me di la vuelta, y Sun estaba apoyade contra la esquina de la caja mágica, jadeando, sudando y haciendo muecas, con su adorable nariz arrugada y los dientes clavados en el labio inferior.

Me acerqué a elle, pero Sun se retorció para alejarse de mi mano.

—No —negó con voz ronca, haciéndose un ovillo—. No me toques.

—Sun —dije en un tono suave y bajo—. Sun, ¿qué hago? Dime cómo puedo ayudarte.

Se asomó por debajo de sus brazos cruzados y... me guiñó un ojo.

Un momento. ¿Qué?

Le hechicere con la llave atravesó la sala para liberar a Sun de sus esposas atenuadoras, pero Sun se encogió en la esquina de la caja, haciéndose pequeñe y oh... *Oh*. El corazón me latía salvaje cuando le hechicere se detuvo en la barrera. Miró a Sun con el ceño fruncido, llave en mano. Se inclinó lo más que pudo, con la mano extendida, pero como Sun estaba acurrucade sobre sí misme, no pudo alcanzarle.

Se puso de pie, frustrade.

—Levántale —bramó.

Alcé las manos en señal de rendición.

—No puedo. No me deja tocarle.

—Entonces seguirá esposade.

Un coro de gritos se elevó desde les espectadores y desde el espejo del frente.

—*Por favor* —supliqué en un tono exagerado—. Está sufriendo.

—¿Qué sucede? —exclamó Evanna Lynne desde su lugar junto a la jueza y los restos de la Encantopedia—. ¿Hay algún problema?

—No —contestó le hechicere con un gruñido, inclinándose sobre la barrera mágica. Con el riesgo de perder el equilibrio, prácticamente entró en la caja con nosotres, apoyando una rodilla en el borde, sujetándose con una mano y extendiéndose lo más que pudo con la otra para introducir la llave en las esposas.

Los músculos se me tensaron, el pulso me latía con fuerza en los oídos, mientras aguardaba lo que Sun había planeado, fuera lo que fuese. Esperaba saber qué hacer cuando lo viera o, de lo contrario, sería un escape de muy corta duración.

No debería haberme preocupado.

En cuanto cayeron las esposas, Sun golpeó una mano contra el suelo y extendió la otra hacia la esquina superior trasera de la sala. En un abrir y cerrar de ojos, la barrera mágica que nos rodeaba desapareció.

Le hechicere perdió su precario equilibrio y dejó caer la llave, que se deslizó sobre el suelo de piedra. La llave. ¡La *llave*!

Salí corriendo tras ella y logré recogerla antes de que nadie supiera lo que estaba pasando, y me precipité hacia Antonia.

La sala del tribunal era un caos. Evanna Lynne gritaba. Les hechiceres se abalanzaron sobre mí, pero yo estaba decidido a cumplir mi objetivo. Mientras corría, les hechiceres que intentaron atraparme tropezaron y cayeron antes de siquiera tocarme, ya que parecía que el suelo se agitaba bajo sus pies.

Ya casi había alcanzado a Antonia y Fable. Casi. Un paso más y…

Alguien me tiró del cuello de la camiseta, y la tela se rasgó a la altura de mi garganta.

—¡Rook! —gritó Antonia.

¡Mierda! Luché, pero estaban encima de mí, y venían de todas partes. Me agarraron de la ropa y de las piernas, así que no iba a poder liberarme, no de les hechiceres que se habían lanzado sobre mí con la intención de detenerme físicamente si no podían hacerlo con magia.

Hice lo único que pude.

Arrojé la llave.

23

Rook

Aterricé en un lío de extremidades. Mi nuca se estrelló contra el suelo. Alguien me dio un rodillazo en el estómago, el cual me dejó sin aliento. Me sujetaron los brazos con fuerza, y alguien se sentó sobre mis piernas.

Todo era confuso, los rostros que se cernían sobre mí, los gritos que venían por todos lados y, uf, alguien se había olvidado de cepillarse los dientes esa mañana, pero seguí moviéndome con dificultad, tratando de liberarme porque no sabía qué ocurriría si no lo lograba. El miedo me impulsaba. El miedo por Sun. El miedo por Antonia. El miedo por Fable. Y para ser sincero, estaba furioso. Furioso con Evanna Lynne y con el Consorcio por haberme hecho sentir alienado durante el último año de mi vida y por todos los engaños y daños que habían causado.

Lancé una patada y golpeé a alguien que gruñó de dolor. Liberé los brazos y rodé hacia un lado con la intención de ponerme de pie, pero fue en vano. Un pie me pisó fuerte la espalda, y volví a caer al suelo, esa vez con el mentón raspando la piedra. Estaba perdiendo. Escuchaba los alaridos de Sun por encima de la cacofonía de ruidos, al igual que los gritos de Fable en medio del caos absoluto.

¡Sun! ¡Estaba heride! Tenía que llegar a Sun. Me arrastré hacia donde le había visto por última vez, pero con todos les hechiceres que me retenían, avancé muy poco. Pero tenía que...

De pronto, se escuchó el sonido distintivo del metal contra la piedra. Se me erizaron los vellos de los brazos, y un cosquilleo de magia me recorrió la espalda. Alcé la cabeza y, a través del muro de cuerpos, divisé a Antonia levantando los brazos, libres de las esposas, con los dedos extendidos, buscando la esquina trasera como lo había hecho Sun, y me invadió un alivio. Sin embargo, ese alivio pronto se convirtió en pánico cuando capté la expresión en su rostro y el destello de sus ojos violetas. La sensación de una tormenta inminente llenó la sala.

Ay. Ay, no. Entendí la advertencia, me puse en posición fetal y me tapé la cabeza con los brazos.

La explosión de magia que siguió sacudió los cimientos del edificio. El suelo se dobló debajo de mi cuerpo, agrietándose y gimiendo, mientras sentía las reverberaciones hasta en los huesos. Toda la sala del tribunal tembló, como en un terremoto. Pedazos de yeso caían desde las grietas en el techo. Los muebles estaban volcados. La madera estaba astillada. La piedra estaba hecha añicos. Todas las personas a mi alrededor se desplomaron. El sonido de cuerpos golpeando el suelo era siniestro y extraño, como si hubieran caído al mismo tiempo, como marionetas con los hilos cortados.

Pero lo más extraño fue que, después de lo que fuera que Antonia había hecho, la sala quedó completamente quieta y en silencio. El único sonido era el zumbido en mis oídos y mis propias respiraciones entrecortadas, pero el resto de los movimientos y sonidos cesaron.

Permanecí allí, inmóvil, jadeando, asustado, con la cabeza escondida entre los brazos. Después de aproximadamente un minuto, abandoné mi posición defensiva y me enderecé. Aparté a una persona que había caído sobre mi torso, con la esperanza de que aún estuviera viva. De verdad esperaba que estuviera viva, porque si no, eso significaba que acababa de tocar un cadáver. Y que Antonia había matado a todes. Aunque estaba furioso con el Consorcio, no les deseaba la muerte a sus miembros. Y tampoco quería que Antonia fuera una asesina.

Con cautela, me incorporé. La cabeza me daba vueltas y mi visión estaba borrosa, pero estaba vivo. Y, de momento, libre.

Me puse de pie, y alguien me agarró del brazo para estabilizarme. Mi instinto fue alejarme, pero el toque fue suave, para nada duro ni agresivo. Miré por encima del hombro y vi a Fable, también libre. No me miró, ya que su atención estaba fija en lo que estaba sucediendo al otro lado de la sala. Seguí su mirada y descubrí por qué.

Antonia estaba de pie en el centro de la destrucción, irradiando poder, con el cabello ondeando a su alrededor como si estuviera bajo el agua, y las manos levantadas con la magia chisporroteando entre sus dedos.

El resto de les hechiceres estaban en el suelo, luchando contra el hechizo de Antonia que los retenía. Todes, excepto la jueza y Evanna Lynne, que estaban de pie frente a Antonia, paralizadas, con los brazos inmovilizados a los costados y los ojos muy abiertos.

Pero Sun. ¿Dónde estaba? Sun había fingido sentirse mal en cierto modo, porque no podía fingir la palidez de su piel, ni el sudor, ni los temblores. Algo no estaba bien. Y le había abandonado. Ay, joder, le había abandonado. Quería buscarle entre los cuerpos, ya que era muchísimo más importante que el enfrentamiento entre Antonia y Evanna Lynne.

Justo cuando lo pensé, una figura se incorporó entre los cuerpos, y oh, bendita magia, Sun estaba vive. Y aunque parecía desmejorade y cansade, muy muy cansade, era la persona más hermosa que había visto.

Antonia levantó una ceja.

—Vaya, vaya, Evanna Lynne. La han engañado dos aprendices. Qué vergonzoso.

—Libérenos —exigió la jueza.

Antonia inclinó la cabeza hacia un lado, como si lo estuviera considerando.

—No.

—Hex, está cometiendo un grave error —dijo Evanna Lynne—. No hay manera de que salga de aquí con su magia intacta. Lo sabía. Pero ahora también ha comprometido el futuro de Rook y Sun.

Antonia se desternilló de la risa.

—No mienta, Evanna Lynne. No se le da bien. Ambas sabemos que sus destinos estaban sellados desde el momento en el que entraron en este edificio. Nos tenía atrapades, y no iba a permitir que nos fuéramos, y menos con nuestras habilidades intactas.

Evanna Lynne intentó retorcerse contra sus ataduras mágicas sin éxito.

—De acuerdo. Íbamos a lanzarles el hechizo de retención. Incluso al mocoso sin magia. ¿Contenta?

El aire chisporroteó por la magia.

—Eufórica —especificó Antonia. Murmuró algo y chasqueó los dedos.

Evanna Lynne se quedó sin aire y cayó de rodillas.

—¿Qué está haciendo? —exclamó.

Antonia fingió pensar en una respuesta.

—Mmm, ¿qué estoy haciendo? —Dio un paso adelante—. Vengándome por lo que le han hecho a mi aprendiz. O más bien, a mis aprendices. ¿Recuerda a la primera, verdad? A quien le puso un hechizo de retención. A quien no pudo retener. A quien me rogó que detuviera, y cuando lo hice, la mató. ¿La recuerda?

Evanna Lynne tragó saliva.

—Está viva. La última vez que la vi, estaba viva.

Antonia chasqueó la lengua.

—Sabe que no es verdad. El hechizo de retención es la muerte. Todo el mundo lo sabe.

—No lo es. Era necesario. Era malvada. Necesitaba ser controlada.

Antonia dio otro paso.

—¿Y qué hay de usted? ¿Es malvada? ¿Necesita ser controlada?

Evanna Lynne palideció.

—No lo haría.

—¿No lo haría?

—Antonia Hex —gritó la jueza— ha sido condenada a…

—Oh, cierre la boca. —Antonia levantó la barbilla, y la boca de la jueza se cerró de improviso—. Me he cansado de escucharla.

Antonia dio otro paso. Irradiaba poder, que goteaba en forma de destellos dorados. Llenaba toda la sala. Era asombroso y *aterrador*.

—Ahora es mi turno de hablar —dijo Antonia a la sala en general, a les hechiceres que observaban en sus espejos clarividentes—. No es ningún secreto que llevo años en desacuerdo con el Consorcio. Incluso décadas. ¿Y por qué no debería estarlo? Controlan nuestras vidas. Controlan nuestros sustentos. Controlan nuestro conocimiento. Trabajamos mucho rompiendo maldiciones, preparando pociones, lanzando hechizos para otras personas, solo para que elles se queden con una parte del dinero. Tenemos que superar obstáculos para obtener certificados de aprobación por parte del Consorcio para colocar en nuestras ventanas. ¿Y para qué? ¿Para que puedan dictar nuestras elecciones? —Antonia merodeaba por la sala, pasando por encima de les hechiceres en el suelo, hasta que se posicionó frente al espejo—. ¿Por qué lo permitimos? ¿Qué nos han dado a cambio de nuestra lealtad?

Nadie respondió.

Antonia sonrió.

—Eso es lo que pensaba. —Se encogió de hombros—. La lealtad debe ganarse. Y yo, por mi parte, estoy harta de seguir las reglas que están en mi contra. Así que estoy lista para quemarlo todo.

Antonia giró sobre sus talones y se dirigió hacia Evanna Lynne. Estaba que echaba chispas, llena de magia y poder. Nadie podía detenerla. Ni siquiera les hechiceres pegades al suelo. Ni Evanna Lynne de rodillas. Ni la jueza. Ni Fable, que permanecía en silencio a mi lado. Ni la gente que gritaba al otro lado de las puertas cerradas, ni quienes nos observaban a través de un espejo roto.

Nadie.

Tal vez ni siquiera yo.

Pero tenía que intentarlo.

—Antonia —la llamé mientras me abría paso entre algunos cuerpos para acercarme a ella—. Jefa —dije en voz baja.

Antonia giró la cabeza y sonrió.

—Ahí estás, Rook. Mi aprendiz. Mi aprendiz no mágico que en realidad sí es mágico. Mi aprendiz inteligente y astuto. ¿Estás bien?

—Sí.

—Tienes sangre en el cuello.

Oh. Es verdad. Sentía una punzada de dolor en la nuca, pero había pensado que se debía a la atmósfera mágica opresiva. Me toqué la herida con cuidado, y mis dedos quedaron ligeramente ensangrentados. Y el raspón que tenía en la barbilla me ardía. Ignoré el dolor para concentrarme en el asunto en cuestión.

—Pero estoy bien.

—Vale. —Antonia echó un vistazo por encima del hombro—. ¿Y tú, secuaz de Fable?

Sun se tambaleó en el lugar.

—Estoy bien.

Antonia vaciló.

—No os creo, pero bueno. Os llevaré a un curandero muy pronto. —Devolvió su atención a Evanna Lynne—. Ya casi termino de todos modos.

—Sí —dije, titubeante—. Sobre eso. Eh… ¿podemos irnos? —Me aclaré la garganta—. Quiero ir a casa. No a mi hogar, ni al apartamento, pero ¿quizá a la oficina? ¿O a la casa de mi abuela? ¿O incluso a la cabaña de Fable? ¿Algún lugar seguro donde podamos hablar?

—Sí. En breve.

Tragué saliva.

—Antonia, no podremos irnos si haces lo que creo que quieres hacer. Si le lanzas el hechizo de retención a Evanna Lynne, o si lastimas a alguien, no creo que pueda seguir siendo tu aprendiz.

Antonia se quedó inmóvil.

—¿Qué? —Me fulminó con la mirada—. ¿A qué te refieres?

—Lamento que te hayan hecho daño. Lamento que haya sido por mi culpa, por haber creado un dispositivo ilegal. No tenía magia. Nunca debiste haberme aceptado como tu aprendiz, pero lo hiciste porque supongo que querías romper un poco las reglas. Una pequeña rebelión, ¿no? Si hubiera sabido que terminaría así, te habría dicho que no.

Antonia bajó ligeramente las manos.

—No te eches la culpa, chico. Soy la adulta en esta relación. Soy yo quien tomó esas decisiones. Sabía lo que estaba haciendo.

—Tal vez, pero me gustaría pensar que no era solo un peón.

En ese momento, Antonia dejó caer los brazos.

—Claro que no eres un peón. Eres Rook. Quería que fueras mi aprendiz.

Fue agradable escuchar eso. Sonreí.

—Gracias... eh... No quiero que hagas algo de lo que te arrepientas. Has demostrado que tienes razón. Eres la hechicera más poderosa de la época, y todo este grupo de hechiceres ni siquiera puede tocarte en su propia sede central. Solo hizo falta que Sun desviara la atención del juicio para que tú puedas someter a todo el Consorcio. Creo que ya has expresado tu opinión sin tener que recurrir a... —Agité las manos—. La muerte.

La expresión de Antonia se ensombreció.

—No lo entiendes. Nunca nos dejarán en paz. Y aunque lo hicieran, ¿qué hay de las demás personas a las que han atemorizado y excluido? Personas como tú.

—Tienes razón. Sus reglas son horribles. Y es necesario cambiarlas. Pero eso no tiene por qué depender solo de nosotres. —Miré el espejo—. Otras personas lo han visto. Y tal vez ellas puedan quemarlo todo, mientras nosotres aprovechamos la oportunidad para relajarnos. No sé qué pasará ahora, pero sí sé que herir a Evanna Lynne solo empeorará las cosas. No quiero que te conviertas en la persona que el Consorcio cree que eres, porque no lo eres. Por mucho que quieran hacerte quedar como la villana, no lo eres. No lo eres. —No me di cuenta de que estaba llorando hasta que las lágrimas resbalaron por mis mejillas y se mezclaron con la sangre seca y pegajosa en mi barbilla—. Eres lo más parecido que tengo a un adulto que se preocupa por mí. No he tenido a nadie así en mucho tiempo, y no puedo perderte. Te lo suplico.

La expresión de Antonia se suavizó. Me acarició la mejilla y deslizó el pulgar sobre mis lágrimas.

—Rook —dijo en voz baja—. No vas a perderme, ¿vale? De ninguna manera.

Asentí. Se me escaparon más lágrimas.

—He estado muy asustado. Sun y yo... hemos... —Se me quebró la voz.

—No pasa nada —dijo Antonia—. No te preocupes. Vamos a estar bien.

Dejé escapar un suspiro tembloroso y me sequé las mejillas.

—Gracias.

—Hágale caso —escupió Evanna Lynne, aún de rodillas, interrumpiendo el momento—. Si me quita la magia, haré todo lo posible para atraparla de nuevo. Y no piense ni por un segundo que les tendré piedad a Fable, Rook o Sun.

Suspiré y hundí los hombros, con el ánimo por el suelo.

—¿Por qué no se mantuvo al margen?

—Lo siento, Rook —dijo Antonia, dándome la espalda—. Eso no puedo ignorarlo. No toleraré amenazas contra mi familia. —Acortó la distancia entre ella y Evanna Lynne. Colocó la palma de la mano en su frente. Luego se inclinó hacia ella, con los labios justo al lado de su oído—. Se lo advertí.

La magia se acumuló como una tormenta. El aire estaba cargado. Retrocedí, pisé sin querer la mano de une hechicere, me disculpé y me acerqué a Sun. Elle se apoyó en mí, y yo le pasé un brazo por encima de los hombros, atrayéndole hacia mí.

Enganchó los dedos en las presillas de mi cinturón mientras Antonia recitaba el hechizo. La magia empezó a girar alrededor de la mano que alzó al cielo, y luego descendió por su brazo y a través de su cuerpo para llegar al de Evanna Lynne.

Evanna Lynne gritó. Abracé a Sun con más fuerza y hundí la cabeza en su hombro, sin querer presenciar el conjuro. Duró solo unos segundos antes de que el grito se ahogara y el remolino de magia retrocediera en pulsos, dando por finalizado el hechizo. Levanté la cabeza.

—¿Qué ha hecho? —exclamó Evanna Lynne. Temblaba en el suelo. Extendía la mano, una y otra vez, hacia donde estaría la línea ley y gritaba sin parar—. ¡No puedo sentirla! ¿Qué me ha hecho?

Antonia chasqueó la lengua.

—Oh, no se ponga así. No le he quitado la magia. Es solo una pequeña *maldición*. Se romperá… en algún momento.

Se enderezó y miró fijamente a la jueza. Con un chasquido, la boca de la jueza se abrió, y los murmullos frenéticos que había estado haciendo todo ese tiempo se convirtieron en palabras de pánico.

—Antonia Hex, hoy ha cometido errores terribles, y será castigada…

—No —interrumpió Antonia, juntando las yemas de los dedos—. Esto es lo que va a suceder. Rook seguirá siendo mi aprendiz, ya que tiene la capacidad de lanzar hechizos. Entiendo que necesitéis pruebas. Haz una demostración, Rook.

Oh.

—Eh…

—Enciende algo —susurró Sun—. Puedes hacerlo. —Me apretó la mano para ofrecerme su apoyo.

—Vale, de acuerdo.

Avancé unos pasos y recogí un trozo de papel que había sido arrastrado por el torbellino de magia y lucha. Imaginé la línea en la esquina de la habitación, la migración de mariposas doradas, e hice que algunas se separaran de las demás y las atraje hacia mí. Concentrándome en el aleteo en mi estómago, levanté el papel con una mano y lo señalé con dos dedos de la otra. La esquina se encendió y ardió.

La expresión de Antonia se volvió petulante.

—Debe estar conmigo, con nosotres, en esta comunidad. Y no van a impedírselo, ¿entendido?

La jueza asintió a regañadientes.

—Bien. Ahora, en cuanto a mí y mi buene amigue, Fable. —Antonia se pasó la lengua por los labios—. Ya he cumplido mi castigo por lo que ocurrió hace décadas. Por la presente solicito al Consorcio que levante su injusta restricción sobre mi capacidad de tener un aprendiz. ¿Qué me dice, Evanna Lynne Beech, hechicera de nivel cuatro, de la oficina de Spire City?

—No.

Antonia tenía un aire pensativo. Se giró hacia otro hechicero, uno que aún estaba pegado al suelo.

—¿Quién es usted?

—Clyde Waters, hechicero de nivel tres, de la oficina de Spire City.

—¿Y usted, Clyde Waters, está de acuerdo en levantar mi restricción?

—Sí —suspiró—. Sí. Solo déjanos ir.

—Listo, se ha levantado la restricción. Todes lo habéis visto. La Encantopedia ha sido destruida —dijo Antonia, señalando con la cabeza el lugar donde estaban los restos del dispositivo amontonados—. Y prometemos ceñirnos a los libros de hechizos de ahora en adelante. Esas eran las tres denuncias en mi contra, ¿verdad? Ya están resueltas. Así que no veo ninguna razón para darnos una condena a mí, a Fable y, por supuesto, a Rook y Sun. Creo que ya podemos irnos.

La jueza arrugó la cara como si hubiera chupado un limón y entrecerró los ojos. Luego, echó un vistazo al espejo. Los rostros de cientos de testigos le devolvieron la mirada, descontentos, fríos y fracturados.

—Se someterá a la supervisión de une hechicere aprobade por el Consorcio.

—Está bien —contestó Antonia, mirándose las uñas con el ceño fruncido, como si estuviera aburrida.

—¡Conozco a una! —comenté—. Si es que acepta.

La jueza puso mala cara. Golpeó el mazo.

—Se levanta la sesión.

Antonia sonrió con superioridad.

—La habéis escuchado. Y habéis visto de lo que soy capaz. Y si algune de vosotres nos mira mal en el futuro, conocerá mi ira. Seréis liberades una vez que hayamos abandonado el edificio.

Antonia le hizo un gesto a Fable, y las puertas se abrieron. Fue entonces cuando me di cuenta de que Fable había mantenido las puertas cerradas todo ese tiempo, evitando que una avalancha de hechiceres entrara a la sala del tribunal.

Entraron en tropel, y yo me mantuve pegado a Antonia, tirando de Sun hacia mí, con Fable a nuestras espaldas.

Antes de que todo se complicara de nuevo, la jueza se levantó de su estrado.

—Son libres de irse —gritó a todes les presentes.

Les hechiceres del Consorcio se detuvieron al escuchar esas palabras. Nos miraron con recelo, pero no discutieron con la jueza ni intentaron intervenir mientras nos dirigíamos hacia la puerta. Mientras pasábamos junto a la mesa de objetos, Antonia se acercó y tomó un simple felpudo negro.

—Esto es mío, gracias —dijo, con la alfombra maldita bajo el brazo.

Me quedé boquiabierto. Pero luego entendí cuando pasamos junto a los restos de la Encantopedia y, a pesar de mi buen juicio, recogí la pequeña parte que aún estaba intacta y la sostuve entre las manos.

—Oye —dijo Sun, de pie cerca de mí—. Déjalo. No lo necesitas.

Suspiré.

—Fue mucho trabajo. Fue mi única esperanza durante mucho tiempo. Es difícil dejarlo ir.

Sun apoyó la mano sobre la mía.

—Rook, ya no lo necesitas. ¿De acuerdo?

—Pero ¿cómo voy a ver las líneas ley?

Sun chocó su hombro contra el mío.

—Seré tu Buscaley.

—¿Qué?

Sonriendo y sonrojándose, Sun me dio vuelta a la mano, y el dispositivo cayó al suelo en una serie de sonidos metálicos.

—Sabes que mi habilidad especial es ver la magia, incluso la cantidad más pequeña. Así que lo haré. Seré tu Buscaley.

—Eso significa que tendrás que estar conmigo todo el tiempo.

Sun encogió los hombros.

—No es realmente una carga.

—Vaya, vaya. Eso es lo más romántico que me has dicho. Solo... necesito vivir este momento y besarte. Necesito besarte ahora mismo.

—¡Chiques! —gritó Antonia desde la puerta—. Este no es el mejor momento.

—Afuera —aclaré—. Voy a besarte en cuanto salgamos.

Sun escondió una risa en mi hombro.

—Me muero de ganas. Y esta vez, no me arrepentiré.

24

SUN

Fiel a su palabra, Rook me besó en cuanto pisamos la acerca sucia del centro de la ciudad. Fue un beso húmedo y rápido en mi boca, que probablemente nos lastimó un poco los labios, pero aun así estuvo bien. Bien porque estábamos afuera, Antonia y Fable eran libres y podíamos retomar nuestras vidas.

A pesar de no tener teléfonos, carteras ni dinero, Antonia nos consiguió un medio de transporte por arte de magia, y antes de darme cuenta, estábamos en un coche conduciendo hacia algún lugar. El cansancio se estaba apoderando de mi cuerpo. Si bien había exagerado un poco lo que me hicieron las esposas, no estaban exentas de efectos secundarios. Me habían drenado toda la energía que tenía, y cuando Rook y yo nos sentamos juntos en la parte de atrás del coche, me costaba mantenerme despierte.

—Oye —dijo Rook, inclinándose hacia mí—. Relájate.

Esa era toda la motivación que necesitaba. Apoyé la cabeza en su hombro y cedí al cansancio que me llamaba.

Cuando me desperté, el coche estaba aparcado en el camino de entrada de la cabaña de Fable. Les adultes debieron de haber estado hablando mientras yo dormía, pero cuando me aparté para salir del vehículo, Rook se despertó a sí mismo con un ronquido. No fue nada adorable.

La cabaña de Fable tenía duchas y comida, y aunque la puerta había sido derribada y tuvimos que sacar a una familia de mapaches, seguía siendo el lugar donde me había sentido más segure en días, una vez que Antonia conjuró una protección estable en las puertas y ventanas. Me duché, me puse una muda de ropa que guardaba allí (unos vaqueros, una camiseta y una sudadera que olían a un suavizante familiar) y estaba contente.

Fable preparó sopa en la cocina, y yo lavé los pocos cuencos que no se habían roto. Solo quedaban tres, así que terminé bebiendo la sopa de una taza grande. Mientras sorbíamos, conversamos. Rook y yo hablamos de nuestro escape, de la noche durmiendo en el bosque, de mis días como gate, de Mavis y de la abuela de Rook. Antonia nos contó cómo la habían pillado desprevenida, cómo la había dominado un grupo de hechiceres y cómo había tenido mala suerte.

—No volverá a suceder —aclaró Antonia, asintiendo con fuerza.

—No —coincidió Fable—. Claro que no.

Una vez que terminamos la sopa, me tapé las manos con las mangas de mi sudadera.

—Tengo que llamar a mis padres —anuncié.

Rook asintió.

—Lo sé.

—No te preocupes, Sun —dijo Fable, rozándome apenas el hombro con las yemas de los dedos—. Se lo explicaré todo, pero recuerda, firmaron la autorización.

Me llevé las rodillas al pecho mientras me balanceaba en la silla de la cocina.

—Aun así, no me perderán de vista durante un tiempo.

Rook trazó la veta de madera en la mesa de la cocina de Fable. La misma en la que había caído y que, de alguna manera, no estaba rota.

—Lo sé. No te preocupes. Te escribiré.

—Ya no tengo móvil, y tú tampoco. El Consorcio los tiene.

Rook se rio.

—Tienes razón. Eh... ¿qué tal si usamos el espejo clarividente?

—De ninguna manera —opinó Antonia, interrumpiendo nuestra conversación—. De hecho —señaló con la cabeza el espejo que estaba cubierto al otro lado de la habitación—, sé que no fue intencional que el Consorcio lo escuchara todo —comentó Antonia con tranquilidad—, pero no quiero volver a estar cerca de uno nunca más.

—Estoy de acuerdo —dijo Fable. Atravesó la habitación, sacó el espejo de la pared y lo estrelló contra el suelo. Se hizo añicos—. Listo.

«Madre mía», le articulé a Rook con los ojos muy abiertos. Fable nunca antes había roto una regla públicamente. Pero tenía la sensación de que todo iba a cambiar. Aunque ya lo había hecho. Tal vez incluso para mejor.

Rook me sujetó de la mano. No me molestaba en absoluto. De hecho, no me molestaría que nos acurrucáramos en una de las camas de la cabaña y durmiéramos durante un año, tomades de la mano, tocándonos, besándonos. Pero tal como estaban las cosas, me conformaba con la forma en la que Rook entrelazaba nuestros dedos.

—Me gustas —manifestó Rook—. Mucho.

—¿Aunque sea gruñone y antisocial?

Rook se echó a reír.

—Sí. Es lo que más me gusta de ti.

Me ruboricé. Se me aceleró el corazón. Y sí, la situación podía haber sido difícil y tensa, y había pasado algunos días como une gate, pero las cosas definitivamente habían mejorado.

25

ROOK

Ver a Sun siendo adulade por sus hermanas era tierno, adorable y un poco conmovedor, pero me alegraba por elle. Me alegraba de que tuviera una familia que se había preocupado por elle y me alegraba de que prometiera mantenerse en contacto, incluso cuando sus hermanas le arrastraban hacia el coche de su madre para llevarle a casa con sus padres afligidos.

Le saludé con la mano desde el porche de la cabaña de Fable mientras el coche se alejaba, y me quedé allí hasta que se perdió de vista, con los brazos cruzados sobre la cintura. Ya le echaba de menos, pero estaría bien. Porque, como Antonia dijo de una forma muy sucinta frente a la jueza y a Evanna Lynne, yo pertenecía. *Pertenecía.*

—¿Y qué harás ahora? —preguntó Antonia, deteniéndose a mi lado en el porche mientras bebía café. Se había quejado de un dolor de cabeza causado por la abstinencia de cafeína, y Fable había preparado una jarra que Antonia se estaba bebiendo con rapidez.

—¿De qué hablas?

—Dijiste que yo era la única persona adulta en tu vida. En el Consorcio. —Tamborileó con los dedos sobre la taza, y las uñas tintinearon contra la cerámica—. ¿Es verdad?

—Sí. Sí, lo eres.

Pensó antes de responder.

—Bien. Tengo un piso en la ciudad. Mi hogar. Y quiero ir allí. ¿Te gustaría acompañarme?

Levanté la cabeza de golpe.

—¿Qué?

Antonia sostenía la taza de café con ambas manos mientras observaba el paisaje.

—Por mucho que adore la cabaña de Fable —hizo una mueca al decirlo— y los bosques mágicos y pintorescos que están justo al lado, tengo mi propio apartamento. Tengo plantas que necesitan agua. Y tengo una habitación extra que no tiene nada más que una cama.

Se me formó un nudo en la garganta.

—¿Me estás pidiendo que me quede contigo?

—Durante un tiempo. O para siempre. Lo que prefieras. Podríamos intentarlo, y si te gusta y quieres quedarte, haremos que suceda.

—¿Hablas en serio? —No podría soportarlo si no hablaba en serio. Se me encogió el corazón.

Al final, Antonia encontró mi mirada.

—Claro.

Asentí con rapidez.

—Sí. Sí, me encantaría.

—Bien. Nos iremos después de que termine esta taza de café. Y compraremos más café en el camino. Y luego nos compraré teléfonos nuevos. Después comeremos de nuevo y dormiremos una larga siesta.

—Eso suena increíble —atiné a responder en un tono lloroso, un poco incrédulo, pero sincero. Tan sincero que no había forma de que Antonia lo interpretara de otra manera que no fuera genuino.

—No vas a llorar delante de mí, ¿verdad?

Negué con la cabeza, haciendo todo lo posible para contener mi felicidad absoluta.

—No —dije con la voz ronca, acompañada de lágrimas que me ardían en los ojos.

Antonia sonrió en su taza.

—No pasa nada si lo haces.

Me reí. Mi corazón se llenó de felicidad. Y todo el miedo al rechazo que me había perseguido desde el principio, desde que entré en la oficina de Antonia varios meses atrás, atormentando cada uno de mis pasos y proyectando sombras sobre cada decisión que tomaba, simplemente se esfumó sobre las alas de las mariposas.

26

ROOK

—Hola, gracias por llamar a Hex-Maldición. ¿En qué puedo ayudarle hoy? —pregunté mientras revisaba algunos documentos en mi ordenador—. ¿Cree que podría estar embrujado? De acuerdo. ¿Puede darme más información? —Escuché a la persona que llamaba mientras divagaba sobre cómo se tropezaba contra los bordillos, cómo se le caía constantemente su nuevo y costoso móvil en la acera y cómo se chocó contra el marco de una puerta en una cita. Recopilé toda la información y la tecleé en mi formulario práctico para casos no urgentes de quienes tal vez solo eran un poco torpes.

»Vale. Gracias por llamarnos. Le pasaré la información a une de nuestres competentes hechiceres, y le devolverá la llamada antes de que termine la jornada de hoy. Gracias.

Guardé el formulario y se lo envié por correo electrónico a Antonia y Fable para que lo revisaran. Elles decidirán qué hacer con él y si necesitaba alguna intervención mágica o no. Su relación laboral era mucho más estrecha que antes, ya que habían empezado a trabajar codo a codo, prácticamente fusionando sus negocios. Al parecer, habían llegado a un nuevo acuerdo mientras estaban encerrades en el calabozo del Consorcio, y aunque Fable todavía se guiaba más por las reglas que Antonia, ambes eran más propenses a ser flexibles. Antonia no se oponía de forma automática a cada práctica aprobada por el Consorcio en relación con la magia y su trabajo de romper maldiciones, y Fable había tomado la costumbre de romper muchos espejos. Entre todes nosotres, pudimos reparar los daños en la oficina de Hex-Maldición y en la cabaña de Fable con la rapidez suficiente como para volver al trabajo en menos de una semana, después de todo el lío con el Consorcio.

Di vueltas en mi silla antes de volver a estudiar el libro de hechizos abierto que Antonia me había regalado a principios de esa semana. Era más grande que el libro de campo, pero mucho más pequeño que el que estaba en su oficina y también más pequeño que el libro de mi abuela, que habíamos recuperado de su casa. Ese permanecía en mi habitación en casa de Antonia... nuestra... casa. Aún me estaba acostumbrando a pensar en la casa de Antonia como mía también, pero dado que el plan era quedarme un tiempo, estoy seguro de que en algún momento la iba a considerar como tal. De todos modos, parecía más un hogar que el antiguo apartamento.

Había estado viviendo allí desde que escapamos de la oficina del Consorcio en Spire City. Y las últimas semanas habían sido las mejores del último año. Antonia había hablado con mi asistente social, y no había sido difícil convencerle de mudarme. Trabajábamos bien en conjunto. Ella me enseñaba magia y se encargaba de los asuntos de cualquier persona adulta. Yo reparaba todos los electrodomésticos que ella seguía rompiendo.

En cuanto al Consorcio, la organización era prácticamente un caos, y tuvieron que traer refuerzos de otras oficinas del mundo para una reestructuración masiva. Muches hechiceres en la ciudad exigían reformas, e incluso algunes habían simplemente dejado de seguir las reglas. La magia estaba en un extraño período de incertidumbre, y la oficina de Spire City hacía todo lo posible para atender las quejas y mantener la estabilidad en la vida mágica. No les iba muy bien. Pero a nosotres no parecía afectarnos mucho. Aparte de la incorporación de Mavis como nuestra supervisora mágica designada por el tribunal, todo seguía como de costumbre. Todavía había que romper maldiciones, y Antonia estaba feliz de hacerlo ahora que no se sentía obligada. Y Fable no solo trabajaba con Antonia, sino que también había sido nombrade le líder de un comité de acción, que abogaba por cambios en las políticas del Consorcio en nombre de les hechiceres en la ciudad. Parecía disfrutarlo.

—¿Estás estudiando ese libro de hechizos o estás fantaseando con Sun? —preguntó Mavis cuando entró en la oficina con rapidez, saltando sobre el felpudo maldito. Había aprendido su lección hacía unos días cuando la hizo tropezar, y Mavis terminó boca abajo en la recepción. Herb se acercó desde su rincón en la esquina y se ofreció a tomar su bolso, pero ella lo rechazó con un movimiento de cabeza. Increíblemente, Herb había sobrevivido a la destrucción de la oficina por parte del Consorcio. Desgraciadamente, su antipatía por todes, menos por Antonia, también lo había hecho.

—Estudiando, por supuesto. —Era verdad. Ya podía encender la vela con mucha más facilidad. Incluso había aprendido a conjurar mis propias mariposas. En el mejor de los casos, eran débiles, pero podía hacerlo, y cuanto más practicaba, mejor me salía.

—Ajá —dijo, haciendo girar las llaves del coche en su dedo.

—¿Cómo estuvo la salida? ¿Esa persona realmente se maldijo por accidente para tener una lengua de lagarto?

Mavis se estremeció por completo y arrugó la nariz.

—Sí. Fue extraño. Pero se solucionó con facilidad, y pagó en efectivo. —Me guiñó un ojo—. ¿Tienes algo más para mí?

—Hoy he recibido algunos casos más —respondí, haciendo clic en los documentos que había guardado de las llamadas—. Ya se los he enviado a Antonia, pero veamos. Un mando de juego maldito que no deja que la persona que lo sostiene descanse hasta que termine todo el videojuego. Una persona que tal vez solo sea muy torpe. Oh, y una persona que quería que a su perro le agradara su nuevo novio, y ahora el novio no puede ir a ninguna parte porque atrae a todos los perros de la zona.

—¡Oh! ¡Quiero ese último!

Asentí y le envié el archivo por correo electrónico, y su móvil pitó en su bolsillo. Mavis había renunciado a su trabajo en la biblioteca y había vuelto a dedicarse por completo al trabajo mágico. Tenía que admitir que me alegraba que estuviera en nuestro equipo, ya que equilibraba esa delgada línea entre las personalidades de Fable y Antonia. También ayudaba que recordara a mi abuela; era agradable volver a tener esa conexión.

—Buena elección con el caso de los perros, Mavis —comentó Antonia, saliendo de su despacho. Llevaba un traje pantalón negro entallado y tacones altos, y tenía las uñas pintadas de un azul claro, como el cielo afuera—. A mí me gustan más los gatos, así que con mucho gusto dejo ese trabajo en tus manos.

Mavis rio.

—¿Tú? ¿Una amante de los gatos? Nunca lo habría imaginado.

—No sé cómo interpretar ese comentario, así que lo ignoraré. —Antonia abrió la mano—. El dinero, por favor.

Mavis hizo una mueca, pero le entregó el sobre de dinero.

—No empieces —dijo Antonia—. Sé que el Consorcio te paga para vigilar nuestras actividades, y que Hex-Maldición te paga una generosa tarifa por hora por tus servicios.

Mavis sonrió.

—Me encantan los conflictos de intereses.

—Y el capitalismo —añadí.

Antonia se cruzó de brazos con un resoplido. Luego me miró, inclinando la cabeza hacia un lado.

—Rook —dijo—, ¿no tienes una cita esta noche?

—Sí.

—¿No deberías prepararte?

Miré la hora en mi teléfono y ¡oh! Ya eran casi las cinco.

—Mierda.

Antonia suspiró y se acercó para alborotarme el cabello.

—La ropa está colgada en mi oficina. Usa mi baño privado para asearte.

Me levanté de la silla de un salto.

—Gracias, jefa.

Corrí hacia el despacho, agarré la ropa que estaba colgada detrás de la puerta y me cambié en el baño pequeño. No fue un cambio drástico. Seguía llevando vaqueros, pero reemplacé mi camiseta por una camisa y me peiné el cabello. Antonia había puesto una corbata negra junto con la ropa, pero no sabía si quería ir tan formal. Después de todo, era solo una cita, y aunque planeaba llevar a Sun a un restaurante elegante en el distrito mágico, no sabía si eso justificaba una corbata.

Salí del baño y encontré a Antonia de pie junto a su escritorio.

—Ponte la corbata —ordenó.

—¿En serio?

—Sun ya está aquí. Ponte la corbata.

Oh.

—Eh...

Antonia se acercó en un par de zancadas. Me puso la corbata alrededor del cuello y la ató con destreza, pero se aseguró de dejar el nudo ligeramente suelto.

—Listo.

—Gracias.

—Usa la tarjeta de crédito que te di.

—Antonia, tengo dinero. Me has estado pagando por trabajar desde hace meses, y he ahorrado la mayor parte.

Se encogió de hombros.

—Considera eso tu fondo universitario. Usa la tarjeta de crédito. Vuelve a casa a una hora razonable, pero no demasiado temprano. Todavía es verano. Y asegúrate de acompañar a Sun a casa.

—Las hermanas de Sun me atormentarán.

—Será bueno para tu carácter.

Me reí.

—Está bien.

Volví al área de trabajo y encontré a Fable y Mavis hablando. Sun estaba con elles, con las manos en los bolsillos, y bueno, entendí por qué Antonia me había obligado a ponerme la corbata. Porque Sun se veía increíble. Bueno, Sun siempre se veía increíble, pero se había peinado para la cita y llevaba pendientes colgantes de plata.

—Tú —dije.

Sun me miró y sonrió.

—Yo —respondió.

Sun extendió la mano, su señal de que estaba bien tocarla, y de inmediato la tomé y entrelacé nuestros dedos. Se inclinó hacia mí, apoyándose en mi hombro.

—¿Estás liste? —pregunté.

—Sí, vámonos antes de que alguien haga algo vergonzoso, como sacarnos fotos.

—¡Demasiado tarde! —canturreó Mavis, levantando su teléfono—. Sois adorables. Apenas puedo soportarlo.

Fable asintió.

—Sun, no te olvides de escribirles a tus padres, y regresa antes de tu hora límite.

Sun masculló por lo bajo, algo sobre sentirse sofocade. Todavía tenía restricciones debido a su desaparición de varios días, lo cual era comprensible. Pero al menos le habían permitido continuar siendo le aprendiz de Fable. También le permitían salir de vez en cuando conmigo porque había aprobado su examen de Matemáticas. Obtuvo más del 70 % gracias a sus hermanas, que no tuvieron reparos en acompañarle a la cafetería, lo que nos permitió seguir con nuestras sesiones de estudio. A Soo-jin le gustaba cotillear con sus padres sobre esas salidas, razón por la cual a la madre y al padre de Sun les caía bien, e incluso dijeron que era una influencia positiva. En lo personal, no diría eso, pero sí que Sun y yo nos complementábamos y nos hacíamos felices.

—No te preocupes, Fable. Seré responsable y me aseguraré de que Sun llegue a casa a tiempo.

Sun hizo una mueca.

—Mis hermanas te destruirán.

—He oído que eso fortalece el carácter.

Sun bufó y puso los ojos en blanco.

—Vamos. No quiero pasar todo mi tiempo libre en la cena, si sabes a qué me refiero —dijo en voz baja.

Un escalofrío me recorrió la espalda.

—Vale, he captado la indirecta. Y no tengo ninguna queja, pero ¿me das un momento? Esta situación es muy... agradable.

—Y lo era. Mavis y Fable estaban inclinades sobre mi libro de hechizos en la mesa, hojeándolo y hablando sobre el problema perruno. Antonia hacía ruido en la sala de descanso, tratando de prepararse otra taza de café. Herb estaba en un rincón con su actitud hosca, como siempre. E incluso el felpudo maldito estaba esperando a que intentáramos salir, aunque con suerte no lograría hacernos tropezar, porque no quería que me sangrara la nariz antes de la cita y eso obstaculizara cualquier posible beso.

Mavis recitó algo con énfasis, y la magia brotó de su mano como una lluvia de destellos. Fable hojeaba las páginas del libro sin inmutarse. Antonia soltó unas palabrotas desde la otra habitación, seguida del sonido de una taza de café rota. Sun me apretó la mano, y esbocé una sonrisa tan amplia que me dolieron las mejillas.

A veces, una familia podía estar formada por una jefa alborotadora, su hechicere rival que se había convertido en su amigue, una chica mágica que solía ser una niñera y ahora parecía una hermana mayor y también por la persona que al principio no entendías, pero que ahora apreciabas mucho. Y a veces discutíamos, y a veces nos abrazábamos, y a veces uníamos fuerzas para luchar contra un organismo gubernamental moralmente corrupto, y a veces solo coexistíamos en el mismo espacio como amigues.

Pero fuera lo que fuese esa familia en ese momento, o cómo sería en el futuro, era mía.

Y sabía que pertenecía.

AGRADECIMIENTOS

De todos mis trabajos, *En busca de la magia* es el más personal hasta el momento. En él se abordan varias inseguridades que tuve cuando era adolescente y joven, y, seamos realistas, todavía las tengo de algún modo. Rook tiene el dolor del luto y la soledad grabados en su alma. Como le han dicho que no pertenece, está desesperado por encontrar un lugar donde encajar. Sun se muestra indecise e insegure en lo que respecta a las relaciones porque es muy consciente de lo diferente que es y de cómo le perciben las demás personas. Tanto Rook como Sun intentan, en mayor o menor medida, reconfigurarse, moldear sus seres, sus personalidades según lo que creen que las demás personas quieren. No les funciona porque, al final, no hacía falta *ningún* cambio. Aprenden que ser elles mismes es más importante y más satisfactorio que ser aceptades por quienes quieren que cambien. Y que hay personas en sus vidas que les amarán y apreciarán tal como son.

Siento que la mayoría de nosotres necesitamos escuchar varias veces este mensaje de autoaceptación para asimilarlo. Y agradezco muchísimo a todas las personas que han apoyado la creación de este libro, que me han ayudado a darle forma para alcanzar la mejor versión posible y que han contribuido a ponerlo en las manos de les lectores que tal vez necesiten escucharlo una vez más.

Estoy eternamente agradecide a mi mejor amiga, Kristinn, quien sigue siendo una de mis mayores admiradoras, y siempre será mi compañera de escritura. Me anima en mis momentos de inseguridad y me ayuda a lidiar con el síndrome del impostor con más amabilidad y paciencia de la que merezco. Esta vez me tuvo paciencia con todos mis correos electrónicos motivados por la ansiedad, que eran la encarnación del emoji que grita. También me gustaría darle las gracias a la otra Christin, que hizo todo lo posible para echarme una mano a pesar de los plazos ajustados. Muchísimas gracias por tu ayuda.

Además, me gustaría darle las gracias a mi agente, Eva Scalzo. Gracias, Eva, por apostar por ese extraño libro sobre tritones que llegó a tu bandeja de entrada hace unos años. Y gracias por seguir luchando por mis libros, por ser una persona increíble con la que trabajar, por apoyar mi visión profesional, por atenderme cuando te llamaba con pequeños ataques de pánico y por entender mi sentido del humor, a veces un tanto extraño. Gracias al equipo de McElderry Books/Simon & Schuster, sobre todo a mi editora Kate Prosswimmer, quien trabajó mucho para sacarle todo el potencial a la historia y al arco de los personajes y para hacer que este libro fuera lo mejor posible. Gracias a le ilustradore, le increíblemente talentose Sam Schechter, quien ha vuelto a hacer un impresionante trabajo, y a la diseñadora, Becca Syracuse, por esta hermosísima cubierta. A su vez, quiero agradecer a Nicole Fiorica y Alex Kelleher por ser miembros irremplazables del equipo. Ha sido un sueño trabajar con todes vosotres.

Gracias a mis lectores de sensibilidad que me brindaron valiosas sugerencias y que fueron fundamentales en el proceso creativo, incluido el desarrollo de los personajes y la trama. Aprecio mucho vuestro tiempo, vuestros pensamientos y vuestro trabajo. Muchas gracias a Dani Moran por sus conocimientos y sus comentarios perspicaces. Y gracias a Kiana Yasuhara por su tiempo, esfuerzo y apoyo.

Sé que siempre les doy las gracias a mis compañeres de por vida del fandom y a mis amigues de bolsillo que son les mejores, pero la verdad es que todes elles fueron mi sistema de apoyo durante la creación de esta novela. En concreto: Jude, Amy, Cee, Renee, Asya, BK, Emi, Dani, Cori y Trys. Mi familia de Internet siempre está presente, y no tengo palabras para agradecerles por acompañarme durante esta última década.

Quería darles las gracias a un grupo de autores que no solo son mis amigues, sino unes compañeres impresionantes. Son mis animadores, mis lectores beta, mi grupo de apoyo, mis confidentes y mis compañeres de convenciones: CB Lee, DL Wainright, Carrie Pack y Julia Ember. Un agradecimiento especial a Julian Winters, Steven Salvatore y Ryan La Sala por su apoyo en la publicación del último libro. ¡Me muero de ganas de leer vuestros próximos lanzamientos!

Gracias a la librería Malaprop's en Asheville, mi maravillosa tienda local indie que con tanta amabilidad me han tratado estos últimos años. Les libreres son lo más y si alguna vez pasáis por Asheville, entrad a saludar al personal, en especial a Katie y Stephanie.

Gracias a mi familia, sobre todo a mi cónyuge, Keith, y a mis tres hijes, Ezra, Zelda y Remy, por traer alegría e ilusión a mi vida todos los días. También quería darle las gracias a mi hermano Rob y a mi cuñada Chris. Si alguien se pregunta de dónde vienen mis bromas raras y dobles sentidos, Rob es el culpable por haberme regalado *Guía del autoestopista intergaláctico* cuando cumplí trece años. Gracias también a mis sobrinos y sobrinas, quienes les hablan a les bibliotecaries de la escuela sobre mis libros y los ensalzan con sus profesores y amigues. Además, me gustaría darle las gracias a mi sobrina Emma por acompañarme en las convenciones y a mi sobrina Lauren por todo su apoyo.

Por último, gracias a quienes hayáis leído este libro, ya sea comprado o prestado de la biblioteca. Gracias por dejar que os entretenga unas horas. Aprecio mucho que me dediquéis vuestro tiempo. Espero que hayáis disfrutado leyendo esta historia tanto como yo disfruté escribiéndola. Hasta la próxima, espero que os cuidéis y seáis felices.

Gracias.

FT

¿TE GUSTÓ
ESTE LIBRO?

Escríbenos a

puck@uranoworld.com

y cuéntanos tu opinión.

ESPAÑA /MundoPuck /Puck_Ed /Puck.Ed

LATINOAMÉRICA /PuckLatam

/PuckEditorial

¡Gracias por vivir otra
#EXPERIENCIAPUCK!